중국
현대문학사

중국 현대문학사

김경석 지음

學古房

일러두기

1. 본서에 나오는 모든 중국어 한자는 번체자로 표기한다.
2. 중국어 고유명사(인명, 지명, 서명, 작품명 등)는 매 절마다 처음 나오는 경우에 한해서 괄호 안에 한자를 병기한다.
3. 우리말 한자단어와 일치하거나 유사한 중국어는 번역하지 않고 우리말 독음으로 표기한다.
4. 중국어 고유명사는 국립국어원에서 제정한 외래어표기법에 준하여 표기하되, 표기세칙은 따르지 않는다.

문학사!

말 그대로 문학의 역사다. 문학의 제반현상을 시간개념으로 정리해보는 것이고 대체로 그 앞에는 '××문학사'라는 식으로 지역과 시대의 수식을 받는 時空적인 수식어가 선행된다. 또한 모든 문학사의 저술과정은 일관된 관점과 시각을 지니게 되는데, 이로 인해 동일한 문학적 현상에 대해서 상이한 서술체계를 나타내게 된다. 이러한 상이한 서술체계를 나타내는 관점은 문학이 지니고 있는 양면성에 기인한다고 볼 수 있다. 우선 사회현실과 상응관계를 이루는 상부구조로서의 문학은 시대를 반영하고 있으므로 문학사의 서술 역시 시대상황에 대한 인식과 해석이 문학 자체에 대한 인식보다 선행될 수밖에 없기 때문이다. 또 다른 일면으로 사회발전의 논리와는 별개로 문학은 독립성을 가지고 변화해 간다는 것이다. 전자에 치우친 문학사 저술의 관점은 자칫 '문학의 史'가 아닌, 문학을 한 시대의 일부분으로 인식하는, '史의 문학'으로 흐를 수 있다. 또한 후자의 관점에 치우치다보면 문학史의 '史'는 의미를 잃고 단순한 작가와 작품의 나열에 불과한 공구서工具書에 머무를 수밖에 없을 것이다.

중국현대문학사!

말 그대로 '현대 중국의 문학적 현상'을 시간적 개념으로 서술하는 것이다. 그런데 시대적으로 '현대'라는 것부터 문학사 저술의 다양한 관점을 낳을 수 있는 요소로 작용한다. 중국문학사에서 '現代(또는 近代)'라는 개념은 '當代(또는 現代)'와 구분되지만 크게 본다면 모두 20세기와 21세기까지 아우르는 개념이 될 수 있다. 이는 곧 중국현대문학사는 과거가 아닌 현재의 일을 서술하는 작업이라는 것이고, 중국현대문학사의 저술은 여전히 현 시대상황으로부터 제약을 받을 수밖에 없음을 의미한다. 중국(대륙이나 타이완)사람이 아닌 제삼자의 입장에서 서술한다 하더라도 저자 자신이 동시대의 人이라는 점을 감안한다면, 얼마나 학문적인 독립성을 보장할 수 있을지는 저자 스스로도 알 수 없는 일이다.

독자적인 '관점'을 지닌 중국현대문학사의 저술은 상술한 이유로 시작부터 난관에 부딪히고 만다. 우선, 일천한 학문적 공력으로 기존의 저술을 넘어서거나 그와 차별성을 지닌 문학사를 저술한다는 것 자체에 한계가 있음을 인정하지 않을 수 없다. 국내외 선학들의 연구에 대한 문제제기는 저술과정에서 그들의 관점을 추수하는 방향으로 융화되어 버리고 만다. 또한 방대한 문학작품을 저자가 모두 섭렵할 수 없다는 한계 역시 난제로 작용하고 있다. 결국 독창적인 관점을 지닌 문학사의 저술은 여전히 요원한 일이라는 깨달음만 남은 채 개론서 저술에 그치고 말았다. 그야말로 "범 그리려다 고양이 그리고 만다"는 경우라고 할까. 제본된 책장을 넘기면서 고양이조차 만족스럽게 그리지 못하고 말았다는 아쉬움만 남을 뿐이다.

우리가 사는 시대, 어느 분야 어느 구석까지 자본의 논리가 후비고 들지 않은 곳이 있으랴만, 출판사 學古房의 편집실은 예외인 듯하다. 영리적 흐름을 애써 외면하며 한 길을 걷는 學古房의 하운근 사장님과 편집부 선생님들께 깊이 감사드린다.

차 례

CHAPTER 02

CHAPTER 03

차 례

차 례

차 례

차 례

들어가는 글

History
Of China
Morden
Literature

제1절 중국현대문학의 개관

중국현대문학사라는 명칭은 모든 문학사와 마찬가지로 시공적時空的인 의미를 지니고 있다. 그러므로 중국현대문학사는 중국이라는 공간에서 현대(1917년에서 1949년까지)로 규정된 역사시기에 나타난 문학의 제반 현상들에 대한 기록을 의미하는 것이다. 기존의 중국현대문학사 저작은 기존의 중국현대문학사는 일반적으로 중국현대문학에 대해 1917년 문학혁명을 전후한 시기부터 1949년 중화인민공화국이 수립된 시기까지 나타난 모든 문학적 현상이라고 규정하고 있다.

중국현대문학은 청조 말기 입헌군주제를 주장하던 유신파維新派들이 중심이 되어 일어났던 시계혁명詩界革命과 소설계혁명小說界革命에서 비롯되어 5.4 신문화운동을 거치면서 성숙 발전되어 나간, 백화白話를 주요 표현수단으로 삼은 문학을 말한다. 물론 이 한 구절만으로 중국현대문학을 규정짓는 다는 것은 매우 부족하다. 왜냐하면 수천 년 중국문학사 가운데 현대문학이 가지고 있는 특징을 단순히 시기적 구분이나 새로운 장르의 발생에 의존하는 것만으로는 설명이 부족하기 때문이다. 황슈지黃修己는 『中國現代文學發展史』 緖論 제1절의 제목을 '사상혁명에서 시작, 정치혁명 중에 발전始于思想革命, 在政治革命高潮中發展'으로 쓰고 있는데, 이는 중국현대문학의 연원에 대한 매우 적절한 표현이라고 본다.

1840년 아편전쟁을 계기로 서구제국주의 세력에 의해 무너지기 시작한 봉건중국은 5.4 시기 중국 내부에서 발생한 성숙된 변혁의 역량을 토대로 새로운 역사의 전기를 맞이하게 된다. 이러한 역사적 변혁의 시기는 새로운 문화역량을 요구하게 되고 새로운 문화역량은 새로운 변혁의 계기를 마련해 나갔던 것이다.

1915년 창간된 『신청년新青年』은 그동안 산재되어 있던 신문학에 대한 요구와 그에 호응하는 함성을 결집시켜주는 중요한 진지역할을 하게 된다. 『신청년』을 통해 결집된 역량은 곧 사회를 변혁시키는 막강한 에너지로 변하여 중국사회의 각 분야로 퍼져나가게 되었다.

1917년 1월 『신청년』에 게재된 후스胡適의 「문학개량추의文學改良芻議」와 2월에 게재된 천두슈의 「문학혁명론文學革命論」은 문학혁명의 시작을 알리는 신호탄과 같은 역할을 하였다. 문학혁명은 청말 문계혁명文界革命 이래로 진보적 지식인들을 중심으로 논의되어 온 문학의 사회적 작용이 표면화되고 이에 대한 대중적인 인식을 얻어내는 계기가 되었다. 뒤를 이어 1919년 발생한 5.4 운동은 중국현대문학 발전의 기폭제와 같은 역할을 하였다. 1차 대전이 끝난 후 파리강화회의의 21개조에 반발하는 대학생들의 시위에서 비롯된 5.4 운동은 반봉건반제국주의 운동이었다. 5.4 운동은 신문학의 발전방향과 그 사상적, 역사적 맥락이 일치하고 있었으므로 이후 정치사상운동과 문예운동은 나선형구조를 이루며 발전해 가기 시작하였다.

이미 신해혁명으로 봉건왕조는 몰락하고 민국정부가 들어섰지만 장쉰張勛과 위안스카이袁世凱의 복벽, 5.4 이후에도 계속되는 군벌정부의 탄압과 봉건수구파의 반격 등, 신문화운동진영은 여전히 힘든 싸움을 계속해 나가고 있었다. 이러한 정세는 신문화운동 진영내부에서는 이제까지의 운동역량과는 다른 새로운 역량, 즉 보다 근본적인 변혁의 필요성을 느끼게 되었고 결국 '문학혁명'에서 '혁명문학'에 대한 요구로 이전되어 가는 결과를 가져오게 되었다. 또한 1921년 이후 다양한 문학사단의 출현은 중국현대문학 발전에 새로운 전기를 마련해 주었다. 문학사단의 출현으로 다양한 문학적 주장과 창작실천을 담아내는 문예지가 발간되었고 이를 통해 새로운 작가들이 다량 등단하게 되었다. 이러한 현대문학의 양적인 발전과 확대는 곧 질적인 성장으로 이어지게 되고 이론적 성숙으로 발전하게 된다. 창작의 이론적, 실천적 발전의 과정에서 시대상황과 맞물리는 적지 않은 진통을 겪게 되고 이는 또다시 새로운 발전의 계기를 열어갔다.

1927년 장제스蔣介石가 주축이 되어 국민당 우파가 자행한 4.12 정변은 중국문단의 새로운 전환점이 되었다. 1920년대 실험적 과정을 거치면서 성장한 작가들은 4.12 정변 이후 1930년대에 들어서면서 분명한 창작의 색채를 띠기 시작한다. 이 시기 문단은 크게 좌우익으로 양분되는 양상을 나타면서 이론과 창작을 둘러싼 논쟁 또한 격렬하고 첨예화되었다. 그러나 이러한 진통의 과정 역시 크게는 현대문학의 성숙을 앞당기는 양분역할을 하였다. 작가들은 이미 자신의 사회변혁의지를 작품을 통해 형상화할 수 있는 역량을 갖추게 되었다. 이 시기 좌익작가연맹의 성립이나 장편소설이 다량 출현하게 된 것은 이러한 역량의 성숙과 무관하지 않을 것이다.

1937년 7월 7일 중일전쟁의 발발로 현대문학은 또 다른 전환점을 맞이하게 된다. 일본제국주의의 침략으로부터 민족을 구한다는 대명제 하에 작가들은 결집되기 시작하였다. 이 시기에 중국대륙은 일본군에게 함락된 윤함구淪陷區(상하이조계지 孤島 포함), 난징 함락 이후 중경으로 옮겨간 국민당이 통치하는 국통구國統區, 공산당이 통치하는 해방구解放區로 구분된다. 일본군에게 함락된 상해의 조계지에서는 중국민족의 항전의식을 고취하는 창작과 공연예술이 발전하게 되고, 인민정부가 수립된 해방구에서는 1942년 옌안문예강화延安文藝講話 이후 새로운 문학형식을 모색하는 노력이 계속되었다.

20여년에 걸친 국민당과 공산당의 대결은 1949년 10월 마오쩌둥毛澤東이 이끄는 공산당이 승리하면서 막을 내리고 중화인민공화국이 수립된다. 중국공산당의 승리는 단순히 정치세력의 승리가 아닌 치열한 시대참여정신으로 일관해 온 중국현대문학의 승리라고 해도 과언이 아니다.

상술한 바와 같이 중국현대문학의 두드러진 특징은 문학이 적극적으로 현실에 대응 극복해 나가는 양상을 지니고 있다는 점이다. 사상 문화운동의 전위적 성격을 띤 초기의 문학혁명운동에서부터 혁명문학논쟁을 거쳐 좌우 이념 대립과 갈등, 항일투쟁의 선도적 역할, 민족해방투쟁에서 선전과 선동 및 대중에 대한 이념화와 교육작용에 이르기까지 중국현대문학은 적극적으로 시대가 당면한 현실문제에 참여하고 이를 작가의 창작 속에 형상화 시켜가고, 나아가서는 중국의 앞날에 방향을 제시하기까지 하였다.

오늘날까지 중국현대문학에 대한 연구가 지속되고, 그 인문학적 가치를 인정받을 수 있는 이유를 들자면, 반봉건 반식민지 상태에서 문학이 민족해방이라는 명제를 어떻게 수용·수행해 나갔는가하는 특수성의 문제와 문학과 사회의 관계에 대한 보편성의 문제를 중국현대문학의 발전과정이 극명하게 보여주고 있기 때문일 것이다.

제2절 중국현대문학사 편찬의 난제들

중국현대문학의 출발점을 후스胡適의 「문학개량추의文學改良芻議」가 발표된 1917년 1월로 상정했을 때, 그 역사는 오늘날까지 이미 100년을 넘기고 있다. 중국현대문학사의 시기구분은 문학과 사회의 상응관계를 설명하는 동시에 문학사 역시 역사의 일부분으로서 발전과정으로 인식하는 설득력을 제시한다는 점에서 그 의미가 있다고 볼 수 있다. 중국현대문학사의 시간적 편폭을 어떻게 재단할 것인가, 그 시기적인 편폭의 차이 외에도 다양한 시기구분의 관점이 나타난다.

이미 우리나라에서도 다양한 중국현대문학사 저술이 등장했다. 김시준 선생의 『중국현대문학사』(지식산업사, 1992)와 허세욱 선생의 『중국현대문학사』(법문사, 1999) 이후로 한국중국현대문학학회 연구자들의 공저 『중국현대문학과의 만남』(동녘, 2006), 최근의 홍석표 선생의 『중국현대문학사』(이화여자대학교, 2009)까지, 많은 저술은 아니지만 대륙 학자들의 의견을 추수하는 차원을 넘어서는 시도는 계속되고 있다. 중국현대문학사의 다양한 시기구분의 관점은 이미 김시준 선생의 저서 『중국현대문학사』에서 국가별로 정리된 바 있다. 김시준 선생의 저서에서 언급된 여러 지역의 중국현대문학사 외에도 지금까지 다양한 관점의 중국현대문학사가 계속 출판되고 있지만 시기구분의 기본적인 골격은 여전히 1980년대까지의 저술과 대동소이하다고 본다. 그것은 현대문학사가 현대(동시대)라는 시간 속에서 진행되는 작업임을 감안할 때, 전혀 새로운 시기구분의 관점을 지닌 중국현대문학사가 출현하기까지는 앞날의 광음이 필요할 것이다.

중국현대문학사 편찬에서 시기구분에 대한 공식적인 제기는 1951년 중앙교육부가 인문계 대학과정 개혁 소조人文系大學課程改革小組 내에 중국어문소조中國語文小組를 조직하여 「中國新文學史教學大綱(중국신문학사교학대강)」을 작성 발표한 것에서 비롯되었다.

중국에서 처음으로 현대문학이 대학에 교과과정으로 개설된 것은 1929년에 주쯔칭朱自淸이 칭화대학淸華大學에서 개설한 '중국신문학연구中國新文學研究'이다. 주쯔칭朱自淸의 강의원고인 『중국신문학연구강요中國新文學研究綱要』에서는 당시(1929년)까지의 중국현대문학을 '5.4 이전(1919년 이전)', '5.4 이후(1919~1927)', '무산계급문학의 등장(1927~1928)'의 세 시기로 구분하고 있다.

1949년 중화인민공화국 수립 이후, 첫 번째 현대문학사로 리허린李何林의 『중국신문학사연구中國新文學史研究』(新建設雜誌社, 1951)를 들 수 있는데, 본서는 현대문학의 발전과정을 5·4 전후(1917~1921), 확대기(1921~1927), 좌련 전후(1927~1937), 제2차 국공합작 결성 이후(1937~1942), 옌안문예강화 이후(1942~1949)의 5단계로 구분하고 있다.

왕야오王瑤의 『중국신문학사고中國新文學史稿(上·下)』(上海文藝出版社, 1951)는 위대한 시작과 발전(1919~1927), 좌련 10년(1928~1937), 민족해방의 기치 아래(1937~1942), 옌안문예강화의 지도방향에 따라(1942~1949)의 4단계로 구분하고 있다. 1979년에 나온 개정판 역시 시기구분은 변함이 없다.

류환쑹劉綬松의 『중국신문학사초고中國新文學史初稿』(作家出版社, 1956)는 5.4 운동 시기의 문학(1919~1921), 제1차 국내혁명전쟁 시기의 문학(1921~1927), 제2차 국내혁명전쟁 시기의 문학(1927~1937), 항일전쟁 시기의 문학(1937~1945), 제3차 국내혁명전쟁 시기의 문학(1945~1949)의 5단계로 구분하고 있으며, 1979년 인민문학출판사에서 출판한 개정판도 시기구분은 동일하다.

황슈지黃修己가 대학에서 현대문학을 강의하며 정리한 내용을 책으로 출판한 『중국현대문학간사中國現代文學簡史』(中國青年出版社, 1984)와 이를 수정 보완한 『중국현대문학발전사中國現代文學發展史』(中國青年出版社, 1988)는 현대문학발생기(1917~1920), 발전 1기(1921~1927), 발전 2기(1928~1937), 발전 3기(1937~1949)의 4단계로 구분하고 있다.

쳰리췬錢理群 등 베이징대 현대문학연구실 교수들이 공동 편찬한 『중국현대문학삼십년中國現代文學三十年』(上海文藝出版社, 1987)는 첫 번째 10년(1917~1927), 두 번째 10년(1928~1937), 세 번째 10년(1937~1949)으로 구분하고 있다. 『중국현대문학삼십년』은 北京大學出版社에서 1998년 수정본이 나왔지만 시기구분에는 변함이 없다.

이 외에 톈중지田仲濟·쑨창시孫昌熙의 『중국현대문학사』(山東人民出版社, 1979), 린즈하오林志浩의 『중국현대문학사』(中國人民大學出版社, 1979), 구원교편사조九院校編寫組의 『중국현대문학사』(江西人民出版社, 1979), 십사원교편十四院校編 『중국현대문학사』(吉林人民出版社, 1981), 주더파朱德發의 『중국현대문학사교정中國現代文學史教程』(山東教育出版社, 1984) 등에서는 위와 같은 시기구분을 취하지 않고 있으며, 저자에 따라 다르지만 많은 경우 20여장에 달할 정도로 세분하고 있는데, 이는 바로 작가론과 작품론을 중시한 것으로 볼 수 있다. 1990년대 이후 중국의 현대문학사 편찬은 현대와 당대當代를 아우르는 방향으로 나아가고 있고 21세기 이후에는 20세기 문학, 나아가서 영화를 포함하는, 21세기 중국문학을 어떻게 정의하고 기술할 것인가에 대한 다양한 논의와 고민들이 나오고 있다.

오늘날까지 중국현대문학사의 시기구분은 21세기에 들어와서도 저자와 지역에 따라 차이가 나타나고 있을 뿐만 아니라 더욱 복잡하고 다양한 양상을 띠고 있는데, 이러한 차이를 좀 더 도식화 해보면 다음과 같은 문제로 압축할 수 있다.

첫째, 현대문학의 출발점 설정에 관한 문제이다. 이 문제는 중국현대문학사 편찬에 있어서 지역별, 저자별로 가장 다양한 차이를 나타내고 있다. 이는 1917년에 시작된 문학혁명을 전통문학과의 단절 또는 그에 대한 부정으로 인식할 것인가, 아니면 청조 말기의 입헌군주제를 주장하던 량치차오梁啓超, 캉유웨이康有爲, 탄쓰퉁譚嗣同, 황쭌셴黃遵憲 등이 주도한 문계혁명文界革命의 연장선상에서 볼 것인가 하는 견해 차이에서 비롯된다고 볼 수 있다.

둘째, 1917년에서 1927년의 기간을 어떻게 평가할 것인가 하는 문제이다. 위에서 나열한 지역별, 저자별 시기구분의 차이에서 볼 수 있듯이 이

기간의 출발점은 저자에 따라 1917년과 1921년의 두 가지 시기로 설정된다. 1917년은 문학혁명에 중점을 두고 있는 시각으로, 중국현대소설의 시점이라고 할 수 있는 루쉰의 「광인일기狂人日記」가 1918년 창작된 것을 감안한다면 상당한 설득력을 지닌다고 볼 수 있다. 1921년은 현대문학의 실질적인 창작실천이 보편성을 띄기 시작한 해로 볼 수 있다. 1921년 문학연구회와 창조사의 결성을 시작으로 다양한 문학사단이 결성되고 이를 통한 많은 작가의 등단과 창작활동이 전개되기 시작했다는 점에서 1921년을 한 시점으로 보는 시각은 설득력을 지닌다. 이는 1921년 7월 중국공산당의 창당을 문학사에 반영하려는 정치적인 의도 또한 읽을 수 있는 부분이기도 하다.

셋째, 1937년부터 1949년 사이의 기간 중에 나타난 사건들을 저자에 따라 다르게 적용하고 있다는 것이다. 우선 1942년 마오쩌둥毛澤東의 옌안문예강화를 하나의 새로운 출발점으로 인정할 수 있는가의 문제이다. 만일 이를 새로운 출발점으로 삼는다면 연안문예강화 이후 해방구 문예는 중국당대문학의 출발점이 되기도 하는 것이다. 그렇다면 중화인민공화국 수립을 현당대로 구분하는 시각은 설득력을 잃고 만다.

또한 1945년에서 1949년을 또 다른 시기로 간주할 수 있는가의 문제이다. 1945년 일본의 패망과 더불어 국공내전이 다시 격화된 기간의 문학은 국통구와 해방구, 윤함구의 지구별 특성을 나타내며 발전하게 되는데, 지구별 문예는 이미 대장정과 중일전쟁 시기부터 시작된 것임을 감안한다면 1945년을 새로운 기점으로 설정한다는 것은 설득력을 잃는다.

그러나 지역이나 저자에 상관없이 대체로 대동소이한 시각차를 나타낸다고 볼 수 있는데, 이를 크게 구분해 본다면 1917~1927, 1927~1937, 1937~1949라는 3단계로 축약할 수 있을 것이다. 특히, 1927년(또는 1928년)에서 1937년까지의 시기는 대체로 일치하고 있는데, 이는 1927년 장제스의 국민당 우파가 상하이에서 저지른 4.12 정변과 이에 따른 국공합작의 결렬 등을 전환점으로 보는 시각에서 일치하고 있는 것이다. 이런 역사적 사건과 더불어 1928년 벽두에는 그 동안 몇몇 작가와 이론가들에 의해 논의되어 왔던 혁명문학이라는 구호가 제창되고, 이를 둘러싸고 문예계 내부에서 치열한 논쟁이 벌어졌으며, 이를 극복해 가는 과정에서 향후 항일 전쟁이 벌어지기 전까지 중국문단을 지도하는 '좌익작가연맹'이 1930년에 결성되었다. "문학혁명에서 혁명문학"으로라는 구호가 의미하듯이, 이 시기는 중국현대문학사에서 질적 변환을 가져온 해이고, 이 점은 모든 연구자들이 공통으로 인정하고 있다고 볼 수 있다. 다만, "혁명문학"이라는 구호가 가져온 문학적 성과에 대한 견해는 여전히 상반된 양상을 보이고 있다.

1990년대 이후 21세기에 들어선 오늘날까지 중국사회는 모든 분야에서 상전벽해桑田碧海와 같은 변화를 나타내고 있다. 인문학술분야에 있어서 이념적 경직성이 퇴색하면서 중국현대문학사 편찬의 시각 또한 많은 변화가 나타나고 있다. 이 과정에서 많은 작가들의 부침浮沈이 가시화 되고 있으며 기존의 6대작가(루쉰, 궈모뤄, 마오둔, 바진, 라오서, 차오위) 중심의 문학사 기술도 변화하고 있다. 현대문학과 당대문학當代文學의 시기구분 및 통합에 관한 다양한 관점 역시 문학사 편찬에 반영되고 있다. 그리고 시기구분의 논의에 주된 고민은 여전히1949년 중화인민공화국 수립시기를 과연 새로운 문학양식의 출현시기로 볼 수 있는지에 있을 것이다. 당연히, 문학사의 구분을 과연 정치사의 변화에 맞추어 구분할 수 있을지 문제가 될 것이다. 정치혁명에서 사상혁명으로, 다시 문학혁명으로 나선형으로 발전해 나간 중국현대문학은 문화대혁명이 종식되고, 1980년대에 들어서면서 문학과 정치의 나선형 매듭이 풀리는 시기를 맞이하게 된다. 이후 중국은 진정한 직업 작가군이 출현하게 되는데, 크게 구분한다면 중국의 현대문학은 문화대혁명까지를 한 시기로 보고 1978년 이후를 새로운 문학의 시발점으로 보는 것이 설득력을 지니게 될 수도 있다고 본다. 하지만, 모든 예술은 인간과 사회를 반영하는 거울이라는 대명제 하에서, 과연 문학과 정치의 나선형 매듭이 풀린다는 것은 무엇을 의미하는 것이며, 또한 가능한 것일지, 여전히 의문으로 남는다.

중국현대문학의 연원

CHAPTER 01

History of China Modern Literature

1840년 아편전쟁을 전후하여 중국이 직면한 시대상황은 중국인들에게 민족의 존망에 대한 위기감을 증폭시켰다. 이 시기의 지식인들은 중국이 직면한 민족적 재난의 원인에 대한 성찰을 통하여 수천 년 지속되어 온 봉건적 정치체제의 폐단에 대하여 각성하는 동시에 서구의 근대시민사회에 기반을 둔 새로운 사상에 대하여 눈을 뜨게 되었다. 이러한 시대상황에 대한 인식은 중국의 지식인들로 하여금 새로운 정치체제를 탄생시키고 그것을 뒷받침 할 수 있는 사상적 역량의 필요성을 느끼게 하였다.

역사상 많은 변혁이 증명하듯이, 이론의 창도는 늘 실천보다 앞서 있었다. 시계혁명과 청말의 신소설, 소설계혁명의 주창자들의 주장은 새로운 문학이 탄생하는 선도적인 역할을 하고 있었다. 이들은 혁명파의 입장에서 입헌군주제를 수립하기 위하여 소설을 정치개혁의 도구로 이용하였다. 이들의 새로운 문학을 갈망하는 목적은 다소 차이가 있었지만 문학을 통해 중국을 근대국가로 변모시키기 위한 의도는 같은 것이었다. 그러나 청말淸末에서 중화민국 초기에 활동했던 소설작가들 중에는 새로운 문학창작의 의지는 있었으나 문예에 대한 이해가 부족하여 신문학이 나아갈 길을 개척하기에는 무리가 있었다.

광동의 의사였던 쑨원이 중심이 되어 시작된 공화제 수립의 시도는 1911년 신해혁명으로 귀결됨으로써 중국은 수천 년의 제정체제가 종식된다. 그러나 신해혁명 이후 봉건수구세력의 수차례의 복벽復辟시도와 군벌정권의 매국행위는 중국인들로 하여금 사상과 문화의 근본적인 개혁에 대해 눈을 뜨게 함으로써 거국적인 규모의 5.4 신문화운동이 일어나게 된다.

1915년『신청년』의 창간은 신문화운동의 견인차 역할을 하는 동시에, 중심적 역할을 했던 진보적 지식인들에게 추동의 에너지를 하나로 결집시킬 수 있는 구심점이 되었다. 언어혁명을 통해 근대국가를 상상하던 후스胡適는 1917년『신청년』에「문학개량추의文學改良芻議」를 게재하면서 신문학의 필요성에 대한 논의는 사회적으로 공론화되고 구체화 되었으며 문학혁명이 본격적으로 전개되는 계기가 된다.

19세기부터 20세기 초엽까지 전개된, 상술한 바와 같은 역사적 과정과 조건들은 직접적으로는 정치적인 개혁을 목적으로 진행된 사건들이었다. 그러나 이와 같은 사건들은 모두 중국현대문학이 탄생하게 되는 계기가 되었으며 그 연원이 되었다고 할 수 있을 것이다.

제1절 시계혁명과 청말의 소설

1. 시계혁명

19세기에 들어서면서 청 조정의 무능과 부패를 질타하는 문인관료들의 목소리가 높아지기 시작하면서 중국의 시단에는 혁신적인 인물들이 등장하였다. 이들은 황준셴黃遵憲, 량치차오梁啓超, 탄스퉁譚嗣同, 샤쩡유夏曾佑, 등을 중심으로 '시계혁명詩界革命'을 제창하였다. 황준셴은 전통 율시의 형식과 의고주의에 반대하고 "내 입에서 나오는 말을 내 손으로 써야 한다我手寫我口"고 주장하였다. 이들은 시 창작에 현실사회문제를 반영할 것과 형식면에서 다양한 변화를 추구할 것을 주장하였다. 이들의 주장은 전통시의 체제를 근본적으로 개혁하는 수준에 이르지는 못하였지만 전통적인 문학 관념에 변화를 추구하기 시작하였다는 점에서 의의가 있다.

2. 견책소설

아편전쟁을 전후하여, 중국의 문단에는 중국이 겪고 있는 내우외환 앞에 무능하고 부패한 청 정부를 비판하는 소설들이 출현하였다. 이러한 비판의 목소리를 담은 소설들은 사회현실과 정치상황을 다룬 '견책소설譴責小說'로 나타나게 되었다. 대표적인 작품으로 리보위안李伯元의 『관장현형기官場現形記』, 우워야오吳沃堯의 『이십년목도지괴현상二十年目睹之怪現狀』, 류어劉鶚의 『노잔유기老殘遊記』, 쩡푸曾朴의 『얼해화孽海花』 등이 있으며, 이 작품들은 모두 청나라 정부의 무능과 부패를 질책하였고 제국주의 세력의 침략행위를 규탄하는 내용을 담고 있다. 이들의 소설을 청말 4대 견책소설이라고 한다. 견책소설이란 명칭은 이 당시부터 있었던 것은 아니었고, 루쉰魯迅이 그의 『중국소설사략中國小說史略』에서 사용하기 시작하였다. 견책소설의 작가들은 량치차오가 1902년 『신소설』을 발행한 이후, 리보위안의 『수상소설繡像小說』, 우워야오의 『월월소설月月小說』, 쩡푸의 『소설림小說林』 등, 전문적인 소설잡지를 발행하기도 하였다.

견책소설 가운데 리보위엔의 『관장현형기』는 당시 소설계의 주목을 받고 있었다. 이 작품의 문학사적인 의의에 대해서는 의심할 여지가 없지만, 작가의 시야는 단지 사회를 비판하는 수준에 머무르고 있을 뿐이었다. 그는 청조의 부패와 추악함에 대해서 세밀하게 관찰하였으나, 이러한 현상을 규정짓고 있는 봉건제도의 본질에 대한 인식에 이르지는 못하였다. 그의 풍자는 매우 신랄하였으나 그 비판의식은 냉소 속에 묻혀 버리고, 독자는 이러한 가운데서 현실비판과 개혁에 대한 역량을 느낄 수는 없었다. 작품 속에서 사회의 모순에 대한 대안은 여전히 봉건질서를 부분적으로 치료해서 유지하려는 것이었다. 그러므로 『관장현형기』에 나타난 풍자의 신랄함은 개혁의 의지로 이어지지 못하고 허무함 내지는 대리만족으로 마무리되고 말았다.

견책소설의 작가들은 시대의 조류를 따라 소설계혁명의 영향으로 사상적인 변화를 나타내기도 하였다. 그들은 이미 시대의 변화를 예측하고 있었고 이러한 진보적인 면은 분명히 그들의 창작에 반영되었다. 그러나 그의 작품은 단지 비판적으로 사회를 기록하고 분노를 표출하는 수준에 머물고 있었고, 정치적으로는 오히려 혁명파와 대립적인 입장에 있었다. 특히 예술적으로는 고전소설의 범주를 넘어서는 기량을 가지고 있지 못하였다. 그의 소설은 제재 면에서 고전소설보다 진보적이라고 평가할 수 있지만, 모두 장회체章回體 형식과 문어체를 사용하고 있다.

물론, 견책소설에서 새로운 시도가 전혀 없었던 것은 아니었다. 새로운 소설의 구조와 서술기교가 시도되었고, 인물의 심리묘사가 두드러지기 시작하였으며 경물景物의 묘사 또한 고전소설의 진부함을 벗어나기 시작하였다. 그러나 이러한 시도는 매우 조심스럽고 소극적인 형태로 나타났다. 이들의 작품에는 다소간의 새로운 형식을 추구하는 시도를 엿 볼 수는 있지만 이러한 시도가 곧 신소설의 탄생으로 이어지지는 못하였다. 왜냐하면 이들의 사상적 기반은 여전히 봉건적 문인사대부의 관념에서 벗어나지 못하고 있었으며, 창작기교 또한 여전히 전통적인 표현기교와 기법에 의지하고 있었다.

3. 번역소설

청말 새로운 소설창작의 역량에 한계가 있던 지식인들은 서구의 소설을 번역하여 중국에 소개하였다. 이 가운데 가장 대표적인 인물인 린수林紓(1852~1924)는 1897년 45세의 나이에 번역을 시작하여 150여 종의 외국소설을 번역하여 중국 신소설 탄생에 지대한 영향을 주었다. 그는 외국어를 전혀 몰랐으나, 외국어를 할 줄 아는 사람의 구술번역을 통해서 중국고문으로 외국소설을 기록하는 '서역중술西譯中述'의 방식으로 번역하였다. 1899년, 린수가 프랑스 알렉산드르 뒤마(A. dumas fils)의 『La Dame aux Camélias(춘희椿姬)』를 번역한 『파리의 동백꽃 아가씨巴黎茶花女遺事』는 중국 최초의 번역소설이다. 그 밖에 미국 스토우 부인(Mdm. Stowe)의 『Uncle Tom's Cabin』을 번역한 『흑노유천록黑奴籲天錄』, 영국 월터 스콧 경(Sir Walter Scott)의 『Ivanhoe(아이반호)』를 번역한 『앵글로색슨영웅전撒克遜劫後英雄略』 등이 있다. 린수의 번역소설은 당시 '린이소설林譯小說'이라는 문학현상으로 확장되었으며, 많은 지식인들에게 지대한 영향을 주었다.

린수는 입헌군주제를 지지하는 유신파維新派 지식인이었고 중국인들에게 민족주의와 애국주의를 고취시킬 목적으로 외국소설을 번역하여 출간하였지만, 후스胡適나 천두슈陳獨秀의 백화운동에는 반대하였기에 그의 번역소설은 모두 고문으로 기록되었다.

그 밖의 번역소설로 량치차오는 『15소년표류기十五小豪杰』를 번역 출판하였다.

제2절 소설계혁명

1. 정치개혁에서 문학개혁으로

1840년 아편전쟁 이후 제국주의 국가의 중국 침략이 본격화되면서 공쯔전龔自珍, 린쩌쉬林則徐 등은 이미 제국주의세력의 침략과 청나라 정부의 부패와 무능을 비판하는 글을 발표하였다. 태평천국太平天國운동이 진행되는 과정에서 이들의 활동을 표현한 문학이 나오기도 하였다. 캉유웨이, 량치차오 등은 정치적인 변혁의 요구에서 출발하여 문계혁명文界革命을 전개하여 근대문학의 형성에 사상적 기반을 제공하였다. 량치차오는 '소설계혁명'을 제창하면서 소설의 사회적 기능을 강조하였다.

당시의 지식인들은 정치제도의 개혁을 중국이 직면한 위기를 극복할 수 있는 우선과제로 삼고 변법운동變法運動을 출발점으로 입헌군주제立憲君主制를 수립하여 중국을 현대화의 길로 이끌려고 하였다. 이러한 움직임은 새로운 정치체제를 수립하려는 운동을 형성하는 계기가 되었다. 캉유웨이康有爲, 량치차오梁啓超, 탄스퉁譚嗣同, 옌푸嚴復 등이 이러한 정치체제의 개혁에 앞장 선 인물들이었다. 이들은 계몽사상가의 입장에서 중국사회 전반에 만연한 봉건적 몽매함을 일소하고자 대중을 일깨우는 개혁을 시도하였다. 이들은 이미 새로운 정치체제의 수립은 대중의 광범위한 지지를 바탕으로 해야 한다는 것을 인식하고 있었기 때문이다.

그러나 역사상 모든 계몽운동에서 볼 수 있듯이 이를 추진하려면 계몽운동의 근간이 되는 사상을 담아내고 그것을 대중에게 선전하는 사회적인 도구나 수단을 필요로 하게 마련이다. 변법운동을 추동했던 이들은 이 시대의 계몽운동을 추진할 도구로서, 새로운 변화에 부응하고 또한 이에 걸맞게 새로운 예술적 호소력을 지닌 문예장르가 필요하다고 느끼게 되었다. 이들은 계몽운동을 추진할 수 있는 대중적 영향력을 지닌 문예장르로 소설에 주목하기 시작하였고, 이로부터 중국의 소설은 실험적인 발전의 단계에 들어서게 되었다.

1897년 샤쩡유夏曾佑와 옌푸嚴復는 「소설의 기원本館附印說部緣起」에서 소설과 사회의 관계에 대하여 다음과 같이 서술하고 있다.

> 유럽과 미국, 일본은 개화기에 소설의 도움이 있었다. 무릇 소설이 흥성하여 사람의 마음을 움직이고 세상에 퍼지게 되어, 어떤 작품들은 경서經書나 사서史書보다 영향력을 가지게 되었다. 이로써 세상의 인심과 풍속은 소설의 영향을 받게 되었다.歐, 美, 東瀛其開化之時, 往往得小說之助. 夫說部之興, 其入人之深,

行世之遠，幾幾出於經史上，而天下人心風俗，遂不免爲說部之所持.

샤쩡유夏曾佑와 옌푸嚴復는 중국학술사에서 '經史子集과 함께 논할 수 없는 것不登大雅之堂'으로 폄하되던 소설을 중국 전통인문학의 정점이라고 할 수 있는 경서經書나 사서史書보다 높게 평가하고 있다. 당시 이들은 소설의 사회적 역할에 대하여 눈뜨기 시작하였으며 종전과는 다른 새로운 시각으로 평가하고 있음을 알 수 있다.

무술변법戊戌變法의 선구적 역할을 했던 캉유웨이도 소설이 사회개혁의 공구역할을 할 수 있음에 주목하였다. 그는 소설관념의 변화는 시대적 요구와 역사적 필연성이라는 논조를 전개하고 있다.

량치차오는 「정치소설번역서문譯印政治小說・序」에서 19세기말 중국 계몽주의자들의 소설에 대한 다양한 견해를 소개하고, 이들의 주장을 한마디로 "소설을 국민의 혼으로 삼는다小說爲國民之魂"라고 표현하고 있으며, 유럽과 미국, 일본 등의 발전에 대해 "(이들 국가의 발전은) 정치소설의 공이 가장 크다政治小說爲功最高"고 말하고 있다. 그는 소설을 '오늘날 중국 시국의 관건關切於今日中國時局'으로 인식하고 소설이 六經, 正史, 語彔과 律例 등 전통인문학의 가치보다 중요함을 역설하였다. 또한 종래의 소설에 대한 관념을 바꿀 것과 문화영역에 있어서 소설의 지위를 적어도 經史子集과 동등한 위치에 놓을 것을 주장하고 있다.

청말 지식인들의 소설관념에 대한 변화는 1902년 량치차오의 「소설과 대중정치의 관계를 논함論小說與群治之關係」로 이어졌다. 이 문장은 중국소설사의 새로운 전환점이 되었고 '소설계혁명'의 구호가 제기되는 계기가 되었다. 량치차오의 문장은 소설의 사회적 역할에 대해 보다 적극적이고 긍정적으로 평가하고 있는데, 그는 이 문장을 통하여 소설의 종류와 소설창작의 이론에 대한 연구 및 소설발전의 역사적 과정에 대해 총괄적으로 서술하고 있다. 그는 문장의 서두에서 다음과 같이 말하고 있다.

> 한 나라의 국민을 새롭게 하기 위해서는 우선 그 나라의 소설을 새롭게 하는 것이 선행되어야 한다.欲新一國之民，不可不先新一國之小說.

또한 문장의 말미에서 다시 다음과 같이 강조하며 소설계혁명의 필요성을 역설하고 있다. 한편, 소설계혁명의 궁극적인 목적은 정치개혁에 있음을 나타내고 있다.

> 오늘날 정치를 개량하고자 한다면, 반드시 소설계혁명에서 시작되어야 하며, 국민을 새롭게 하고자 한다면 반드시 새로운 소설에서 시작하여야 한다. 今日欲改良群治，必自小說界革命始，欲新民，必自新小說始.

이 문장이 발표된 후, 중국의 문예계에 '소설은 문학의 至上小說爲文學之最上乘'이라는 인식이 확대되었고, 량치차오의 문장은 현대소설이 탄생하는 시기에 이론적 지주역할을 하게 되었다. 이후의 소설이론과 관련된 저서들, 예를 들면 샤쩡유夏曾佑의 『소설원리小說原理』, 디핑쯔狄平子의 『문학에서 소설의 지위를 논함論文學上小說之位置』, 왕우성王無生의 『소설과 사회개량에 대하여 논함論小說與改良社會之關係』 등은 각자 상이한 시각에서 소설에 대한 새로운 의견을 표명하고 있지만, 량치차오와 마찬가지로 소설의 사회적 역할에 대하여 긍정적으로 평가하고 있다. 샤쩡유의 『소설원리』는 소설을 인간의 오락적 공구로서 분석하고, 디핑쯔의 『문학에서 소설의 지위를 논함』은 문장의 특성을 분석하고 있으며, 왕우성의 『소설과 사회개량에 대하여 논함』은 소설을 구국의 공구로서 바라보고 있다.

이러한 과정을 거치면서 소설계혁명의 영향은 확대되었고 그 이론은 심화되어갔으며, 이로부터 소설은 중국인들의 의식 속에 새롭게 인식되었다. 소설창작은 다른 문예장르에 비해 비교적 명확하게 중국사회가 직면한 현실을 직시하고 봉건주의의 해악을 폭로하는 수단이 되었다. 이 시기 동맹회同盟會를 주도하던 황모시黃摩西, 쉬녠쯔徐念慈, 장빙린章炳麟과 같은 혁명적 지식인들은 소설이론의 확립에 공헌하였다. 그들은 소설의 사회적 역할에 대해 보다 객관적이고 명확하게 평가하고 소설의 미학적 가치를 탐색하였으며, 소설의 예술적 가치에 주목하기 시작하였다. 1903년 왕궈웨이王國維는 「홍루몽평론紅樓夢評論」을 발표하였다. 이 문장은 서구의 철학과 미학의 관점에서 중국고전소설의 대표작이라고 할 수 있는 「홍루몽紅樓夢」을 분석하여 새로운 문학평론에 새로운 길을 제시하였다. 왕궈웨이의 영향은 비록 량치차오의 「소설과 대중정치의 관계를 논함」만큼의 영향력은 없었지만, 소설을 미학적 관점에서 분석하고 있다는 점에서는 량치차오의 문장을 넘어서는 의미가 있다고 할 수 있다. 왕궈웨이의 연구는 당시로서는 비교적 선진적인 문예이론을 운용하여 중국의 고전소설을 분석하였다. 왕궈웨이의 「홍루몽평론」은 단순한 「홍루몽」연구를 넘어서 중국소설의 이론적 발전에 기여하는 의미를 가지고 있는 것이다.

소설계혁명을 고취한 량치차오는 신소설에 대한 자신의 주장을 실천하기 위하여 이상적인 입헌군주제를 묘사한 소설 「신중국미래기新中國未來記」를 쓰고, 소설집 『소설영간일책小說零簡一冊』을 출판하였다. 량치차오의 신소설에 대한 열정은 대단하였으나 신소설에 대한 이해는 편협성을 나타내고 있었다. 이외에 춘뱌오春飆의 『미래세계未來世界』, 작자미상佚名의 『입헌제의 정신憲之魂』, 천톈화陳天華의 『사자후獅子喉』, 전단여사震旦女士의 『자유결혼自由結婚』 등은 입헌군주제와 근대적인 사상을 고취하는 작품이었다. 이 작품들은 사상적으로 매우 급진적이었으나 인물형상은 평면적이어서 문학적 가치는 낮다는 평가를 받았다. 결국 소설이라는 문예형식을 빌어 정치적인 이상을 표현하고자 했던 정치가의 예술적 기교는 창작의 실천과정에서 한계를 드러내었고, 신소설 창작실천은 더욱 성숙한 문학가의 출현을 기다리게 되었다.

2. 소설계혁명의 의의와 한계

19세기말에서 20세기 초까지 중국의 사회개혁을 꿈꾸는 지식인들은 소설의 이론적 발전에 많은 영향을 주었다. 그들은 중국의 소설이론을 체계화 시켜 소설에 대한 기존의 '소도小道', '말기末技', '회음誨淫', '사설邪說', '가담항의街談巷議', '길거리에 떠도는 이야기들로 만든 것道听途說者之所造也' 등, 소설을 폄하하는 기존관념을 타파하고, 사회개혁을 추진하는데 있어 필수적인 공구로 인식시키는 성과를 거두었다. 고전문학의 전통관념 속에서 유희나 소일거리로서의 소설을 정치투쟁과 사회개혁의 무기로서 민족을 일깨우는 도구로 인식하게 된 것이다. 이러한 인식의 변화는 소설창작에 대해 사회개혁과 정치투쟁의 도구로서 새로운 '문이재도文以載道'를 요구하게 되었다. 이러한 변화는 소설이 지니고 있는 사회적 역할을 의식하기 시작한 것으로, 사회의 상부구조의 변화에 영향을 미치기 시작한 것이라고 볼 수 있다. 캉유웨이, 량치차오, 장빙린 등의 관점은 이미 소설의 사회적인 역할에 대한 인식에 접근하고 있었다. 그들은 서구와 일본이 근대국가로 전환하는 과정에서 소설의 역할에 주목하였고 중국도 이를 본받아 국가개조에 착수해야 한다고 주장하였다. 이러한 의식의 변화는 중국현대소설의 이론적 발전을 촉진시키는 계기가 되었다. 당시의 개혁적 지식인들은 이론의 연구와 번역에 주력하여 중국소설의 현대화에 서막을 열게 되었다.

그러나 여전히 새로운 소설의 탄생이라는 과제는 많은 문제를 안고 있었다. 그들은 소설의 사회적 작용을 과대평가 하거나 소설의 미학적 본질을 간과하는 경향을 나타내기도 하였으며, 소설을 정치적 무기로 사용하면서 소설의 심미적 작용에 대해서는 인식하지 못하였다.

또한, 그들은 소설의 사회적 작용에 치중하여 소설을 조급하게 사용하는 오류를 범하였다. 그들은 기존의 소설관념에 대해 비판을 하면서도 소설 창작에 대한 새로운 형식을 제시하지 못하고 있었다. 그래서 그들의 소설에 대한 이론적 주장은 일시적으로는 호소력을 지니고 있었지만 그 실천적 성과는 아직 나타나지 않고 있었다. 그들이 구상하고 기대하는 새로운 소설작품은 여전히 세상에 나타나지 않고 있었던 것이다. 이것은 일종의 이론과 실제의 괴리라고 볼 수 있다. 결국 이론적인 공명이 실천적 성과로 이어지기도 전에 많은 소설계혁명의 창도자들은 서서히 사라져 갔다. 민국초기, 언정소설言情小說이나 흑막소설黑幕小說의 유행과 같은 역류逆流 현상에 대해 캉유웨이와 량치차오는 반격하고 싶었으나 실천적 역량이 부족하였고 심지어 반격의 의지가 있었는지 조차도 의문으로 남아있다. 일본으로 망명한 량치차오는 「소설과 대중정치의 관계를 논함」 이후 소설에 대한 문장을 발표하지 않았다. 이는 청말에서 민국초기 문인관료출신 지식인들의 한계였다고 볼 수 있다.

당시 신소설 창작에 관심을 보였던 남사南社는 복잡하고 다양하게 전개되는 문학현상에 대해 명확한 입장을 표명하지 못하였고 단순히 남사 후기에 출판된 『남사소설집南社小說集』에 원앙호접파鴛鴦蝴蝶派의 소설을 싣고 있었다. 이를 통해 자산계급 혁명파 문인들의 창작실천의 취약함을 엿볼 수 있는 것이다. 그들의 정치적인 약점과 마찬가지로 문학 역시 한계가 있는 것이다. 중국신소설이 탄생하기 위해서는 더욱 강한 역량을 갖춘 작가의 출현을 기다릴 수밖에 없었고, 또한 예술적인 역량을 갖춘 작가가 실현해야 하는 것이었다.

제3절 신해혁명과 5.4 신문화운동

1. 신해혁명

아편전쟁 이후 청 정부는 파상으로 밀려오는 서세동점西勢東漸의 조류를 극복하지 못하고 중국은 점차 반식민지로 전락하게 되었다. 청 정부의 관료와 지식인들은 양무운동과 같은 중체서용中體西用을 통해 국난을 극복해 보고자 하였으나, 서양의 군사기술을 흉내 내는 수준에 머무른 피상적인 개혁은 청일전쟁의 패배로 한계가 드러났다.

제국주의 세력 앞에 거듭되는 패배와 굴욕을 경험하면서 중국의 지식인들은 보다 근본적인 개혁을 갈망하게 되었고 이러한 움직임은 광동성廣東省 출신의 의사 쑨원孫文(1866~1924)을 중심으로 동맹회同盟會가 결성되는 계기가 되었다. 쑨원은 12세 때 하와이로 건너가 1886년부터 의학을 공부하고 귀국하였다. 1893년부터 광저우廣州에서 잠시 의사생활을 하였으나, 그는 중국의 개혁에 더 관심을 가지고 있었다. 그는 1894년 다시 하와이로 건너가 중국혁명을 위한 흥중회興中會를 결성한 이후, 중국으로 돌아와 공화제 수립을 위한 수차례의 봉기를 시도하였으나 번번이 실패하였다. 그는 미국과 유럽, 일본 등지를 돌아다니며 화교들에게 중국혁명에 동참할 것을 호소하였으며 이 기간 중 서구와 일본의 근대화에 눈을 뜨는 한편 자본주의가 가져온 극심한 빈부격차를 목도하게 되었고, 이 기간을 통해 민족民族·민권民權·민생民生의 삼민주의三民主義를 구상하게 되었다. 그는 중국에서 몇 차례 지역적인 봉기에 실패를 경험한 후, 보다 광범위하고 통합된 혁명조직의 필요성을 절감하고 후난성湖南省의 황싱黃興과 쑹자오런宋敎仁이 이끄는 화흥회華興會, 저장성浙江省의 차이위안페이蔡元培와 장빙린章炳麟이 이끄는 광복회光復會, 그리고 자신이 이끄는 흥중회를 통합하여 1907년 일본에서 동맹회를 결성하였다. 동맹회는 도쿄에 본부를 설치하고 기관지 『민보民

報』를 발행하면서 중국 내의 무장봉기를 계획하였다.

쑨원을 중심으로 한 혁명세력의 봉기는 실패를 거듭하였으나, 혁명이 성공할 수 있는 불씨는 뜻밖에 청 정부의 철도정책에서 타오르기 시작하였다. 지방의 신흥 자산계급(향신층)의 반대를 무릅쓰고 외국차관의 도입을 통해 철도를 국유화하려는 청 정부의 철도정책은 후난성 창사長沙, 쓰촨성四川省, 광동성 등 전국 각지에서 보로운동保路運動이 일어나는 계기가 되었다. 1911년 10월 6일, 우창武昌의 혁명세력을 중심으로 1911년 10월 6일 무장봉기를 계획하였으나 청 정부에 발각되면서 혁명지도부 대부분이 총살당하는 사건이 발생하였다. 그러나 지도부가 와해되었음에도 혁명파 군인들을 중심으로 10월 10일 우창의 관공서를 장악함으로써 신해역명이 시작되었다. 우창에서 시작된 혁명 성공의 소식은 매우 빠르게 전국으로 퍼져나갔으며 한 달여 만에 전국의 13개 성이 청 정부로부터 독립을 선언하였다. 청 정부군과 혁명군의 교전이 계속되는 상황에서 전세는 혁명군에게 유리하게 진행되었으며 12월 25일 일본에서 쑨원이 귀국하여 임시대총통에 취임하고 1912년 1월 1일 난징南京에서 중화민국中華民國 혁명정부가 선포되었다. 그해 2월 12일 선통제宣統帝가 퇴위함으로써 진시황秦始皇 이래로 지속되어 온 중국의 제정체제帝政體制는 종언終焉을 고하였다.

2. 5.4 신문화운동

5.4 신문화운동은 과학과 민주를 사상적 기반으로 일체의 봉건적인 사상과 문화를 비판하고 이러한 사회적 운동을 통하여 '인간'에 대하여 새로운 가치를 부여하자는 시대정신을 반영하고 있는 것이다. 신문화운동의 시대정신은 중국신문학의 근간을 이루는 사상적 초석이 되었다. 또한 언어형식면에서 문학혁명은 백화문의 사용을 제창함으로써 중국문학사에서 문언문의 자리를 대신하게 되었다. 백화문의 사용은 신문학이 새로운 사상과 내

용을 표현하고 새로운 예술형식을 탄생시키는 기초가 되었다.

1914년 오스트리아와 독일이 세르비아를 침공하면서 시작된 1차 세계대전은 1918년 독일이 항복함으로써 막을 내렸다. 이 전쟁은 유럽을 중심으로 진행되었으나, 유럽 각국의 역학적 재편은 아시아 아프리카의 식민지 지형도에 변화를 가져왔으며, 중국의 정세에도 큰 변화를 가져오게 되었다. 당시 중국은 유럽의 여러 나라에 의해 분할 점령된 상태였으나, 1차 세계대전이 끝났을 때 중국도 표면적으로는 전승국의 입장에 서게 되었다. 전쟁이 끝나자 천안문 광장에는 전승과 종전을 축하하는 군중들의 집회가 계속되었고 자축의 분위기는 전국에 넘쳤다. 그러나 중국의 기쁨과 희망은 오래가지 못하였다. 전후 처리문제를 논의하기 위한 1919년 파리 강화회담에서 전승국의 입장임에도 중국의 요구는 철저히 무시당했기 때문이다. 이 회담에서 당시 미국 대통령이었던 윌슨(Woodrow Wilson)의 '14개조 평화원칙(Fourteen Points)'이 제시되었다. 당시 해외에 식민지가 없었던 미국은 이 원칙의 핵심적인 내용으로 '민족자결주의'를 내세웠다. 1차 세계대전을 계기로 세계의 중심적 위치로 부상浮上한 미국은 아시아 아프리카의 식민지를 독립시킴으로써 유럽 제국주의 국가의 지위를 약화시키고자 하였다. 중국은 이에 희망을 걸고 유럽 제국주의 국가들에게 빼앗긴 국권을 회복하고자 하였다. 즉, 제국주의 국가들이 점령하고 있는 조계지租界地의 반환, 외국군대와 경찰의 철수, 외국인 범죄자에 대한 영사재판권 폐지, 수입물품에 대한 관세자주권 승인 등이 중국이 요구한 주요내용이었다. 그러나 중국은 파리강화회의(베르사이유 체제)의 본질을 모르고 있었다. 파리강화회의는 평화로운 세계를 건설하고자 하는 모임이 아닌, 패전국이 가지고 있던 식민지와 이권을 승전국이 나누어 갖기 위한 제국주의국가의 이권쟁탈전이었다. 이 회담에서 중국의 요구는 묵살되었고, 패전국 독일이 중국에서 가지고 있던 각종 이권은 일본으로 넘어갔다. 이러한 결과는 당시 중국을 통치하고 있던 매국적이고 친일적인 군벌정부의 묵인 하에서 진행된 것이다. 일본이 제시한 산동과 남만주의 이권을 확보하는 내용의 '21개조 요구'를 위안스카이袁世凱는 비밀리에 받아들였고, 일본은 중국에게 막대한 차관을 제공하는 대가로 1918년 중국 내에서 일본군의 군사행동과 군사기지 설치를 승인하는 '중일공동방적협정中日共同防敵協定'을 비밀리에 협의하였다.

이와 같은 상황 가운데 파리강화회의에서 중국대표의 요구는 일본의 공작에 의해 묵살되었고, 그 결과가 중국에 전해지자 1919년 4월 30일부터 베이징의 대학생들을 중심으로 회의 결과에 반대하고 철회를 요구하는 시위가 발생하였다. 5월 4일 천안문 광장에는 3천여 명의 학생들이 모여 파리강화회의 21개조의 철회, 칭다오青島의 반환, 매국노 타도를 외쳤다. 또한 중국의 이권을 일본에게 넘긴 매국노로 교통총장 차오루린曹汝霖, 前 주일공사 루쭝위陸宗輿, 주일공사 장쭝썅章宗祥을 지목하고 이들의 처벌을 주장하였다. 차오루린, 루쭝위, 장쭝썅은 돤치루이段祺瑞 군벌정권과 일본 데라우치寺內내각이 맺은 '니시하라차관西原借款'에 협력한 인물들이었다. 분노한 시위대는 차오루린의 집을 습격하였고 집을 불태웠다. 그러나 군벌정권은 오히려 시위를 주도한 학생 32명을 체포함으로써 중국인의 분노는 더욱 커져만 갔다. 시위대의 체포소식이 전국에 알려지면서 학생들은 동맹휴학으로 맞섰고 그 해 6월부터는 상하이, 톈진 등지의 상인들은 문을 닫고 노동자들은 동맹파업에 들어갔다. 결국 군벌정부는 매국노로 지목된 차오루린 등 3명을 파면하고 체포학생 전원을 석방하였다. 5월 4일 반제애국운동으로 시작된 5.4운동은 신문화운동의 불길에 기름과 같은 역할을 하게 되었다.

신문화운동은 18세기 이후 중국이 대외적으로 직면하고 있던 역사적 상황을 바탕으로 이미 진행되고 있었다고 볼 수 있다. 1840년 아편전쟁 이후 수천 년 지속되어 온 중국민족의 중화사상은 큰 변화에 직면하게 된다. 청조의 잇따른 대외적 패배와 굴욕은 민족의 위기감을 증폭시키고 새로운 변화를 갈망하는 계기가 되었다. 20세기 초엽 중국의 지식인들은 전통사상이 아닌 새로운 서구의 사상에서 중국민족이 직면한 문제에 대한 해답을 구하기 시작하였다. 이들의 이러한 노력은 1911년 10월 신해혁명으로 이어졌으며, 신해혁명은 중국인들의 사상적 해방과 각성을 촉진시키게 되었다. 그러나 혁명의 열매는 위안스카이에 의해 탈취 당하면서 중국사회는 또다시 혼란과 절망 속으로 빠져들었다. 위안스카이가 이끄는 북양北洋군벌정권은 허울뿐이었고 각 지방마다 군벌세력이 할거하면서 중국민중의 생활은 끝을 알 수 없는 고난의 터널에서 벗어날 수 없었다. 그러나 이러한 사회적 혼란과 절망적인 상황은 개혁에 대한 요구를 증폭시키는 계기로 작용하게 되었다. 계속되는 개혁의 실패는 지식인들로 하여금 중국민족이 직면한 문제에 대해 보다 근본적으로 사고하게 하였고 중국사회의 모든 분야에 새로운 사상과 개혁을 갈망하는 운동이 일어나게 되었다. 또한 위안스카이와 장쉰張勛의 복벽復辟시도는 오히려 중국의 진보적 지식인들로 하여금 중국사회에 깊게 뿌리내린 봉건사상을 제거해야한다는 필요성을 절실히 느끼게 하였다. 이러한 진보적 사상과 정치적 개혁에 대한 요구의 결합은 신문화운동을 촉발시키는 중요한 사회적 요인으로 작용하게 되었다.

대외적으로 제1차 세계대전 중 1917년 러시아 10월 혁명의 성공은 당시 피압박 민족에게 새로운 가능성을 열어주었다. 10월 혁명 이후 중국에 맑스·레닌주의가 전래되었고 중국의 사상계에 새로운 흐름을 형성하게 되었다.

대내적으로 중국사회 내부에 형성되기 시작하던 새로운 경제적 토대와 정치역량의 발전은 그에 상응하는 새로운 문화와 문학의 발전을 요구하였다. 제1차 세계대전기간 제국주의 열강은 전쟁의 소용돌이 속에 빠져 잠시나마 중국에 대한 침략을 늦추게 되었다. 이 짧은 시기는 중국민족이 각성하여 대외정세를 관망할 수 있는 계기를 마련해 주었다. 또한, 새로운 자본주의 경제가 발전하는 과정에서 신흥 자산계급이 출현하였고 이들은 모두 새로운 정치체제를 요구하고 있었다. 이들의 정치적 요구는 곧 서구적인 민주주의 정치형태를 지향하고 봉건체제를 반대하는 사상과 문화 계몽운동으로 발전하였다.

제4절 『신청년』과 문학혁명

1. 『신청년』

1915년 9월 천두슈陳獨秀는 『청년잡지青年雜誌』를 창간하였다. 『청년잡지』는 제2권부터 『신청년』으로 개명하였고, 사상과 문화, 문학과 시사적인 내용을 게재하는 종합적인 성격의 잡지로서 사회변혁의 요구를 공론화하기 시작하였다. 천두슈는 『신청년』 창간호에서 「청년들에게 고함敬告青年」이라는 문장을 통해 신문화가 갖추어야 할 여섯 가지 정신을 강조하였다. 이는 『신청년』의 발행 취지이기도 하다. 이 여섯 가지는 다음과 같다.

첫 째, 자주적이고 노예적이지 말 것. 一、自主的而非奴隸的.
둘 째, 진보적이고 보수적이지 말 것. 二、進步的而非保守的.
셋 째, 진취적이고 안일하지 말 것. 三、進取的而非退隱的.
넷 째, 세계적이고 쇄국적이지 말 것. 四、世界的而非鎖國的.
다섯째, 실리적이고 허구적이지 말 것. 五、實利的而非虛文的.
여섯째, 과학적이고 공상적이지 말 것. 六、科學的而非想象的.

그는 또한 「신청년선언新青年宣言」에서 신문화란 "정치적으로 도덕적으로 경제적으로 새로운 관념을 창조하고, 새로운 시대의 정신을 수립하며, 새로운 사회의 환경에 적응하는 것."이라고 강조하고 있다. 『신청년』은 신문화운동 기간 중 민주德莫克拉西(Democracy)와 과학賽因斯(Science)을 기본정신으로 표방하고 일체의 봉건적이고 복고적인 문화에 반대하였다. 『신청년』의 발간에 적극적으로 참여했던 인물로 리다자오李大釗, 루쉰魯迅, 첸쉬엔퉁錢玄同, 선인모沈尹默, 류반눙劉半農, 후스胡適 등이 있다. 이처럼 당시 신문화운동의 주역을 맡았던 지식인들은 『신청년』에 진보적인 사상 내용을 담은 논문과 문학작품을 발표하였다.

『신청년』은 1922년 잠시 휴간하였다가 1923년 6월부터 계간지로 바뀌고 중국공산당 중앙위원회의 기관지가 되었다. 『신청년』을 진지로 삼은 진보적인 지식인들은 중국사회의 진정한 변혁을 위해서는 민주주의에 바탕을 둔 새로운 사상, 새로운 도덕, 새로운 문화를 건설해야하며, 수천 년 봉건주의에 물든 낡은 사상, 낡은 도덕, 낡은 문화와 철저하게 싸워야 한다는 것을 인식하였다. 『신청년』을 중심으로 전개된 계몽운동은 바로 문학혁명을 성숙시키는 사상적, 문화적 기반이 되었다.

2. 문학혁명

1917년 1월 후스는 『신청년』에 「문학개량추의文學改良芻議」를 발표하였다. 중국현대문학연구자들은 일반적으로 「문학개량추의」가 발표된 1917년을 중국현대문학의 원년으로 기록하고 있다. 후스胡適(1891~1962)는 근대 사상가, 문학가로 본명은 후훙싱胡洪騂, 자는 스즈適之이다. 안후이安徽省 지시積溪가 본적인 그는 상하이에서 출생하여 1904년 상하이 메이시학당梅溪學堂과 정종학당澄衷學堂에서 신식 교육을 받았다. 그는 1910년 미국으로 건너가 콜롬비아대학에서 서구식 민주주의와 존 듀이의 실용주의 철학의 영향을 받았다. 그는 미국에 머무르면서 1917년 『신청년』에 「문학개량추의」를 발표하면서 문체의 해방을 주장하였고 이 문장은 문학혁명의 견인차 역할을 하게 되었다. 후스의 문학개량에 대한 주장은 백화문을 중국신문학의 새로운 표현수단으로 정착시키고자 하는데 있다. 후스는 미국에서 서구근대사를 연구하던 중 근대시민사회로의 발전과정에서 언어의 혁명이 필수적이었음에 주목하고 중국의 근대화 또한 언어의 혁명이 절실함을 느꼈던 것이다. 그러므로 그는 중국문학의 표현수단으로 여겨지던 문언문을 폐지하고 백화문을 신문학의 표현수단으로 삼는 문제에 대한 방법론을 제시한 것이다.

「문학개량추의」에서 후스는 1916년 10월 천두슈에게 보내는 편지 가운데서 제기한 문학혁명에서 수행하여야 할 '8개 원칙八事'에 대하여 자신의 견해를 명확하게 표명하였다. 그 '8개 원칙'의 내용은 다음과 같다.

> 첫 째, 말에는 반드시 내용이 있어야 한다.一曰, 須言之有物.
> 둘 째, 옛 사람의 글을 모방하지 말아야 한다.二曰, 不摹仿古人.
> 셋 째, 문법에 맞게 써야 한다.三曰, 須講求文法.
> 넷 째, 병도 없이 신음하는 듯한 글을 쓰지 말아야 한다.四曰, 不作無病之呻吟.
> 다섯째, 진부하고 상투적인 어투를 쓰지 말아야 한다.五曰, 務去爛調套語.
> 여섯째, 전고를 인용하려 하지 말아야 한다.六曰, 不用典.
> 일곱째, 대구를 지키려고 하지 않는다.七曰, 不講對仗.
> 여덟째, 속자와 속어를 피하지 않는다.八曰, 不避俗字俗語.

'8개 원칙'은 후에 문예창작에 있어서 해서는 안 될 것을 의미하는 '팔불주의八不主義'라고 하게 되었으며, 이로써 후스의 「문학개량추의」는 문학혁명을 추동하고 방향성을 제시하는 강령과 같은 역할을 하게 되었다.

1917년 2월 천두슈는 『신청년』 제2권 6호에 「문학혁명론文學革命論」을 발표하였다. 천두슈의 문장은 문학혁명에 대해 후스보다 진일보한 사상내용을 주장하고 있다. 천두슈는 이 문장에서 다음과 같은 '삼대주의三大主義'를 제창하였는데 내용은 다음과 같다.

> 가식적이며 아첨하는 듯한 귀족문학을 타도하고 평이하고 서정적인 국민문학을 건설한다.曰推倒雕琢阿諛的貴族文學, 建設平易的抒情的國民文學.
>
> 진부하고 허구적인 고전문학을 타도하고 신선하고 진실한 사실문학을 건

설한다. 曰推倒陳腐的鋪張的古典文學, 建設新鮮的立誠的寫實文學.

우회적이고 난해한 산림문학을 타도하고 명료하고 통속적인 사회문학을 건설한다는 것이다. 曰推倒迂晦的艱澀的山林文學, 建設明了的通俗的社會文學.

천두슈는 귀족문학, 고전문학, 산림문학을 반대하는 이유에 대해 형체는 있으나 내용은 없는 봉건문학은 장식품에 지나지 않을 뿐만 아니라, 왕족이나 재자가인才子佳人, 신선神仙, 귀신鬼神과 같은 소재들을 다루면서 인간, 인생, 사회와 같은 문제들은 도외시하였기 때문이라고 말하고 있다. 봉건문학의 폐단에 대한 천두슈의 비판은 후스에 비하여 더욱 명확하고 진보적이라고 할 수 있다. 그는 문학혁명을 정치혁명과 연관시켜 고찰하면서 문학의 변혁을 통하여 정치적인 변혁을 기대하였다.

1919년 5.4 운동의 발발은 신문화운동을 더욱 촉진시키는 역사적 조건으로 작용하게 되었다. 신문화운동은 정치적 개혁에 대한 갈망이 사상해방운동으로 이어지고 사상해방운동은 문학을 통한 사상의 해방을 실천하려는 문학혁명을 탄생하게 하였다. 5.4 운동이 발생하면서 문학혁명은 국내외 정세의 급격한 변화 속에서 새로운 발전의 전환기를 맞이하였다. 우선, 서구문예사조의 유입은 문학혁명의 발전에 큰 영향을 주었다. 문학혁명의 중심에 있던 지식인들은 서구문예작품과 이론서를 대량으로 중국에 번역 소개하였고, 이는 중국의 신문학 탄생과 발전에 직접적으로 큰 영향을 미치게 되었다. 문학혁명의 발전에 선구적 역할을 했던 지식인들은 서구문학을 번역 소개하는 것이 중국의 신문학을 창조하고 발전시키는 길이라고 인식하고 있었다. 이들이 번역한 작품이나 이론들은 『신청년』, 『신조新潮』 등 당시의 진보적인 간행물을 통해 발표되었다. 번역문학도 발전하여 루쉰, 저우쭤런周作人, 후스, 선옌빙沈雁冰, 류반눙劉半農 등은 중국문단에 외국문예작품을 적극적으로 번역 소개하였다. 그들은 유럽과 일본, 인도 등 여러 나라의 문학작품을 점차 체계적으로 중국에 번역 소개함으로써 세계의 문예작품과 이론이 중국문단에 흡수되고 이는 중국의 문학혁명이 창작과 이론 두 가지 면에서 성숙해나가는데 영향을 주게 되었다. 특히 러시아문학작품의 번역 소개는 중국의 신문학 형성에 많은 영향을 주게 되었다.

저우쭤런은 1918년과 1919년 「인간의 문학人的文學」과 「평민문학平民文學」 등 문장을 연이어 발표하여 문학혁명에 대한 자신의 주장을 전개하였다. 1901년 그는 강남수사학당江南水師學堂에 입학하여 신학문을 접하기 시작하였고 1906년 일본으로 건너가 정법대학法政大學에서 수학하였다. 1911년 귀국 후 베이징대학 국사편찬실 편찬위원과 베이징사범대학 교수로 재직하면서 외국문학작품의 번역 소개와 신문화운동을 지지하는 논문을 많이 발표하였다. 그가 발표한 논문 중 문학혁명에 가장 큰 영향을 주었던 것이 바로 「인간의 문학」과 「평민문학」이다. 「인간의 문학」은 1918년 『신청년』 제5권 제6호에 실린 문학논문이다. 이는 문학혁명기간 중 가장먼저 신문학에 대한 주장을 이론적으로 체계화한 논문으로 의미를 지닌다. 「인간의 문학」에서 저우쭤런은 인도주의人道主義 문학을 주장하였다.

> 인도주의를 바탕으로 하여 인생의 모든 문제에 관한 기록이나 그에 관하여 연구한 글을 '인간의 문학'이라고 부른다.用這人道主義爲本, 對人生諸問題, 加以記錄研究的文字, 便謂之人的文學.

그러므로 저우쭤런은 문학의 사명은 인도주의적인 견지에서 비인간적인 삶을 묘사함으로써 현실에 대한 개선의 여지와 이상적인 삶을 추구하도록 하는 것이라고 주장하고 있다.

「평민문학」은 1919년 1월 19일 『매주평론每週評論』에 실린 논문이다. 저우쭤런은 이 글에서 구체적으로 '인생을 위한 예술爲人生而藝術'을 주장하고 있다.

평민의 문학이란 평범한 문체로 쓰여야 하며 평범한 생각과 사실의 기록이어야 한다. 우리는 영웅호걸의 일이나 재자가인의 행복을 다룰 것이 아니라 세간의 보통남녀의 비애와 기쁨, 성공과 실패를 소재로 삼아야 한다.平民文學應以普通文體，寫普通的思想和事實．我們不必記英雄豪杰的事業，才子佳人的幸福，只應記載世間普通男女的悲歡成敗.

저우쭤런은 또한 문학은 아름답고 착한 인간성을 표현하여야 하고 문학은 인도주의를 근본으로 하며 인간의 도덕을 근본으로 하여야 한다고 주장하였다. 저우쭤런의 「인간의 문학」과 「평민문학」은 당시 문학혁명을 사상적 이론적으로 발전하는데 큰 공헌을 하였다.

이 시기 문학혁명의 지도적 역할을 담당했던 지식인들은 신시, 소설, 희곡 등 문학 장르별로 다방면에서 이론적 연구를 진행하였을 뿐만 아니라 창작을 통한 문학혁명의 실천도 활발하게 전개하였다.

문학혁명의 문학사적 성과는 다음 네 가지로 정리해 볼 수 있다.

첫째, 신문화운동의 일환으로 진행된 문학혁명은 민주와 과학을 사상적 기반으로 문학의 내용과 형식에 근본적인 변혁을 가져왔고, 봉건사상과 그 문화를 타파하고 근대적 사상과 문화를 창조하는데 있어서 큰 역할을 하였다. 이를 통해 중국의 지식인들은 문학의 사회적 사명과 공리성에 눈뜨게 되었을 뿐만 아니라 '인간'에 대한 새로운 가치를 발견하는 계기가 되었다. 또한 문학혁명 기간 중 제창된 인도주의 문예사상은 이후 30년 중국신문학사의 주요한 흐름으로 자리매김 하였다.

둘째, 문학혁명은 창작의 사상적 혁신과 더불어 언어형식의 변혁을 불러왔다. 문학혁명을 통해 백화운동은 문학계뿐만 아니라 정치, 교육, 언론, 출판 등 사회의 모든 분야로 확대되었다. 『신청년』은 1918년 4월부터 전면적으로 백화문을 사용하기 시작하였고, 『매주평론』과 『신조』도 백화문으로 발행되었다. 이후 5.4 운동 기간에 발행된 각종 출판물은 백화문으로 발행되었다. 1919년 한 해 동안 발행된 4백 여 종의 잡지도 모두 백화문으로 발행되었다. 결국 백화문을 반대하던 군벌정부 교육부는 1920년 전국 초등학교 국어교재로 백화문 어문교과서를 채택할 것을 결정하였다. 이로써 백화가 국어로 제정되었으며 백화문이 문언문의 지위를 대신하는 역사적 변혁을 가져오게 되었다.

셋째, 서구의 다양한 문예사조를 받아들이고 문학작품과 이론을 번역 소개한 것도 문학혁명이 거둔 중요한 성과이다. 문학혁명에 적극적으로 참여했던 지식인들은 외국문학을 수용하는 것은 중국 신문학을 발전시키는 중요한 조건이라고 인식하였다. 그러므로 문학혁명 발생초기부터 적극적으로 외국문학을 번역 소개하였다. 루쉰, 류반눙, 저우쭤런, 후스, 선옌빙, 정전둬鄭振鐸, 취츄바이瞿秋白 등은 외국문학의 소개와 번역에 적극적인 역할을 하였다. 『신청년』은 창간호로부터 줄곧 외국작품을 번역 소개하였고, 『신조』와 『신보晨報』 부간副刊도 외국문학작품과 이론을 소개하였다. 외국의 문예작품과 이론의 수입은 중국의 문학적 전통이라는 토양 위에 이식되어 신문학을 탄생시키고 발전시키는 중요한 역할을 하였다.

넷째, 문학혁명을 기간 중, 다양한 문예 간행물이 발행되었다. 이들 간행물은 문예작품 뿐만 아니라 신문화운동과 관련된 다양한 시사평론을 게재하였는데, 『신청년』, 『신조』, 『학등學燈』, 『소년중국少年中國』 등의 간행물을 중심으로 많은 신문학 작가들이 등단하였다. 이는 문예의 창작과 향유의 주체가 문인사대부에 국한되어 있던 청나라 때와는 달리 문예활동의 대중화라는 변화를 가져오는 계기가 되었으며 중국문학의 현대화에 지대한 영향을 주게 되었다.

CHAPTER 02 1920년대 소설

1918년 루쉰의 「광인일기狂人日記」는 소설의 사회적 작용에 대한 인식의 전환을 가져왔고, 이후 『납함吶喊』과 『방황彷徨』의 출현은 중국소설사의 획을 긋는 새로운 전기를 마련하였다. 또한 문학연구회나 창조사와 같은 문학사단의 출현은 새로운 작가군을 발굴, 성장시켜주는 계기가 되었다.

이 시기 소설의 특징을 다음과 같이 정리해 볼 수 있다.

첫째, 루쉰의 『납함』과 『방황』의 출현을 들 수 있다. 이 두 편의 소설집에 수록된 작품들은 창작사상과 예술형식에서 고전소설과는 구별되는 새로운 면모를 보여주었다.

둘째, 문학연구회의 '인생을 위한 예술爲人生而藝術'을 제창한 인생파 작가들은 인생의 모든 문제를 소재로 다룬 문제소설問題小說을 창작하였다. 이들의 작품 속에서 다루어진 인생의 문제는 주로 젊은 세대의 연애, 혼인, 윤리, 가정, 진로 등 다양했으며, 문제를 바라보는 시각 또한 사회구조나 제도적 측면보다는 인생의 문제라는 측면에서 접근하였다. 이 시기에 출현한 향토소설鄉土小說 또한 넓은 의미에서 문제소설의 범주에 속한다고 볼 수 있다.

셋째, 개인의 내면을 성찰한 자전소설이 등장하였다. '예술을 위한 예술

爲藝術而藝術'을 주장하는 창조사의 작가들은 작가 자신의 내면이 투영된 자전소설을 창작하였다. 이들의 자전소설自傳小說은 작가자신의 경험과 삶을 진솔하게 작품 속에 반영하고 있는 경우가 많았으나, 소설의 내용과 반드시 일치하는 것은 아니었으므로 자서전과는 구분되는 것이다. 예술파의 자전소설은 일본 사소설私小說의 영향을 받았고 후에 류나어우劉吶歐, 스저춘施蟄存 등을 중심으로 형성된 신감각파新感覺派와 의식류소설意識流小說에 영향을 미쳤다.

제1절 루쉰의 소설

1. 루쉰의 생애

근대중국의 사상가, 문학가로 추앙받는 루쉰魯迅(1881~1936)은 저장성浙江省 사오싱紹興의 몰락한 사대부 집안에서 태어났다. 루쉰의 본명은 저우장수周樟樹로, 후에 수런樹人으로 고쳤다. 자는 위차이豫才이며, 1918년 「광인일기狂人日記」를 발표할 때부터 루쉰이라는 필명을 쓰기 시작하였다. 그는 7세 때부터 서당에서 공부하면서 중국의 고전을 접하기 시작하였다. 이 때 읽은 책들은 그에게 고전인문학에 대한 기초를 닦아주었다.

루쉰이 13세 되던 해 그의 조부는 청조의 관리를 지냈으나 과거시험 부정사건에 연루되어 8년 간 옥살이를 하였고, 그의 아버지는 3년 간 중병을 앓다가 세상을 떠났다. 이 시기 루쉰의 가정은 몰락의 길로 들어서게 되었다. 조부가 감옥에 갇힌 후 루쉰은 학업을 중단하고 농촌에 있던 외가에 가서 생활하게 되었는데, 이것은 그로 하여금 농민과 농촌생활에 대한 이해를 깊게 할 수 있는 계기가 되었다. 이러한 경험은 그로 하여금 반봉건적인 사상의 형성에 영향을 주게 되었고 후에 작품 속에서 농촌생활과 농민형상을 사실적으로 묘사하는데 풍부한 소재를 제공하였다. 또한 그는 야사野史

나 전설, 지방극地方劇 등 민간예술에 대하여 깊은 관심을 가지고 있었다.

18세 되던 해에 루쉰은 글공부를 하여 과거를 보는 길을 버리고 새로운 학문을 배우기 위하여 고향을 떠나 난징으로 가게 된다. 1898년 5월 루쉰은 난징의 쟝난수사학당江南水師學堂에 입학하였고 후에 광무철로학당鑛務鐵路學堂으로 옮겼다. 이 시기 중국에는 서구의 자연과학과 사회과학분야의 저작이 대량으로 번역 소개되었다. 루쉰은 이 학교에서 수학, 물리, 화학, 생물, 지리 등 새로운 지식을 학습하고, 이를 통하여 과학과 민주에 대한 개념을 형성하여 나갔다. 특히 옌푸嚴復가 번역한 헉슬리(Thomas Henry Huxley)의 「천연론天然論」은 루쉰에게 큰 영향을 주었다. 루쉰은 「천연론」을 통해 미래는 과거를 능가하고 신세대는 구세대를 능가할 것이라는 사회발전관을 정립하게 되었다.

1902년 1월, 광무철로학당을 졸업한 루쉰은 그 해 3월 일본으로 유학을 떠났다. 그는 도쿄東京의 홍문학원弘文學院에서 일본어와 자연과학을 배우며 의학전문학교에 진학할 준비를 하였다. 당시 동경은 중국 혁명파들의 활동 중심지로서 루쉰도 이들의 영향을 받게 되었다.

1904년 루쉰은 동경을 떠나 센다이仙臺의학전문학교에 입학하였다. 그는 소설집 『납함吶喊』의 「머리말自序」에서 다음과 같이 말하고 있다.

> 나의 꿈은 참으로 아름다웠다. 졸업을 하고 돌아가면 나의 아버지처럼 치료를 잘못 받은 환자의 고통을 해결해 주고 전시에는 군의가 되고 또 한편으로는 우리나라 사람들에게 유신에 대한 신앙을 북돋아 주고자 하였다.我的梦很美满，预备卒业回来，救治像我父亲似的被误的病人的疾苦，战争时候便去當军醫，一面又促进了国人对於维新的信仰.

그러나 그는 수업시간에 영사기 필름을 통하여 일본군에게 붙잡혀 곧 참수 당하게 될 동포를 멍하니 구경하고 있는, 비록 체격은 건장하지만 넋

나간 듯한 중국 사람들을 보는 순간 "우리에게 있어서 무엇보다도 가장 중요한 것은 그들의 정신을 깨우쳐 주는 것이며 정신을 깨우치는데 가장 좋은 수단으로 되는 것은 더 말할 것도 없이 문예"라고 인식하게 되었다. 1906년, 루쉰은 동경으로 돌아와 『신생新生』이라는 문예지를 발간할 계획을 세웠다. 그는 『신생』을 종합잡지로 만들어 진보적인 문화와 사상을 전파하는 진지로 삼으려고 하였다. 그러나 그의 『신생』 출판계획은 실패하고 말았다. 이 시기 그는 저술과 번역에 몰두하였다. 1907년부터 1908년까지 사이에 그가 발표한 몇 편의 중요한 논문, 「인간의 역사人的歷史」, 「과학사교편科學史教編」, 「문화편지론文化偏至論」, 「악마시파설魔羅詩力說」 등에서는 이 시기 루쉰의 사회사상과 문예사상을 반영하고 있다. 1909년, 루쉰은 동생 저우쭤런과 함께 『외국소설집外國小說集』을 출판하였다. 이는 주로 러시아, 동유럽의 피압박 민족의 문학작품을 번역한 것이다.

1909년 8월 일본에서 귀국한 루쉰은 항저우杭州에서 교편을 잡았다. 1911년 신해혁명 시기 루쉰은 사오싱사범학당紹興師範學堂 교장을 잠시 맡았으나, 1912년 2월 난징 임시정부 교육부의 직원이 되어 5월에 베이징으로 옮겨갔다. 이 시기 신해혁명의 실패에 실망한 루쉰은 불경과 고서를 수집하고 정리하는 일을 하며 지내다가 『신청년』 편집을 맡고 있던 친구 첸쉬안퉁錢玄同의 권유로 다시 집필을 시작한다. 1918년 5월 그는 루쉰이라는 필명으로 『신청년』에 중국 신문학사상 첫 번째 백화소설 「광인일기」를 발표하였고, 이후로 그는 백화소설을 계속 발표하였다. 이 작품들은 후에 『납함』과 『방황』이라는 두 소설집으로 출판되었다. 이 시기 그의 소설은 신해혁명 시기부터 1920년대까지 중국 사회의 면모를 사실적으로 묘사하고 있으며 중국 리얼리즘문학의 선구적 역할을 하게 되었다. 1918년 9월부터 루쉰은 『신청년』에 '수감록隨感錄'이라는 난을 게재하여 봉건수구파를 비판하고 베이징여자사범대학운동을 지지하는 등 시대상황이 반영된 시사적인 문제를 다루는 전투성이 강한 雜文을 발표하였다. 이 시기 수감록에 실렸던 잡문雜文은 『무덤墳』, 『열풍熱風』, 『화개집華蓋集』, 『화개집속편華蓋集續編』, 『이이집而已集』 등에 수록되었다.

1920년 가을부터 루쉰은 베이징대학, 베이징사범대학北京師範大學 등에서 '중국소설사'를 강의하였고 후에 이를 정리하여 1924년 『중국소설사략中國小說史略』로 출판하였다. 1926년 8월 루쉰은 학생들의 제국주의와 군벌통치에 반대하는 투쟁을 지지했다는 죄목으로 돤치루이段祺瑞 군벌정권의 수배를 받게 되었다. 루쉰은 이를 피해 샤먼대학厦門大學으로 가서 문학과 교수를 담당하였다. 그는 이 시기에 수필집 『아침꽃을 저녁에 줍다朝花夕拾』을 완성하였다.

1927년 북벌이 진행되던 시기 루쉰은 샤먼을 떠나 광저우廣州로 가서 중산대학中山大學에 재직하게 되었다. 루쉰은 이 시기에 루쉰은 중국공산당과 교류하기 시작하였다. 그 해 10월 중산대학中山大學의 공산당 학생활동을 탄압하는 사건이 발생하자 루쉰은 이에 항의하여 중산대학 교수직을 그만두고 상하이로 갔다. 1928년 초 루쉰은 창조사創造社, 태양사太陽社와 혁명문학논쟁을 벌이기도 하였다.

1930년에 좌익작가연맹左翼作家聯盟이 결성되자 이에 대해 일면 지지하는 입장이었지만 좌익작가들과 창작실천의 문제를 놓고 논쟁을 벌이며 대립하는 관계가 지속되었다. 1933년에는 중국 민권보장동맹民權保障同盟에 가입하였다. 1930년대 루쉰의 후기 창작은 잡문이 주류를 이루고 있다. 후기 잡문집으로 『삼한집三閑集』, 『이심집二心集』, 『남강북조집南腔北調集』, 『위자유서僞自由書』, 『준풍월담准風月談』, 『화변문학花邊文學』, 『차개정잡문且介亭雜文』, 『차개정잡문속집且介亭雜文續集』, 『집외집集外集』, 『집외집습유集外集拾遺』, 『집외집습유보편集外集拾遺補篇』 등이 있다. 루쉰은 이 시기에 「이수理水」, 「비공非攻」, 「채미菜薇」, 「출관出關」, 「기사起死」 등 역사소설 5편을 썼는데 전반기에 쓴 「보천補天」, 「분월奔月」, 「주검鑄劍」 3편과 함께 역사소설집 『고사신편故事新編』을 1936년 출판하였다.

근대 중국의 문학가이자 사상가이며 '정신계의 전사精神界之戰士'로 추앙받는 루쉰은 1936년 10월 19일 56세를 일기로 상하이에서 생애를 마쳤다.

2. 『납함』과 『방황』

『납함吶喊』과 『방황彷徨』은 루쉰이 신해혁명부터 1920년대 중반까지 중국의 사회상을 제재로 쓴 소설집이다. 1923년 8월에 출판된 『납함』은 1918년부터 1922까지 발표된 『광인일기』, 『쿵이지孔乙己』, 『약藥』, 『내일明天』, 『사소한 사건一件小事』, 『머리카락 이야기頭髮的故事』, 『풍파風波』, 『고향故鄕』, 『아큐정전阿Q正傳』, 『단오절端午節』, 『백광白光』, 『토끼와 고양이兎和猫』, 『오리의 희극鴨的喜劇』, 『사희社戱』 모두 14편의 작품을 수록하고 있다. 루쉰은 『납함』의 「머리말自序」에서 소설집의 이름을 '납함', 즉 '외침'이라고 지은 이유에 대해 다음과 같이 말하고 있다.

> 그러나 어쩌면 아직 그때 나 자신이 가졌던 적막한 비애를 잊을 수 없기에 때로는 어쩔 수 없이 몇 마디 고함을 지르지 않을 수 없었다. 그것은 적막 속을 달리는 용사들에게 약간의 위로가 되고 그들이 앞장서서 달려가는 데 망설임이 없게 하고자 함이었다.但或者也還未能忘懷于當日自己的寂寞的悲哀罷, 所以有時候仍不免납함幾聲, 聊以慰藉那在寂寞里奔馳的猛士, 使他不憚于前驅.

이처럼 『납함』에는 5.4 시기 루쉰의 격앙된 정서가 반영되어 있다고 볼 수 있다. 『납함』에 실린 작품들은 주로 신해혁명에서 5.4 시기까지의 중국사회를 소재로 하여 당시 군벌통치하의 사회적 모순과 봉건제도가 낳은 비극적 현실을 폭로하고 있다.

루쉰의 두 번째 소설집 『방황』은 1924년부터 1925년까지 창작된 소설

「축복祝福」, 「술집에서在酒樓上」, 「행복한 가정幸福的家庭」, 「비누肥皂」, 「장명등長明燈」, 「조리돌림示衆」, 「고 선생高老夫子」, 「고독한 사람孤獨者」, 「상서傷逝」, 「형제兄弟」, 「이혼離婚」 모두 11편이 수록되어 있다. 루쉰이 『방황』을 출판할 당시는 5.4 운동의 퇴조기로서 신문화운동 내부의 갈등도 점차 증폭되는 시기였다. 이러한 분위기 속에서 루쉰은 북양군벌北洋軍閥이 통치하는 베이징에서 새로운 적막함에 빠져들었다. 두 번째 소설집을 『방황』이라고 명명한 것은 신문화운동의 불길이 수그러들던 시기에 루쉰이 느끼던 정서를 반영한 것이라고 볼 수 있다. 그는 「『방황』에 부쳐題『彷徨』」라는 시에서 다음과 같이 말하고 있다.

> 신문학의 문단은 적막하고, 옛 전장은 평안하네. 두 틈바구니 속에서 살아남은 한 병졸, 창 들고 홀로 방황하네.寂寞新文苑, 平安舊戰場, 兩間余一卒, 荷戟獨彷徨.

루쉰은 계몽주의자의 입장에서 『납함』과 『방황』을 통해 주로 중국의 농민과 지식인, 농촌여성의 문제를 다루고 있다. 농민과 지식인 형상은 중국문학사에서 늘 등장하는 것이지만 루쉰의 소설 속에 등장하는 이들 형상은 냉정한 리얼리즘의 관점에서 묘사되고 있는 것이다. 『납함』과 『방황』에 나타난 루쉰의 리얼리즘 창작정신은 인도주의에 기초하고 있지만 그의 비판은 매우 냉엄한 것이어서, 중국민족이 당하는 '불행을 슬퍼하지만, 싸우려고 하지 않는 안일함에 분노한다哀其不幸, 怒其不爭'라고 표현하는 것이다. 루쉰이 말하는 중국민족의 불행이란 정치·경제적인 고난만을 의미하는 것이 아니라 자신들이 겪고 있는 불행을 인식하지도 못하고 그 불행을 타파하려는 노력도 하지 않는 노예와 같은 정신 상태를 의미하는 것이다. 그렇기 때문에 루쉰은 계몽주의자의 입장에서 늘 국민성 개조문제에 관심을 두었고 『납함』과 『방황』에 실린 작품들은 모두 그 우매하고 싸울 줄 모르는 국민성을 일깨우고자 하는 것이다. 그러므로 그는 당시 중국민족의 대다수를 차지하던 농민과 봉건사상에 찌든 지식인을 작품의 주인공으로 다루었다. 그의 소설에서 묘사되는 농민과 지식인 그리고 농촌여성의 형상은 신문학사의 인물화랑에 새로운 기초를 다지는데 큰 공헌을 하게 되었다.

이 두 소설집의 주요한 내용과 의미는 다음과 같이 요약해 볼 수 있다.

첫째, 봉건예교에 반대하고 그에 맞서 저항하려는 혁명선구자의 형상을 묘사하고 있다. 루쉰은 『납함』의 「머리말」에서 수 천 년 봉건적인 문화에 물든 중국을 "창문이 하나도 없고 무너뜨리기도 아주 힘든, 무쇠로 만든 방"에 비유하면서 "그 안에서 깊은 잠이 들어 있는 많은 사람들은 이제 곧 숨이 막혀 죽을 것"이라고 하였다. 루쉰은 소설에서 한편으로는 이 '무쇠로 만든 방'의 암흑과 죄악을 폭로하였고 다른 한편으로는 이 '무쇠로 만든 방'을 무너뜨리려는 혁명가의 형상을 묘사하였다. 루쉰의 이러한 사상적 특징은 초기소설 「광인일기」에 잘 나타나 있다. 러시아 고골리의 「광인일기」의 영향을 받은 이 소설은 1918년 5월 『신청년』 잡지에 발표되었다. 1918년 8월 20일 루쉰은 쉬서우창許壽裳에게 보낸 편지에서 「광인일기」의 창작동기에 대해 다음과 같이 말하고 있다.

> 『자치통감自治通鑑』을 읽다보니 중국인은 사람을 잡아먹는 민족이라는 것을 깨닫게 되었다. 이에 이 소설을 쓰게 되었다.后以偶閱『通鑑』, 乃悟中國人尙是食人民族, 因成此篇.

여기서 알 수 있듯이 루쉰이 「광인일기」를 쓰게 된 동기는 '사람을 잡아먹는 봉건예교'의 잔혹함을 폭로하기 위해서였다. 그는 「광인일기」에서 광인의 형상은 이러한 역사의 비극을 폭로하여 오랜 기간 봉건적 통치로 인해 정신이 마비된 사람들을 깨워 현실을 개혁하려는 선구적이고 미래지향적인 인물로 묘사되고 있다. 이에 대해 루쉰은 「등하만필燈下漫筆」에서 다음과 같이 말하고 있다.

> 소위 중국의 문명이란 사실 부유한 자들을 위해 마련된 인육의 연회이며, 중국이란 사실 이 인육의 연회를 준비하는 주방일 뿐이다. 이러한 인육의 연회는 지금도 마련되고 있으며 어떤 사람들은 계속 마련하려고 생각하고 있다. 이것을 모르고 찬양하는 자는 용서할 수 있으나, 알면서도 찬양하는 자는 영원히 저주를 받아 마땅하다. …… 이러한 인육의 연회는 아직도 계속되고 있고, 많은 이들은 이 연회가 계속되길 바라고 있다. 이 식인종들을 쓸어버리고 이 연회석을 뒤집어 버리고 이 주방을 부숴버리는 것이 바로 현재 청년들의 사명인 것이다!所謂中國的文明者，其實不過是按排給闊人享用的人肉的筵宴. 所謂中國者，其實不過是按排這人肉的筵宴的廚房. 不知道而贊頌者是可恕的，否則，此輩當得永遠的詛呪! …… 這人肉的筵宴現在還排着，有許多人還想一直排下去. 掃蕩這些食人者，掀掉這筵席，毁壞這廚房，則是現在的青年的使命!

소설 가운데 '광인' 형상은 바로 새로운 사조의 영향을 받은 선각자일 뿐만 아니라 또한 봉건예교에 대한 반항자의 형상이기도 하다. 광인의 두드러진 특징은 그가 봉건예교의 폐단에 대해 각성한 사람이라는 것이다. 그는 대담하게 일체의 봉건문화를 부정하였고 역사를 통해 봉건사회는 사람을 잡아먹는 사회라는 결론을 도출해 낸 것이다. 광인의 독백은 모두 봉건예교의 잔인함과 비인도적인 면을 폭로하고 있는데, 광인의 각성과 저항에 대해 어떠한 박해도 그의 인식과 태도를 바꾸거나 동요시키지 못하였다. 여기에는 5.4 신문화운동의 반봉건정신이 반영되고 있는 것이다. 광인은 이미 민주적이고 과학적인 사고방식을 가지고 중국의 역사를 바라보는 인물이며, 그는 "무슨 일이나 많이 연구하여야만 알 수 있다."고 주장한다. 봉건사회의 역사에 대한 그의 인식과 사람을 잡아먹는 봉건예교의 본질에 대한 과학적 판단은 모두 그가 역사와 현실에 대한 본질적인 연구를 통해 반복적인 검증을 거친 후 얻어낸 결론이다. 이러한 광인의 태도는 바로 5.4 신문화운동에서 제창된 민주와 과학의 정신이다. 광인은 사람을 잡아먹는 자들의 본질뿐만 아니라 그들의 음모에 대해서도 깨닫고 있다. 광인은 사람을 잡아먹는 자들의 본질과 수단에 대하여 "사자와 같은 잔인함, 토끼의 비겁함, 여우의 교활함"이라고 규정하고 있다. 광인은 또한 다가올 미래의 사회에 대하여 이상을 가진 인물로 묘사되고 있다. 그는 사람을 잡아먹는 제도를 타파하고 새로운 사회를 건설하며 사람이 관습과 제도에 의해 희생되는 것을 용납하지 않는 '진정한 사람'이 되어야 한다고 주장하고 있다. 이것은 바로 광인의 이상이며, 또한 이러한 희망을 새로운 세대들에게 기대하고 있는 것이다. 그러므로 그는 작품의 마지막에서 "아이들을 구해야 한다救救孩子"고 외치고 있다. 이러한 광인의 외침은 미래에 대한 그의 이상을 반영하고 있는 것이다.

둘째, 농촌을 배경으로 농민의 삶을 사실적으로 묘사하였다.

루쉰의 소설은 당시의 다른 작가에 비하여 농민의 삶을 제재로 다룬 작품이 많다고 할 수 있는데, 『고향』, 『축복』, 『아큐정전』, 『풍파』, 『내일』 등은 모두 농촌을 배경으로 한 작품들이다.

1921년 발표한 『고향』은 1919년 12월 루쉰이 고향에서 경험한 일을 소재로 삼고 있다. 소설은 신해혁명 후 중국 농촌경제가 붕괴하고 농민의 생활이 어려움에 빠진 현실을 반영하여 농촌사회의 몰락과 농민의 봉건적 사고의 심각성을 제시하였다. 룬투潤土는 반봉건반식민지 중국의 농촌사회에서 자신의 운명에 순응하며 살아가는 농민의 전형이다. 어린 시절 영리하고 천진난만하던 소년 룬투와 현실에 시달리며 노예근성에 젖어버린 20년 후의 룬투는 선명한 대조를 이룬다. 일인칭 '나'를 주인공으로 서술되는 이 소설은 작가의 농민의 운명에 대한 깊은 연민을 나타내고 있다. 어린 시절의 친구 룬투는 성장한 후 '나'를 만나자 '나리老爺'라는 호칭을 쓴다. 작자는 20년 동안 인물성격의 변화를 통하여 지방군벌, 토비, 지주, 흉년 등에 의해 마비되어 가는 중국 농민의 비참한 운명과 그들이 받는 정신상의 유린을 제시하였다. 작자는 또한 중국의 농민이 각성하여 자신의 운명을 개척해 나가길 희망하고 있다. 작품의 후반부에서 "사실 땅에는 원래 길이 없었다. 다니는 사람이 많아지면 길이 되는 것이다."라고 말하며 중국 농민의 미래에 희망을 걸고 있는 것이다.

루쉰은 농민들이 당하는 정신적인 고통은 육체적으로 받는 고통보다 더욱 무거운 것이라는 점에 주목하였다. 작가는 「축복」의 주인공 샹린싸오祥林嫂의 비극적인 운명을 통해 남성중심의 가부장제의 압박으로부터 벗어날 수 없는 농촌여성의 문제를 다루고 있다. 그녀의 비극적인 최후는 당시 중국 사회가 '사람을 잡아먹는 사회'라는 현실을 반영하고 있는 것이다. 샹린싸오는 과부가 되어 수절하려고 하였으나 재가를 권하는 시어머니의 압박을 피해 루쓰魯四영감 집으로 도망가서 하녀가 되었다. 그러나 결국 시집에 의해 팔려가게 되고 일부종사一夫從事를 고집하는 그녀의 봉건적 사고방식은 그녀를 더욱 불행하게 만든다. 그녀는 재가한 여자는 죽으면 지옥에 가서 몸이 반으로 나뉘어 두 남자에게 한쪽씩 간다는 미신을 굳게 믿고 있다. 봉건예교의 세뇌는 그녀의 운명을 비참한 최후로 몰아가는 것이다.

「풍파」는 루전魯鎭의 사공인 치진七斤의 집안에서 일어나는 일을 장쉰張勛의 복벽復辟사건을 배경으로 전개하고 있다. 신해혁명 이후에도 중국의 농촌은 치진이 강제로 변발을 잘린 것 외에는 변화가 없다. 장쉰이 복벽을 일으켜 황제가 되었다는 소식이 전해져도 농민들은 별 반응이 없다. 어린 류진六斤은 종래의 습관대로 전족纏足을 하고 절뚝거리며 다닌다. 작품은 신해혁명 이후에도 변화가 없는 농촌사회와 농민의 사상을 묘사하고 있다.

「내일」은 과부 단單씨가 자식마저 잃어버리는 과정을 통해 농촌여성의 의식 속에 뿌리박힌 봉건예교의 폐해를 파헤치고 있다. 그녀는 과부가 되었지만 삼종지도三從之道를 굳게 지키려고 한다. 그러므로 그녀는 늘 마을의 아우阿五와 같은 부랑자들을 경계한다. 그녀에게 유일한 희망은 자식이 어른이 되는 것 외에는 없다. 그러나 아이마저 죽게 되자 그녀에게 더 이상 내일이라는 것은 존재하지 않는다. 그녀의 주위 사람들도 이 기회에 이익을 챙기려고만 할 뿐 그녀를 진정으로 도와주려는 사람은 없다. 작자는 작품을 통해 중국의 농촌여성들이 처한 비극적인 현실을 묘사하고 있다.

셋째, 신해혁명 시기의 다양한 지식인 형상을 창조하였다.

지식인은 농민과 함께 당시 중국혁명에서 중요한 위치를 차지한다. 이 문제는 루쉰의 소설 속에서 많은 부분을 차지하고 있다. 신해혁명 이후에 나타난 중국사회의 다양한 유형의 지식인의 생활과 사상적 방황이 루쉰의 작품 가운데 현실감 있게 묘사되었다.

우선, 과거제도의 희생물이 된 봉건문인들의 형상을 그려내었다. 1919년 발표된 「쿵이지孔乙己」와 1922년 발표된 「백광白光」은 봉건사회의 과거제도가 양산한 무기력한 지식인의 비참한 운명을 묘사하고 있다.

「쿵이지」는 19세기말 중국의 시골마을 루전魯鎭을 배경으로 백면서생 쿵이지의 비참한 운명을 통해 과거제도의 폐해를 묘사하고 있다. 쿵이지는 계속 과거에 낙방하고 사람들의 웃음거리로 전전하다가 비참한 최후를 맞이한다. 「쿵이지」도 「광인일기」와 마찬가지로 사람을 잡아먹는 봉건사회를 고발한 작품이라고 할 수 있다.

「백광」의 천스청陳士成은 가난한 선비이다. 그는 늘 글공부를 열심히 하여 벼슬길에 나아가려 한다. 그는 열여섯 번이나 과거에 응시하였으나 번번이 낙방하였다. 그는 과거를 통한 입신양명에 실패하게 되자 땅속에 묻혀있다는 보물을 찾으려고 한다. 그러나 결국에는 환각증세를 일으켜 연못에 빠져 죽고 만다. 이 작품은 봉건사회가 양산한 무기력한 문인 천스청의 병든 영혼을 묘사하고 있다. 이처럼 루쉰은 「쿵이지」와 「백광」의 주인공들의 비극에 대한 사실적인 묘사를 통하여 과거제도의 시대적 한계와 봉건적 사고방식에서 벗어나지 못하는 지식인의 병폐를 지적하고 있는 것이다.

또한 수구적이고 고루한 지식인의 가식적이고 위선적인 형상을 묘사하였다.

신문화운동이 시작되자 개혁을 반대하는 복고운동도 함께 일어났다. 이러한 복고운동을 주도한 인물들은 봉건적인 도덕과 문화를 수호하고 새로운 도덕과 문화에 반대하고 나섰다. 루쉰은 이미 잡문雜文을 통하여 그들을 신랄하게 비판하였는데, 소설 가운데서도 이러한 위선적인 지식인 형상을 묘사하고 있다. 1924년 발표된 「비누」와 1925년 발표된 「고 선생」은 그 대표적인 작품이라고 할 수 있다.

「비누」의 쓰밍四銘은 위선적인 전통적 지식인의 전형이다. 청조 광서제光緖帝 때 이미 학교의 건립을 제창하였다고 자칭하던 그는 막상 신식학교가 들어서자 새로운 교육에 대해 "배우는 것도 없이 무슨 해방이니 자유니 떠들어댄다."라고 하거나, "학교의 폐단이 이처럼 크다는 것은 천만 뜻밖이다."라고 비난하며 모든 학교는 문을 닫아야 한다고 주장한다. 심지어 북양군벌 정권의 힘을 빌려 공맹지도孔孟之道를 학생들에게 가르쳐야 한다고 주장한다. 그는 이처럼 사상적으로 고루하였고 도덕적으로도 타락한 인물이다. 쓰밍은 중국의 앞날을 걱정하는 척 하면서 학생들이 도덕성이 없다고 한탄하는 한편, 천하를 어지럽히는 것은 단발한 여학생들이라고 비난하였다. 그러나 그의 내면에는 우연히 길에서 본 거지 처녀에게 음란한 마음으로 가득하다.

「고 선생」의 가오얼추高爾礎는 본래 주색잡기로 세월을 보내는 인물이다. 그의 본명은 가오간팅高干亭이지만 신문화운동이 일어나자 러시아의 문학가 고리끼에 대한 존경을 표시하는 의미에서 가오얼추高爾礎(고리끼의 중국어 음차)로 개명하였다. 5.4 운동 이후 이에 반발하는 복고운동이 일어나자 그는 적극적으로 '국수國粹'를 보존할 것을 주장하였다. 그는 중화의 국민은 모두 국사國史를 정리할 의무가 있다는 내용의 글을 발표하여 유명해지자 중학교의 초빙招聘요청까지 받게 되였다. 그러나 사실상 그가 알고 있는 국사지식이란 삼국지에 나오는 단순한 역사이야기 뿐이다. 이로 인해 수업시간에 학생들의 비웃음을 사게 되자, 그는 오히려 학교는 풍기가 문란한 곳이고 특히 여자학교는 아무런 의미가 없이 허영을 즐기는 곳이라고 비난하였다. 쓰밍과 가오얼추는 위선적이고 비열하며 새로운 사물을 거부하며 신문화운동을 반대하는 지식인의 전형이다. 루쉰은 그들의 추악한 면모를 풍자적인 기법으로 묘사하였다.

루쉰은 작품 속에서 신문화운동 이후 이상과 현실사이에서 방황하는 젊은 지식인의 형상을 창조하였다. 『방황』 가운데 수록된 「술집에서在酒樓上」, 「고독한 사람孤獨者」 등 작품에서는 신해혁명 후 지식인들이 방황, 동요하고 타락하게 된 고장을 묘사하였다. 「술집에서」의 뤼웨이푸呂緯甫는 원래는 명석하고 개혁에 대한 열정으로 가득 찬 청년이었다. 그러나 수차례 현실의 질곡을 겪게 되자 그의 이상은 한 가지도 실현되지 못하였다는 것을 느끼게 되었다. 결국 그는 아이들에게 어물어물 고루한 옛 글을 가르치며 살아가게 되었다. 이는 자신이 비유하여 말한 바와 같이 "파리가 앉아 있다가 무엇엔가 놀라 날아오르지만 조그마한 원을 그리고는 또 다시 본래 앉았던 자리로 돌아오는 것"과 같다고 말한다.

「고독한 사람」의 웨이롄쑤魏連殳는 서구식 교육을 받은 개화파로서 순진하고 선량한 사람이었다. 그는 세속적인 일에 휘말리는 것을 달가워하지 않았다. 그러나 현실은 그로 하여금 사회와 거리를 두는 것을 용납하지 않았다. 유언비어가 그의 뒤를 따라다녔고 실업이 그에게 상처를 입혔다. 마지막엔 할 수 없이 자기의 이상을 포기하고 군벌부대의 고문이 되어 그가 "이전에 증오하였던 것, 반대하였던 것 등의 모든 것을 직접 해보게 되었다." 이렇게 되자 그에게는 지위와 돈이 있게 되었으며 찬사가 따랐다. 그러나 그는 승리의 환호 가운데서 실패의 비애를 느끼게 되었으며 끝내 내면의 고통을 극복하지 못하고 고독하게 죽어버린다.

「상서傷逝」의 주인공 쯔쥔子君과 쥐안성娟生은 5.4 신사조의 영향을 받은 젊은 지식인들이다. 쯔쥔은 혼인자유를 쟁취하기 위하여 모든 비난과 조소를 불구하고 용감하게 가정의 속박을 벗어난다. 그는 "나는 나 자신의 것이다. 그 누구도 나를 간섭할 권리가 없다." 고 말하였다. 그들은 끝내 온갖 사회적인 장애를 극복하고 "희망에 넘치는 서민가정"을 꾸린다. 그러나 이 한 쌍의 젊은 남녀는 새로운 비극을 맞이하기 시작한다. 쥐안성은 실업의 고통 가운데서 "인생이란 살아가야 하는 것이다. 그리고 사랑이란 그 생활에 종속되어야 하는 것이다"라는 이치를 인식하게 시작하였다. 그는 쯔쥔을 생활의 부담으로 느꼈을 뿐만 아니라 "새로운 희망은 우리들이 헤어짐으로써 올 수 있는 것이다."라고 생각하였다. 루쉰은 이에 대해 여성이 해방을 쟁취하려면 "당연히 자신의 눈앞에 놓인 안일을 탐내지 말고 부단히 사상, 경제 등의 해방을 위하여 싸워야 한다. 사회를 해방하게 되면 자신도 해방하게 된다."고 말한다. 소설에서 쥐안성과 쯔쥔의 반항은 단지 자유결혼을 위한 것이었다. 그러나 그들에게는 현실의 무거운 압력을 견딜 수 있는 힘이 없었다. 그러므로 비극적인 운명은 불가피한 것이었다. 소설은 바로 그들이 비극을 조성한 사회적 원인을 제시하였고 또한 이러한 사회를 개조하지 않는다면 개인의 행복은 실현될 수 없는 것임을 나타내고 있는 것이다. 작자는 두 남녀의 형상을 통하여 애정지상주의, 개성해방사상과 개인적인 분투가 가지고 있는 문제점을 비판하였다.

3. 『아큐정전』

루쉰의 대표작품 『아큐정전阿Q正傳』은 1921년 12월부터 1922년 2월 사이에 쓴 소설로서 중국현대소설의 기념비적 작품으로 평가받고 있다. 본래

『아큐정전』은 베이징 『신보晨報』에 연재되었다.

『아큐정전』은 신해혁명시기 중국 농촌사회를 배경으로 수천 년 봉건통치를 받으면서 중국민족에게 형성된 노예적인 의식에서 깨어나지 못한 우매한 중국인의 비참한 운명을 묘사하였다. 루쉰은 농촌마을 웨이좡未莊의 고용농 아큐의 비극적인 운명을 통하여 근대 중국의 현실을 사실적으로 반영하였고 장기적인 봉건통치와 봉건문화가 중국민족에게 미친 정신적 해악을 비판하였다. 루쉰이 『아큐정전』을 쓰게 된 동기는 이미 중국민족에게 깊이 뿌리박힌 '정신승리병精神勝利病'과 같은 정신적 해악을 비판하고 나아가서 낙후된 국민성을 개조하고자 하는데 있다. 그러므로 『아큐정전』에서 중점적으로 묘사하고 있는 것은 농민들의 각성과 반항정신이 아니라 그들이 받는 고통과 재난, 굴욕과 어리석음이며 이러한 상황에서도 각성하지 못하고 남을 속이고 자신도 속이는 근성인 것이다. 루쉰은 이러한 어리석음에 대해 '그 불행을 슬퍼하지만 싸우지 않는 안일함에 분노하는 것이다哀其不幸, 怒其不爭' 루쉰은 『아큐정전』을 통해 그의 문학가이면서 계몽사상가적인 역량을 발휘하였다.

『아큐정전』에는 신해혁명 시기의 중국 농촌의 사회적 현실이 사실적이고 심도있게 반영되어있다. 작품의 배경인 웨이장未莊은 근대중국의 농촌사회의 척도로 볼 수 있다. 시대는 벌써 신해혁명의 전야에 처하였으나 지주 계급의 대표인물인 자오 나리趙太爺나 첸 나리錢太爺는 웨이좡에서 여전히 절대적인 권력을 행사하고 있었다. 그렇기 때문에 웨이좡에서 아큐와 농민들은 정치적인 박해와 경제적인 착취를 받으며 사상적으로도 예속을 당하고 인격적으로는 굴욕을 당하는 비참한 지위에 놓여 있었다.

아큐는 낙후된 고용농의 전형으로 품팔이로 생계를 유지하며 집이나 가족도 없고 심지어 자신의 성姓도 모른다. 그러나 아큐에게 그런 것은 문제가 되지 않는다. 그는 늘 흥청거리며 남의 일에 참견하기를 좋아한다. 아큐는 마을 사람이 그를 비웃어 "아큐는 일을 참 잘해!"라고 말하면 그 말이 비웃는 말인지 어떤지는 아랑곳하지 않고 기뻐한다. 그는 이러한 비참한 생활을 하면서도 늘 자신은 승리하는 삶을 살고 있다는 자아도취적인 정신 승리병에 빠져 있다. 그는 남들과 싸울 때면 "나도 예전엔 너 같은 놈보다 훨씬 잘살았다."라는 말로 스스로 위로한다. 그는 봉건적인 농촌사회의 피해자 입장에 있으면서도 자신의 신분에 대한 자각 없이 사농공상士農工商의 계급의식에 빠져 있다. 마을의 지주 자오 나리의 아들이 과거에 급제했다는 소식을 듣자 아큐는 황주黃酒를 들이키며 기뻐한 후, 자신도 본래는 자오 나리 아들의 증조부 뻘이 되기 때문에 자신에게도 경사라고 거짓말을 한다. 결국 거짓말이 들통 나 자오 나리에게 사죄를 해야 하는 처지가 된다. 아큐는 이처럼 자신을 권력자와 동일시함으로써 우월감에 도취한다. 또한 읍내에 다녀온 이후로 읍내사람들조차 무시한다. 그러나 그가 읍내 사람들을 무시하는 이유는 생선을 요리할 때 파를 썰어 넣는 방법이 미장과 다르다는 등 전혀 근거가 없는 자아도취와 맹목적인 우월감일 뿐이다.

이러한 아큐에게도 감추고 싶은 약점이 있다. 그것은 그의 머리에 벌레 먹은 듯이 머리가 빠져있는 것이다. 아큐는 그로 인해 '밝다', '빛난다' 등의 표현조차도 듣기 싫어한다. 아큐는 이러한 표현을 듣기만 해도 화를 내지만 마을의 건달들은 일부러 아큐를 놀려댄다. 상대가 만만하면 덤벼들지만 그렇지 않으면 그저 노려보며 "너 같은 놈들에게는 이런 것조차도…"라고 중얼거리며 자신의 약점을 승리의 표상으로 치부한다. 이때 아큐는 자신의 머리에 있는 벌레 먹은 듯한 자국도 마치 아무나 가질 수 없는 고귀한 것이라는 착각에 빠져든다. 그러므로 그는 놀림거리가 되어도 늘 스스로 귀한 신분이 되며 영원히 승리자가 되는 것이다.

아큐는 마을의 건달에게 얻어맞고도 "자식 놈에게 얻어맞은 격이야. 요즘 세상은 정말 엉망이야."라는 식으로 생각한다. 그렇게 생각하면 아큐는 자신이 이긴 것 같은 착각에 빠진다. 아큐는 건달들에게 머리채를 잡히고 건달들이 "네 입으로 말해봐라! 사람이 짐승을 때리는 것이라고" 말할 것을 요구하면 스스로 "난 벌레야"라고 인정한다. 그런 후 자신을 스스로 벌레라고 경멸할 줄 아는 제일인자라고 생각하며 만족해한다. 왜냐하면 일인자는 곧 장원壯元과 같기 때문이라고 여기기 때문이다. 이렇게 생각하고는 곧 의기양양해서 또 술을 마시러 간다. 한 번은 그도 도박판에서 돈을 많이 딴 적이 있다. 그러나 도박판에서 싸움이 벌어지고 그 싸움의 와중에서 누구에겐가 한껏 두들겨 맞고 돈을 잃어버린다. 그는 정신을 차리고 나자 돈이 없어진 걸 알게 되지만, 아들놈이 가져갔다고 스스로 위로한다. 그래도 마음이 편치 않자 자신의 뺨을 스스로 힘껏 때린다. 때린 것도 자신이고 맞은 사람도 자신이지만 시간이 좀 지나면 아큐는 자신이 남을 때렸다는 착각에 빠지게 되고 곧 흐뭇해진다.

아큐는 웨이좡에서 온갖 수모를 당하면서도 자신을 억압하는 자들에게 맞서 싸울 생각은 하지 않고 자신과 처지가 비슷한 약자들에게 분풀이를 하였다. 아큐는 자신과 처지가 같은 왕털보王胡나 샤오디小D를 업신여기었다. 그러나 아큐는 그들과의 싸움에서조차도 패배한다. 아큐는 자신과 같이 날품팔이로 생계를 이어가는 샤오디가 자신의 일감을 빼앗았다고 생각하고 그를 원수처럼 생각하고 시비를 건다. 그러나 그는 마을의 가장 약자인 샤오디와 싸움조차 이길 수 없다. 그는 더욱 약자입장에 있는 비구니를 희롱하면서 분풀이를 한다. 아큐가 비구니를 희롱할 때 마을의 건달들이 재미있어 하자 그는 더욱 신이 난다. 그의 정신승리병은 비구니를 희롱함으로써 싸움에 패배한 일을 잊어버리게 한다.

아큐는 심각한 정신승리병 뿐만 아니라 고루한 봉건적인 사고방식에서도 벗어나지 못하고 있다. 그는 집밖을 돌아다니는 여자들을 모두 사내와 내통하는 여자로 취급한다. 또한 불효에 세 가지가 있는데 후손이 없는 것이 가장 큰 불효不孝有三無後爲大라든지 후손이 없으면 제사지내 줄 사람이 없는 것을 걱정하는 등 남존여비사상과 봉건예교에 물들어 있다.

아큐의 정신승리법과 성격적 특징은 오랜 세월 봉건통치의 영향과 제국주의 열강의 침략으로 반봉건반식민지 상태로 전락한 중국의 민족성을 대변하고 있는 것이다. 당시 중국 민족에게 만연해 있던 정신승리병은 모진 압박과 착취에 대처하고 극복하기보다는 이를 망각하기 위한 마취제와 같은 역할을 하였다. 작품에서 아큐의 사회적 지위로부터 표현된 본질적 특성에 대해서도 깊이 있게 표현하고 있다. 우선 아큐는 지주나 토호土豪 또는 가짜 양놈假洋鬼子(아큐는 변발을 자르고 양복을 입은 쳰 나리의 아들을 '가짜 양놈'이라고 불렀다)에 대해 증오를 느끼고 있었다. 그리고 신해혁명의 물결이 미장에 미치자 혁명에 가담하고 반역하려고 하였다. 그의 혁명동기는 모호하고 유치하여 무조건 보복하고 약탈하는 도적식 혁명에 불과하였다. 루쉰은 또한 신해혁명이 아큐와 같은 기층 민중을 끌어안지 못한 미완未完의 혁명임을 지적하고 있다.

『아큐정전』은 작품의 예술적인 기법에서도 많은 성과를 거둔 작품으로 평가받는다. 작품에서는 생동적이고 함축적인 구성과 산문적이고 풍자적인 기법을 사용함으로써 전형적인 환경 안의 전형적인 인물형상을 성공적으로 묘사하였다. 이러한 전형성은 수천 년 봉건제 사회의 폐단에서 깨어나지 못하고 있는 중국인의 노예적인 근성을 묘사하는데 성공적으로 운용되었으며, 『아큐정전』이 중국현대소설사의 기념비적 작품으로 자리매김하는데 중요한 역할을 하고 있는 것이다.

제2절 문제소설

1921년 문학연구회 창립을 전후하여 중국문단에는 '인생파人生派' 작가들을 중심으로 문제극과 문제소설의 창작열기가 중국문단의 주류를 형성하였다. 5.4 신문화운동이 가져온 사상해방은 사람들로 하여금 진솔한 남녀의 애정문제뿐만 아니라 사회의 모순이나 봉건통치 하에서 고통 받는 중국 민중의 문제에 대하여 고민할 수 있는 계기를 마련해 주었다. 이 시기 이러한 모든 사회문제들을 소설창작에 중점적으로 반영하고 있는 작품을 문제소설이라고 한다. 문제소설은 1919년 저우쭤런이 「중국소설 속의 남녀문제中國小說里的男女問題」에서 "문제소설은 근대 평민문학의 산물이다"라고 '문제소설'이라는 용어를 사용하기 시작하면서 유래되었다.

최초로 문제소설을 창작한 사람은 후스로, 그는 1919년 7월 27일 『매주평론每週評論』 제32기에 「어떤 문제一個問題」라는 단편소설을 발표하였다. 작품은 봉건적 가정과 사회의 압박으로 일찍 결혼을 하게 된 젊은 지식인 저우쯔핑周子平에 대해 묘사하고 있다. 그의 아내가 아이를 낳자, 그는 생계를 위해 닥치는 대로 일을 한다. 이처럼 생계문제에 시달리며 살아가는 그는 갓 서른 살이 되었지만 이미 반백의 노인과 다름없다. 그는 늘 스스로에게 다음과 같이 묻는다.

> 나처럼 이렇게 처자식이나 먹여 살리는 것이 인간의 삶이란 말인가?像我這樣養老婆，食孩子，就算做了一世的人嗎?

후스는 입센易卜生 주의에 관심을 가졌다. 1918년 『신청년』 6월호는 노르웨이 희극작가 입센의 특집호로 편집되었는데, 입센의 작품 「인형의 집玩偶家庭」과 「국민의 적國民公敵」이 번역 소개되었다. 입센은 사회의 허위와 부정을 파헤치는 리얼리즘 작품을 많이 썼는데, 입센의 사회극은 문제소설의 발전에 많은 영향을 주었다.

후스의 「어떤 문제」 이후 문제소설 작품들이 연이어 발표되었다. 당시의 대표적인 문제소설 작가로는 예사오쥔葉紹鈞, 빙신氷心, 루인廬隱, 쉬디산許

地山 등을 들 수 있다. 이들 소설은 개인과 사회의 모든 문제, 즉 젊은이들의 남녀문제, 교육문제, 노동문제, 농촌문제, 여성의 사회적 지위문제, 가정의 문제 등 봉건제도의 속박을 타파하는 문제를 다양한 시각에서 구체적으로 다루고 있다.

1. 예성타오

예성타오葉聖陶(1894~1988), 본명은 사오쥔紹鈞이며 성타오는 필명이다. 장쑤성江蘇省 쑤저우蘇州 출신으로 소설가이면서 근대교육사상가이다. 또한 중국아동문학의 선구자이기도 하다. 문학연구회의 창립회원으로 신문학 초기에 활동을 많이 하였다. 1911년 중학을 졸업하였으나 집안이 가난하여 대학 진학을 포기하고 소학교에서 교편을 잡았다. 10년 동안 소학교 교사로 있으면서 청소년과 교육계의 여러 문제들을 목도하게 되었으며, 소도시에 사는 유지나 노동자들의 삶도 많이 접하게 되었는데, 이때의 생활경험은 그를 문제소설의 대표작가로 성장하게 하는 계기가 되었다. 후에 중학교와 대학에서 교편을 잡으면서 『소설월보』, 『부녀잡지』, 『중학생』 등의 편집을 맡았다. 중화인민공화국 수립 후 출판총서 부서장, 교육부 부부장, 인민교육출판사 사장을 역임하였으며 제5차 전국인민대표대회 상무위원, 제5차 전국정치협상회의 상무위원과 중국문련 위원에 선출되기도 하였다.

그는 1914년부터 문언문으로 소설을 쓰기 시작하였다. 5.4 운동 이후 백화문으로 소설을 쓰기 시작하였다. 1921년 마오둔茅盾, 정전둬鄭振鐸, 빙신, 저우쭤런 등과 함께 문학연구회를 결성하고 문단에서 본격적으로 활동하기 시작하였으며, 당시 신문학 문단에서 비교적 큰 성과를 거두었다. 그의 주요 작품들로는 단편소설집 『간격隔膜』, 『화재火災』, 『선하線下』, 『성중에서城中』, 『미염집未厭集』 등과 장편소설 『니환즈倪煥之』, 동화집 『허수아비稻草人』, 『고대영웅의 석상古代英雄的石像』 등이 있다.

예성타오의 초기 작품은 주로 당시 하층민중의 생활을 묘사한 단편소설이다. 단편소설 「고채苦菜」, 「새벽길曉行」에서는 지주의 가혹한 압박과 착취에 시달리는 농민들의 생활을 반영하고 있으며, 「아펑阿鳳」, 「일생一生」 등에서는 한평생 편한 날이 없이 중노동에 시달려야 하는 여성들의 처지를 묘사하고 있다. 예성타오는 또한 도시 소시민의 생활을 묘사한 작품들도 창작하였는데, 「어떤 친구一個朋友」, 「간격隔膜」, 「유복자遺腹子」 등에서는 작가는 이미 사람들에게 습관화된 진부하고 침울한 도시 소시민의 생활을 집중적으로 묘사하고 있다. 그는 반식민 반봉건의 사회현실에서 허위적이고 이기적인 소시민들의 마비된 사상을 비판하고 있다.

예성타오는 오랜 기간 교직생활의 경험을 바탕으로 교사들의 생활을 반영한 작품들을 많이 발표하였다. 그는 이러한 작품에서 교사들의 생활을 사실적으로 묘사하였다. 초기 단편소설 「밥飯」에서는 자신의 밥그릇을 지키기 위하여 자신의 의사표현도 제대로 못하고 굽실거리는 吳 선생의 형상을 묘사하였다. 작가는 이런 굴욕적인 생활에서 허덕이는 도시 소시민의 비겁함과 나약함을 비판하고 그들의 삶을 동정하고 있다. 단편소설 「후이즈惠之」의 주인공 후이즈는 늘 붕어튀김에 사오싱주紹興酒를 마시면서 아내도 남부럽지 않게 생활하기 위하여 경찰서에 들어가 간부가 되려고 한다. 그는 경찰서에서 얼마동안 직원으로 지내다가 과장이 된 후로 시정운영에 공로를 세우면 높은 자리를 얻을 수 있다는 꿈을 꾼다. 그러나 경찰서에 들어가는 것조차 실패하자 그의 희망은 일순간에 무너진다. 작가는 이러한 소시민들의 나약함과 비겁함을 심도 있게 비판하고 있다. 단편소설 「교장校長」의 주인공 수야叔雅는 학교를 잘 운영하여 교육사업으로 성공할 생각을 한다. 그래서 그는 교사를 잘 다뤄야 한다고 생각하고 교사의 명예를 더럽힌 교사 세 명을 내보내려고 하지만 그들을 비호하는 유지들의 비난이 두려워 결국 해직시키지 못한다. 작가는 이에 대해 허황된 이상만 가지고 있을 뿐 실천적 의지나 용기가 부족한 수야의 형상을 통하여 용기와 실천력이 부족한 지식인들의 나약함을 지적하고 있다. 이러한 작품들은 혼란한 사회현실 속에서 기본적인 생활마저도 보장받지 못하는 하층 지식인들의 특성을 사실적으로 반영하면서도 그들의 사상적 나약함과 이기적인 근성 등을 심도있게 비판하고 있다. 또한 이들 형상을 통해 당시 사회의 모순된 제도를 폭로 풍자하고 있다.

1928년 예성타오의 그의 대표작이라고 할 수 있는 장편소설 「니환즈倪煥之」를 완성하였다. 「니환즈」는 작가의 사상이나 예술적 성과에 있어서 비약적인 발전을 나타내는 작품으로 평가받고 있다. 주인공 니환즈는 청조 말기에 출생하여 중학에 다니던 시절부터 신해혁명의 영향을 받아 민주적 사상을 접하기 시작한다. 그는 당시의 진보적 경향을 가진 지식인들처럼 애국의 방법으로 교육사업을 택하였다. 그는 늘 교육으로 어두운 사회현실을 극복해 나가고자 하였으나 늘 수구적인 인물들의 압력으로 결국 그의 '교육이상'은 실패하게 되고 그는 환멸에 빠진다. 그는 또한 이상적인 애정을 추구하여 공동사업의 토대 위에서 서로 진정한 애정을 도모하고 결혼하려고 하였다. 그는 사상이나 이상, 취미 등이 자신과 비슷한 진페이장金佩璋을 사랑하였다. 그러나 잔인한 현실은 니환즈의 이상을 실현할 수 없게 만든다. 결혼 후 진페이장은 니환즈의 예상과는 달리 생활을 유지하기 위하여 정열이나 이상, 교육, 독서 등은 모두 뒷전으로 밀어버린다. 이러한 결혼생활은 니환즈를 또 다시 환멸로 몰아간다. 5.4 운동이 일어나자 니환즈는 새로운 희망을 가지고 적극적으로 자신이 사는 소도시에서 '교육사업'을 일으키고자 하였다. 그러나 5.4 운동의 조류가 지나가자 열정도 식어버리고 적막감과 우울함으로 나날을 보내게 된다. 그는 후에 왕러산王樂山의 영향을 받아 혁명에 참가하기 위하여 상해로 온다. 상하이의 중학교로 옮긴 그는 5.30 운동과 대혁명 기간에 치열하게 투쟁하였다. 그러나 1927년

4.12 정변 때 자신을 혁명의 길로 인도한 왕러산이 죽음을 당하자 술로 세월을 보내며 실의에 잠겨 있다가 병을 얻어 사망한다. 「니환즈」는 5.4 이전부터 1927년까지, 시대의 사회상을 사실적으로 반영하고 있으며 당시 지식인들의 혁명에 대한 환상과 나약함, 동요 등을 심도 있게 묘사하였다.

예성타오는 또한 동화작가로서 화초나 동물들을 의인화시켜 작품을 썼다. 대표적인 동화작품으로 「허수아비稻草人」, 「고대영웅의 석상古代英雄的石像」 등이 있다. 「허수아비」는 농촌에서 새를 쫓기 위해 세운 허수아비의 시각으로 당시 농민들의 고통스러운 삶을 묘사하고 있다. 이 작품은 어린이들에게 사회현상에 대한 시야를 넓혀주고 농민의 삶에 대해 생각해 볼 수 있는 계기를 마련해 주었다는 점에서 사회적 의의가 있는 동화작품으로 평가받는다.

2. 왕퉁자오

왕퉁자오王統照(1897~1957)의 본명은 졘싼劍三으로 산둥山東성 주청諸城현 출신이다. 그는 시인이자 소설가로서 문학연구회의 창립회원이었다. 그의 작품집으로는 단편소설집 『봄비 내리는 밤春雨之夜』, 『서리내린 흔적霜痕』과 중편소설 『일엽一葉』, 『황혼黃昏』이 있고 시집으로 『동심童心』과 『이 시대這時代』가 있다. 그의 초기 소설에 대해 茅盾은 "'사랑'과 '아름다움'이 조화된 왕국을 동경하고 있다"고 평하였다. 소설 「눈 내린 후雪後」와 「침몰沈船」에서는 추악한 현실과 작가가 그리는 이상 사이의 괴리감을 반영하고 있다. 후에 왕퉁자오는 중국의 현실에 대한 이해가 깊어감에 따라 그의 창작은 리얼리즘의 경향을 띄게 된다. 「삶과 죽음의 행렬生與死的行列」에서는 부지런하고 선량한 농민인 라오웨이老魏가 죽은 후 그의 가난한 친구들이 눈보라 치는 겨울날 라오웨이의 장례를 치르는 상황을 묘사하고 있다. 작가는 작품을 통하여 산 자와 죽은 자가 구분 없는 비참한 현실을 묘사하고 있는 것이다. 작가는 이에 대해 "라오웨이는 묵묵히 죽어갔다. 지금 남아있는 사람들도 이 길 외에는 다른 길이 없지 않은가!"라고 말하며 그들의 운명을 동정하고 있다.

왕퉁자오는 1933년 장편소설 「산에 내리는 비山雨」를 발표한다. 이는 북방농촌을 배경으로 순박한 농민 시다유奚大有가 사상적으로 성장해 가는 과정을 묘사하고 있다. 시다유는 본래 아버지 시얼수奚二叔와 마찬가지로 농사를 천직으로 받아들이고 살아가는 순박한 농민이다. 그러나 지주와 군벌의 수탈, 각종 세금, 자연재해는 그가 땅에 의존하여 살아가려는 소박한 소망을 짓밟는다. 결국 시다유는 고향을 떠나게 되지만 여전히 농사에 대한 미련을 버리지 못하고 다시 돌아오게 된다. 그러나 다시 고향으로 돌아왔을 때, 그를 기다리는 것은 피폐해진 농촌의 처참한 현실뿐이다. 이러한 과정을 겪으면서 그는 순박한 이상을 버리고 사상적으로 각성하게 된다.

3. 빙신

빙신氷心(1900~1999)의 본명은 셰완잉謝婉瑩이고 빙신은 필명으로 셰빙신謝氷心이라고도 한다. 빙신은 본래 푸젠성福建省에서 출생하였지만 해군장교였던 부친과 함께 옌타이煙臺의 바닷가 병영에서 비교적 풍요롭고 안정된 어린 시절을 보냈다. 부모의 사랑과 유복한 가정환경에서 보낸 어린 시절은 그녀로 하여금 사랑의 소중함을 깊이 깨닫게 하였고, 인류와 모든 생명에 대해 숭고한 애정을 갖게 되었다. 1918년 셰허여자대학協和女子大學에 입학, 재학 중 5.4 운동을 맞이하였다. 1921년 마오둔, 정전둬 등과 함께 문학연구회에 참가하였다. 1923년 미국에 유학하여 문학을 공부하고 1926년 귀국 후 옌징대학燕京大學과 칭화대학清華大學에서 강의하기도 하였다.

빙신은 1919년 9월 『신보』 부간에 첫 번째 소설 「두 가정兩个家庭」을 발표하며 등단하였다. 작품은 두 가정의 주부의 삶을 대비하여 묘사하는 기법으로 줄거리를 전개해간다. 하나는 천톈화陳天華의 아내인 천부인陳太太으로, 그녀는 가정에는 관심 없고 늘 마작과 연회참석으로 시간을 보내는 유한부인의 형상이다. 남편인 천톈화가 그녀에게 생활태도를 고칠 것을 말하면 그녀는 남편이 여성의 권리를 존중하지 않는다고 생각한다. 또 한 가정주부 야시亞茜는 가정에 충실할 뿐만 아니라 시간을 내어 남편의 영문서적 번역까지 도와준다. 이 작품은 여성은 과연 어떻게 아내와 어머니의 역할을 해야 하는지의 문제를 제기하고, 결국 작가는 야시의 삶이 올바른 선택이라고 결론짓고 있다.

「나만이 초췌할 뿐斯人獨憔悴」에서는 제국주의에 반대하는 학생운동에 참가한 학생이 아버지의 반대에 부딪혀 감금당한다. 작품은 부자간 갈등과 모순의 근본이 가부장적 사회에 있음을 지적하고 있다.

「귀국去國」의 주인공 잉스英士는 유학생으로 공부를 마치자 외국회사의 좋은 근무조건을 마다하고 조국에 헌신하기 위해 귀국한다. 그러나 신해혁명 직후의 혼란스러운 중국사회에서 그가 할 수 있는 일을 찾기란 쉽지 않았다. 중국의 현실에 실망한 그는 결국 다시 중국을 떠나게 된다.

「장훙의 누나莊鴻的姊妹」는 뛰어난 재능이 있지만 어려운 가정형편으로 학업을 포기하고 동생의 뒷바라지를 해야 하는 여성의 이야기를 그려내고 있다.

「마지막 안식最後的安息」에서는 시어머니에게 학대당하는 추이얼翠兒의 불행한 삶을 묘사하고 있다. 작가는 두 여성의 삶에 대한 묘사를 통해 중국에서 여성의 사회적 지위와 하층민들의 고달픈 현실 문제를 제기하고 있는 것이다.

빙신은 1921년 4월 『소설월보』에 「초인超人」을 발표하였다. 작품은 세상의 모든 문제를 냉담한 눈으로 바라보는 지식인 허빈何彬을 묘사하고 있다. 그에게 있어서 인생은 공허하고 아무런 의미도 없는 것이다. 그는 니체의 철학을 신봉하고, 사랑과 연민이란 악이라고 여긴다. 그러므로 그는 사람에 대해 냉담하고 교제도 꺼린다. 루얼祿兒은 그의 이웃에 사는 어린 아이다. 루얼은 넘어져서 다리를 다쳤으나 돈이 없어 치료를 받지 못하고 밤새도록 신음한다. 이 고통의 신음소리가 허빈에게 어머니의 사랑을 일깨우는 계기가 된다. 결국 그는 루얼의 치료비를 내준다. 허빈이 이사를 가게 되었을 때 루얼은 허빈이 잠든 틈을 이용하여 꽃다발을 침대에 놔둔다. 꽃향기는 깊은 잠에 빠져 있는 그에게 어머니의 사랑에 대한 기억 속으로 빠져들게 한다. 그는 잠에서 깨어 루얼 남긴 다음과 같은 메모를 읽게 된다.

> 나는 아저씨가 분명히 (내가 이러는 것을) 원하지 않을 것이라고 생각합니다. 그러나 나는 어머니가 있습니다. 어머니는 나를 사랑하기 때문에 아저씨에게 감동받고 있습니다. 아저씨도 어머니가 있겠지요? 그녀는 분명히 아저씨를 사랑할 겁니다. 그렇다면 나의 어머니와 아저씨의 어머니는 좋은 친구입니다. 그러므로 아저씨는 어머니의 친구의 아들이 주는 선물을 받아야 하는 것입니다.我想先生一定是不要的，然而我有一个母親，她因爲愛我的緣故，也很感激先生. 先生有母親么? 她一定是愛先生的. 這樣我的母親和先生的母親是好朋友了. 所以先生必要收母親的朋友的兒子的東西.

루얼의 메모를 읽고 난 허빈은 인생과 주변에 대한 냉담하던 태도를 바꾸게 된다.

4. 루인

루인廬隱(1898~1934)은 푸젠성福建省 민허우閩侯에서 태어났다. 본명은 황잉黃英으로 루인은 필명이다. 루인은 베이징여자사범학교를 졸업하고 잠시 소학교 교사로 있다가, 1919년 5.4 운동이 일어나자 루인은 사회활동에 참여하는 한편, 문학 창작도 시작하여 정전둬의 소개로 대학에 재학 중이던 1921년 1월 문학연구회 창립회원으로 참가하였다. 그 해 2월 『소설월보』

에 한 젊은 작가가 사랑하는 여인을 따라 죽음을 택한다는 내용의 단편소설 「어느 작가一个著作者」를 발표하였다. 1923년 루인은 가정이 있는 남자와 결혼하여 사회적 비난을 받는 정신적 고통을 감수하여야 했다. 그러나 결혼 2년 만에 남편은 병사하고 만다. 남편이 사망한 후 루인은 어린 딸과 함께 생활하면서 교직과 창작활동에 전념하였다. 1928년 루인은 10년 연하인 칭화대학 학생 리유젠李有建과 2년간의 교제 끝에 결혼하였다. 교사와 작가로서 바쁜 생활을 보내던 루인은 난산으로 인해 1934년 37세의 나이로 세상을 떠났다. 루인은 짧지만 우여곡절이 많은 인생을 사는 동안 중국사회 전반을 지배하고 있는 봉건적 사고의 벽을 뼈저리게 느꼈고, 이러한 경험은 그녀로 하여금 여성문제에 대해 깊이 고민하는 작가로 성장하게 하였다. 루인은 빙신과 비슷한 시기에 창작활동을 하였지만, 작품에서 전달하고자하는 바는 전혀 달랐다. 빙신은 작품을 통하여 인생의 모순과 번뇌를 사랑으로 승화시키려고 하였다. 그러나 루인은 작품을 통하여 사람들의 환상을 깨버리고 비참한 인생을 저주하게 하였다.

루인은 5.4 시기 창작한 소설을 모아 소설집 『해변의 친구海濱故人』를 출판하였다. 소설집에 수록된 「해변의 친구」는 본래 순박하고 낭만적인 삶을 꿈꾸는 다섯 명의 젊은 여성들의 삶을 묘사하고 있다. 주인공 루사露沙는 부모의 사랑을 받지 못하고 자란 여성으로 성장한 후에도 사랑과 우정을 모두 잃고 인생의 냉혹함만 경험하게 된다. 작품 속에 배어있는 삶에 대한 비관적인 정서는 작가의 인생 미신을 숭배하고 여자를 천시하는 봉건적인 관념에 물들어 있는 가정에서 자란 어린 시절의 이야기를 자전적 형식으로 묘사하고 있다. 『해변의 친구』에 수록된 많은 작품들은 연애문제를 통하여 현실 속에서 '수습할 길 없는 인생'과 '어지러운 사회', '이기주의' 등을 폭로하고 있다. 그녀의 소설에 등장하는 여주인공들은 대체로 가정을 뛰쳐나온 여성들이었다. 그들 성격의 공통적 특색은 정열적이면서도 신경질적이고, 생각은 많으나 실천력이 부족하며 강직해 보이지만 연약한 인물들이다. 「편지一封信」는 지주의 빚을 갚지 못한 가난한 가정이 딸이 첩으로 팔려가서 결국 비참하게 죽는다는 이야기이다. 「어느 작가一個著作家」는 부모에 의한 강제결혼이 낳은 비극을 그려내고 있다. 「두 초등학생兩個小學生」은 한 초등학생이 청원운동에 참가했다가 경찰에 체포되어 부상당하는 이야기를 쓰고 있다. 「영혼도 팔 수 있나靈魂可以賣嗎」는 기계처럼 일하는 한 여성 노동자의 비참한 생활을 묘사하고 있다. 그녀는 기계처럼 일하지만 가난을 면할 수 없을 뿐만 아니라, 하루 종일 일하다 생각할 수 있는 시간을 잃게 되고 결국 생각할 수 있는 권리마저 잃게 된다. 『해변의 친구』에 수록된 작품들의 주인공들은 작가를 포함한 일부 젊은 여성들의 삶을 반영하고 있다. 그러므로 그녀의 소설 중에는 서간체나 일기체의 형식을 취하고 있는 작품이 많다.

5. 쉬디산

필명인 뤄화성落花生으로 더 알려진 쉬디산許地山(1893~1941)의 본적은 푸젠성 룽시龍溪이지만, 타이완臺灣 타이난臺南에서 태어났다. 본명은 짠팡贊堃이고 디산은 그의 자字이다. 부친은 타이완을 일본에 할양하기로 한 시모노세키 조약에 반대해 무장 투쟁을 벌이다가 실패하자 가족을 데리고 광동성廣東省으로 이사하여, 쉬디산은 광동성에서 소년기를 보냈다. 그는 불교 가정에서 성장하였고, 1917년 옌징대학燕京大學에 입학하여 종교학을 전공하였다. 대학 재학 중 5.4 운동에 참여하였고, 정전둬鄭振鐸, 선옌빙沈雁冰 등과 함께 문학연구회 창립에도 참여하였으며. 비교적 일찍 문학창작을 시작하여 1922년 단편소설 「집 짓는 거미綴網勞蛛」와 산문 「땅콩落花生」을 『소설월보小說月報』에 발표하였다. 또한 소설집 『공산영우空山靈雨』를 출판하였다. 그는 종교철학을 전공하여 종교와 철학에도 관심이 많았는데 숙명론의 영향을 받아 작품 속에 반영되고 있다.

그의 초기 소설은 종교철학의 영향을 받아 종교적 색채가 짙다. 「명명조命命鳥」와 「상인의 아내商人婦」는 동남아 화교들의 생활상을 반영하고 있다. 「명명조」는 미얀마를 배경으로 집안의 반대로 사랑을 이루지 못하고 죽게되는 남녀의 비극을 묘사하고 있다. 「상인의 아내」는 사업을 하는 남편을 따라 해외에서 생활하는 惜官의 삶을 묘사하고 있다. 그녀는 낯선 땅에서 남편에게 헌신적으로 내조하지만, 그녀의 남편은 돈을 모으게 되자 오히려 그녀를 버릴 생각을 한다. 작가는 작품 속의 이러한 비관적인 상황에 대해 현실적인 출로를 제시하는 것이 아니라 종교적인 숙명론으로 받아들이고 있다.

1927년 이후 그의 작품은 종교적 색채가 옅어지고 리얼리즘적 성향이 짙어진다. 1928년 발표한 「페이 총리의 응접실在費總理底客廳裏」에서는 관료사회의 부패를 폭로하고 있다. 1934년 발표한 「춘타오春桃」의 여주인공 춘타오春桃는 군벌의 혼전 가운데 남편을 잃었다고 생각하고 다른 남자와 동거한다. 그러나 죽었다고 생각했던 남편이 다시 나타나자 두 남자 가운데서 갈등하지만, 그녀의 형상에서 더 이상 운명에 순종하거나 일부종사一夫從事에 얽매인 전통적 여성의 성격과는 다른 모습을 보인다.

그는 문학작품 외에도 불교와 도교철학에도 조예가 깊어 『대장경색인大藏經索引』『중국도교사中國道教史』를 편찬하기도 하였다. 1935년 홍콩대학香港大學으로 옮겨 문학원을 문학, 사학. 철학으로 분리하는 등 개혁을 단행하였고, 중화전국문예계항적협회中華全國文藝界抗敵協會 홍콩 분회 상무이사를 맡아 항일운동을 전개하다가, 1941년 홍콩에서 생애를 마쳤다.

제3절 향토소설

1920년대 중반 중국문단에 새로운 작가군이 형성되었다. 이들은 주로 농촌출신 작가로서 고향을 떠나 도시나 타향에 거주하면서 향촌을 소재로 한 작품들을 창작하였는데, 이들의 작품을 향토소설鄕土小說이라고 한다. 이처럼 향토소설의 출현은 타향에 거주하던 여러 작가들의 고향에 대한 회상과 향수를 제재로 한 창작에서 시작되었다. 향토소설은 인생파 문학이 발전하는 과정에서 나타난 성과라고 볼 수 있다. 인생파 작가들은 당시 문제소설을 많이 썼는데, 그들은 군벌통치 하에서 고통 받는 농촌의 삶을 리얼리즘적 관점에서 그려내게 되었다. 향토소설의 출현배경은 크게 두 가지로 볼 수 있다. 첫째는 문학연구회에서 비롯된 인생파 작가군의 문제소설이 향촌을 소재로 다루게 되면서 형성되었다는 것이고, 둘째는 외국문학을 번역 소개하는 과정에서 향촌을 소재로 한 러시아와 동유럽 소설의 영향을 받았다는 것이다. 鄕土小說의 작가들은 몰락한 중소지주와 농민의 고통을 자신의 어린 시절 체험 속에서 회상해내어 작품 속에서 그려내고 있는 것이다. 향토소설은 단지 농촌의 현실 문제를 제시하는 것만 아니라 농촌의 풍속이나 농민의 순박한 성품을 문학적으로 그려내어 농촌풍경화와 같은 미학적인 특성을 가지고 있다. 향토소설의 출현은 신문학의 리얼리즘이 심도 있게 발전하는 계기가 되었다는 점에 큰 의미가 있다.

1920년대 후반에 들어서면서 향토소설 작가들이 출현하게 되는데 이들의 작품은 인생파 작가의 리얼리즘 문학이 성숙한 열매를 수확하기 시작하였음을 의미한다. 또한 향토소설의 출현은 향촌을 이해하지 못하면, 중국을 이해할 수 없다는 5.4 지식인들의 눈앞에 놓인 숙명과도 같은 명제를 받아들인 인생파 작가들의 당연한 산물이라고 볼 수 있다.

문학연구회의 작가들은 러시아 리얼리즘의 영향을 받아들여 비교적 일찍 향토문제에 관심을 가지고 창작활동을 하였다. 루쉰의 리얼리즘 또한 향토소설을 통해 나타나고 있다. 그의 향토소설의 성취에 대해 왕야오王瑤는 다음과 같이 평가하고 있다.

중국문학사상 진정으로 농민을 소설의 주인공으로 삼은 사람은 루쉰이 최초라고 할 수 있다.中國文學史上眞正把農民當作小說中的主人公的，魯迅是第一人.

루쉰은 鄕土小說에 가장 큰 영향을 주었는데, 그의 「쿵이지」 「고향」 「풍파」 「축복」 등이 고향 농촌의 생활을 소재로 한 소설로서 후의 향토소설 작가들에게 모범이 되었다. 루쉰은 『중국신문학대계 · 소설 2집中國新文學大系 · 小說二集』 머리말에서 다음과 같이 말하고 있다.

대체로 베이징에서 붓으로 그들의 가슴 속을 써내는 사람들은 그가 자칭 주관적이든 객관적이든 사실 향토문학인 것이다. 베이징에서 본다면 (이들은) 僑寓문학의 作者인 셈이다.凡在北京用筆寫出他的胸臆的人們，無論他自稱用主觀或客觀，其實往往是鄕土文學，從北京這方面說，則是僑寓文學的作者.

문학연구회 작가들 중 창작 면에서 쉬위눠徐玉諾의 「헌신 한 짝一只破鞋」 「할아버지의 이야기祖父的故事」, 왕쓰뎬王思玷의 「반신불수偏枯」, 판쉰潘訓의 「향심鄕心」 리민利民의 「삼일 품팔이의 자술三天勞工的自述」 등 모두 비교적 초기에 출현한 향토소설들이 있다. 농촌에서 도시로 온 젊은 지식인들은 농후한 향토적 색채와 익숙한 사회하층생활의 체험을 토대로 향토문학을 창작하여 중국신문학사상 향토소설의 전성기를 형성하게 된다. 이 시기의 대표적인 향토소설작가로서 펑자황彭家煌, 쉬제許傑, 젠셴아이蹇先艾, 쉬친원許欽文, 왕루옌王魯彦, 타이징눙臺靜農, 왕런수王任叔 등이 있다.

인생파 작가들의 관점에서 볼 때, 향토소설의 출현은 크게 두 가지 의미를 가지고 있다.

첫째, 향토소설은 하층민중의 다양한 인생을 풍부하게 표현하고 있다. 남녀의 애정문제를 다루던 문제소설을 타파하고 농촌을 제재로 선택하는 중국신문학사의 새로운 국면을 이끌어 내었다. 농민과 농촌 제재를 중국신문학 속으로 대량 끌어들인 것이다. 5.4 시기 문제소설은 대부분 젊은 지식인들의 인생을 묘사하는데 주력하고 있었는데, 그 대부분은 그들의 애정문제를 다루고 있었다. 이러한 면에서 인생파 리얼리즘작품으로서 초기 문제소설은 상당히 편협한 감을 버릴 수 없었다.

향토소설 작가들이 작품 속에서 집중적으로 농촌의 생활을 묘사함으로써 중국신문학작가들은 제재 면에서 절대다수 농민의 고통스러운 인생 속으로 창작의 시야를 넓혀나가게 되었다. 鄕土小說은 사회로 하여금 당시 하층민중의 다수를 차지하던 농민의 인생을 향해 시선을 돌리는 작용을 하였다. 쉬제의 「노름꾼 지순賭徒吉順」, 쉬친원의 「채석장石宕」, 「코흘리개 아얼鼻涕阿二」, 펑자황의 「천쓰예의 소陳四爹的牛」, 젠센아이의 「염파객鹽巴客」 등과 같은 작품이 모두 하층민중의 생활을 현실적으로 묘사한 대표적인 향토소설이라고 볼 수 있다. 이들의 작품은 모두 현대문학사에 본격적으로 하층민을 주인공으로 등장시켰다는 점에서 '인생파' 리얼리즘문학의 성과라고 말할 수 있는 것이다.

둘째, 향토소설은 리얼리즘적 창작 기법으로 하여금 진일보 발전하게 하였다. 향토소설은 출현 초기부터 리얼리즘의 기초 위에서 이러한 속성을 지니고 있었다고 볼 수 있다. 향토소설은 마치 농민과 농촌의 대변인과 같은 역할을 하였다 해도 과언이 아닐 만큼 리얼리즘적인 기법으로 향촌의 생활을 세밀하게 묘사하고 있다. 향토소설 작가들은 대부분 농촌출신으로 베이징이나 상해와 같은 대도시로 와서 도시생활을 경험하게 된 사람들이다. 그러므로 그들의 머릿속에는 늘 고향에 대한 그리움이 떠나질 않았고 창작에 있어서도 고향을 제재로 삼는 것이 우선 되었다. 비록 그들의 초기 작품은 모두 주관적 색채와 감상적인 서정성을 벗어나지 못하고 있지만 진실 되게 기억 속의 향촌생활을 묘사하는 것이 창작의 기초를 이루고 있는 것이다. 일정기간의 탐색을 거치면서 향토소설의 리얼리즘은 매우 빠르게 심도를 더해가는 동시에 성숙한 심미적 창작특성을 형성해갔다. 왕루옌의

「아마도 미치지 못할 것이다許是不至于罷」, 「쥐잉의 결혼菊英的出嫁」, 펑쟈황의 「종용慫慂」, 쉬친원의 「코흘리개 아얼」, 타이징눙의 「홍등紅燈」, 왕런수의 「고달픈 사람疲憊者」 등, 객관적이고 냉정한 시각에서 향촌을 묘사하는 성숙한 작품들이 대거 발표되었다. 향토소설은 또한 강렬한 리얼리즘적 비판의식을 지니고 있다. 그들의 현실묘사는 단지 진실을 묘사하는데 그치지 않고 더 나아가 몰락한 농촌과 농민의 마비된 영혼과 병폐를 지적하고 그들을 치료하는 것을 이끌고 있는 것이다. 이는 인생의 모든 문제를 제재로 삼아 인생을 개조하는 '인생파' 리얼리즘문학의 특성에서 비롯된다고 볼 수 있다. 오랜 세월의 봉건통치의 영향으로 농민들의 영혼을 매우 깊이 병들어 있었기 때문에 농촌을 개조하고 그들의 인생을 개조한다는 것은 당시 강렬한 시대적 요구이면서도 쉽지 않은 일이었다. 향토소설은 도시생활에서 새로운 시대사조의 영향을 받은 향토소설 작가들은 그들의 시대정신의 열정을 다시 농촌으로 돌려 창작으로 승화시킨 결과물이라고 볼 수 있다.

향토소설은 중국문학사의 농촌소설에 리얼리즘을 접목시킴으로써 농민의 인생을 고민하고 개조하는 새로운 농촌소설을 열어나간 것이다. 리얼리즘의 객관성과 진실성을 토대로 창작된 문학연구회 작가들의 성과라고 할 수 있다. 이러한 성과는 1930년대 사팅沙汀, 아이우艾蕪 및 좌익작가들의 농촌소설 속에 더욱 성숙된 면모로 나타나게 되는 것이다.

향토소설은 루쉰의 「아Q정전」, 「축복」, 「고향」 등에서 비롯되었다고 볼 수 있는데, 왕런수, 타이징눙, 쉬친원, 페이밍, 왕루옌 등을 대표적인 향토소설 작가로 들 수 있다.

1. 왕런수

왕런수王任叔(1901~1972)은 필명이 바런巴人으로, 「고달픈 사람廢疲憊者」에서 벼의 모를 나르는 곱추를 주인공으로 설정하고 있다. 그는 집도 없고 가정도 없이 마을의 사당에서 살아가는 고용농이다. 그는 결국 도둑의 누명을 쓰고 감옥에 갇히고 만다. 작가는 그의 형상을 통해 압박 받는 하층농민의 현실을 고발하고 있다.

2. 타이징눙

타이징눙臺靜農(1903~1990)의 소설 「그를 위한 기도爲彼祈求」의 주인공 천쓰거陳四哥는 어릴 때 부모를 여의고 구걸로 살아가는 농민이다. 그는 남의 집 소 키우는 일을 하면서 갖은 학대를 받는데, 후에 수재와 흉년으로 외지로 피난 가서 교회에서 일하다가 죽고 만다. 타이징눙의 작품 중 「지렁이蚯蚓們」는 농민들의 저항을 다루고 있다. 타이징눙의 작품들은 단편소설집 『땅의 아들地之子』, 『건탑자建塔者』 등에 수록, 출판되었다.

3. 쉬친원

쉬친원許欽文(1897~1984)의 소설 「채석장石宕」의 농민들은 농사일로는 더 이상 생계를 이어갈 수 없는 농민들이다. 결국 그들은 채석장에서 일하지만 바위가 무너지는 빈번한 사고로 인하여 죽어간다. 그러나 그들은 죽음을 무릅쓰고 채석장 일을 계속 해 나갈 수밖에 없는 비극적인 운명에 놓여있다. 「미친 여자瘋婦」에서는 시어머니에게 학대당하는 농촌여성을 그리고 있다. 솽시雙喜의 아내는 남편이 일하러 나간 사이 시어머니의 학대를 받다가 미쳐 죽고 만다. 이처럼 향토소설 가운데서는 루쉰의 「축복」 속에 등장하는 샹린사오祥林嫂와 같은 비극적인 농촌여성을 쉽게 찾아 볼 수 있다.

4. 페이밍

어사사語絲社의 주요 성원이었던 페이밍廢名(1901~1967)의 본명은 펑원빙

馮文炳으로 어사사의 주요성원으로 활동하였다. 그의 작품은 대부분 농촌을 주제로 목가적인 전원생활을 그려내고 있다. 그는 고향의 순박한 농민들의 운명에 관심을 갖고, 시골 아이들과 노인들의 일상생활을 주로 묘사했다. 廢名의 작품은 낭만주의 향토문학이라는 평을 받는다. 그는 1925년에 단편소설집 『대나무숲의 이야기竹林的故事』를 출판하였다. 『대나무숲의 이야기』에서 농촌여성의 비극적 삶을 그린 작품들을 찾아 볼 수 있다. 「옷 빠는 여인浣衣母」에 등장하는 과부는 봉건예교의 감시 하에 살아가는데, 그녀에게 조금이라도 불리한 소문도 그녀가 인간으로서 살아가는 것을 허락하지 않는다. 리마李媽는 본래 평판이 좋은 여자였지만, 자식들이 달아나거나 죽자, 생활고를 견디지 못하고 독신남자 한다漢搭의 도움을 받아 찻집을 열지만 죄인취급을 받는다. 한다는 이러한 사회적 압박을 견디지 못하고 그녀를 떠나버린다.

5. 왕루옌

왕루옌王魯彦(1901~1944)의 본명은 왕헝王衡, 저장성 전하이鎭海 출신으로 작가이며 번역문학가이다. 그는 문학연구회의 주요 성원으로 1920년대부터 소설을 쓰기 시작하였다. 그는 평생을 방랑생활을 하며 보냈다. 중국 각지를 유랑하며 직접 목도한 농촌의 농민생활은 그의 작품 속에 생동감 있게 반영되었으며, 그가 '향토작가'라는 이름을 얻게 되는 계기가 되었다. 첫 번째 소설집 『유자柚子』 중의 「자립自立」과 「얼간이 아줘阿卓呆子」는 모두 농촌의 지주가 형제간의 싸움이나 아들딸의 타락으로 가정파괴에 이르는 과정을 묘사하였다. 「황금黃金」에서 스뷔뷔史伯伯는 십여 무의 밭과 몇 칸의 집을 사들여서 사람들의 존경을 받게 된다. 그러나 그가 일을 할 수 없게 되면서 외지에 있는 아들로부터 차별대우를 받을 뿐만 아니라, 빚쟁이와 도둑이 그를 파산의 지경으로 몰아간다. 소설은 돈이 있으면 대접을 하고 가난해지면 돌아서는 천쓰챠오陳四僑 사람들의 염량세태炎凉世態를 묘사하고 있는 것이다. 「뚱보胖子」에서는 비만으로 근심하는 지주들의 퇴폐적인 생활을 폭로하고 있다. 그의 작품에서는 농민들의 비참한 운명을 동정하고 그들을 비참하게 몰아가는 사회현실을 비판하고 있다.

제4절 위다푸의 자전소설

1920년대 문제소설과 향토소설이 인생파 창작의 실천적 성과라고 한다면 자전소설自傳小說은 예술파 창작의 성과라고 할 수 있다. 자전소설은 '내면의 자아를 자연스럽게 표출한다.'는 예술파의 서정적 특성을 가장 잘 반영하고 있으며 창조사의 문예관을 가장 잘 나타내주고 있다. 예술파의 작품은 사회현실을 묘사한다는 점에서 인생파와 동일한 것 같지만, 예술파 작가들의 창작목적은 사회현실의 반영 그 자체가 아니라, 사회현실을 빌어서 자신의 내면심리나 서정세계를 묘사하는데 있는 것이다. 그러므로 자전소설은 문제소설에 비해 강한 주관적 색채를 띠고 있다.

자전소설은 일본의 유학 중이던 창조사의 작가들이 일본의 사소설私小說의 영향을 받아 창작하기 시작하였고, 개인의 일상을 소재로 삼기 때문에 신변소설身邊小說이라고도 한다. 신변소설이라는 말 자체가 의미하듯이 자신의 일상적인 일들을 세밀한 내적 성찰을 통해 그려내는 것으로, 작가 개인이 경험한 일들이나 삶 속에서 느끼는 고민을 진솔하게 표현하고 있다. 자전소설의 대표작가로서 창조사의 창립회원인 위다푸郁達夫와 궈모뤄 등을 들 수 있다.

1. 위다푸의 생애

창조사 작가의 소설 작품 중에 가장 뛰어난 성과를 보인 작가 위다푸郁達夫(1896~1945)는 저장성 푸양현富陽縣에서 출생하였다. 그는 어린 시절부터 당시唐詩와 같은 고전문학작품을 읽으며 자랐다. 그는 항저우杭州에서 중학교를 다니다가 학교 교육방침에 불만이 있어 중도에 포기하고 고향으로 돌아와 고전문학에 몰두하였다. 1911년 17세가 되던 해에 큰형 위화郁華가 일본 시찰을 가게 되자 형을 따라 일본으로 유학을 떠났다. 그는 동경제일고등학교에서 수학하다가 동경제국대학 정치경제 학부에 진학하였다. 일본에 유학하는 동안 그는 궈모뤄郭沫若, 청팡우成仿吾 등과 함께 반일활동을 취지로 하사夏社를 조직하였으며, 후에 창조사를 창립하였다.

일본 유학기간 중 위다푸는 러시아, 독일, 영국, 프랑스 등의 문학작품을 접하면서 창작활동을 시작하였다. 그는 자신의 유학생활을 소재로 「은회색의 죽음銀灰色的死」, 「침륜沈淪」, 「남천南遷」을 창작하였고, 1921년 이 세 편의 소설을 모아 그의 첫 번째 소설집 『침륜沈淪』을 출판하였다. 『침륜』은 신문학초기에 중국에서 가장 먼저 출판된 소설집으로, 개인의 성심리와 내면세계에 대한 대담하고 진솔한 묘사로 문단에 파문을 일으켰으며, 많은 독자를 확보하게 되었다.

그는 귀국 후 베이징대학, 우창武昌대학, 중산中山대학에서 교편을 잡다가 1927년 봄 상하이로 돌아와 사회운동에 참가하였다. 1929년 루쉰과 함께 『분류奔流』를 편집하였고, 1929년 루쉰, 쑹칭링宋慶鈴 등과 함께 '민권보장자유대동맹民權保障自由大同盟'의 창립멤버가 되었으며 1930년에는 좌익작가연맹에 참여하였다. 1933년 이후 항저우에서 창작활동에 전념하며 1934년 『중국신문학대계 · 소설 2집中國新文學大系 · 小說二集』의 편집을 마쳤다. 1937년 중일전쟁이 발발하자 궈모뤄의 초청을 받아 우한에서 항일문화사업에 참여하였다. 1938년 난양南洋에서 문화계항일연합회文化系抗日聯合會의 책임자와 『성주일보星州日報』, 『화교주보華僑週報』의 주필을 역임하였다. 그는 1945년 9월 일본헌병에게 암살당하였다.

위다푸는 길지 않았던 그의 생애에 비해 많은 작품을 창작하였다. 또한 그의 자전소설은 현대문학사에 큰 영향을 미쳤다. 그의 작품은 예술표현에서도 독특한 면을 보이고 있는데 특히 인물의 내면심리에 대한 묘사가 매우 섬세하며 서정적인 특징이 있다. 위다푸의 자전소설에 등장하는 주인공을 통해 위다푸의 내면세계를 쉽게 엿볼 수 있다. 이것은 창조사의 작가들이 말한 것처럼 자전소설은 자신의 일상이나 내면심리를 소재로 삼은 자전소설이기 때문이다. 반면 그의 작품은 제재와 사회적 의의가 부족하다는 비판을 받기도 하였다.

2. 위다푸의 작품

위다푸는 이미 5.4 시기부터 창작활동을 시작하였는데 그의 주요작품은 1935년 이전에 발표된 작품들이다. 그의 소설은 주로 사상적으로는 각성하였으나 어두운 사회현실 속에서 감상적 정서와 우울증에 빠져 있는 젊은이들의 심리상태를 심도 있게 파헤치고 있다.

1921년 5월 발표한 「침륜」은 위다푸의 처녀작인 동시에 대표작으로서 당시 문단에 큰 파문을 일으켰다. 「침륜」의 주인공은 재일 유학생의 우울한 성격과 변태적인 성심리, 약소국의 유학생이 겪는 민족적인 모멸감을 세밀하게 묘사하고 있다. 주인공 '그'는 세 살 때 아버지를 여의고 형의 도움으로 일본으로 유학가지만 형과 의절하고 경제적인 어려움에 빠진다. 그는 정의감이 강해 사회현실에 적응하기 힘든 성격의 소유자다. 그는 부패한 사회모순이나 민족차별에 대해 분노할 줄 알지만, 이를 극복해나갈 실천의지는 없다. 그는 늘 과다한 감상과 우울증에 시달리며 한숨으로 세월을 보낸다. 이러한 그의 성격은 그를 더욱 고통스럽게 만든다. '그'의 주위에 있는 유학생들은 공부를 게을리 해도 귀국해서 출세하지만, 자신은 열심히 공부해도 전망이 없어 보인다. 게다가 일본에서 중국유학생으로 받는 모멸감으로 정신적인 고통에 시달린다. 한편으로 이성에 대한 관심과 애정에 대한 갈망으로 늘 고민한다. 이러한 현실 상황은 그를 갈수록 심한 우울증으로 몰아넣고 유일한 해결방법은 관음증과 자위행위 밖에는 없다. 그는 매달 말일이 가까워지면 다음 달부터는 자위행위를 끊고 새 생활을 시작할 각오를 하지만, 이조차도 실천할 의지도 부족하고, 사랑하는 여인에게 고백을 해도 자신의 신분적 한계로 사랑을 얻기도 어렵다. 그는 이러한 성적 고민에서 헤어나지 못하고 자괴감에 시달리다가 자살로 생을 마감한다.

소설 속에는 작가의 자전적인 요소들이 복합적으로 표현되고 있다. 그러므로 작가는 대담하고 직설적인 심리묘사를 통하여 주인공의 내면의 욕구를 토로하고 있다. 위다푸는 이러한 인물을 '잉여자剩餘者'라고 지칭하였다. 위다푸의 자전소설에 등장하는 인물들은 비록 5.4 시기 신사상의 영향을 받았지만 여전히 '무병신음無病呻吟'하는 문인사대부의 폐단에서 벗어나지 못하고 있다는 비판을 받기도 하였다.

「침륜」의 뒤를 이어 「남천」, 「은회색의 죽음銀灰色的死」, 「풍경風鈴」, 「향수병자懷鄕病者」 등을 발표하였는데 그 내용은 「침륜」과 유사하였다.

「은회색의 죽음」의 주인공 Y는 이국 땅 일본에서 아내를 잃은 후에, 술기운에 의지해 살아간다. 술집 주인의 딸 징신靜心은 그를 동정하게 되고, Y는 그녀에게 의지하게 된다. 그러나 그녀마저도 결국 결혼하게 되고 Y는 심신이 날로 쇠약해져서 결국 길에서 죽고 만다.

「南遷」의 주인공 이런伊人은 비록 명예와 경제적 능력을 가지고 있지만, 애정만을 추구하는 감상적인 인물이다. 그는 늘 비현실적인 애정을 추구하는 상상 속에서 헤어나지 못하는 감상주의자의 삶을 벗어나지 못한다.

1923년 완성한 단편소설 「봄바람에 취한 저녁春風沉醉的晚上」과 1924년 발표한 단편소설 「초라한 제사상薄奠」은 이전의 작품과는 상이한 경향을 나타낸다. 「봄바람에 취한 저녁」은 순박하고 선량한 여공의 형상을 생동적으로 부각시키고 있다. 담배공장에서 일하는 17세의 여공 천얼메이陳二妹는 매일 10시간의 고된 노동에 시달리며 모욕을 당하지만, 그녀는 내심 공장주와 간부들에 대해 증오심을 키우고 있다. 또한 해고당하여 생활이 어렵게 된 노동자들을 보살펴준다. 작가는 소설에서 천얼메이의 선량한 마음과 반항정신을 부각시키고 대비적으로 주인공 '나'의 나약한 성격과 회색적인 정서를 지적하고 있다.

단편소설 「초라한 제사상」은 1924년에 완성하였다. 작품의 주인공 인력거꾼은 매우 부지런하고 선량한 노동자이다. 그는 매일 허리가 굽을 정도로 일하지만 자신의 인력거가 아니기 때문에 번 돈을 인력거주인에게 착취당한다. 라오서의 소설 『낙타샹쯔駱駝祥子』의 주인공 샹쯔처럼 그도 자신의 인력거를 마련하는 것이 유일한 소원이다. 그는 인력거를 마련하기 위해 온갖 고생을 다하지만 당시의 사회현실은 하층민의 이러한 희망조차도 허락하지 않는다. 자신의 인력거를 갖겠다는 희망이 수포로 돌아가자 살 길이 막히게 된 인력거꾼은 결국 물에 뛰어들어 자살하고 만다. 그를 동정하면서도 도울 방법이 없는 무능한 '나'는 종이로 만든 인력거를 그의 제사상에 올려놓을 수밖에 없다. 작품은 인력거꾼과 '나'의 형상을 통하여 인간의 최소한의 희망마저도 짓밟는 사회현실을 고발하고 있다. 「봄바람에 취한 저녁」과 「초라한 제사상」은 사회의 모순된 현실과 계급적 갈등에 대한 위다푸의 사상적 변화를 나타내고 있다. 작가는 작품 속에서 하층민의 비참한 운명을 동정하는 한편 주인공 '나'의 나약함에 대해 비판적인 모습을 보이기도 하였다.

1927년 4.12 정변 이후 위다푸는 대혁명의 실패로 인해 실의에 빠진다. 이 시기 발표한 「길 잃은 양迷羊」, 「과거過去」와 같은 작품은 비관적이고 우울한 정서가 농후할 뿐만 아니라, 「침륜」보다 더욱 노골적으로 성적인 묘사에 치중하고 있다. 1932년 완성한 「지계화遲桂花」, 「그녀는 연약한 여자她是一個弱女子」에서도 위다푸는 창작에 대한 새로운 탐구를 시도하기도 하지만 여전히 감상적인 정서가 농후하고 성적인 묘사에 치중하고 있다.

1935년 위다푸는 중편소설 「출분出奔」을 완성하였다. 소설은 대혁명 시기를 배경으로 하여 공산당 간부인 첸시잉錢時英이 지주 동위린董玉林에게 매수되어 이용당하다가 다시 각성하는 과정을 묘사하였다. 작품에서는 지주 동위린 일가의 삶과 복잡한 인간관계를 통하여 각박하고 잔혹한 인간의 본질을 심도 있게 폭로하고 있다. 또한 농민과 지주, 혁명과 반혁명의 첨예한 대립과 모순을 반영하고 있다. 이 작품은 사상과 제재 면에서 위다푸 창작의 전환점과 같은 의미를 지닌다. 그러나 「출분」은 위다푸의 마지막 작품이 되었다.

CHAPTER

03

1920년대 시

History of China Modern·Literature

청나라 말기 시계혁명詩界革命이 제창된 이후 새로운 고전시를 대신할 새로운 형식의 창조에 대한 시도는 계속되어왔다. 5.4 시기 후스胡適를 비롯한 자유체 백화시의 선구자들은 전통적인 고전시의 형식을 극복한 새로운 시 형식의 기틀을 확립하였다. 이로써 자유체 백화시, 즉 신시는 20세기 중국시가의 새로운 양식에 대한 실험적 모색을 하게 되었다. 초기 신시는 주로『신청년新青年』,『신조新潮』,『소년중국少年中國』,『성기평론星期評論』,『학등學燈』,『각오覺悟』 등에 발표되었고, 후스, 류반농劉半農, 선인모沈尹默, 류다바이劉大白, 위핑보兪平伯, 저우쭤런周作人, 주쯔칭朱自清 등이 신시창작을 시도하였다.

이 시기의 시 창작의 특징은 다음과 같이 정리할 수 있다.

첫째, 1920년 3월에 출판된 후스의『상시집嘗試集』많은 신문학 작가들이 신시의 발전을 위한 다양한 창작을 시도하였다. 물론 그보다 2달 앞선 1920년 1월, 신시사新詩社에서『신시집新詩集』제1편을 출판하였고 이는 중국현대문학사상 첫 번째 백화시집이다.『신시집』은 후스, 류반농, 저우쭤런, 캉바이칭 궈모뤄 등 15인의 시 102수가 실려있다. 류반농, 선인모, 류다바이 등, 이들의 시가 창작은 고전시의 격률을 타파하고 신시 형식의 기초가 되었다. 초기 신시는 형식면에 있어서 이삼백 행에 달하는 시에서 네다섯

줄의 짧은 시도 있었다. 내용 또한 다양해져서 정치 사상적인 내용부터 남녀의 애정문제를 다룬 시 등 여러 가지 주제를 다루었다. 이처럼 신시의 탄생은 고전시가 형식의 타파를 통해 사상과 내용의 자유를 이끌어내고자 하는 의도에서 비롯된 것이라고 볼 수 있다.

둘째, 1921년 궈모뤄의 시집 『여신女神』이 출판되었다. 일반적으로 『여신』의 출판은 백화신시가 본격적으로 창작되기 시작한 기점으로 평가받고 있다. 궈모뤄의 『여신』은 사상과 내용, 예술형식 면에서 기존의 신시보다 발전된 모습을 보여주고 있으며, 백화로 쓴 신시가 고전시가의 예술성을 대신할 수 있다는 가능성을 제시하였다.

셋째, 신시 창작이 발전 확대되기 시작하면서 다시 신시의 형식에 대한 비판적인 시인들이 등장하게 된다. 그러나 이들의 신시에 대한 비판은 결코 고전시가로 돌아가자는 의도는 아니었다. 다만, 이들은 시라는 것은 다른 문학 장르와는 다른 형식미를 갖추어야 할 것을 주장하였고, 고전시가와는 구별되는 새로운 격률의 탄생을 위한 창작을 시도하였다. 신월사新月社의 원이둬聞一多와 쉬즈모徐志摩 등이 중심이 되어 새로운 격률시를 창작하게 된다.

넷째, 소설과 마찬가지로 시 창작 또한 서구문예사조의 영향을 받게 되면서 유미주의唯美主義나 상징주의象徵主義 같은 새로운 미학적 개념이 시 창작에 반영되었다. 새로운 문예사조의 유입은 다양한 창작시도와 시문학 유파를 형성하는 계기가 되었다. 리진파李金發, 펑즈馮至 등은 상징주의 시 창작을 시도하였다.

제1절 백화신시

1. 후스

후스胡適(1891~1962)는 1917년 2월부터 『신청년』에 신시를 발표하였고 그의 뒤를 이어 선인모沈尹黙, 류반눙劉半農 등도 『신청년』에 신시를 발표하였다. 1920년 3월에 출판된 후스胡適의 『상시집嘗試集』은 중국현대문학사에서 개인이 쓴 첫 번째 백화시집으로 평가받는다. 『상시집』에는 1916년부터 1920년 사이의 창작된 작품을 수록하였으며, 『상시집』의 초판은 두 편으로 나누어 구성된다. 제1편은 21수의 시로 구성되었으며 1916년부터 1917년까지 후스가 미국에 유학하는 기간에 쓴 것들이다. 이 시들은 비록 백화를 사용하고 있으나 대부분 5언시五言詩나 7언시七言詩로서 고전시의 틀을 벗어나지 못하였으며 백화로 쓴 고시에 불과하였다. 제2편에 수록된 25수의 시는 1917년 9월, 중국으로 귀국한 이후부터 1919년 말까지 쓴 것이다. 2편에 수록된 시들은 고전시의 틀에서 벗어나 백화를 사용하였을 뿐만 아니라 평측平仄이나 압운押韻과 같은 형식의 구애를 받지 않고 있다. 「까마귀老鴉」, 「노낙백老洛伯」, 「마땅히應該」, 「희망希望」, 「한 떨기 별一顆星兒」, 「위권威權」, 「낙관樂觀」, 「산에서山上」 등은 작가 스스로 '시형식의 해방詩體大解放'을 이상적으로 실천한 백화시로 평가받는다.

후스의 『상시집』은 사상 내용이나 예술적인 면에서 그다지 큰 성과를 거두지는 못하였으나, 언어형식의 혁신을 통하여 백화신시의 가능성을 열어주었다. 또한 『상시집』에 반영된 내용도 사회현실을 반영한 진보적인 면도 엿볼 수 있다. 「낙관」, 「위권」, 「재난을 당한 별一顆遭劫的星」, 「죽은 자死者」 등에 반영된 내용은 군벌의 통치를 비판하고 있으며, 「인력거꾼人力車夫」에서는 당시 사회의 모순된 현실을 폭로하고 있다.

> 경찰법령 18세 이하 50세 이상,
> 모두 인력거꾼이 될 수 없음.
>
> "인력거! 인력거!" 인력거는 날 듯이 달린다.
> 손님이 인력거꾼을 보니 갑자기 가슴이 시리다.

손님은 인력거꾼에게 묻는다.
"올해 몇 살? 인력거를 얼마나 끌었냐?"
인력거꾼은 대답한다.
"올해 16살, 3년째 끌고 있소, 의심도 많소."
손님은 말한다.
"너는 너무 어려. 네 차를 탈 수 없다.
네 차를 타면 내가 마음이 아프다."
인력거꾼은 말한다.
"나는 반나절 손님이 없었소. 춥고 배고프오.
당신의 호의가 나의 주린 배를 채울 수는 있는 것은 아니잖소.
난 어릴 적부터 인력거를 끌었지만,
경찰도 간섭하지 않는데, 당신이 뭐란 말이오?"

「인력거꾼」은 어린 인력거꾼과 손님의 대화를 통해 신해혁명 이후에도 변하지 않는 사회의 어두운 현실을 반영하고 있다. 시의 형식은 고전시가의 격률은 벗어났지만, 새로운 형식미를 찾지 못한 산문시의 형태를 지니고 있다.

2. 류반농

언어학자이며 교육학자이기도 한 류반농劉半農(1891~1934)의 본명은 류푸劉復, 장쑤성江蘇省 장인현江陰縣 출신이다. 1906년 창저우常州중학에 입학하여 수학하였고 신해혁명에 참가하였다. 그 후 상하이에서 『중화신보中華晨報』와 중화서국의 편집을 맡아보며, 외국소설을 번역하고 『토요일禮拜六』에 소설을 발표하기도 하였다. 그는 『신청년』의 편집을 맡아보며 수감록에 많은 잡문을 게재하기도 하였다. 「작읍주의作揖主義」, 「왕징쉬안선생에게 올리는 편지奉答王敬軒先生」 등은 봉건수구파에 대한 신랄한 비판을 담은 문장이다. 또한 문학혁명 시기 린수林紓 등 수구파와의 논쟁에 적극적으로 참여했던 인물이다.

류반농은 1917년 이미 시의 형식을 다양화 할 것을 주장하며, 구어체 민가에 주목하였다. 그의 신시는 1926년 출판된 『와부집瓦釜集』과 『양편집揚鞭集』에 수록되어 있다. 류반농의 시는 비록 내용이 평범하고 함축적이지 못하지만 리듬이 명쾌하고 언어가 통속적이며 풍격이 질박하고 자연스러워 이미 신시의 대중화 경향을 나타내었다는 평가를 받고 있다. 류반농의 신시는 하층민의 생활을 묘사한 사회적 의미가 있는 작품들이 주류를 이룬다. 그는 시창작의 목적에 대해 "수천 년 동안 모욕과 멸시를 받아 지옥에 갇혀 있으면서도 신음소리조차 내지 못하는 최 하층민의 목소리를 조금이라도 내보이려는 의미에서 시를 쓴다."라고 하였다. 그러므로 그의 작품 중에는 하층민의 생활을 묘사한 전형적인 작품들이 많은 편이다. 또한 그의 백화신시는 사상 내용 면에서 리얼리즘 백화신시의 선구적 역할을 하게 되었다. 대표작품으로 「종이 한 장 차이相隔一層紙」, 「늙은 소老牛」, 「배고픔餓」, 「학생의 고통學徒苦」 등이 있다. 「종이 한 장 차이相隔一層紙」의 내용은 다음과 같다.

> 방안에서 화로가 타고 있다.
> 나리는 창문 열고
> 과일 사오라고 시키면서 말한다.
> "날씨가 춥지도 않은데,
> 무슨 불을 이리도 많이 때는가,
> 날 구워 죽이려고 하느냐."
> 창문 밖에는 거지가 누워
> 북풍에 이를 물고 신음한다.
> "죽을 지경이야!"
> 가련하다. 바깥과 방안은
> 얇은 종이 한 장 차이일 뿐인데!

3. 류다바이

류다바이劉大白(1880~1932)도 류반농과 풍격이 비슷한 백화신시를 창작한 문학혁명 초기의 백화시인이다. 시집으로 『구몽舊夢』, 『우문郵吻』 등이 있다. 류다바이 신시의 사실주의적 경향은 사회현실을 반영한 작품들 가운데 나타나 있다. 「옷감 파는 노래賣布謠」는 외국산 포목의 대량 유입으로 중국의 방적수공업이 파산하면서 농민들까지 고통을 겪게 되는 현실을 반영하고 있다. 「지주가 온다田主來」는 지주의 수탈로 붕괴되어 가는 농촌의 현실을 반영하고 있다.

지주가 온다는 말에
아버지 주름살 펴질 줄 모르네.
지주가 온다는 말에
어머닌 가슴이 철렁하네.
아버지는 바쁘게 마당을 쓸고,
어머니는 바쁘게 부엌으로 간다.

또한 「붉은 새해紅色的新年」, 「노동절 운동가五一運動歌」 등은 러시아 10월 혁명이후 중국에 전파된 혁명사조를 반영한 작품들이다. 그의 신시는 내용이 이해하기 쉽고 언어가 통속적인 구어체를 운용하고 있다. 특히 『옷감 파는 노래賣布謠』 등의 작품은 민가체 형식에 가깝다.

4. 선인모

선인모沈尹默(1883~1971)는 문학혁명에 적극적으로 참여하면서 백화신시를 창작하였다. 그는 『신청년』의 편집을 맡아보면서 백화신시를 게재하였다. 대표작품으로 「비둘기鴿子」, 「인력거꾼人力車夫」, 「삼현三弦」, 「낙엽落葉」, 「달밤月夜」, 「백양수白楊樹」 등이 있다. 선인모의 「인력거꾼」에서는 불공평한 인간관계에 주목하면서 고난 속에 살아가는 사람들에게 동정을 보내고 있다. 「비둘기」에서는 남에게 의지하지 않고 남편에게 멸시 당하는 것을 거부하는 신 여성상을 묘사하고 있다. 선인모는 시 창작에 있어서 절묘한 구성과 함축성이 강한 표현기법을 도입하고 음조미를 강조하여 시어의 배열에 주의하였다.

캉바이칭康白情은 선인모의 「달밤」에 대해 "첫 번째 산문시이면서 신시의 미덕을 갖춘 것은 선인모의 「月夜」이다."라고 평가하고 있다. 또한 이 시의 감상에 대해 "마음으로 느낄 수 있지만, 말로는 표현하기 힘들다."라고 하였다.

북풍은 윙윙 불어오고
달빛은 휘영청 빛나고 있다.
나와 한 그루 높은 나무는 나란히 서 있지만
기대지는 않는다.

제2절 궈모뤄

1. 궈모뤄의 생애

신시의 초석을 다진 시집 『여신女神』의 작가 궈모뤄郭沫若(1892~1978)의 본명은 궈카이전郭開貞, 호는 딩탕鼎堂으로 고향은 쓰촨성四川省 러산樂山의 상인집안에서 태어났다. 부유한 집안환경에서 자란 그는 어머니로부터 시문을 배우고, 가정교사에게서 교육을 받으며 어린 시절을 보냈다. 궈모뤄는 어릴 적부터 장자莊子와 굴원屈原, 이백李白과 왕유王維 등의 낭만주의적인 작품을 좋아하여 이들의 작품은 후에 궈모뤄의 창작에 큰 영향을 주었다. 궈모뤄는 1905년 가정소학교에 입학하였다. 그는 이 시기에도 중국의 경서에 관심을 가지고 있었다. 그는 성도중학에 재학할 때 학교의 봉건적인 교육에 반대하고 반청운동反淸運動에 가담하여 퇴학을 당하기도 하였다. 신해혁명 시기 그는 보로운동保路運動과 우창武昌봉기를 목도하며 고무되기도 하였으나, 신해혁명의 실패는 그에게 환멸과 비애를 느끼게 하였다.

1913년, 궈모뤄는 부모의 강압으로 결혼을 하였으나, 이 결혼으로 인해 그는 봉건적 혼인제도에 대한 증오심만 가지게 되었고, 당시 다니고 있던 톈진군의학교天津軍醫學校를 그만두고 1914년 일본으로 유학을 떠났다. 그는 일본에서 의학을 공부하며 국가와 사회에 봉사하기를 원했다. 1915년 이후 도쿄제일고등학교東京第一高等學校에서 수학하다가, 1918년 규슈제국대학九州帝國大學 의학부에 입학하였다. 그는 의학을 공부하면서도 문학에 대한 관심을 놓지 않았다. 궈모뤄는 일본유학시절부터 시 창작을 시작하였다. 1916년부터 1918년 사이에 쓴 그의 시는 대체로 소극적인 사상과 우울한 정서가 표현되고 있다. 이러한 작품경향은 부모의 강압으로 이루어진 봉건적인 결혼으로 인한 개인적인 분노와 신해혁명의 실패에 대한 시대적 좌절감으로부터 비롯된 것이다. 이 시기에 그는 스피노자의 범신론과 타고르, 괴테, 하이네의 작품으로부터 영향을 받았다. 1919년 5.4 이후 궈모뤄의 창작은 사상적 전환기를 맞이하게 된다. 일본에 유학 중이던 그는 5.4 운동의 소식을 접하고 중국민족의 부흥에 대한 새로운 희망을 가지고 문예활동을 전개하게 된다. 그는 함께 일본에서 유학하며 문예활동을 벌이던 위다푸郁達夫, 장쯔핑張資平, 청팡우成仿吾, 톈한田漢 등과 1921년 7월 창조사創造社를 창립하고 다음해 5월 문예지『창조創造』를 창간하였다.

이 당시 궈모뤄는 일본 사소설私小說의 영향을 받아 자전소설自傳小說을 쓰기도 하였다. 그의 「표류삼부곡漂流三部曲」(「기로岐路」, 「연옥煉獄」, 「십자가十字架」)과 「잔춘殘春」, 「카르멘 아가씨客爾美夢姑娘」은 궈모뤄의 내면심리와 체험을 소재로 쓴 소설이다.

1921년 궈모뤄는 상하이 태동서국泰東書局에서 첫 번째 시집『여신』을 출판하였다. 서양과 중국의 신화를 인용하고 낭만주의 수법을 혼용한『여신』은 당시 독자들에게는 매우 신선한 충격을 안겨주었다. 그의『여신』은 낭만주의적 격정과 부패한 중국사회에 대한 저항 정신이 충만하여 5.4 시기 젊은 독자들로부터 크게 환영을 받았다. 또한 『여신』은 중국신문학사에서 낭만주의의 시조로 중국 신시발전에 큰 공헌을 하였다. 『여신』에 수록된 대부분의 시는 일본에 유학할 당시 5.4 운동을 전후하여 쓴 작품들로서, 5.4 시기의 궈모뤄의 격앙된 애국적인 정서를 표현한 작품들이 주를 이룬다. 이러한 작품들로 「화로 속의 석탄爐中煤」, 「봉황열반鳳凰涅槃」, 「비적의 노래匪徒頌」 등이 대표적이라고 할 수 있다.

1921년부터 1922년 사이에 쓴 시들을 모아 1923년 시집 『별하늘星空』을 출판하였다. 『별하늘』에 수록된 작품들은 궈모뤄가 귀국한 후 목도하게 된 중국의 비참한 현실을 제재로 쓴 것이다.

1924년 창조사에서 발행하던 『창조계간創造季刊』과 『창조주보創造週報』는 폐간되고 창조사의 주요 멤버였던 위다푸, 청팡우 등도 흩어지자 창조사는 거의 활동을 할 수 없게 되었다. 이 시기 궈모뤄는 생활고에 시달리고 있었고, 5.4 운동의 퇴조기를 지켜보며 사상적인 공허감을 느끼고 있었다. 그는 다시 일본으로 건너가 사회주의 사상을 접하게 된다.

1926년 3월 광저우廣州에서 광동대학廣東大學 문학원장으로 재직하면서, 친구의 소개로 국민당에 가입하고 북벌에 참가하였다. 이 해 궈모뤄는 그의 문학관을 담은 「혁명과 문학革命與文學」을 발표하였다. 이 문장은 궈모뤄의 창작에 대한 변화를 나타내는 대표적인 문장이다. 1927년 4.12 정변 이후 국민당의 탄압이 심해지자, 1928년 일본으로 망명하여 10년 동안 경서經書와 중국고대사 연구에 몰두하였다. 1937년 7월 궈모뤄는 비밀리에 귀국하여 항일운동에 참가하였다. 이 시기에 시집 『주당집蜩螗集』과 산문집 『천지현황天地玄黃』을 출판하였고, 역사극 「당체지화棠棣之花」, 「굴원屈原」, 「호부虎符」, 「고점리高漸離」, 「남관초南冠草」, 「공작담孔雀膽」을 완성하였다. 1949년 중화인민공화국 수립 이후에는 중앙인민정부위원, 국무원 부총리

겸 문화교육위원회 주임, 중국과학원장 등 당시 문인으로서는 최고의 관직을 두루 역임하였다. 궈모뤄는 시인과 희극작가, 역사학자, 금석학자金石學者로서도 많은 업적을 남겼다.

2. 『여신』과 『별하늘』

문학혁명 이후 리얼리즘과 낭만주의는 중국신문학 창작에 있어서 두 갈래의 큰 흐름을 형성하였다. 리얼리즘 문학의 시조始祖로 인생파의 문학과 루쉰의 소설을 들 수 있다면, 낭만주의 문학의 시조로 예술파의 문학과 궈모뤄의 신시집 『여신女神』을 들 수 있을 것이다.

『여신』의 대표작품 「봉황열반鳳凰涅槃」에서 궈모뤄는 늙고 병든 중국을 상징하는 봉황이 500살을 산 후에 스스로를 불사르고 불 속에서 다시 부활한다는 신화를 인용하고 있다. 작품은 '서곡序曲', '봉의 노래鳳歌', '황의 노래凰歌', '봉황합창鳳凰同歌', '뭇 새의 노래群鳥歌', '봉황재생의 노래鳳凰更生歌'로 구성되어 있는데 이는 마치 기승전결起承轉結의 서사와 유사한 형식을 취하고 있다. 시의 결結에 해당되는 '봉황재생의 노래'에서는 봉황과 모든 새들이 함께 환희의 합창鳳凰和鳴을 하는 것으로 막을 내리고 있다. 이는 중국의 부활을 염원하는 궈모뤄의 의지가 담겨 있는 것이다.

……
우리의 열정, 우리의 애정.
우리의 기쁨, 우리의 화합.
모두를 위한 하나, 화합.
하나를 위한 모두, 화합.
화합은 바로 너, 화합은 바로 나.
화합은 바로 그, 화합은 바로 불.
불은 바로 너.
불은 바로 나.

불은 바로 그.
불은 바로 불.
날아오르자! 날아오르자!
기쁘게 노래하자! 기쁘게 노래하자!
……

「천구天狗」에서는 전설 속에서 해와 달을 삼켜버리는 하늘의 파괴자 '천구'의 형상을 묘사하고 있다. '천구'는 해와 달뿐만 아니라 모든 우주를 삼켜버린다. 그리고 천구자신이 우주의 에너지가 되어버리고 이 다시 천구는 새로운 우주를 탄생시킬 에너지가 되는 것이다. 궈모뤄는 '천구'의 형상을 통해 모든 낡은 전통을 파괴하려는 기세와 새로운 세계에 대한 염원을 나타내고 있는 것이다.

……
나는 달빛이요, 나는 햇빛이라.
나는 일체의 모든 별빛이요, 나는 X레이의 광선이다.
나는 모든 우주 에너지의 총량이라!
……

「화로 속의 석탄爐中煤」에서는 연가戀歌의 형식을 빌어 중국을 사모하는 여인으로 묘사하고 있다. 사랑하는 '그녀'를 위해서라면 '불과 같이 뜨거운 심장'마저도 꺼내 보여주기를 주저하지 않는다. 이 시에서 궈모뤄는 중국에 대한 헌신적인 사랑을 노래하고 있다.

……
아, 나의 젊은 여인이여!
나는 하늘의 광명을 다시 보게 됨으로써
나는 항상 나의 고향을 그리워하고
나는 내가 사랑하는 사람을 위해

이렇게 타오를 수 있는 것이다!

「지구여, 나의 어머니여!地球, 我的母親!」에서는 범신론적 사상이 나타나 있다. 궈모뤄는 일본유학시절 스피노자의 범신론에 심취하기도 했었다. 그는 범신론에서 출발하여 지구를 자신의 어머니로 인식한다. 그는 또한 농민만이 지구의 유일한 효자라고 찬양하고 있는데 그들은 늘 땅과 함께 생활하기 때문에 어머니를 가장 가까이 모시는 효자이며 가장 사랑받는 자식이라는 것이다.

……
지구여, 나의 어머니여!
나의 과거, 현재, 미래,
먹는 것은 당신이고, 입는 것도 당신이고, 사는 곳도 당신입니다.
나는 어떻게 해야 당신의 깊은 은혜에 보답할까요?
……
지구여, 나의 어머니여!
나는 당신의 효자가 부럽습니다. 논밭의 농부들,
그들은 모든 인류의 보모이며,
당신은 늘 그들을 어루만져줍니다.
……

제2집의 시 중에는 사회주의의 영향을 받은 작품들도 눈에 띈다. 「거포의 교훈巨砲之教訓」에서는 레닌과 톨스토이를 비교하고 있다. 톨스토이는 박애와 무저항주의를 주장하였지만, 궈모뤄는 레닌의 혁명사상을 긍정하고 있다. 「비적의 노래匪徒頌」에서는 모든 전통에 대해 반항하는 비적을 찬양하면서, 레닌과 같은 혁명을 실천할 것을 주장하고 있다.

제3집에 수록된 시들은 창작시기가 일정치 않고 차이가 크기 때문에 내용이 대체로 일관되지 못하다.

『여신』의 특징은 다음과 같이 들 수 있다. 첫째, 『여신』 속의 주인공은 모두 봉건사상과 제도에 반대하고 개성해방과 자아표현을 존중하는 형상으로 이루어져 있다. 이러한 정서는 5.4 신문화운동 시기 사상해방의 조류와 일치하고 있는 것이다. 둘째, 『여신』에 수록된 작품 속에서 시인의 중국에 대한 깊은 애정을 읽을 수 있다. 많은 작품들이 낡은 중국을 일소하고 새로운 중국을 갈망하는 내용을 은유적으로 표현하고 있는 것이다. 셋째, 『여신』에 수록된 작품들은 미래에 대한 희망과 광명, 진보적이고 진취적인 정신을 노래하고 있다.

궈모뤄의 시 창작은 『여신』 이후 별다른 성과를 나타내지 못하였다. 그러나 『여신』은 중국문학사에서 백화신시가 고전 격률시의 자리를 대신할 수 있는 가능성을 보여주었고, 후에 각종 신시유파가 탄생하는 초석의 역할을 하였다는 점에서 큰 의미가 있는 것이다.

그의 두 번째 시집 『별하늘星空』은 주로 1921년부터 1922년 사이에 일본과 상하이에서 쓴 시들을 수록하고 있다. 궈모뤄가 『별하늘』을 쓴 시기는 5.4 퇴조기였다. 이 시기 귀국한 시인의 눈에 비친 중국은 5.4 운동 퇴조기의 혼란이 사회 전반에 만연한 시기로 젊은 지식인들 사이에는 허탈하고 우울한 정서가 지배적이었다. 『별하늘』은 『여신』에서와 같은 열정이나 격앙된 정서를 찾아 볼 수 없다. 이 시집에서는 어두운 현실에 저주를 보내는 시와 자신을 잊고 대중을 위하여 싸우던 고대 영웅들에 대한 찬양, 밝은 미래를 갈망하는 작품들이 주를 이루고 있다. 『별하늘』에 수록된 작품들은 대체로 『여신』에 비하여 우울하고 소극적이라는 평가를 받고 있다.

1921년 8월 상하이에서 출판된 궈모뤄의 시집 『여신』은 『신시집』과 『상시집』에 이어 중국에서 발표된 세 번째 백화시집이었다. 그러나 『여신』은 5.4 시기의 시대적 정서를 충분히 반영하고 있을 뿐만 아니라, 언어형식면에서 백화를 예술적으로 시에 운용함으로써 백화 신시가 고전시를 대신할 수 있음을 증명했다는 점에서 그 의미가 크다고 볼 수 있다.

제3절 신월사의 시인들

1923년 베이징에서 성립된 신월사新月社는 량스츄梁實秋, 쉬즈모徐志摩, 후스, 원이둬聞一多 등 대부분의 성원은 미국과 유럽 유학생들이었다. 신월사는 신시창작의 영역에서 매우 영향력 있는 문학사단이었는데, 이는 쉬즈모나 원이둬 같은 탁월한 신시 문인들에 의해 운영되고 있었기 때문이다. 이들은 자유체 신시에 대해 비판적인 시각을 가지고 새로운 형식의 격률시格律詩를 제창하였다. 그들은 처음에는 『신보晨報』 부간과 『현대평론現代評論』에 시를 발표하다가 1926년 4월 베이징 『신보』 부간副刊으로 『시전詩鐫』을 발행하였다. 『시전』의 시인들은 시의 창작뿐만 아니라, 함께 모여 시를 연구하였는데, 중국의 현대시가 한계점에 다다른 것은 '시 형식의 해방'만을 주장하고 '음률音律'을 무시한 데에 원인이 있다고 여겨, 현대시의 격률을 만들고자 노력하였다. 이들은 대부분 미국과 유럽 유학생 출신으로 서양 시의 영향을 받아 자유롭고 다양한 격률시 창작에 관심을 가지고 현대시 발전에 지대한 공헌을 하였다.

신월사의 격률이론에 가장 큰 공헌을 한 시인은 원이둬가 대표적인 인물로서, 그는 유럽의 유미주의 사조의 영향을 받았다. 궈모뤄가 시는 만들어지는 것이 아니라 자연스럽게 써지는 것이라고 주장한 반면, 원이둬는 시는 만들어지는 것이라고 주장하였다. 그는 음악미音樂美, 회화미繪畫美, 건축미建築美를 새로운 격률시가 갖추어야 할 조건, 즉 '시의 삼미三美'로 내세웠다. 신월사 시인들의 활동은 궈모뤄 이후 신시의 이론과 예술적 기교에서 큰 발전을 하는 계기가 되었다.

1. 쉬즈모

신월사의 대표시인 쉬즈모徐志摩(1897~1931)는 저장성浙江省 하이닝현海寧縣의 부유한 실업가의 집안에서 태어났으며, 4세에 집안에 있는 서당에서 고전을 배우며 고문에 대한 기초를 닦았다. 1915년 항주 제일중학을 졸업하고 1916년에는 베이징대 정치학과에 입학하여 수학하다가, 은행가가 되길 바라는 부친의 뜻을 따라 1918년 미국으로 유학을 떠나 클라크대학에서 은행학을 공부하였고, 1919년 콜럼비아대학 대학원에서 경제학을 전공하여 1년 만에 석사학위를 취득하였다. 그 후 러셀(B. russell)에 심취하여, 1920년 영국으로 옮겨. 캠브리지대학 대학원에서 경제학을 전공하였는데, 원래 문학에 흥미를 갖고 있던 쉬즈모는 러셀, 디킨슨, 카펜터 등 당시 영국의 많은 학자 및 문인들과 교분을 맺고, 이들의 영향을 받아 시 창작을 시작하였다. 그는 1925년 시집 『즈모의 시志摩的詩』를 출판하였다. 그의 시 가운데 초기작품은 어두운 현실가운데서도 이상과 자유를 추구하는 시인의 진취적인 풍격이 반영되어있다. 「밝은 별을 찾기 위해爲要尋一顆明星」는 이러한 경향을 나타내는 대표적인 작품이라고 할 수 있다.

> 나는 한 필의 절름발이 말을 타고
> 어두운 밤을 향해 채찍질한다.
> 어두운 밤을 향해 채찍질한다.
> 나는 한 필의 절름발이 말을 몰고 있다.
>
> 나는 이 칠흙같이 어둔 밤을 뚫고
> 한 떨기 별을 찾기 위해
> 한 떨기 별을 찾기 위해
> 나는 이 어둡고 망망한 황야를 뚫고 달린다.
> ……

1925년 이후의 작품은 대체로 인생과 애정에 관한 내용으로 감상적이고 신비적이며 애수를 자아내고 있다. 「피렌체의 하룻밤翡冷翠的一夜」은 1925년 6월 이태리 피렌체에서 쓴 작품으로 감상적이고 우울한 정서를 나타내며 유미주의적인 경향을 띄고 있다.

당신은 정말 떠나렵니까, 내일? 그렇다면 나는, 그렇다면 나는,
당신은 상관하지 마세요, 그 하루가 이르든지 늦든지;
나를 기억하길 원하나요, 그렇다면 기억하세요.
그렇지 않다면 차라리 이 세상을 잊어주세요.
내가 있기에, 시공의 번뇌를 덜 수 있잖아요.
단지 하나의 꿈, 하나의 환상만 있을 뿐;
……

「캠브리지를 떠나며再別康橋」는 1928년 11월 쓴 작품으로, 이전에 자신이 유학생활을 하던 영국의 작은 도시 캠브리지를 3년 만에 다시 찾아왔다가 떠나는 이별의 아쉬움을 열정적으로 표현한 시로, 작가의 캠브리지에 대한 애착을 표현하고 있다.

가볍게 나는 떠나갔고,
가볍게 나는 다시 왔다.
나는 가볍게 손을 흔든다.
서역하늘의 구름을 향해 작별하며.
……
몰래 내가 간다.
몰래 내가 왔던 것처럼
나는 소매를 흔들며
한 조각 구름도 지니고 가지 않는다.

그는 서정시의 대표자라고 할 만큼 그의 시는 대부분이 서정시로 절제된

감정을 섬세하게 묘사하고 있다. 그러나 쉬즈모의 작품 중에는 현실을 반영하는 시도 찾아 볼 수 있다. 「거지乞丐」에서는 대조적인 수법으로 북풍이 매서운 겨울 대문 안팎의 전혀 다른 화면을 그려내고 있는데, 류반눙의 「종이 한 장 차이相隔一層紙」를 연상케 한다.

대문 안에는 환락의 웃음,
시뻘건 화로, 옥으로 만든 술잔이 있으나
대문 밖에는 거지가 얼어 죽어가고 있다.

그는 고문에 대한 이해의 바탕 위에 참신하고 간결한 백화로 언어의 리듬감을 추구하였다. 그의 시는 구상이 정교하고, 형식의 변화가 다양하며, 기교가 원숙할 뿐만 아니라 또한 상상이 풍부하며, 부드럽고 함축미가 있다. 「우연偶然」은 만남과 헤어짐의 우연과 필연을 초연한 마음으로 그려낸 시로, 사랑하던 사람과 헤어질 때의 허무함을 느껴지게 하는 시이다. 「우연」은 격률시 이론에 충실한 작품으로 평가받고 있다.

나는 하늘가의 한 조각 구름
우연히 당신의 마음에 투영된 것일 뿐
당신은 의아해 할 것 없고,
기뻐할 필요는 더욱 없습니다.
순식간에 사라질 테니까요.

당신과 나는 어두운 밤 바다에서 만났습니다.
당신은 당신의, 나는 나의 방향이 있습니다.
당신은 기억해도 좋습니다.
그러나 가장 좋은 것은 잊는 것입니다.
이 만남의 순간에 우리 서로 빛을 놔 버리지요.

2. 원이둬

쉬즈모와 더불어 신월사의 대표시인으로 꼽히는 애국시인 원이둬聞一多(1899~1946)의 본명은 이둬亦多이고 자는 유싼友三으로 후베이성湖北省 시수이현浠水縣의 지주가정에서 태어났다. 그는 어린 시절 서당에 다니다가 양호사범부속학교에서 수학하였는데 이때부터 이미 고시와 미술을 좋아하였다. 1913년 현 칭화대학清華大學의 전신인 칭화학교에 입학, 재학 시절부터 율시를 창작 발표하였다. 그가 백화신시를 쓰기 시작한 것은 5.4 신문학운동의 영향을 받은 이후이다. 원이둬는 5.4 운동에 적극적으로 참여하여 『칭화주간清華週刊』의 편집을 맡고 군벌정부를 비판하는 글을 발표하였다. 그림에 관심이 많던 그는 대학을 졸업하고 1922년 7월 미국으로 유학 가서 서양화를 공부하였다. 그는 미술 외에도 서구의 고전문학에 심취하여 낭만주의와 유미주의의 영향을 받았는데, 24세가 되던 1923년에는 고국과 고향을 그리며 쓴 첫 번째 시집 『홍촉紅燭』을 출간하였다.

중국인을 멸시하는 미국인들에게 혐오감을 느낀 그는 1925년 유학을 중도에 포기하고 귀국하여 베이징예술전문학교의 교무처장으로 근무하면서 쉬즈모 등과 함께 『신보晨報』 부간副刊 『시전詩鐫』의 편집을 맡았다. 1927년 그는 우한武漢에 가서 우한북벌혁명군 정치부 예술과장으로 근무하다가 중산대학中山大學 외국문학과 학과장을 맡았다. 1928년 1월 당시 시단에 큰 영향을 미친 시집 『사수死水』를 발표하였다. 그 해 3월 신월사에 참여하여 잡지 『신월』과 『시간詩刊』을 발행하였다. 그 후 원이둬는 상하이문단이 좌우익으로 나뉘어 정치적 이념논쟁으로 빠져들자, 문단을 떠나 대학에서 강의를 하면서 고전문학과 문자학 연구에 몰두하여, 이 분야에도 많은 업적을 남겼다. 중일전쟁이 끝나고 그는 민주주의동맹 중앙집행위원, 『민주주의주간民主主義週刊』의 사장을 역임하였다. 1946년 7월 리다자오李大釗를 추모하는 모임에서 기념연설을 하고 귀가하는 길에 국민당 특무特務(공작원)에게 암살당했다.

그는 시에 대한 연구와 비평 및 창작 등으로 중국 신시의 발전을 위해 노력하였으며, 시의 격률을 추구하여 시는 음악미, 회화미, 건축미 등 세 가지 아름다움을 갖추어야 한다는 시의 삼미론을 제창하였다. 그러므로 원이둬의 시는 정연한 형식과 엄밀한 구성 등의 특색을 갖추고 있다. 이는 그가 의식적으로 5.4 시기의 자유체 신시와 다른 새로운 운율체계를 시도하려는 데서 비롯된 것이다.

그의 대표시집으로 1923년 발표한 『홍촉』과 1928년 발표한 『사수』가 있다. 시집 『홍촉』에는 모두 103수의 시가 실려 있는데 그 중의 일부분은 청화대학에 재학 시 창작한 것이다. 시인은 당시 서양의 고전과 낭만주의 작품의 영향을 받아 '사랑'과 '미'를 소재로 한 낭만주의적이고 유미주의적인 작품을 주로 썼다. 또한 『태양을 노래하다太陽吟』과 같이 어두운 현실과 제국주의 열강을 비판하는 작품도 창작하였다. 『사수』에 수록된 시는 모두 28수로 1925년 시인이 귀국한 후에 쓴 작품들이다. 『사수』의 작품들은 『홍촉』에 수록된 시들에 비하여 제재가 다양하고 사상적 깊이가 있으며 예술적으로도 성숙함을 나타낸다.

『홍촉』과 『사수』에 수록된 작품들은 그가 미국생활 중에 체험한 화교의 생활을 통해 느낀 민족적 설움과 조국에 대한 그리움을 표현한 작품들이 주류를 이룬다.

「세탁가洗衣歌」는 그 대표적인 작품이라고 할 수 있다. 작가는 미국에서 중국인들이 당하는 멸시와 모욕에 대하여 분개한 마음으로 작품을 썼다. 그가 최초에 발표한 이 시의 서문에서 다음과 같이 말하고 있다.

> 미국화교의 8, 90%가 세탁으로 생계를 유지해 간다. 때문에 외국사람들은 중국인이 모두 세탁업을 한다고 생각한다. 우리나라 사람들이 해외에서 멸시당하는 일에 대해서 말하자면 가슴이 아프다. 이에 세탁업을 하는 이의 입을

빌어 이 노래를 지어 울분을 토로하고자 한다.

「세탁가」에서는 이역만리 미국에서 생활하는 화교들이 겪는 민족적인 설움을 나타내는 동시에 제국주의 국가의 위선을 비판하고 있다.

> ……
> 비누와 물로선 그 무슨 재주를 부릴 수 없지.
> 세탁을 군함 만드는 것과 비할 바 없겠지만.
> 그러나 나도 그게 무슨 대단한 일이냐고 물을 수 있다.
> 피땀 흘리며 남의 땀을 씻어주니
> 너희들은 할 수 있는가, 너희들은 할 수 있는가?
> ……

원이둬는 「세탁가」를 통해 무기를 만들어 다른 민족을 침략하면서도 문명인임을 자처하는 제국주의 국가 미국을 비판하는 한편, 화교들이 종사하는 세탁업이 군함을 만드는 일보다 가치 있는 일임을 말하고 있다. 또한 『사수』에서는 낡고 부패한 중국을 '썩은 물死水'에 비유하고 있지만 마지막 연에 가서 결국 중국이 새로운 세상으로 거듭나기를 바라는 시인의 희망을 그려내고 있다.

> ……
> 이것은 한줄기 절망적인 썩은 물,
> 이곳은 결코 아름다운 장소가 아니라네.
> 추악함을 개간하는 것만 못하지만,
> 보자, 그가 어떤 세계를 만들어내는지.

「한마디一句話」에서도 비록 현실은 암울하지만 중국의 미래에 대한 희망을 잃지 않는 작가의 의지를 나타내고 있다.

한마디 말 내뱉는 것이 화가 될 수 있고,
한마디 말로 불을 지를 수 있나니.
5천년 동안 이 말을 못했다고 보지 말라,
네가 화산의 침묵을 알 수 있으랴?
갑자기 그 무슨 조화가 있어
갑자기 청천벽력이 내려
폭발하듯 소리를 낼지니,
"우리의 중국"이라고!
……

3. 주샹

주샹朱湘(1904~1933)은 후난성湖南省 위엔링현源陵縣에서 태어났다. 1920년 칭화대학의 전신인 청화학교에 입학하여 문학단체인 칭화문학사淸華文學社에 참여하였으며, 1922년부터 『소설월보』에 신시를 발표하였다. 1923년에는 문학연구회에 가입하고 시가 창작과 번역에 주력하였다. 1926년에는 쉬즈모 등과 함께 『신보』 부간인 『시전』을 발행하며 신 격률시를 제창하였다. 1927년 미국에 유학하여 영국문학 등을 공부하였다. 1929년 귀국하여 안후이대학安徽大學에서 영문과 교수로 재직하다가 1932년 학교 당국과의 의견충돌로 사직하고 베이징과 상하이, 창사長沙 등지를 떠돌며 시를 창작하는 한 편 생계를 위해 글을 써 주는 생활을 하였다.

그는 성격이 괴팍하여 남들과의 교류가 원만치 못했고, 사상도 염세적이었다. 빈곤한 생활과 현실에 대한 불만 등으로 인해 1933년 12월 5일 새벽 상하이에서 난징南京으로 가던 배 위에서 투신자살함으로써 29세의 젊은 나이로 생을 마감하였다.

주샹의 시집으로는 『여름夏天』, 『초망집草莽集』 『석문집石門集』, 『영언집永言集』 등이 있다. 주상은 시 창작 외에 산문과 시비평을 썼고 외국시를 번역하기도 하였다. 『초망집』에 수록된 「답몽答夢」은 내용 면에서 그의 정서와 격정을 잘 반영하고 있고, 형식면에서도 격률에 충실한 작품으로 평가받는다.

> 나는 어째서 아직도 놓지 못하는가?
> 나는 바다에 아직도 표류하고 있기 때문이다.
> 너의 정감은 한 떨기 별과 같이
> 맑고 고요한 하늘에 드리운 채 나를 바라보며,
> 나의 침울한 실망을 마셔버리고,
> 나로 하여금 용감하게 전진케 한다.
> ……

제4절 그 밖의 시 유파

1.『설조』의 시인들

신문학 초기의 백화신시는『신청년』,『신조』,『소년중국』등의 잡지에 발표되다가, 1922년 문학연구회의 작가들이 백화신시의 예술풍격을 계승하여『시』월간을 창간하였는데, 이는 신문학사에서 첫 번째로 시를 전문으로 다룬 시문학잡지였다. 같은 해, 주쯔칭朱自淸, 저우쭤런周作人, 위핑보俞平伯, 정전둬鄭振鐸, 예사오쥔葉紹鈞, 궈사오위郭紹虞 등 8인의 시를 수록한 시집『설조雪朝』를 출판하였다. 결국『설조』는 문학연구회에서 파생된 시문학잡지라고 할 수 있다. 이들은 시가의 성운과 격률 및 기타 여러 형식상의 속박을 모두 타파해야 한다고 주장하고 있다. 이들『설조』의 시인들은 서정을 위주로 하여 5.4 시기 신사조의 영향을 받은 지식인들의 고뇌와 이상을 표현하였다. 신문학 초기의 백화신시와 비교하면『설조』시인들의 작품은 내용 면에서 자유롭고 활발한 특색을 갖추었고 예술적으로 백화를 운용하는 기법이 더욱 숙련되었다.『설조』시인의 작품 중 주쯔칭의「훼멸毁滅」은 200여행에 달하는 장시로서 시인이 이곳저곳 유랑하면서 느낀 각종 사상의 변화와 기복을 표현하였다.

> 흰구름 가운데 내가 있어, 천풍에 흩날린다.
> 깊은 연못에 내가 있어, 도도히 흐른다.
> 단지 푸르름, 푸르름의 진흙 위에
> 일찍이 가볍게, 살금살금 찍지 않았던가, 나의 발자국을!
> ……

『설조』 시인의 작품 외에 빙신冰心의 작품도 문학연구회를 대표하는 시 창작으로 꼽을 수 있다. 그녀는 1923년 소시 300여수를 수록한 『번성繁星』과 『춘수春水』를 출판하였다. 이는 산문체의 성격이 강한 자유시로 번성체 소시繁星體小詩라고 불리게 되었으며 일부 학자는 이를 '시화詩化된 산문'으로 평가하기도 한다.

> 번성一
> 뭇별들이 빛나고 있다
> 짙은 남색의 하늘에서
> 어째서 그들의 대화를 듣게 되었을까?
> 침묵 중에
> 미세한 빛 가운데
> 그들은 깊이깊이 서로를 찬양하고 있다.

> 춘수三三
> 담모퉁이의 꽃!
> 너 홀로 고독한 향기를 감상할 때,
> 천지는 작아진다.

2. 호반시사

호반시사湖畔詩社는 1922년 4월 저쟝성浙江省 항저우杭州에서 왕징즈汪靜

之, 펑쉐펑馮雪峰, 잉슈런應修人, 판모화藩漠華 등 4인으로 성립되었다. 이들은 항저우의 상징인 서호西湖의 이미지를 빌어 호반시사라고 명명하였다. 호반시사의 4인은 합동시집 『호반湖畔』을 발간하기로 하였다. 다음 해 잉슈런, 판모화, 펑쉐펑 3인의 합동시집 『봄노래 모음집春的歌集』, 『호반』을 출판하였다. 이 작품집에 실린 시들은 주로 남녀의 애정을 묘사한 '애정시'가 주류를 이루고 있다. 1922년 잉슈런이 쓴 「회살悔煞」은 이들의 창작경향을 잘 나타내고 있다.

> 그가 나가도록 허락한 것을 후회한다.
> 그를 따라 나가지 않은 것을 후회한다.
> 아무리 많은 시간을 기다려도 여전히 오지 않는다.
> 아무리 많은 장소를 물어도 있지 않다.

이 시는 한 남자가 여인을 기다리는 진지한 애정을 짧은 시구 속에서 시공을 아우르는 함축적인 의미로 묘사하고 있는 것이다.

호반시사는 비록 규모가 작은 시문학사단이었지만 구성원 모두 신시 창작에 매우 적극적인 실천자들이었다. 1922년 왕징즈는 단독으로 『난초의 바람蕙的風』을 출판하였는데, 이것은 신시사상 최초의 애정시집이었다. 『난초의 바람』에 실린 「그녀의 눈물伊底眼」 역시 애정시의 풍격을 잘 반영하고 있다.

> 그녀의 눈은 따스한 태양
> 그렇지 않다면, 어째서 그녀가 나를 볼 때면,
> 얼어붙은 내 마음이 뜨거워질 수 있는가.
> ……
> 그녀의 눈은 憂愁의 도화선
> 그렇지 않다면, 어째서 그녀가 나를 볼 때면,
> 나는 憂愁의 바다에 빠져들고 마는가.

호반시사의 시인들은 주로 남녀의 애정을 진솔하게 표현하여 사회적 반향을 일으켰다. 그들의 시는 대담하고 노골적으로 남녀의 애정을 묘사하였는데, 문체는 오히려 순박한 느낌을 주었다. 그러므로 호반시사의 시를 애정시라고도 한다. 애정시는 5.4 시기 개성해방의 정신이 반영된 작품이라고 볼 수 있다.

3. 상징파

1920년대 서구 현대주의사조의 유입은 중국시단에도 큰 영향을 주었는데, 리진파李金發를 대표로 하는 상징파象徵派가 출현하였다. 1920년대 중반 5.4 퇴조기에 젊은 지식인들 중에는 회의와 방황의 정서가 번지기 시작하였는데, 리진파의 상징파시는 이러한 시대적 정서에 부합되었다. 상징파의 시는 리얼리즘의 사실성과 낭만주의의 직설적 특성을 피해 우회적으로 주관정서를 표현하고 있다. 예를 들어 시 속에서 나타난 형상이 마치 애정이나 퇴폐적인 색채가 드리워져 있는 듯하다.

리진파李金發(1900~1976)는 1919년 프랑스로 조각미술을 공부하기 위해 유학을 갔다가 1920년부터 백화시를 쓰기 시작하였다. 그는 1925년 첫 번째 시집 『가랑비微雨』를 출판하였다. 이 시집의 출판은 서구의 상징주의를 중국에 소개하는 계기가 되었다. 그는 이후 『행복을 위한 노래爲幸福而歌』, 『식객과 흉년食客與凶年』 등 시집을 출판하였다.

리진파의 『가랑비』 이후 무무톈穆木天, 왕두칭王獨淸, 펑나이차오馮乃超, 후예핀胡也頻 등의 작가들도 상징주의 시를 창작하면서 상징파는 중국시단의 한 유파로 정착하였다. 문학유파로서 상징파의 시인들은 어떠한 조직을 결성하거나 이론 및 주장이 있었던 것은 아니었다. 그러나 그들은 백화신시에 대해 다음과 같은 공통된 견해를 가지고 있었다.

첫째, 그들은 예술은 자기를 표현하는 수단이라는 것을 강조한다. 리진파는 이에 대해 1927년『미육美育』창간호에 실린「열화烈火」에서 다음과 같이 말하고 있다.

> 예술은 도덕을 고려하는 것이 아니고, 사회와 공통된 세계도 아니다. 예술의 유일한 목적은 바로 창조의 아름다움이다. 예술가의 유일한 일은 자기의 세계를 충실히 표현하는 것이다. 그러므로 예술가의 미의 세계는 예술의 창조에 있는 것이지, 사회의 건설에 있는 것이 아니다.藝術是不顧道德, 也與社會不是共同的世界. 藝術上惟一的目的, 就是創造美; 藝術家唯一的工作, 就是忠實表現自己的世界. 所以他的美的世界, 是創造在藝術上, 不是建設在社會上.)

둘째, 그들은 시의 상징성과 암시성을 중시한다. 프랑스 상징파 시의 특징은 주관세계와 객관대상의 결합인데, 이는 시 창작에 있어서 이미지를 통한 암시와 신비성에 대한 중시로 나타난다. 이 또한 상징파시인의 미학적 추구인 것이다. 리진파는 미라는 것은 상상이나 상징 가운데 존재하는 것이라고 여겼다. 무무톈은 이에 대해 더욱 진보적인 생각을 가지고 있었다.

> 시는 매우 강한 암시성을 지니고 있다. 시의 세계는 일상의 생활에 고정되어 있기는 하지만 일상생활의 깊은 곳에 있는 것이다. 시는 암시적인 것으로 설명을 꺼린다. …… 시의 배후에는 큰 철학이 존재하지만 그렇다고 철학을 설명할 수 있는 것은 아니다.詩要有强大的暗示能. 詩的世界固在平常的生活中, 但在平常生活的深處. 詩是要暗示的, 是最忌說明的. …… 詩的背后要有大的哲學, 但詩不能說明哲學.

셋째, 그들은 시 언어의 음악미와 색채미를 강조하였다. 그들은 5.4 초기 신시가 지나친 산문화로 인하여 시로서의 예술성이 부족하다고 비판하였다. 그들은 프랑스 상징파시의 영향을 받아 비교적 일찍이 시 언어의 '음'과 '색'의 결합에 주목하였다. 그들이 시에서 '색'과 '음'의 감각적 교착을 추구하였는데 이는 '소리로 그린 그림音畵'과 같은 효과를 나타낸다. 상징파 시인들은 이것을 가장 높은 수준의 예술이며 이것이 진정한 시의 세계라고 생각하였다.

「버림받은 여인棄婦」은 시집 『가랑비』에 수록된 첫 번째 시로 리진파의 전형적인 상징시라고 할 수 있다. 작품은 버림받은 여인의 고통스러운 내면을 소재로 삼고 있다. 모두 4연으로 구성된 이 시는 마지막 연에서 여인의 결말을 다음과 같이 상징적으로 묘사하고 있다.

> ……
> 노쇠한 치마자락은 애통의 신음을 내며
> 무덤가를 방황한다.
> 뜨거운 눈물은 영원히 없다.
> 풀밭에 흩뿌리는
> 세상을 위한 장식.

4. 침종사

침종사沈鐘社의 중심인물이었던 펑즈馮至(1905~1993)는 주로 인생에 대한 사색을 주제로 하는 시를 창작하였다. 그의 작품은 모두 1927년 출판한 『지난날의 노래昨日之歌』에 수록되었는데 기본주제는 청춘과 애정을 노래한 것이고 일부 하층민의 애환을 반영한 작품도 포함되어 있다. 『지난날의 노래』에 수록된 「나는 한줄기 작은 냇물我是一條小河」는 이 시집의 풍격을 대표하는 작품이라고 할 수 있다. 이 작품은 인생을 흐르는 냇물에 비유하여, 아름다운 숲을 흐르는 냇물도 끝내는 넓고 거친 바다에 다다른다는 내용을 담아내고 있다. 냇물이 바다에 이르는 순간 지나 온 아름다운 시간들은 덧없는 것이 되고 마는, 인생여정을 표현하고 있다.

> 나는 한 줄기 시냇물
> 나는 무심결에 너의 곁에서 흘러나오고
> 너는 무심결에 너의 노을과 같은 그림자를

그 잔잔한 물결 위에 비춘다.

1924년까지 발표한 「새로운 고향新的故鄕」, 「피리부는 이의 이야기吹簫人的故事」, 「해수욕장에서在海水浴場」, 「해변海濱」 등은 시의 음악미를 잘 나타낸 작품들로 내재적인 음절미를 지니고 있다. 「피리부는 이의 이야기」, 「잠마蠶馬」 등은 독일 낭만주의 시인 하이네의 영향을 받아 서사시의 형식을 나타내고 있으며, 내용은 중국의 지괴소설志怪小說 『수신기搜神記』에 실려 있는 고사를 차용하고 있다. 이 작품들은 젊은이들의 이상과 방황, 애정 등을 표현하고 있다.

『북유 및 기타北遊及其他』는 펑즈가 하얼빈에서 생활하는 동안 경험한 일들을 소재로 쓴 시들을 모아 출판한 것으로, 이 시집에 수록된 시들은 현실을 반영한 내용이 많고 폭넓은 사상과 감정을 담아내고 있다. 그러나 그의 작품은 전투적이거나 현실비판적인 색채가 강한 것은 아니고 부드럽고 섬세한 표현으로 현실을 반영하고 있다.

그 밖에 펑즈는 1940년대에 이르러 자신이 만든 격률을 반영한 『십사행집十四行集』을 발표하였는데, 이 시집은 중국의 신시의 형식적인 발전을 탐색한 시집으로, 주쯔칭은 「시의 형식詩的形式」에서 이에 대해 "중국의 십사행시의 기초를 마련하였다."고 평가하고 있다.

CHAPTER 04
1920년대 산문

History Of China Modern Literature

신문학의 탄생 이후, 고전문학과 비교할 때, 산문은 어떤 문학 장르보다 가장 큰 사회적 성과를 거두었다고 평가할 수 있다. 그 성과라는 것은 신문학이 탄생하게 된 원인, 즉 사회개혁의 도구로서 문학의 역할을 가장 효과적으로 수행한 장르라는 것을 의미한다. 또한 당시 중국에서 '민주와 과학'이라는 근대성의 화두를 가장 치열하게 고민하고 반영했던 장르라고도 할 수 있을 것이다. 이 시기 산문의 특징은 다음과 같다.

첫째, 잡지나 신문의 수감록隨感錄 난을 통하여 잡문雜文 또는 雜感文이라는 시대상황을 반영한 시사적인 내용의 의론議論적인 산문이 큰 폭으로 증가하였고 내용면에서도 괄목할 만한 성과를 나타내었다.

둘째, 현대소설의 탄생과 발전에 새로운 전기를 마련한 루쉰은 잡문의 이론적 발전과 실천에 많은 영향을 주었다. 그의 잡문은 적극적인 현실참여정신을 내포하고 있어 시대의 모순을 향한 투창과 비수로 삼는 잡문의 사회적 역할을 강조하게 된다.

셋째, 다양한 형태의 서정산문이 발전하였다. 문학연구회와 기타 문학사단의 작가들은 시와 소설뿐만 아니라 산문 분야에서도 성과를 나타내었다. 주쯔칭朱自淸, 빙신氷心, 예성타오葉聖陶, 쉬즈모徐志摩, 천시잉陳西瀅, 링수화

凌叔華 등은 산문창작에서도 오래도록 인구에 회자되는 작품을 써내었다. 산문의 다양화로 어사사語絲社와 같은 산문을 위주로 하는 문학사단이 출현하기도 하였고, 저우쭤런周作人은 일상생활 속에서 철리를 느낄 수 있는 '소품문小品文'을 쓰기도 하였다.

제1절 수감록과 잡문

1. 수감록

수감록은 『신청년新青年』 제4권 제4기(1918년 4월 15일)부터 시작된 시사적인 성격을 지닌 평론 게재란이었다. 그러나 '수감隨感'이라는 명칭은 이미 량치차오梁啓超가 소설계혁명 시기 처음으로 사용했던 것이다. 그 당시 입헌군주제를 내세우는 개혁파 지식인들은 '수감'의 형식으로 청 정부의 무능함을 질타하는 동시에 변법變法과 개혁의 필요성을 역설하고 제국주의침략을 규탄하였다.

수감록은 시사적인 내용을 다루는 문장이 가장 많이 게재되었는데, 초기 수감록의 저자들은 문언체의 언어를 사용하였으나, 그 내용은 모두 봉건사상과 윤리도덕 군벌의 수구적 통치와 부패한 국민성을 질타하는 혁신적인 내용들을 다루고 있었다. 1917년 6월 『신청년』 제3권 제4기에 천두슈陳獨秀가 「시국잡감時局雜感」을 게재한 것을 시작으로 수감록의 방향은 시대상황에 대한 비판적인 내용으로 흐르기 시작하였다. 1918년 후스胡適의 「귀국잡감歸國雜感」에 이르러 수감록에 게재되는 문장은 백화문이 주류를 이루기 시작하였다. 이 시기 『신청년』의 수감록에 실리는 문장은 잡문 또는 잡감문이라는 새로운 문예형식으로 자리잡기 시작하였다. 잡문은 시대적 요구에 부응하는 문학형식으로 시사적인 내용을 작가의 시각을 통해 반영하고 있다.

잡문은 『신청년』뿐만 아니라 『매주평론每週評論』, 『신보晨報』, 『소년중국

少年中國』 등에 '수감록'이나 '낭만담浪漫談' 등 전문적으로 잡문을 게재하는 난이 생기면서 발전하게 되었다. 잡문은 시대상을 반영하는 글이므로 비판적이고 전투적인 성격이 강한 문장들이었다. 또한 문장의 편폭도 작고 당시 사람들의 주목을 받던 시사적인 내용을 다루고 있어 누구나 부담 없이 읽을 수 있으므로 많은 독자층을 형성하였다. 천두슈와 후스의 뒤를 이어 류반눙劉半農, 저우쭤런周作人(수감록에 게재할 당시 중미仲密라는 필명을 사용하기도 하였다), 천왕다오陳望道, 한쥔漢俊, 리다자오李大釗, 쳰쉬안퉁錢玄同 등이 수감록의 단골손님과 같은 역할을 하게 되었다.

2. 천두슈 리다자오 쳰쉬안퉁

천두슈(1880~1942)의 자는 중푸仲甫로 안후이安徽성 화이닝懷寧현 출신이다. 일찍이 일본에 유학하면서 서구문물과 사상에 눈뜬 그는 귀국 후 신해혁명에 참가하였다. 1913년 위안스카이袁世凱의 복벽復辟을 반대하는 운동에 참가하였다가 실패 후 다시 일본으로 건너갔다. 귀국 후, 1915년 『청년잡지青年雜誌』(후에 『신청년』으로 개명)를 창간하고 1916년 베이징대학 교수를 역임하였다. 1918년 리다자오와 함께 『매주평론』을 창간하고 신문화운동을 제창하고 맑스주의를 중국에 소개하는 등 중국의 근대화에 선구자적 역할을 하였다. 천두슈는 수감록의 초기 작가로 그는 「시국잡감」을 시작으로 많은 잡문을 썼다. 1918년과 1919년 2년 동안 그가 쓴 잡문은 모두 백여 편에 달한다. 잡문에서 그가 다루는 소재는 크게는 중국이 직면한 문제부터 생활의 사소한 일들까지 다양하였으며, 사상적으로는 봉건적인 사상을 비판하고 수구세력들을 공격하였다. 그의 대표적인 잡문으로 「조화론과 구도덕調和論和舊道德」, 「문화운동과 사회운동文化運動與社會運動」, 「혁명과 반란革命與作亂」, 「연구실과 감옥研究室與監獄」, 「베이징의 10대 특색北京十代特色」, 「내 조국我國」 등이 있다.

리다자오李大釗(1889~1927)의 자는 서우창守常으로 허베이성河北省 러팅현樂亭縣 출신이다. 그는 중국공산당의 창당멤버로서 사실상 중국 최초의 맑스·레닌주의자라고 볼 수 있다. 1913년 일본유학시절, 위안스카이 복벽반대운동에 참가하였다. 1916년 귀국 후 베이징대 경제학 교수를 역임하며 『신종보晨鐘報』와 『신청년』을 편집 발행하였다. 또한 천두슈와 함께 『매주평론』을 창간하였다. 그는 1918년 『신청년』에 「민중의 승리庶民的勝利」와 「볼셰비즘의 승리布尒什維主義的勝利」를 게재하여 러시아 10월 혁명의 의미를 중국에 소개하여 최초로 중국에 맑스·레닌주의를 전파하기 시작하였다.

그는 5.4 시기 신문화운동의 주도적 역할을 했던 인물로 이 시기에 그는 진보적인 백화신시들을 발표하기도 하였다. 그는 잡문창작에 적지 않은 성과를 나타내었는데, 비판적이고 전투적인 경향의 잡문을 다량 발표하였다. 그의 잡문은 주로 『신청년』, 『매주평론』 등 잡지에 게재하였는데, 그 내용은 대부분 '도살장식 정치宰猪場式的政治'와 봉건가족제도에 대한 비판, 그리고 새로운 사상의 전파와 변혁에 대한 열망을 담아내고 있다. 「'새벽종'의 사명"晨鍾"之使命」, 「청춘青春」 등의 문장은 '청년중국'에 대한 희망을 나타내고 있으며 청년들을 향해 "과거역사의 그물을 뚫고, 진부한 학설의 감옥을 부술 것冲決過去歷史之網羅, 破除陳舊學說之囹圄"을 호소하고 있다. 「신기원新紀元」, 「전후세계의 조류戰後之世界潮流」에서는 무산계급혁명의 역사적 당위성을 역설하고 있다. 「태상정부太上政府」는 베이징의 외국 대사관들은 사실 중국의 황제보다 높은 '태상정부'라고 빗대어 제국주의 침략을 비판하였으며 「대아시아주의와 신아시아주의大亞細亞主義與新亞細亞主義」, 「중일친선中日親善」에서는 일본 제국주의가 중일친선의 가면을 쓰고 저지르는 침략행위의 본질을 폭로하고 있다. 「만악의 근원萬惡的根源」은 봉건적인 가족제도와 부패한 통치세력을 만악의 근원이라고 비판하고 있으며 「치안장애治安障碍」에서는 치안을 유지한다는 구실로 국민의 기본권을 박탈하는 군벌통치를 비판하고 있다. 이와 같은 리다자오의 문장은 비록 문장의 편폭은 짧으나 강한 호소력을 지니고 있다.

리다자오가 수감록에 게재한 글들은 예술적인 면에서도 평가받는다. 그의 잡문은 대체로 수 백자를 넘지 않는 짧은 문장들로서, 간단명료한 문장 속에 진보적인 사상과 사회 비판적인 내용을 효과적으로 표현하고 있다. 그의 잡문은 또한 은유적인 비유와 선명한 대비, 과장 등 다양한 표현기법을 운용하여 사상내용을 더욱 생동감 있게 전달하고 있다.

첸쉬안퉁錢玄同(1887~1939)의 본명은 첸샤錢夏, 호는 이구疑古로 저장浙江성 우싱吳興현 출신이다. 그의 아버지는 청말 광서제光緒帝 때의 학자였고, 형 첸쉰錢恂은 청말 일본, 프랑스, 이태리, 네덜란드의 중국 참사參事를 지내기도 하였다. 이러한 집안 환경은 그에게 어릴 적부터 전통유학과 신학문을 쉽게 접할 수 있는 계기를 마련해 주었다. 1906년 일본유학시절 동맹회同盟會에 가입하여 장타이옌章太炎과 교류하면서 영향을 받기도 하였다. 1910년 귀국 후, 부모에 의해 강제로 결혼을 한 그는 이에 대해 "어려서 당한 봉건윤리의 횡액少遭綱倫之厄"이라고 표현하였다. 베이징고등사범학교, 베이징대학 국문과 교수를 역임하며, 『신청년』의 편집을 맡기도 하였다. 이 시기에 그는 수감록에 봉건문화와 예교에 반대하고 문학혁명과 문자개혁을 촉구하는 잡문을 다수 게재하였다. 음운音韻학자이기도 하였던 그는 1918년 「상시집 · 머리말嘗試集 · 序」에서 한자를 폐지할 것을 주장하기도 하였다. 어릴 적부터 봉건예교에 대해 반감을 느끼며 자랐던 그의 잡문은 비교적 과격하면서도 유창하고 유머스러운 풍격을 지니고 있다.

제2절 루쉰의 잡문

루쉰은 1918년부터 『신청년』의 '수감록'에 잡문을 발표하였다. 전반기 잡문은 1918년으로부터 1927년 사이에 쓴 작품들로서 『열풍熱風』, 『무덤墳』, 『화개집華蓋集』, 『화개집속편華蓋集續編』, 『이이집而已集』, 『들풀野草』, 『아침꽃을 저녁에 줍다朝花夕拾』 등에 수록되어 있다. 루쉰의 초기잡문과 수감록에 게재되었던 잡문들은 그의 첫 번째 잡문집 『열풍』과 『무덤』에 수록되었다.

『화개집』에는 루쉰이 1925년 베이징에 있을 때 『국민신보國民新報』 부간副刊, 『경보京報』 부간, 『어사語絲』, 『망원莽原』 등의 간행물에 게재하였던 31편의 잡문이 수록되어 있다. 『화개집』에는 주로 '베이징여자사범대학 사건'을 중심으로 『현대평론現代評論』의 후스, 천시잉 및 『갑인甲寅』의 구통孤桐 등 수구파와 벌인 논쟁이 수록되어있다.

『화개집속편』은 루쉰이 베이징과 샤먼廈門에 있을 때 쓴 23편의 작품이 수록되어 있다. 이는 주로 『국민신보國民晨報』 부간, 『신보晨報』 부간, 『세계일보世界日報』 부간, 『망원莽原』 등에 게재되었던 잡문으로 1926년 3.18 사건을 저지른 돤치루이段祺瑞 군벌정부의 만행과 일본제국주의의 침략적 본성을 폭로, 비판하는 내용이 주류를 이루고 있다. 5.4 이후 신문화운동의 대오가 분열되는 양상이 나타나고, 일부 지식인들은 점차 군벌정부와 타협하는 태도를 보였다. 이 시기 군벌정부는 3.18 사건 같은 만행을 저질렀다. 이에 루쉰은 북양군벌 정부를 과감하게 비판하는 문장들을 발표하였다. 3.18 사건이 발생하자 루쉰은 곧 「꽃 없는 장미無花的薔薇」, 「류허전군을 기념하며紀念劉和珍君」 등의 문장을 게재하였다. 그는 「꽃 없는 장미」에서 다음과 같이 말하고 있다.

> 이처럼 잔혹하고 포악한 행위는 짐승들 속에서 보지 못했을 뿐만 아니라 인간사에서도 극히 드문 일이다. …… 이것은 한 사건의 결말이 아니라 한 사건의 시작이다. 먹으로 쓴 거짓말은 피로 쓴 사실을 덮어 감추지 못한다. 피로 진 빚은 반드시 피로 갚아야 한다. 왜냐하면 빚이란 시간이 지날수록

이자가 붙게 마련이기 때문이다.

『이이집』은 1927년 루쉰이 광저우廣州와 상하이에서 쓴 잡문 29편을 수록하고 있는데, 이는 주로 『어사語絲』, 『북신北新』 등에 게재되었던 문장들이다. 1927년은 4.12 정변이 일어난 해이기도 하다. 그는 『이이집』 머리말에서 이 잡문집의 이름을 '이이而已'라고 이름지은 이유를 다음과 같이 말하고 있다.

> 눈물도 마르고 피도 다했다. 도살자들은 소요에 소요를 거듭하고 온갖 칼들을 모두 사용하지만 우리에게는 잡문이 있을 뿐이다.淚干了, 血消了, 屠伯們逍遙復逍遙, 用鋼刀的, 用軟刀的. 然而, 我只有'雜感'而已!

『들풀』은 루쉰이 1924년에서 1926년까지 베이징에서 머무르던 기간 쓴 '시적인 산문'과 머리말題辭 등 모두 24편의 문장을 수록하고 있는데, 이는 대부분 『어사』에 게재되었던 작품들이다. 『들풀』의 작품들은 대체로 5.4 운동의 열기가 식기 시작하고 신문화운동 대오에 분열이 일어나는 시기 루쉰의 암울한 정서를 반영하고 있는 문장들이다. 그는 산문집의 이름을 '들풀野草'로 정한 것에 대해 다음과 같이 말하고 있다.

> 들풀은 비록 뿌리가 깊지 않고, 꽃도 아름답지 않지만, 이슬과 물을 마시며 죽은 자의 피와 살을 먹으며 생존해 나간다. 살아서는 짓밟히고 꺾이다가 마침내 죽어서 썩어버린다. 하지만 나는 태연하며 기뻐한다. 나는 크게 웃을 것이며 노래 부를 것이다. 나는 나의 들풀을 사랑한다. 그러나 들풀로 자기를 장식하는 땅을 증오한다.野草, 根本不深, 花葉不美, 然而吸取露, 吸取水, 吸取陳死人的血和肉, 各各奪取它的生存. 當生存時, 還是將遭踐踏, 將遭刪刈, 直至於死亡而朽腐. 但我坦然, 欣然. 我將大笑, 我將歌唱. 我自愛我的野草, 但我憎惡這以野草作裝飾的地面.

이는 5.4 퇴조기와 군벌정부의 탄압 속에서도 꺾이지 않고 생명력을 유지해 가는 들풀과 같은 대중의 전투정신을 의미하는 것이다. 『들풀』에 수록된 작품들은 루쉰이 사상가일 뿐만 아니라, 시인, 소설가로서의 냉정함과 열정, 상상력 등을 잘 반영하고 있다고 볼 수 있다. 『들풀』에는 「가을밤秋夜」, 「이러한 전사這樣的戰士」, 「흐릿한 핏자국에서淡淡的血痕中」, 「연風箏」, 「입언立言」, 「퇴패선의 전율頹敗線的顫動」, 「개의 반박狗的駁詰」 등의 작품들이 수록되어 있다.

『아침꽃을 저녁에 줍다朝花夕拾』는 루쉰이 1926년 베이징과 샤먼에서 쓴 글 12편을 수록하고 있다. 작품집 제목에 나타나 있듯이 『아침 꽃을 저녁에 줍다』는 '지난 일을 회고舊事重提'하는 내용과 형식으로 『망원莽原』에 발표되었던 글들이다. 수록된 작품으로 「키다리와 산해경阿長與山海經」, 「후지노 선생藤野先生」, 「아버지의 병父親的病」, 「판아이농範愛農」, 「백초원에서 삼미서옥까지從百草園到三味書屋」 등이 있다.

루쉰의 전반기 잡문은 대체로 봉건문화와 그 윤리의 폐단을 비판하고 과학과 민주를 추동하는 내용이 주류를 이루고 있다. 이러한 전반기 잡문을 대표하는 작품들과 그 내용은 다음과 같이 정리해 볼 수 있다.

「나의 절개관我的節烈觀」에서 루쉰은 봉건사회의 '절개'라는 윤리의식에 대하여 비판하고 있다. 중국은 수천 년 역사 속에서 나라와 가정이 패망하는 원인과 책임을 여성에게 돌리고, 여성에게는 수절을 강요하면서도 남성의 일부다처제는 용인하여 왔음을 지적하고 비판하였다. 루쉰은 이러한 봉건적인 절개관의 근원은 바로 남성중심의 가부장제家父長制가 지배하는 봉건제도에 있다고 지적하면서 여성의 자유와 남녀평등을 쟁취하려면 반드시 이 제도를 무너뜨려야 한다고 강조하고 있다.

「우리는 아버지 노릇을 어떻게 할 것인가我們現在怎樣做父親」라는 글에서 루쉰은 희생적인 효를 강요하는 봉건윤리를 진화론적 관점에서 비판하고 있다. 그는 젊은이들을 기성세대의 소유물로 생각하거나 기성세대를 위한 희생물로 여기는 전통윤리는 진화론에 어긋나는 사고방식임을 지적하고 있다. 그러므로 자녀에게 부모부양의 의무감을 봉건제도에 대한 루쉰의 비판적 시각은 여성해방문제에도 예외가 아니었다. 1923년에 쓴 「노라는 집을 나간 후 어떻게 되었는가娜拉走后怎樣」에서는 여성의 개인적인 반항의 한계에 대하여 지적하고 있다. 그는 집을 나간 노라의 앞에는 두 갈래의 길이 있을 뿐인데, 하나는 타락하는 것이고 다른 하나는 집으로 돌아오는 것이라고 말하고 있다. 루쉰은 이 문장을 통해 경제적 능력이 없는 여성의 반항은 한계가 있을 수밖에 없고 진정한 자유를 획득할 수도 없음을 지적하고 있다. 루쉰은 결국 진정한 여성해방을 위해서는 여성 스스로가 남성의 '인형'으로 안주하려는 사고방식을 타파해야 하며 근본적인 각성과 치열한 투쟁의식이 필요함을 주장하고 있다.

1925년에 쓴 「등하만필燈下漫筆」에서 루쉰은 과거 봉건통치 하에서 중국인은 "노예가 되고 싶어도 되지 못한 시대"에 살았거나 "잠시 동안 편안히 노예로 되었던 시대"에 살았을 뿐, 지금까지 인간의 자격을 가져본 적이 없음을 지적하였다. 그리고 '중국문명'의 실체는 "권력을 가진 자들이 향유하는 인육의 주연을 베풀어 주는 것"이고 "이 인육의 주연을 마련하는 부엌"이기에 "이 식인종들을 몰아내고 인육의 주연을 엎어버리고 이 부엌을 때려 부수는 것이 현재 청년들의 사명"임을 주장하고 있다.

이처럼 1920년대 루쉰의 잡문은 제국주의와 봉건주의를 비판하고 이에 저항하는 전투정신을 나타내고 있으며 그의 사회를 향한 혁명적 요구를 반영하고 있다. 이 시기 루쉰의 잡문에 나타난 전투정신은 대체로 진화론에 기초하고 있다고 볼 수 있다.

제3절 문학연구회의 산문

문학연구회의 작가들은 시와 소설창작 뿐만 아니라 산문창작에서도 성과를 거두었다. 그들은 산문창작에서도 '인생을 위한 예술爲人生而藝術'의 창작태도를 고수하였다. 1921년 1월 『소설월보小說月報』 12권 제1호에 빙신氷心은 서정산문 「웃음笑」을 발표하였고 다음 해 4월 쉬디산許地山은 『소설월보』 13권 제4호에서 8호까지 「공산영우空山靈雨」를 연재하며, 문학연구회의 작가들은 본격적으로 『소설월보』와 『신보晨報』 부간, 『동방잡지東方雜誌』에 산문을 게재하기 시작하였다. 문학연구회 작가들로 빙신, 주쯔칭朱自淸, 쉬디산, 예성타오, 정전둬鄭振鐸, 선옌빙沈雁氷, 취츄바이瞿秋白, 왕퉁자오王統照, 루인廬隱, 루옌魯彥, 젠셴아이蹇先艾 등이 소설뿐만 아니라 산문창작 분야에서도 성과를 거두었다.

주쯔칭朱自淸(1898~1948)의 본명은 쯔화自華, 자는 페이셴佩弦으로 장쑤성江蘇省 둥하이현東海縣 출신이다. 문학연구회의 초기 성원으로서 많은 시와 산문작품을 창작하였다. 주쯔칭은 산문창작 이전에 이미 백화신시의 창작에도 성과를 거두었다. 그의 백화신시는 초기산문과 함께 1924년 출판한 『종적蹤迹』에 수록되어 있다. 그는 1928년 산문집 『뒷모습背影』, 1936년 『너와 나你我』 등을 출판하였다. 칭화대학淸華大學 교수를 역임하며 최초로 '중국신문학사'를 개설하여 강의하기도 했던 주쯔칭은 1945년 빈곤 속에서도 미군의 구제식량을 거부한 일화로도 유명하다.

주쯔칭의 산문은 다음과 같은 세 가지 작품 갈래로 정리해 볼 수 있다.

첫째, 신변소사身邊小事와 가정생활을 반영한 작품들이다. 이러한 산문들은 작가 자신의 생활과 직접관련이 있는 것으로 자신의 삶 속에서 경험한 일들을 소재로 삼고 있다. 이러한 작품으로 주쯔칭의 대표산문이라고 할 수 있는 「뒷모습背影」을 들 수 있다. 작품은 몰락해 가는 가정의 아버지와 아들이 난징南京의 기차역에서 각자의 생계를 위해 이별하는 장면을 묘사하고 있다. 또한 부자지간의 이별에 대한 세밀한 묘사를 통하여 당시 중국 사회의 서민들이 겪는 애환, 가족 간의 갈등과 사랑을 섬세하고 소박한 필치로 표현하였다. 작품에 묘사된 부자지간의 단편적인 심리묘사는 이 작품이 오늘날까지 인구에 회자되는 이유라고 볼 수 있다. 「자녀兒女」에서는 어린 아들과 딸에 대한 사랑과 연민의 정을 나타내고 있다. 또한 자녀에 대한 번민과 책임감이 교차된 복잡한 감정을 서술하여 당시 서민들이 자녀 양육과정에서 겪는 갈등과 생활고를 세밀하고 사실적으로 표현하고 있다.

둘째, 자연경물自然景物을 묘사하고 서정抒情을 표현한 산문으로 「하당월색荷塘月色」, 「장명등 불빛 속의 친화이허槳聲燈影裏的秦淮河」, 「푸르름綠」 등의 작품을 들 수 있다. 「하당월색」은 서정묘사와 경물묘사가 융화된 작품으로 연못에 비친 달빛의 아름다움을 만끽하며 홀로 산책하는 작가의 심정을 서정적인 필치로 묘사하고 있다. 특히 연꽃의 잎, 모양, 향기, 색깔과 달빛, 그림자에 대하여 세밀한 관찰을 통해 묘사하고 있다. 이는 마치 독자로 하여금 달빛아래 연못에 있는 듯한 서정을 느끼게 한다.

> 연못가에는 나 혼로 뒷짐을 지고 천천히 걷고 있다. 이 한 조각의 세상은 마치 나의 것처럼 느껴지며, 나 역시 일상의 나를 초월한 것 같고, 다른 세계에 온 듯이 느껴진다. 나는 시끌벅적한 것도 좋아하고 고요한 것도 좋아한다. 사람들 사이에 섞여 사는 것도 좋아하고 홀로 지내는 것도 좋아한다. 오늘 같은 밤 나 홀로 창망한 달빛아래 있을 때면, 무엇이든지 생각할 수도 있고 무엇이든지 잊을 수도 있으니 진정 자유인으로 느껴진다.路上只我一個人, 背着手踱着. 這一片天地好像是我的; 我也像超出了平常的自己, 到了另一個世界里. 我愛熱鬧, 也愛冷靜; 愛群居, 也愛獨處. 像今晚上, 一個人在這蒼茫的月下, 什么都可以想, 什么都可以不想, 便覺得是個自由的人.

셋째, 사회현실을 비판적으로 반영한 산문을 들 수 있다. 「집권정부의 도살기록執政府大屠殺記」은 군벌정부가 저지른 3.18 사건을 폭로하고 비판한 명문으로 평가받는다. 「백인종, 하나님의 총아白種人上帝的驕子」는 중국 내에서 벌어지는 서구인들의 중국인에 대한 차별과 멸시를 비판하고 있다. 그는 이러한 현상에 대해 "누구나 하느님의 아들이다. 이는 지난 날 왕후장상의 씨가 따로 없는 것과 마찬가지다!"라고 분노를 나타내고 있다. 「생명의 가치-칠푼生命的價值-七毛錢」에서는 부모가 없는 어린아이를 칠푼에 팔아넘기는 농촌의 비인간적인 현실을 비판하고 있다. 「아허阿河」에서는 어린 '아허'가 수차례 이곳저곳 팔려 다니다 도망치는데 성공하지만 결국 스스로 자신을 팔아 생활할 수밖에 없는 비극을 묘사하고 있다.

여성작가 빙신은 소설뿐만 아니라 산문창작 또한 성과를 거두었다.

빙신은 1923년 여름, 옌징대학燕京大學을 졸업하고 미국 유학길에 오른다. 그녀는 미국에서 유학하는 3년 동안 『어린 독자에게 보냄寄小讀者』, 『산중잡기山中雜記』, 『지난 일往事』 등 세 편의 산문집을 썼다. 그러나 그녀는 1926년 귀국 후 더 이상 주목할 만한 산문작품을 쓰지 않았고 그녀의 주요 산문은 미국에서 유학하는 기간에 창작되었다고 볼 수 있다.

이미 '1920년대 소설'에서 언급했듯이 빙신은 유복하고 화목한 가정에서 성장하였다. 행복한 가정환경은 그녀로 하여금 어릴 적부터 인간에 대한 애정과 자연에 대한 세심한 관찰력과 이들을 묘사하는 표현력을 키우는데 많은 영향을 주었다. 또한 고전문학에 대한 소양과 관심은 그녀의 창작활동에 도움이 되었다.

서간체로 쓴 『어린 독자에게 보냄』는 1926년 4월 북신서국北新書局에서 출판되었다. 서간체를 사용한 이유에 대해 그녀는 다음과 같이 말하고 있다.

> 서간체를 사용하여 문장을 쓴 것은 한 대상에 대해 정감이 비교적 착실하게 묘사되며 표현이 가장 자유롭기 때문이다. 그러므로 문장 가운데서 천진함을 유지할 수 있다.

『산중잡기』는 미국에서 모국의 생활이나 어린 시절의 추억, 외국의 풍물 등을 묘사한 작품들이 수록되어 있다. 『지난 일』은 시의 형식으로 쓴 산문으로 산문시로 분류되기도 한다. 빙신의 산문은 대체로 사랑을 바탕으로 하는 범애론汎愛論적 관점에서 인간과 사물을 묘사하고 있다. 그러므로 빙신은 산문 가운데서 아동, 어머니, 바다 등을 주요 묘사대상으로 삼고 있으며 이러한 대상을 매우 세밀하고 서정적으로 묘사하고 있는 것이다.

제4절 어사사의 산문

1924년 10월, 『신보』 부간의 편집을 맡은 쑨푸위안孫伏園은 루쉰의 풍자시 「실연失戀」을 게재하였다가 편집장인 류멘지劉勉己에 의해 취소되는 일이 발생하였다. 이 일로 쑨푸위안은 크게 화를 내며 편집장 류멘지의 입을 후려치고 사직하였다. 그는 루쉰과 저우쭤런의 도움으로 새로운 잡지를 창간하게 되었는데, 이것이 『어사語絲』와 어사사語絲社 탄생의 일화이다. 『어사』는 창간 초기부터 산문을 주로 게재하는 문예주간지로 루쉰, 저우쭤런, 첸쉬안퉁錢玄同, 린위탕林語堂, 위핑보兪平伯, 펑원빙馮文炳, 구제강顧頡剛, 류반눙劉半農, 쑨푸시孫福熙, 웨이쑤위안韋素園 등 16인의 작가가 모였다.

쑨푸위안孫伏園(1894~1962)의 본명은 푸위안福源으로 저장성浙江省 사오싱현紹興縣 출신이다. 그는 신문화운동 중 가장 영향력 있는 저널리스트로 『신보』 부간을 통해 많은 작가들을 발굴해내고 양성하였다. 그가 창간한 『어사』는 중국의 현대산문이 발전할 수 있는 중요한 토양역할을 하였다.

어사사의 작가들은 『어사』 창간 이전 이미 자신만의 창작풍격을 지니고 있었으므로 어사사의 산문은 공통된 풍격보다는 각자 독특한 경향을 나타내었는데, 이는 어사사의 산문이 다양한 풍격으로 발전할 수 있는 계기가 되기도 하였다. 또한 어사사의 작가들은 대부분 문학연구회에서 활동하던 작가들로 어사사는 사실상 文學硏究會에서 분화된 산문사단이라고도 할 수 있을 것이다.

저우쭤런周作人(1885~1967)은 저장성 사오싱현 출신으로 본명은 쿠이수櫆壽이다. 1901년 난징의 강남수사학당江南水師學堂 재학시절 쭤런作人으로 개명하였고, 필명으로 카이밍開明, 두잉獨應, 중미仲密, 샤수遐壽 등이 있다. 강남수사학당 재학시절부터 이미 창작활동을 시작한 그는 1906년 일본유학생활을 시작하면서 본격적으로 문예운동을 전개하였다. 그는 형 루쉰과 함께 문예지 『신생新生』을 시도하였고 외국의 소설을 번역하여 『역외소설집域外小說集』을 출판하였다.

일본에서 귀국 후 5.4 시기 『신청년』과 『매주평론每週評論』에 「사람의 문학人的文學」, 「평민문학平民文學」, 「사상혁명思想革命」 등 문학혁명을 고조시키고 추동하는 중요한 문장들을 발표하여 중국신문학의 이론적 성숙에 기여하였다. 특히 1918년 12월, 『신청년』에 게재한 「사람의 문학」은 후스胡適의 「문학개량추의文學改良芻議」와 천두슈陳獨秀의 「문학혁명론」과 함께 중국신문학의 이론적 발전에 중요한 공헌을 한 문장으로 평가받고 있다. 또한 문학연구회의 창립의 중심역할을 하였으며, 창립선언문 초안을 작성하여 '爲人生而文學(인생을 위한 문학)'의 개념을 정립하였다. 1924년 그는 쑨푸위안 등과 어사사를 결성하고 『어사』를 창간하였다. 그는 5.4를 전후한 시기 신문화운동에 적극 참여하였고 5.30 운동과 3.18 사건과 같은 사건에 대하여 진보적인 입장에 서서 매국적이고 반민중적인 군벌정권을 비판하는 잡문을 발표하였으나, 1920년대 중반 이후 그의 문장은 점차 소극적이고 염세적인 경향을 나타내었다. 중일전쟁 시기 그는 화베이華北의 일본군 점령지역에서 일본제국주의의 침략행위를 찬양하고 친일파에 동조하는 수많은 문장을 발표하였다. 1945년 일본이 패망하자 친일행위로 구속수감되었으나, 1949년 1월 보석으로 석방되었다. 그는 말년에 베이징에 거주하며 그리스와 일본문학작품을 번역하고 『루쉰의 옛집魯迅的故家』, 『루쉰 소설 속의 인물들魯迅小說裏的人物』, 『루쉰의 청년시대魯迅的青年時代』 등, 루쉰의 동생으로서 그를 회고하는 저술하였다.

신문화운동을 주도했던 인물로 저우쭤런은 5.4 시기 외국문학의 번역소개와 많은 문예이론논문, 시, 산문 등을 발표하였다. 그는 1923년 『나만의 정원自己的園地』을 시작으로 『비오는 날의 책雨天的書』, 『택사집澤瀉集』, 『담호집談虎集』, 『담룡집談龍集』, 『영일집永日集』 등의 산문집을 출판하였고, 시와 산문을 함께 실은 『과거의 생명過去的生命』 등을 출판하였다.

저우쭤런 산문의 특징은 한마디로 그가 제창한 '미문美文', 즉 '소품문小品文'이라고 할 수 있다. 그는 1921년 「미문」이라는 문장을 발표하였다. 그는 미문이란 논문의 일종이지만 비판적이거나 학술적인 문장이 아닌 예술성을 띈 문장이라고 정의하고 있다. 저우쭤런의 산문은 다양한 내용을 다루고 있으며, 매우 평이하고 담담한 필체 가운데 유머와 신랄함을 겸비하고 있다.

「차를 마시다吃茶」, 「술을 논함談酒」, 「오봉선烏蓬船」, 「고향의 나물故鄉的野菜」 등의 문장은 모두 일상 가운데서 흔히 접할 수 있는 사물을 소재로 삼아 평이하고 담담한 필치로 묘사하면서도 독자로 하여금 삶의 정취와 철학을 느낄 수 있게 한다.

CHAPTER 05 1920년대 희곡

History Of China Modern Literature

본 장을 시작하면서 우선, 중국공연예술의 명칭에 대한 개념 구분을 알아볼 필요가 있다. 희극戱劇이라는 명칭은 가장 포괄적인 무대공연예술을 의미한다. 경극京劇, 곤극昆劇, 월극粤劇과 같이 각 지역의 특색이 반영된 지방희地方戱들을 희곡戱曲, 잡극雜劇이라고 한다. 춘류사를 통해 서양의 연극이 유입된 이후, 오늘날까지 이를 화극話劇이라고 한다. 본서에서는 시, 소설, 산문과 마찬가지로 가장 포괄적인 개념으로서 '희극'이라는 명칭을 사용하기로 한다.

일반적으로 희곡戱曲으로 통칭되는 전통공연예술과 구분되는 현대희극戱劇의 맹아는 구양여천歐陽予倩 등 유학생이 일본에서 조직한 춘류사春柳社에서 시작되었다고 할 수 있다. 1907년 동경에서 린수의 번역소설을 극화劇化한 「차화녀茶花女」 제3막을 공연하고 그 해 「톰 아저씨의 오두막집黑奴籲天錄」을 공연하였는데, 이는 현대희극戱劇 공연의 출발점이 된다.

신문화운동의 영향으로 중국 희극계에도 새로운 변혁의 바람이 불기 시작하였고, 이는 중국희극계의 화극운동話劇運動으로 발전하는 계기가 되었다. 변화의 시작은, 다른 장르와 마찬가지로, 전통극에 대한 비판에서 출발하였다. 1917년부터 『신청년新青年』에는 '전통극을 논함舊劇評議'과 관련된 문장들이 실리기 시작하였는데, 그 주요 내용은 전통극의 봉건적인 사상과 문화를 비판하는 것이었다.

후스胡適는 1919년 희극 「종신대사終身大事」를 썼다. 작품은 입센의 작품 「인형의 집玩偶家庭」의 영향을 받아 주로 여성들의 자주적 혼인을 격려하고 가정의 봉건적인 속박에서 벗어날 것을 주장하고 있다. 「종신대사」의 주인공 톈야메이田亞梅는 점쟁이算命先生의 말에 따라 딸의 혼사를 결정하려는 부모의 간섭을 뿌리치고 자신이 사랑하는 사람을 선택한다는 내용으로, 이 작품은 중국의 현대희극 뿐만 아니라 문단 전반에 큰 영향을 주었다.

후스뿐만 아니라 저우쭤런周作人, 첸쉬안퉁錢玄同, 류반눙劉半農 등은 이 시기 중국현대희극이론의 창도자들이었다. 이들의 주장은 두 가지로 요약할 수 있는데, 첫째 희극을 인생을 개선해나가는 공구로 삼을 것, 둘째 리얼리즘에 입각한 희극창작을 적극적으로 추진해 나간다는 것이었다. 『신청년』은 1918년 '입센특집호易卜生專號'를 시작으로 외국의 희극을 적극적으로 소개하였다. 이를 계기로 서구의 희극사조와 공연예술형식이 중국에 유입되었고, 이는 곧 중국에도 새로운 희극사단이 조직되는 계기가 되었다. 대체로 이 시기에 출현한 연극작가와 연극사단은 1920년대에는 큰 성과를 보지 못하였다. 그러나 1920년대 이들의 노력은 1930년대 이후 중국연극계 발전의 다양한 형태로 열매를 거두게 된다. 이 시기 희극의 특징은 다음과 같이 정리할 수 있다.

첫째, 1920년대에 들어서면서 전통극(주로 경극과 같은 희곡을 의미함)과 구별되는 새로운 공연예술형식을 창조하려는 노력이 계속되었다. 이러한 노력은 종전의 전통극과 문명희文明戲에 대한 비판에서 출발하였다. 그러나 공연예술의 한 분야로서 희극의 새로운 형식을 창조해내기 위한 과정은 다른 문예장르에 비해서 보다 많은 시간과 노력이 요구되었다. 이 시기 극본 작가들은 전통적이고 포괄적인 '희극'이라는 명칭과 구분되는 근대적인 개념의 연극을 지칭하는 '화극話劇'이라는 명칭을 사용하기 시작하였고 1920년대 후반부터 화극은 희극을 대신하게 되었다. 홍선洪深, 톈한田漢, 어우양위첸歐陽予倩, 딩시린丁西林, 천다베이陳大悲 등은 이 시기 새로운 희극운동에 앞장섰던 인물들이다.

둘째, 전통극과 문명희에 대한 비판은 새로운 희극사단이 창립되는 계기가 되었는데, 민중희극사民衆戲劇社, 남국사南國社, 희극협사戲劇協社 등이 이 시기에 창립되었다. 민중희극사는 1921년 3월 상하이에서 선옌빙沈雁氷, 정전둬鄭振鐸, 어우양위첸, 천다베이 등 작가들에 의해 중국에서 창립된 최초의 현대희극사단이다. 이들은 1921년 5월 월간 『희극戲劇』을 발행하였다. 민중희극사는 전통극과 상업화된 문명희를 비판하고 순수공연예술을 주장하며 아마추어극운동愛美劇運動을 제창하였다. 이는 희극이 문명희처럼 상업적으로 전락하는 것을 막고 순수공연예술의 성격을 유지하기 위한 노력에서 비롯된 것이었다. 민중희극사의 문학적 주장은 같은 시기 창립된 문학연구회와 맥을 같이 하였는데, 이들은 창립선언에서 희극은 '사회를 전진시키는 톱니바퀴이며 사회적 병폐의 원인을 찾아내는 X레이'와 같다고 주장하며 현실을 반영하고 사회계몽의 임무를 짊어져야 한다고 강조하였다.

셋째, 작가의 주관을 역사의 소재를 빌어 표현하는 역사극이 등장하였다. 궈모뤄郭沫若은 이 시기에 역사극 창작으로 활동하였다. 그는 역사적 사실의 바탕 위에 자신의 주관적 상상력을 가미하여 「탁문군卓文君」, 「왕소군王昭君」, 「섭앵聶嫈」 등을 창작하였다. 이 작품들은 모두 역사 속의 실제 여성들인데, 궈모뤄는 이들을 모두 봉건사회에서 여성에게 주어진 삶에 굴복하지 않는 자주적이고 반항적인 정신의 인물형상으로 각색하여 묘사하였다. 이러한 작품들은 궈모뤄의 초기 대표작으로 이 세 여성을 '삼인의 반역여성三個叛逆的女性'이라고 한다. 궈모뤄는 이들의 인물형상에 대해 "고인의 뼈대를 빌려와 새로운 생명력을 불어넣은 것."이라고 표현하고 있다.

작가가 말하는 새로운 생명력이라는 것은 당연히 5.4 시기의 반봉건적이고 자주적인 신여성의 정신을 말하는 것이다.

제1절 톈한

극작가이면서 시인이기도 한 톈한田漢(1898~1968)의 자는 서우창壽昌, 필명은 천위陳瑜로 후난성湖南省 창사현長沙縣에서 출생하였다. 그는 현대희극운동을 이끈 중요한 인물로 창조사創造社의 창립회원이기도 하다. 어린 시절부터 「서상기西廂記」, 「홍루몽紅樓夢」 같은 전통희극과 그의 고향에서 유행하던 민간희극에 관심을 보여 창사사범학교 재학 시절 이미 「한양루漢陽漏」, 「신도화선新桃花扇」 등의 단막극을 창작하였다. 그는 1914년 일본에 유학하여 1921년 7월 위다푸郁達夫, 청팡우成仿吾 등과 함께 창조사를 결성하였고, 『창조계간創造季刊』 제1기에 「카페의 하룻밤咖啡店的一夜」를 발표하였다. 이 시기 그는 희극에 대한 열정을 『톈한극작선田漢劇作選』의 「후기後記」에서 다음과 같이 회고하고 있다.

> 나는 어릴 적부터 희극에 대한 관심을 떠날 수 없을 만큼 희극을 사랑하였다. 내 고향 창사에서 나는 매우 발전한 피영희皮影戲, 괴뢰희傀儡戲, 화고희花鼓戲와 대희大戲를 접하였고, 그 안에서 소박한 리얼리즘적 요소를 발견하였다. 신해혁명 후, 춘류사의 후신인 문사文社와 개혁적 희극단체가 창사에서 공연하였는데, 나는 몹시 감명 깊었다. 그러나 그 당시 사람들은 아직 희극을 중시하지 않았고, 나는 전문적인 지도를 받을 곳이 없었다. 나의 앞길은 나 스스로의 모색에 의지하는 수밖에 없었다.

그는 어우양위첸歐陽予倩, 홍선洪深 등과 함께 1922년 남국사南國社를 창립하고 남국사의 희극운동을 이끌었다. 남국사는 『남국南國』을 간행하며 희극운동을 전개하였다. 1922년 일본에서 돌아온 그는 귀국 후, 「호랑이를 잡은 밤獲虎之夜」, 「점심식사 전午飯之前」, 「꽃이 지는 시절落花時節」, 「가오정홍의 죽음高正鴻之死」 등을 창작하였다. 현재 중국의 국가인 「의용군행진곡義勇軍行進曲」의 작사자이기도 한 톈한은 중국의 희극과 영화발전에 기여하였다.

1921년 발표한 「카페의 하룻밤」은 톈한의 초기 대표작품이다. 주인공 여대생 린쩌치林澤奇는 돈 많은 소금장사의 아들 리간칭李乾卿을 일편단심 사랑한다. 그러나 리간칭은 카페의 여종업원 바이츄잉白秋英과 연애를 즐기다 버리고 만다. 순수한 애정을 추구하는 린쩌치와는 대조적으로 리간칭은 퇴폐적이고 방탕한 생활만 일삼는 귀족자제의 전형이다. 그는 바이츄잉을 버린 후, 돈으로 이전에 그녀에게 주었던 연애편지와 사진까지 사들이려고 한다. 바이츄잉은 순수한 '애정몽愛情夢'에서 깨어나 비로소 "돈 있는 자들은 모두 가난한 자들을 희생시켜 자신들의 행복으로 삼으려고 한다."는 것을 깨닫게 된다. 그녀는 리간칭 부자의 추악한 근성을 깨닫고 돈, 연애편지, 사진을 모두 불살라버린다. 톈한은 이에 대해 「희극에서 나의 과거, 현재 및 미래在戲劇上我的過去, 現在, 及未來」에서 그녀에게도 "퇴폐로부터 분투의 서광由頹廢向奮鬪之瑞光"이 비추게 되는 것이라고 말하고 있다. 작품은 줄거리를 통해 당시 중국의 신흥자산가들의 방탕한 생활과 금전만능주의를 고발하고 있다.

「호랑이를 잡은 밤」은 산촌山村의 부유한 사냥꾼 웨이푸성魏福生의 딸 롄구蓮姑가 가난한 황다사黃大傻와 사랑을 하게 되지만 끝내 이루지 못하는 비극을 그리고 있다. 작품은 반항적 성격의 롄구의 형상을 중점적으로 묘사하고 있다. 롄구와 황다사는 어릴 때부터 한 마을에서 함께 자라온 사이로 점차 진지한 애정을 쌓아간다. 그러나 이 남녀의 자유연애는 곧 계급적 한계라는 현실의 벽에 부딪히고 만다. 롄구의 아버지는 그녀를 부유한 집안에 시집보내려고 한다. 그녀는 본래 황다사와 도시로 도망가서 노동일을 하며 살 계획까지 세웠지만 실패하고 만다. 롄구는 나중에 자기가 사랑하는 황다사가 사냥총에 맞아 불구가 된 후에도 그에 대한 사랑이 변치 않는다. 웨이푸성은 황다사를 쫓아버리고 롄구를 부농富農에게 시집보내려고 하지만 그녀는 아버지의 요구를 완강히 거부한다. 롄구가 황다사의 손을 잡고 아버지 웨이푸성 앞에 나타난 장면에서 그녀의 결연한 태도를 다음과 같이 묘사하고 있다.

> 魏福生: (몹시 성을 내며)……너는 이미 천陳씨 집안사람이다. 너 어째서 그(황다사)를 돌보는 것이냐? 천씨네가 이 소문을 들으면 어쩌려고!
> 蓮　姑: 내가 어째서 천씨 집안사람인가요?
> 魏福生: 나는 이미 너를 진씨 집안에 허락했다. 너는 이제 진씨 집안사람이야.
> 蓮　姑: 나는 나를 황다사에게 허락했어요. 나는 황씨 집안사람이에요!
> 魏福生: 뭐라고! 감히 말대꾸를 해? 너 이 철없는 것이?(그는 롄구가 여전히 황다사의 손을 잡고 있는 것을 본다) 너 손 놓지 못해? 내가 나서면 맞을 줄 알아!
> 蓮　姑: 아버지가 나를 때려죽인다 해도 나는 손을 놓지 않을 거야.

황다사는 자신으로 인해 롄구가 불행해진다고 생각하고 자살하고 만다. 이 작품은 순수하고 소박하지만 강직한 면이 있는 농촌 처녀의 성격을 전형적으로 묘사하고 있으며, 남녀 간의 사랑을 가로막는 경제적인 조건을 비판하고 있다. 이 작품은 톈한의 고향인 후난성 농촌의 지방적 색채를 서정적으로 묘사한 부분이 돋보인다는 평가를 받고 있다.

1927년 발표한 3막극 「명배우의 죽음名優之死」는 당대의 유명한 경극배우였던 류홍성劉鴻聲을 모델로 류전성劉振聲이라는 인물형상을 극화하였다. 작품은 주인공 류전성과 건달 양나리楊大爺의 갈등을 줄거리로 결국 무대에서 비참한 죽음을 맞이하는 류전성의 비극을 묘사하고 있다. 「명배우의 죽음」의 초기 구상은 톈한이 일본에서 프랑스 작가 보들레르의 산문시 「영용한 죽음英勇的死」에서 영감을 얻은 것이다. 작품은 류전성의 비극을 통해 예술의 사회적 운명에 대하여 질문을 던지고 있다. 류전성에게 경극은 생명과도 같은 것이므로 그는 늘 '희덕戱德'을 강조한다. 그는 자신의 '쌍출희双出戱'를 위해서는 어떠한 상업적이고 저속한 공연조건에도 동의하지 않는다. 그는 또한 제자들을 매우 아끼고 사랑하지만 양나리의 금전적 유혹으로 그의 제자들은 모두 그를 떠나고 만다. 그의 수제자 류펑셴劉鳳仙의 타락은 예술인들이 당면한 사회적 문제를 반영하고 있다. 그녀는 스승의 노력으로 유명한 배우가 된다. 그러나 그녀는 연극계에서 유명해지자 더 이상 공부할 생각은 하지 않는다. 뿐만 아니라 춤과 화려한 의상, 승용차 등등 양나리의 물질적 유혹을 뿌리치지 못하고 그의 노리개감으로 전락하고 만다. 작품은 류전성과 같이 예술을 사랑하는 순수한 열정과 노력도 배금주의로 타락한 사회현실 앞에 무너지는 비극을 비판하고 있는 것이다.

톈한은 1930년대에 와서 작품경향에 변화가 나타났다. 1931년 발표한 단막극 「장맛비梅雨」, 「가오정훙의 죽음高正鴻之死」은 톈한 창작의 전환점을 나타내고 있다. 이후 톈한은 좌익작가들의 영향과 시대상황의 변화에 따라 노동자들의 계급투쟁을 다룬 작품을 창작하였다.

제2절 어우양위첸 딩시린

1. 어우양위첸

어우양위첸歐陽予倩(1889~1962)의 본명은 리위안立袁, 호는 난제南杰, 후난성湖南省 류양현瀏陽縣의 사대부집안에서 출생하였다. 그의 조부 어우양중구歐陽中鵠는 무술변법戊戌變法의 주도적 역할을 했던 탄쓰퉁譚嗣同, 탕차이창唐才常과 친분이 두터웠고 이러한 인연으로 어우양위첸은 탕차이창의

사사를 받게 되었다. 그는 탕차이창 밑에서 신사상을 접하게 되었다. 1902년 일본으로 건너간 그는 본래 메이지대학에서 상학商學을 전공하다가 와세다대학 문학부로 옮겼다. 1907년 춘류사의 첫 번째 공연을 보고 새로운 공연예술형식에 감동을 받아 춘류사에 가입하고, 「톰 아저씨의 오두막집黑奴籲天綠」 공연에 참가하였다. 귀국 후 1913년 창사에서 자신의 첫 희극작품 「운동력運動力」을 공연하였다. 「운동력」은 당시 후난성의회 선거기간에 발생한 선거부정을 소재로 신해혁명 이후 여전히 변화가 없는 관리들의 부정부패와 이에 매수당하는 주민들의 우매함을 비판하고 있다. 그는 이 시기에 「운동력」 외에도 「신성한 사랑神聖之愛」, 「추해당秋海棠」, 「부운浮雲」, 「한해恨海」, 「망국대부亡國大夫」, 경극작품 「원앙검鴛鴦劍」, 「와신상담臥薪嘗膽」, 「만하晩霞」 등을 발표하였다. 1921년 이후 민중희극사를 창립하고 남국사에 가입하였다. 다음 해, 상하이희극협사上海戲劇協社에 가입하였다. 그는 경극수업에서 시작하여 문명희로 무대에 서게 되었고, 후에 현대적 희극운동의 선구자 역할을 하게 되었다. 홍선洪深은 「현대희극도론現代戲劇導論」에서 그에 대해 "무대경험이 가장 풍부하고, 그 노력은 가장 오래된 사람"이라고 평가하고 있다.

1922년에 쓴 「독한 여인潑婦」와 「귀가한 후回家以後」는 5.4 시기 발표된 가장 유명한 단막극이다. 작가는 「독한 여인」의 천선즈陳愼之와 위쑤신于素心의 연애결혼을 통해 전통적인 일부다처제에 물든 상류층의 부패한 생활을 비판하는 동시에 인격적인 독립을 쟁취하려는 여성의 반항정신을 묘사하고 있다. 부유한 대학생 천선즈는 위쑤신에게 목걸이를 사랑의 징표로 주면서도 여전히 머릿속은 타락한 귀족의 습성에 젖어있다. 그는 '남자가 처첩을 여럿 거느리는 것은 옛부터 있던 일男人家三妻四妾, 從古至今就有的'이라는 봉건적 사고방식을 가지고 위쑤신을 버리려 한다. 그는 겉으로는 신사상을 가진 지식인이라고 여기지만 뒤돌아서는 기생 왕씨를 집안으로 들이려한다. 위쑤신은 천선즈에게 칼을 들이대고 왕씨를 쫓아내라고 한 후, 이혼증서에 서명한다. 이 작품은 입센의 작품 「인형의 집玩偶家庭」의 영향을 많이 받았다. 그러나 다시 '인형의 집'으로 돌아온 노라와 달리, 위쑤신은 집으로 돌아갈 생각을 하지 않는다. 그녀는 자신의 사상이 옳다고 여기고 이에 대한 신념이 있기 때문이다. 「독한 여인」은 당시 유행하던 여성해방이나 자유연애를 주제로 한 작품들과는 달리 남녀의 본질적인 문제에 좀 더 깊이 접근하고 있다. 그는 남자는 여자와 달리 사랑에만 몰두할 수 없는 현상에 주목하고, 작품을 통해 중국사회의 정치, 경제제도의 근본적인 개혁이 선행되지 않는 한 진정한 자유연애나 여성해방은 실현될 수 없음을 주장하고 있다. 이는 루쉰이 그의 소설 「상서傷逝」에서 주장하는 바와 일맥상통한다고 볼 수 있다.

1924년에 쓴 작품 「귀가한 후」에서는 혼인문제에 대하여 경솔하고 책임감 없이 행동하는 남자들의 봉건적인 남성중심주의를 비판하고 있다. 미국 유학생 루즈핑陸治平은 자신의 아내 우쯔팡吳自芳을 속이고 외국에서 소위 '신식여자' 류마리劉瑪利와 결혼한다. 그가 귀국한 후, 온 가족이 모여 식사하는 자리까지 류마리가 따라오고, 루즈핑의 집안은 풍파를 겪는다. 이 과정에서 루즈핑은 자신의 아내 우쯔팡의 미덕을 느끼게 되고, 곧 자신의 행동을 후회하게 된다. 루즈핑의 장인은 그에게 "자신의 양심에 따라 이 일을 처리할 것"을 권하고, 그는 자신이 맹신하던 신사상의 문제점을 깨닫게 된다. 어우양위첸의 작품은 당시 많은 작가들의 자유연애와 개성해방을 주제로 한 작품과 차이를 나타낸다. 그는 서구자본주의문명의 세례를 받은 젊은이들의 애정관에 대해 문제를 제기하고 있는 것이다.

1929년 이후, 단막극 「인력거꾼의 집車夫之家」, 「샤오잉 아가씨小英姑娘」, 「함께 사는 세 가정同住的三家人」, 「병풍 뒤屛風後」 등의 작품을 발표하였다. 「함께 사는 세 가정」은 「인력거꾼의 집」과 「샤오잉 아가씨」의 자매편으로

한 집을 세내서 함께 사는 세 가정을 소재로 하층민의 생활상을 묘사하고 있다. 「병풍 뒤」는 '도덕유지회道德維持會'의 회장이 온갖 추한 면모를 '도덕'이라는 병풍으로 감추려는 위선을 풍자하였다. 이 시기의 작품들은 거의 중국사회 하층민들의 현실과 운명을 반영하고 있으며, 통치자들의 위선적인 도덕을 비판하고 있다. 어우양위첸은 9.18 사변 후 좌익희극가연맹左翼戲劇家聯盟에 참가하였고 1932년 19막으로 구성된 「잊지 말라不要忘了」를 써서 일본, 영국, 미국, 프랑스 등 제국주의가 중국을 분할하려는 음모와 국민당의 매국행위를 폭로하였다. 항일운동을 소재로 한 희극 「리단장의 죽음李團長之死」, 「상하이의 전투上海之戰」 이외에 광시廣西, 윈난雲南 등지에서 유행하던 계극桂劇 「도화선桃花扇」, 「양홍옥梁紅玉」, 「어부한漁夫恨」 등을 창작하였다.

2. 딩시린

딩시린丁西林(1893~1974)의 본명은 볜린燮林으로 쟝쑤성江蘇省 타이싱현太興縣의 비교적 개화된 지주가정에서 태어난 그는 극작가이면서 물리학자이기도 하다. 딩시린은 어린 시절부터 문학뿐만 아니라 서예, 그림, 음악에 이르기까지 다양한 분야에 관심을 가지고 있었다. 1910년 상하이 교통부공업전문학교에서 4년간 공부를 마치고 그는 '과학구국科學救國'의 포부를 안고 영국으로 가서 물리학을 공부하면서 희극창작을 시작하였다. 딩시린은 이 시기 영국의 바이런이나 와일드의 영향을 받았다. 1920년 귀국한 그는 차이위안페이蔡元培의 요청으로 베이징대학 물리학 교수가 되었으나, 한편으로 문학, 희극, 음악에 관심을 가졌다. 딩시린은 주로 중산층 시민과 지식인의 생활을 묘사한 작품을 창작하였다. 1923년 첫 작품 「말벌一隻馬蜂」을 발표한 후, 「사랑하는 남편親愛的丈夫」, 「술 마신 후酒後」, 「베이징의 공기北京的空氣」, 「한쪽 눈을 잃다瞎了一隻眼」, 「압박壓迫」 등의 작품을 발표하였다.

중일전쟁 시기 딩시린은 「국민당 화폐 3원三塊錢國幣」, 「부인이 돌아오기를 기다릴 때等太太回來的時候」, 「묘봉산妙峰山」 등의 작품을 발표하였다. 이 시기의 작품들은 일본군의 침략 하에서 벌어지는 어두운 현실과 이를 틈타 이득을 보려는 매국노와 배금주의자 같은 인물형상을 주로 묘사하고 있다.

중화인민공화국 수립 이후 그는 베이징대 물리학과 교수로 재직하면서 중국과 외국의 문화교류에 기여하였다.

1923년 발표한 「말벌」은 딩시린의 첫 희극작품이다. 이 작품은 세간의 호평을 받으며 많은 무대에 오르게 되었다. 극본은 사회의 변화 가운데서 혼인문제를 바라보는 두 세대의 서로 다른 시각을 유머적이고 함축적으로 반영하고 있다. 작품에서 지부인吉老太太은 겉으로는 자녀들의 혼인문제를 간섭하지 않겠다고 약속하지만 여전히 구태의연한 조건을 요구하며 조바심 내다가 오히려 엉뚱한 일만 저지른다. 그녀는 딸을 조카에게 소개시켜 주지만, '새로운 사상'에 눈뜬 딸은 어머니의 뜻에 따르지 않는다. 그녀는 또 간호사 위양余小姐을 조카에게 소개시켜주지만, 위양은 이미 지부인의 강권으로 일찍 결혼한 아들 지선생吉先生과 밀애를 나누는 사이이다. 작품은 지부인과 위양, 지선생 세 사람 사이에서 벌어지는 일들을 유머적인 기법으로 전개해 나가고 있다. 유부남인 지선생은 위양과의 관계를 드러내지 못하고 있다. 결국 지선생은 거짓으로 병이 난 것처럼 꾸며 병원에 입원하여 위양과 밀애를 나누며 "일생에 가장 즐거운 두 주간一生最快樂的兩個星期"을 보낸다. 그러나 결국 두 사람은 사랑하면서도 공개할 수 없는 사이임을 깨닫고 지선생은 "이 모두 지극히 진실하고, 지극히 정상적이고, 지극히 정당한 일인데, 어째서 늘 우리는 말하지 못하는 것일까"라고 한탄한다. 작품은 풍자적인 반어와 거짓말로 희극喜劇적인 효과를 내고 있으며, 이를 통해 인간의 자연스러운 감정도 거짓이 될 수밖에 없는 사회상을 풍자하고 있는 것이다.

딩시린은 1925년 『현대평론現代評論』에 「압박」을 발표하였다. 작품은 비록 사소한 일을 묘사하고 있으나 이를 통해 보편적인 사회문제를 제기하고 있다. 세를 놓아 생활하는 완고한 주인 여자는 마작을 즐기며, 독신 남자에게는 방을 세주지 않는다. 그러나 그녀의 딸은 자유연애를 추구하는 신여성으로 어머니 몰래 독신 남자기술자에게 방을 세주고 세까지 미리 받는다. 결국 어머니에게 발각되어 돈을 돌려주며 입주를 거절하지만 독신 기술자는 집에 들어오겠다고 억지를 부린다. 결국 어머니는 경찰을 부르지만, 이때 여관에 온 여자 손님이 기술자의 사정을 듣고 그 남자와 부부로 가장해 주인여자를 골탕 먹인다. 작품에서는 세놓는 문제를 놓고 벌어지는 갈등을 통해 전통적인 가정을 갖지 못한 사람들이 겪는 '압박'을 묘사하고 있는 것이다.

1939년 발표한 단막극 「국민당 화폐 3원」은 한 하녀가 우부인吳太太이 아끼는 꽃병을 깨뜨리고 3원을 물어줘야 하는 짧은 이야기를 묘사하고 있다. 국민당 관료인 주인은 반드시 국민당 정부가 지정한 새로운 화폐로 보상할 것을 강요한다. 작품은 우부인의 속물근성에 대한 묘사를 통해 국민당 정부의 관료들도 옛날 청나라의 부패한 관리들과 다를 바 없는 현실을 풍자하고 있다.

1940년 발표한 4막극 「묘봉산」은 대학교수 왕선생王老師을 중심으로 묘봉산에 모여 사는 지식인들의 이야기를 묘사하고 있다. 이들은 항일구국抗日救國의 포부를 안고 묘봉산에 모여 왕선생을 중심으로 '왕가채의 의용단王家寨的義勇團'을 조직하여 항일투쟁을 전개한다. 이들의 활동은 점점 유명해져서 두목 왕선생은 왕호랑이王老虎라는 별명을 얻지만 부패한 국민당입장에서 보면 '토비土匪'에 불과할 뿐이다. 작품에서 묘봉산은 딩시린의 이상향을 반영하고 있다.

딩시린은 작품 속에서 어떠한 문제의식이나 교훈 같은 것을 직접 드러내지 않는다. 그러나 좌충우돌하는 코메디(comedy)가운데에 불합리한 사회에 대한 풍자와 비판을 담아내고자 하는 것이다.

제3절 궈모뤄의 역사극

문학창작활동 외에 역사학에도 조예가 깊었던 궈모뤄郭沫若는 역사적 사실을 소재로 현실을 반영한 역사극을 창작하였다. 그는 5.4 시기의 '반역'정신을 역사극에 반영하였는데, 그의 역사극은 중국현대역사극의 효시가 되었다.

궈모뤄는 1920년 「당체지화棠棣之花」, 「상루湘累」, 1921년 「여신의 재생女神之再生」, 1922년 「광한궁廣寒宮」, 「고죽군의 두 아들孤竹君之二子」, 1923년 「탁문군卓文君」, 「왕소군王昭君」, 1925년 「섭앵聶嫈」 등의 역사극을 발표하였다. 그 중, 「당체지화」, 「상루」, 「여신의 재생」은 「여신삼부곡女神三部曲」으로, 「卓文君」, 「王昭君」, 「聶嫈」은 '삼인의 반역여성三個叛逆的女性'이라고 한다.

5.4 시기 여성해방의 문제는 중요한 과제의 하나였다. 궈모뤄는 이 문제를 맑스주의와 연관 지어 인식하였다. 그는 「'삼인의 반역여성' 후기寫在'三個叛逆的女性'後面」에서 다음과 같이 말하고 있다.

> 여권주의는 사회주의의 별동대로서 여성의 철저한 해방은 전 인류의 철저한 해방 후에 비로소 얻을 수 있는 것이다. …… 지금이 바로 여성이 각성해야 할 때이다!

「탁문군」, 「왕소군」, 「섭앵」은 역사적 사실을 바탕으로 이들 인물형상과 사건들을 '여성의 각성과 반역'이라는 시각에서 각색한 것이다. 이는 비록 번안문학의 성격이 짙지만 역사적 사실에 근거한 이야기라는 점에서 역사극의 사실적 성격을 강조하게 되는 것이다.

「탁문군」은 사마천司馬遷의 『사기열전史記列傳』 가운데 「사마상여열전司馬相如列傳」을 소재로 각색한 극작이다. 궈모뤄는 사마상여司馬相如와 함께 도망간 탁문군卓文君을 음란한 여자로 보던 기존의 시각에서 벗어나, 탁문군을 위선적인 봉건도덕에 반항하는 '반역여성'의 형상으로 묘사하고 있다. 작품 중에서 탁문군은 사마상여의 재능과 인격을 사모하며 그의 거문고 소리에 반한다. 그녀는 "세상의 모든 딸들은 아버지 된 자들이 망쳐놓는 것이다!"라고 말하며 아버지 탁왕손卓王孫의 출세를 위한 비굴한 태도와 위선을 질책한다. 탁문군은 봉건질서에 대한 '반역'을 통해 여성이라는, 사회적으로 대상화된 약자의 입장에서 주체적인 강자의 입장으로 변신하게 되는 것이다.

「왕소군」에 대한 역사의 기록은 『한서漢書』의 「원제기元帝記」와 「흉노전匈奴傳」에서 볼 수 있다. 왕소군의 이야기는 이미 원대元代 희곡작가 마치원馬致遠이 「한궁추漢宮秋」로 작품화하였다. 한나라 원제元帝의 궁녀들은 원제가 초상화를 보고 궁녀를 간택한다는 것을 알고 궁중화가 모연수毛延壽에게 뇌물을 바치며 실물보다 예쁘게 그려달라고 부탁한다. 그러나 왕소군만은 뇌물을 주지 않자, 모연수는 그녀의 초상화를 실물보다 못하게 그린다. 원제를 찾아온 흉노匈奴의 선우單于(왕)가 궁녀를 선물로 요구하자, 원제는 초상화만 보고 가장 인물이 못한 왕소군을 흉노 선우에게 보낸다. 나중에 사실을 알게 된 원제는 궁중화가 모연수의 목을 베었으나 왕소군은 이미 흉노의 땅으로 떠난 후였다. 궈모뤄는 작품에서 원제가 왕소군에게 황후가 되어 줄 것을 간청하는 것으로 각색하였다. 작품에서 왕소군은 자신의 삶을 찾기 위해 황후가 될 수 있는 기회를 거절하고 흉노의 땅으로 간다. 그녀는 흉노의 땅으로 가기 전, 다음과 같이 대담하게 원제를 질책한다.

당신은 당신의 음욕淫慾을 만족시키기 위해 천하의 낭자들을 당신의 노리개감으로 삼는 게 아니오! 당신은 종실宗室을 보전하기 위해 천하의 낭자와 자제들을 늑대(오랑캐)의 욕구를 채워주는 제물로 바치는 게 아니오!

그녀는 또한 궁중생활을 "늑대의 소굴보다 더 역겹다"라고 말한다. 그녀는 '반역'정신으로 여성이 누릴 수 있는 모든 행복의 조건을 결연히 거절하고 흉노의 땅으로 떠난다.

1925년 발표한 「섭앵」은 1920년 발표한 「당체지화」를 더욱 현대적 의미로 각색한 것이다. 섭앵은 사마천의 『史記』 중 「刺客列傳」에 기록되어 있다. 섭앵의 동생 섭정聶政은 전국시대戰國時代 진秦나라와 내통하여 부귀영화를 보전하려는 한韓나라 재상 협루俠累를 살해한 후, 누나 섭앵이 연루되어 피해를 입게 될까봐 스스로 얼굴을 난도질하고 자살한다. 그러나 누나 섭앵은 죽음이 두려워 동생의 명예를 덮어둘 수 없다고 여기고, 한나라로 찾아가 동생 섭정의 시신을 확인하고 자신도 자결한다. 궈모뤄는 섭앵을 폭정에 항거하는 '반역'정신을 지닌 여성형상으로 각색하였다. 궈모뤄는 작품의 극적인 감동을 더하기 위하여 섭정을 사랑하는 '주막의 여성酒家女'을 허구의 인물로 추가하였다. 그녀는 섭앵을 따라 한나라로 가서 함께 최후를 맞이한다.

궈모뤄의 초기 역사극은 모두 '개성'과 '자유'라는 주제를 중심으로 삼는다. 그는 역사적 사실에 소재로 작가의 주관을 개입시킴으로서 '개성'과 '자유'를 채색한 새로운 작품을 창조해내는데, 이는 '예술을 위한 예술爲藝術而藝術'을 강조했던 창조사의 낭만주의적 주장에 충실한 창작이라고 할 수 있다.

CHAPTER 06 1920년대 문단의 동향

History of China Modern Literature

중국현대문학이 본격적인 성장하기 시작한 시기에 대해서는 연구자들마다 상이한 견해를 가지고 있으나, 다수의 연구자들은 1917년 후스의 「문학개량추의」가 발표된 시기를 원년으로 보고 있다. 청말 소설계혁명과 시계혁명詩界革命을 통해 싹을 틔운 신문학의 맹아는 1917년 문학혁명을 통해 성과를 나타내기 시작하였다. 문학혁명은 5.4를 전후하여 신문화운동의 주류를 형성하며 진행되었고, 이 과정에서 신문화운동 진영은 수구파와의 수차례 격렬한 논전을 벌이기도 하였다. 1918년 러시아 10월 혁명 이후 리다자오李大釗 등 일부 지식인을 통해 중국에 소개되기 시작한 맑스 · 레닌주의는 문예창작에도 반영되기 시작하면서 혁명문학의 구호가 제기되기도 하였다. 1921년 7월 중국공산당 창당 이후, 창작을 통한 정치활동을 전개하는 작가들이 나타나기 시작하였다.

중국 신문학 탄생의 기폭제 역할을 했던 문학혁명은 중국문학의 창작과 이론의 발전이라는 두 가지 측면에서 새로운 변혁을 가져왔다. 문학혁명의 진지 역할을 담당했던 잡지 『新青年』은 인도주의와 문언일치를 중심으로 하는 백화 신문학을 제창하고 그의 보급에 큰 공헌을 하였다. 이 시기 루쉰魯迅, 리다자오, 후스胡適, 선인모沈尹默, 류반눙劉半農, 저우쭤런周作人 등은 모두 초기 백화문학의 창작과 이론적 발전에 적극적으로 기여한 인물들로서 문학혁명의 발전과정에 실천적 성과를 나타내었다. 『신청년新青年』에 이어 『신조新潮』, 『소년중국少年中國』, 『신보晨報』 등도 백화문학 작품들을 게재하며 신문학 발전에 공헌하였다. 이러한 변화는 문학혁명 시기의 문학은 내용상에서 반제반봉건의 민족적 각성에 대한 요구를 반영하였을 뿐만 아니라 형식상에서도 혁신적인 작품들이 대량 나타나게 되었다. 문학혁명 이후 문예창작에서 백화라는 언어형식을 채택하면서 형식의 개혁이 사상내용의 개혁으로 이어졌다. 이러한 현상은 곧 작가의 경험과 사상에 따라 새로운 문학사단과 유파를 형성하는 계기로 이어졌다.

1921년 문학연구회文學硏究會와 창조사創造社의 결성을 시작으로 1925년까지 중국에는 40여 개의 크고 작은 신문학단체가 성립되었으며, 이들이 발행하는 각종 문예지가 100여 종에 이르렀다. 신문학단체의 결성과 문예지의 발간은 많은 신문학 작가의 등단을 촉진시켰으며, 소설, 시, 산문, 희극 등 문학장르 별로 성숙한 발전을 이끌어 가는 계기가 되었다.

문학혁명의 구호가 제기되었던 초기에 비록 백화문과 신문학을 반대하는 움직임이 있었으나 사회적으로 표면화된 수준은 아니었다. 그러나 새로운 사상과 문화를 건설하고자 하는 사회적 요구가 높아지고 문학혁명이 점차 확대되는 양상을 나타내기 시작하자 수구세력들의 반발도 적극적인 대응으로 나타나기 시작하였다. 또한 신문화운동의 중심역할을 했던 진보적 지식인들 사이에서도 신문화와 신사상에 대한 의견이 분화되기 시작하였다. 이 시기 문단의 논쟁은 주로 신문화운동 발생 이후 신문화운동진영과 봉건수구세력 사이에서 진행된 논쟁이 대부분이다. 문학혁명이 심화됨에 따라 그 과정에서 봉건문화를 유지하려는 수구세력의 저항에 부딪히게 된 것이다. 그러나 봉건수구파와의 투쟁을 거치면서 중국의 신문학은 더욱 성숙해지는 계기를 맞이하게 되었다.

제1절 문학연구회 창조사

5.4 문학혁명의 심화과정에서 새로운 문학사단과 유파가 결성되었고 이들이 발행하는 문예지를 중심으로 새로운 신문학 작가들이 등단하게 되었다. 이로부터 중국현대문학은 각각 다른 문학적 주장과 창작경향을 가진 작가들이 독자적인 흐름을 형성하며 발전해 나가는 계기를 마련하게 되었다. 그러나 이러한 신문학을 표방하는 문학사단의 출현은 구문학을 견지하려는 지식인들과 다양한 형태의 문학논쟁이 벌어지는 계기가 되기도 하였다.

최초의 문학사단으로 베이징대학에 재학 중이던 푸쓰녠이 중심이 되어 결성한 신조사新潮社를 들 수 있을 것이다. 그러나 신조사를 문학사단으로 볼 것인지는 논의점으로 남는다. 이 시기에 성립된 대표적인 문학사단으로 문학연구회文學硏究會와 창조사創造社를 들 수 있다. 이들의 뒤를 이어 어사사語絲社, 망원사莽原社, 미명사未名社, 천초사淺草社, 신월사新月社, 호반시사湖畔詩社, 민중희극사民衆戱劇社, 남국사南國社 등 문학 장르와 주장을 달리하는 다양한 문학사단이 결성되었다.

1. 신조사

문학혁명 초기에는 문학혁명을 이론과 창작 면에서 지도할 수 있는 문학사단이 출현하지 않고 있었다. 1918년 12월, 당시 베이징대학 재학생이었던 푸쓰녠傅斯年, 구제강顧頡剛, 뤄자룬羅家倫 등은 새로운 사상과 문예운동을 전개할 목적으로 신조사新潮社를 결성하였다. 신조사는 1919년 1월부터 『신조新潮』를 발간하였다. 왕야오王瑤는 그의 『중국신문학사고中國新文學史稿』에서 신조사에 대하여 다음과 같이 평가하고 있다.

> 1919년 1월 『新潮』가 출판되었다. 이 잡지는 비록 순수문학잡지는 아니었

다. 그러나 모두 백화를 사용하였을 뿐만 아니라, (게재된 글들은) 모두 반봉건적인 내용을 다루고 있었다. 그러므로 『신청년』의 시각과 일치하였고, 당연히 문학혁명을 고취하고 지지하였다. 『신조』에는 적지 않은 작품들이 발표되었다. 一九一九年一月『新潮』出版了. 這些雜誌雖然都不是純文學的, 但不只文字全用白話, 而且內容是以反封建爲主的, 與『新青年』立場相一致, 對于文學革命自然是鼓吹與支持的; 『新潮』上且發表了不少的創作.

『신조』는 원래 시사와 문예를 함께 다루는 종합적인 성격의 잡지였으나, 왕징시汪敬熙, 뤄쟈룬羅家倫, 양전성楊振聲, 위핑보俞平伯, 어우양위첸歐陽予倩, 예사오쥔葉紹鈞 등의 작가들이 현대문학의 선구적 작품들을 게재하였다. 신조사는 비록 순수문학 사단은 아니었으나, 문학혁명 이후, 문학연구회가 창립되기까지 『신청년』과 함께 신문학의 진지역할을 하였다.

2. 문학연구회

1921년 1월 4일 베이징에서 창립된 문학연구회文學硏究會는 선옌빙沈雁冰, 예사오쥔葉紹鈞, 정전둬鄭振鐸, 왕퉁자오王統照, 저우쭤런周作人, 겅지즈耿濟之, 궈사오위郭紹虞, 쑨푸위안孫伏園, 쉬디산許地山, 취스잉瞿世英, 쟝바이리蔣百里, 주시쭈朱希祖 등 12인이 초기 발기인으로 설립하였다. 그들은 상무인서관商務印書館에서 발행하는 문언소설잡지 『소설월보小說月報』를 자신들의 문학적 주장을 표현하는 진지로 삼았다. 문학연구회의 성원들은 신문학 창작에 노력을 기울일 뿐만 아니라, 고전문학의 재조명 및 외국문학의 번역 및 소개에도 공헌하였다. 후에 빙신, 주쯔칭, 루인廬隱, 루옌魯彦, 라오서老舍 등 당시 영향력 있는 많은 작가들이 참여하여 성원이 170여명에 이르는 가장 영향력 있는 문학사단으로 발전하였다.

문학연구회 창립 당시 비록 공통된 이론주장은 없었지만 대체로 그들의 문학적 주장이 '인생을 위한 예술爲人生而藝術'로 집약되고 있다. 창립 당시 발표한 「문학연구회선언」에서 그들의 문학주장과 문학연구회의 창립목적을 알 수 있다.

> 문예를 즐거울 때의 유희나 낙심했을 때의 소일거리로 삼던 때는 이미 지나갔다. 우리는 창작이 하나의 작업이며, 더욱이 인생에 있어 가장 절실한 작업이며 마치 노동이나 농사와 같은 것이라고 믿는다. 따라서 우리가 본회를 발기하는 목적은 보통의 문학회를 이루는 것뿐만 아니라, 작가들 간의 연합을 기본으로 하고, 작업의 발전과 공고한 단결을 추구한다.

문학연구회의 성원들은 문학을 '문이재도文以載道'의 도구로 삼거나 귀신의 이야기나 풍류를 다루는 소일거리로 삼는 봉건적인 문학관에 반대하고, 문학이야말로 인생을 반영하는 거울이라고 주장하며 문학의 사회적 역할과 공리성을 강조하였다. 그러므로 그들의 입장에서 문학은 당연히 인생과 사회의 모든 문제를 반영하고 표현해야 하는 것이다. 특히 사회의 어두운 면과 소외되고 고통받는 인간의 삶에 주목하고 이를 문학에 반영할 것을 주장하였다. 이러한 그들의 문학적 주장으로 문학연구회를 '인생파문학'이라고도 한다. 이들은 문학혁명시기 『신청년』이 제창했던 리얼리즘 문학관을 견지하고 사회현실의 문제점을 파헤치는 '문제소설'을 창작 발표하기 시작하였다. 문학연구회는 서구의 문예사조와 문학작품을 연구 번역하여 독자들에게 소개하는데 힘썼다. 문학연구회의 성원들은 러시아, 프랑스, 동유럽문학 및 인도와 일본의 문학작품을 중국에 번역, 소개하였다. 이들의 이러한 노력은 중국의 독자들에게 외국문학에 대한 새로운 인식을 심어주는 계기가 되었을 뿐만 아니라, 중국신문학의 미래에 새로운 지평을 여는 계기가 되었다.

문학연구회는 『소설월보』 외에 1921년 5월부터 『문학순간文學旬刊』을 기관지로 정하여 정전둬가 편집을 맡았다. 『문학순간』은 베이징과 상하이에서 각각 따로 발행하였다. 상하이에서 발행되던 『문학순간』은 『시사신보時事晨報』의 부간副刊으로 출판되면서 문학평론과 외국문학의 소개에 치중하였다.

후에 『문학文學』으로 이름을 바꾸었고, 다시 『문학주보文學週報』로 이름을 바꾸면서 『시사신보』로부터 독립 발행되었다. 상하이 『문학순간』은 『문학주보』로 이름을 바꾸면서 창작과 평론의 분량이 증가하였다. 『소설월보』가 주로 국내외 소설을 다루었고 『문학순간』은 산문과 시, 문학비평을 주로 다루었다. 주쯔칭은 중화서국中華書局에서 발행하는 월간 『시詩』의 편집을 맡는 등, 문학연구회 성원들이 작품을 발표할 수 있는 진지를 확대하였다.

또한 문학연구회에서 편집을 맡았던 『문학연구총서文學研究叢書』는 1921년부터 1937년까지 상하이 상무인서관에서 발행하던 당시 규모가 가장 큰 문학총서였다. 『문학연구총서』는 창작과 번역 두 부분으로 내용이 구분되었다.

문학연구회는 후에 창조사 및 일부 문학단체가 정치적 색채를 띤 것과는 달리 창작과 연구 및 외국문학의 번역에 전념하는 태도를 견지하여 순수문학사단으로서 문학과 학술적인 성격을 지켜나갔다. 이렇듯 많은 신진작가들을 배출하고. 그들의 작품을 출판함으로서, 문학연구회는 당시 중국 최대의 문학사단으로 1920년대 중국의 신문학 문단을 이끌어 왔다고 할 수 있다. 그러나 1932년 일본이 만저우滿洲지역을 침공하면서 상하이를 폭격했던 '1.28 상하이사변' 당시 상무인서관 건물이 일본군의 폭격으로 전소되면서 문학연구회의 진지 역할을 하던 『소설월보』가 정간되었다. 또한 정치적 색채가 약하고 성원 간의 결속력이 느슨했던 문학연구회는 결국 해산되었다. 그러나 문학연구회는 중국현대문학사에서 신문학의 발전, 신진작가의 등단, 외국문학작품의 번역 소개, 리얼리즘 문학의 형성 등에 중요한 역할을 담당하였다.

3. 창조사

1921년 7월 일본에 유학중인 궈모뤄郭沫若, 위다푸郁達夫, 청팡우成仿吾,

장쯔핑張資平, 톈한田漢, 정보치鄭伯奇를 중심으로 창조사創造社가 창립되었다. 그들은 1921년 가을 상하이에서 『창조사총서創造社叢書』를 발행하였는데, 궈모뤄의 시 「여신女神」과 번역소설 「젊은 베르테르의 슬픔」, 위다푸의 소설 「침륜沈淪」 등을 수록하였다. 1922년 5월부터 상하이에서 『창조계간創造季刊』을 발행하고 이어서 1923년 5월부터는 『창조주보創造週報』와 『중화신보中華晨報』의 부간 『창조일創造日』을 발행하였다. 이 문학간행물을 통해 창조사의 성원들은 외국문학과 자신들의 창작을 소개하였는데, 점차로 문학연구회와 더불어 중국신문학 문단의 양대 산맥으로 자리를 굳혀나갔다. 창조사의 활동은 창립시기부터 1929년에 국민당에 의하여 해체될 때까지 전기와 후기로 나눌 수 있는데, 즉 1921년에서 1924년까지를 전기로, 1925에서 1929까지를 후기로 볼 수 있다.

창조사의 성원은 대부분 '예술을 위한 예술爲藝術而藝術'이라는 문학적 주장을 표방하였으므로 '예술파문학'이라고도 한다. 그들은 예술이란 권선징악이나 도덕적 효용을 표현하는 수단으로 보는 관점에 반대하고 예술이란 절대적이고 일체를 초월하는 것이라고 주장하였다. 그러므로 '문이재도文以載道'의 봉건문학에 반대하는 동시에 '인생을 위한 예술'이라는 문학연구회의 주장에도 반대하였다. 이러한 창조사의 문학적 주장은 유미주의唯美主義적인 색채를 띠고 있는 것이다.

창조사의 작가들은 문학창작에 있어서 내면의 자아를 표현하는 것이 가장 중요하다고 보고 있었다. 그러므로 예술가는 자신의 내면적 요구에 귀를 기울여야하며 그것을 꾸밈없이 자연스럽게 표현할 것을 주장하였다. 궈모뤄는 시 창작에 대해 "인간 내면의 시의詩意와 시경詩境의 거짓 없는 표현"이라고 규정하고, 그러므로 시는 만들어지는 것이 아니라 "가슴 속 깊은 곳에서 흘러나오는 것"이라고 하였다.

문학연구회의 작가들이 현실과 인생의 문제를 문학에 반영하는 것에 대해 고민하고 그러한 고민을 통해 사회현실의 진면목을 직시하는 데에 중점을 두는 리얼리즘적 문학관을 주장하였다면, 창조사의 작가들은 개성해방과 자아의 반영이 문학 창작에 있어서 가장 중요한 요소인 동시에 목적이라고 보는 낭만주의적 문학관을 주장하고 있다고 볼 수 있다.

초기 문학연구회 작가들은 주로 상류사회 사람들의 타락한 생활이나 하층사회 사람들의 불행한 삶 등을 파헤친 이른바 문제소설을 사실주의 기법으로 창작하였다. 이에 반하여 창조사 작가들은 개인의 신변이야기를 낭만적인 기법으로 그린 자전소설을 주로 창작하였다. 이들의 자전소설은 일본을 통해 유입된 유럽의 낭만주의와 '세기말'적인 사조의 영향을 받았다. 그러나 이들의 자전소설에 영향을 준 일본의 사소설私小說은 비록 개인의 내면심리를 세밀하게 묘사하고 있지만 리얼리즘에 충실한 작품들이며, 당시 일본에서 유행하던 낭만주의와 국가주의가 결합된 작품에 대한 반발에서 비롯된 것이었다.

상하이 5.30 운동을 전후하여 창조사 성원들의 문학주장에는 큰 변화가 나타났다. 궈모뤄가 발표한 「문예가의 각오文藝家的覺悟」와 「혁명과 문학革命與文學」이라는 두 편의 문장은 창조사의 변화를 명확하게 읽어낼 수 있는 문장이다. 이 두 편의 문장에서 궈모뤄는 다음과 같은 주요 관점을 천명하였다. 첫째, 문학은 사회생활의 반영으로서 시대에 맞는 문학이 있다. 지금은 무산계급혁명의 시대이므로 혁명문학이 있어야 한다고 인식하였다. 이로부터 '예술을 위한 예술'이라는 구호는 점차 사라져갔다. 둘째 문학의 시대적 사명을 강조하며 그는 시대가 요구하는 문학은 "형식상에서는 사실주의이고 내용상에서는 사회주의이다."라고 말하였다. 이러한 변화는 창조사의 문학주장이 '문학은 자아의 표현'이라는 관점에서 '혁명문학'으로 변화되었음을 의미하는 것이며, 전기 창조사와 후기 창조사를 구분하는 변곡점이 되는 것이었다. 창조사는 1926년 『창조월간創造月刊』을 창간하면서 사상적 변화가 더욱 뚜렷해진다. 이 시기를 전환점으로 창조사는 더 이상 '예술을 위한 예술'론을 지향하는 창조사가 아니라 무산계급 혁명문학을 제창하는 문학사단으로 변화하였는데, 이것을 후기 창조사라고 한다. 후기 창조사는 『창조월간』과 『홍수洪水』를 발행하면서 태양사와 함께 무산계급 혁명문학에 관한 문장을 계속 발표하였다.

1927년 4.12 정변 이후, 펑나이차오馮乃超, 리추리李初梨, 주징워朱鏡我, 펑캉彭康, 리이망李一氓 등 무산계급 혁명문학을 주장하는 문인들이 대거 창조사에 참가하였다. 이들은 주로 일본유학생 출신으로 이들은 후기 창조사의 주축이 되어, 혁명문학운동을 추진하였다. 후기 창조사 시기의 혁명문학을 중심으로 한 작품들은 그 주요 성원들의 무산계급문학에 대한 공통된 주장의 산물이긴 하지만 예술적인 성과는 전기에 비해 현저하게 떨어진다는 평가를 받는다.

1929년 2월 7일 창조사의 출판부가 국민당정부에 의해 폐쇄되고, 1930년 좌익작가연맹이 성립된 후 활동이 중지되고 사실상 해체되었다. 창조사는 리얼리즘이 주류를 이루던 당시 중국문단의 편협성을 보완하며 낭만주의 문학의 흐름을 형성하였다.

제2절 그 밖의 문학사단

1. 어사사

어사사語絲社는 1924년 11월 베이징에서 『어사語絲』 주간週刊이 출판되면서 성립된 문학사단이다. 『어사』를 창간한 사람은 쑨푸위안孫伏園이며, 『어사』가 1927년 10월 북양군벌北洋軍閥 정부에 의해 폐간될 때까지 『어사』의 주요 논객으로 활동하던 사람은 루쉰, 저우쭤런, 린위탕林語堂, 첸쉬안퉁錢玄同, 류반눙劉半農, 펑위안쥔馮沅君, 구제강顧頡剛, 장촨다오章川島, 장이핑章衣萍, 쟝사오위안江紹原 등이다. 루쉰은 어사사의 성립과 발전에 주도적인 역할을 하였다. 어사사의 성원들은 문학에 대하여 일치된 주장과 견해가 없이 매우 복잡하였으나, 모든 새로운 사상과 사조의 탄생을 지지하고 그에 저해가 되는 것을 배격한다는 경향은 일치하였다. 본래 「어사발간사語絲·發刊辭」에는 다음과 같이 『어사』의 성격을 규정하고 있다.

> 우리는 결코 어떤 주의의 선전을 하려는 것이 아니다. 정치경제문제에 대해서도 관심이 없고, 우리는 다만 중국의 생활과 사상계의 혼탁하고 정체된 공기를 타파하고 싶을 뿐이다.我們幷沒有什么主義要宣傳，對于政治經濟問題也沒有什么興趣，我們所想做的只是想冲破一点中國的生活和思想界的渾濁停滯的空氣.

그러나 일 년 후, 쑨푸위안이 1925년 11월 9일 『어사』 제52기에 게재한 「어사적인 문체語絲的文體」라는 문장을 통해 『어사』의 성격 또한 변화를 나타내고 있음을 알 수 있다.

> 정치사회의 각종 크고 작은 문제들은 모두 평론의 대상이다.政治社會種種大小問題一概都要評論.

『어사』주간은 주로 감상과 비평문장, 시사평론을 싣는 것을 위주로 하면서 '수감록隨感錄' 등과 같은 특집란을 마련하였다. 『어사』 역시 수감록 특집란을 게재하여 루쉰과 진보적인 젊은 지식인들이 군벌통치와 수구세력을 대상으로 그들의 만행과 허위를 폭로하는 문예투쟁의 중요한 진지 역할을 하였다. 루쉰의 영향으로 『어사』는 사회비평에 치중하여 자유롭게 기탄없이 말하는, 과감하면서도 유머적인 '어사풍語絲風' 문체를 형성하였다. 어사사는 당시 베이징여자사범대학의 학생운동을 지지하는 문장을 싣고 군중의 혁명운동을 반대하는 '현대평론파現代評論派'를 비판하였으며 3.18 사건을 조작한 돤치루이段祺瑞 군벌정부의 죄악을 폭로하였다. 『어사』는 1927년 11월 북양군벌에 의하여 폐쇄되자 상하이로 옮겨갔다. 창립시기부터 뚜렷한 강령이나 이론적 주장없이 유지되던 어사사는 내부의 한계를 극복하지 못하고 점차 분열되었다. 『어사』 주간이 1930년 3월에 정간되면서 해체되었다.

2. 망원사 미명사

망원사莽原社와 미명사未名社는 루쉰이 자신의 문학진지를 확대하고 신진작가군을 배양하기 위하여 직접 조직한 문학사단이다. 망원사는 1925년 4월 베이징에서 『망원莽原』 주간을 발행하면서 성립되었다. 주요 성원으로는 루쉰, 펑원빙馮文炳, 펑위안쥔馮沅君, 웨이수위안韋素園, 리지예李霽野, 타이징눙臺靜農, 상페이량尚培良 등 비교적 젊은 문학청년들이었다. 이들은 루쉰을 『망원』 주간의 주필로 추대하였다. 루쉰은 『화개집華蓋集』의 「제기題記」에서 다음과 같이 말하고 있다.

> 우리는 일찍이 중국의 청년들이 일어서서, 중국의 사회와 문명에 대해 조금도 거리낌 없이 비평할 것을 희망하였다. 그래서 『莽原』 주간을 출간하게 되었으며, 이를 발언의 장으로 삼고자 하는 것이다.我早就很希望中國的青年站出來，對于中國的社會，文明，都毫無忌憚地加以批評，因此曾編印『莽原』周刊，作爲發言之地.

『망원』은 봉건적인 문화와 사상을 배격하는 글을 중점적으로 게재하였다. 후에 『망원』은 격주 발행으로 전환하고 미명사에서 발행하게 되었다. 미명사는 1925년 8월 『미명未名』을 창간하면서 성립되었는데 미명사의 성원은 망원사와 중복될 뿐만 아니라, 문학주장 또한 거의 일치하고 있다. 이들은 『미명총간未名叢刊』을 출판하였는데, 주로 외국문학의 번역작품을 게재하였다. 미명사는 주로 번역분야에서 성과를 거두었는데, 10월 혁명 이후의 러시아 문학을 중점적으로 소개하였다. 미명사는 1931년 5월 해체되었다.

3. 천초사 침종사

1924년에 성립된 천초사淺草社는 펑즈馮至, 천샹허陳翔鶴, 천웨이모陳煒謨 등을 주요한 성원으로 『천초계간淺草季刊』과 상하이 『국민일보民國日報』의 부간 『문학순간文學旬刊』을 발행하였다. 그러나 1925년 가을 천초사의 활동이 중지되면서 본래 천초사 성원이었던 양후이楊晦, 차이이蔡儀 등이 침종사沉鍾社를 조직하고 『침종주간沉鍾週刊』을 발행하였다. 침종사의 성원들은 주로 소설, 시, 희극을 게재하여, 당시 드물게 순수문학사단의 성격을 유지하였다. 침종사는 특히 천샹허와 천웨이모를 중심으로 소설창작에서 성과를 올렸는데, 이 단체의 작가들은 주로 창조사의 영향을 받아 낭만주의 창작기법을 추구하였다.

1936년 루쉰이 편집한 『중국신문학대계 · 소설이집中國新文學大系 · 小說二集』에는 침종사 성원들의 소설 17편이 수록되어있다. 이들의 소설은 주로 자아표현을 중시하고 개인의 내면을 묘사하고 있다. 또한 형식에 있어서 비극의 형식을 사용하고 인생의 아름다움이나 희망의 추구를 표현하고 있다. 천초사에서 활동하던 린루지林如稷, 천샹허, 천웨이모는 소설창작을 통하여 모두 젊은 지식인의 심리와 내면을 묘사한 작품을 발표하였다.

침종사의 성원 중 펑즈는 시창작에서 성과를 나타냈다. 루쉰은 「중국신문학대계 · 소설이집 · 머리말中國新文學大系 · 小說二集 · 導言」에서 펑즈를 "중국에서 가장 뛰어난 서정시인"이라고 평가하고 있다. 펑즈는 주로 고향과 어머니를 그리워하는 작품과 애정을 묘사한 작품을 발표하였다.

4. 춘류사와 문명희

춘류사春柳社는 1906년 일본 유학 중인 중국학생들을 중심으로 도쿄東京에서 성립된 중국최초의 근대적 희극사단이다. 창립 당시 발기인은 리시솽

李息霜, 쩡샤오구曾孝谷, 루징뤄陸鏡若, 어우양위첸歐陽予倩, 리서우량李濤痕, 마웨이스馬絳士 등이다. 이들은 진보적 사상을 전파하고 희극개혁을 제창함으로써 사회를 개혁함을 주장하였다.

춘류사는 1907년 동경에서 3막극 「춘희茶花女(La Traviata)」를 처음으로 상연하였고 일본언론의 찬사를 받았다. 첫 번째 공연의 성공으로 이들은 「톰 아저씨의 오두막집黑奴籲天錄(Uncle Tom's Cabin)」과 「열혈熱血」을 상연하였다. 1910년부터 춘류사의 성원들은 귀국하기 시작하였고, 이들은 귀국 후 주로 상하이에서 희극운동을 전개하였다. 춘류사 이후, 그 영향으로 춘양사春陽社, 진화단進化團, 신민신극사新民新劇社, 민명사民鳴社 등이 창립되었고 이들의 실험적 공연예술을 전통극과 구별되는 '문명희文明戲'라고 하였다. 초기 희극사단은 비록 수는 많았으나, 구성원들의 중복과 이동이 많았으며 근대적 공연예술에 대한 인식과 이론체계가 부족하였다.

문명희는 춘류사가 창립되던 1906년부터 1916년까지 각종 희극사단들이 외국작품을 번역, 개작하여 경쟁적으로 상연하였다. 1917년 이후 문명희는 양적으로는 증가하였으나, 질적으로는 점차 수준이 떨어지고 상업화되는 경향을 나타내기 시작하였다. 문명희는 더 이상 사회현실을 반영하거나 시대적 요구에 부응하는 문예장르로서 생명력을 유지하기가 어려웠고, 곧 문명희에 대한 비판운동이 거세게 일어나게 되었다. 그러나 문명희는 중국의 공연예술이 전통극의 형식을 벗어나 서구의 공연예술형식을 받아들이는 과정에서 나타난 중간자적 역할을 담당한 문학사적 의의가 있다고 할 수 있다.

5. 민중희극사와 애미극

문명희가 쇠퇴하기 시작하던 시기는 신문화운동의 고조기로 희극창작자들은 이미 상업화된 문명희와 차별화된 새로운 형식을 요구하고 있었다. 당시 희극개혁의 선구자들은 문명희와 전통극의 폐단을 비판하고 새로운 형식을 모색하고 있었다.

1921년 3월 왕중셴汪仲賢, 선옌빙沈雁氷 등은 상하이에서 민중희극사民衆戲劇社를 설립하고 애미극愛美劇을 제창하였다. 애미극은 아마추어(Amateur)극의 음차音借로 비상업적인 순수공연예술을 표방하며 상업화된 문명희를 비판하고 부정하는 의미가 담겨 있다. 왕중셴은 문명희의 쇠락에 대해 "자본주의의 병폐가 이면에 자리잡고 있기 때문大半是資本主義在里面作怪"이라고 보고 희극개혁을 위해서는 공연예술이 자본에 종속되는 것을 막아야 한다고 주장하였다. 이들은 중국 최초의 현대적 희극 간행잡지 『희극戲劇』을 창간하고 희극작품과 외국작품을 번역하여 게재하였다. 그들은 『희극』 제1권, 제1호에 실린 「민중희극사선언民衆戲劇社宣言」 중에서 희극예술창작에 대하여 다음과 같이 주장하고 있다.

> 희극관람을 무료할 때의 소일거리로 보던 시대는 이미 지났다. 戲劇院은 현대사회에서 중요한 위치를 차지하고 있는데, 이는 사회를 전진시키는 바퀴와 같은 역할을 하고 있으며, 사회의 病根을 찾는 X레이 광선과도 같은 것이다. 當看戲是消閑的時代現在已經過去了，戲院在現代社會中確是占着重要的地位，是推動社會前進的一个輪子，又是搜尋社會病根的X光鏡.

천다베이陳大悲는 민중희극사의 주요성원으로 애미극의 적극적인 실천자였다. 그는 이전에 문명희운동의 선구자였기에 문명희의 폐단을 잘 알고 있었으며 문명희의 개혁에도 적극적으로 나섰다. 그는 「유란여사幽蘭女士」, 「영웅과 미인英雄與美人」, 「애국적愛國賊」, 「평민의 은인平民的恩人」 등 배금주의가 양산한 죄악과 인성의 파괴 등을 반영한 작품들을 창작하였다.

제3절 문학논쟁

문학혁명의 과정에서 적극적인 역할을 하고 있던 첸쉬안퉁錢玄同과 류반눙劉半農은 수구파들의 논조를 반박하기 위하여 수구파의 논조를 담은 문장과 이에 반박하는 글을 『신청년』에 발표하였다. 1918년 3월 쳰쉬안퉁은 왕징쉬안王敬軒이라는 가명으로 『신청년』에 문학혁명을 반대하는 문장을 보내 발표하고 류반눙은 이를 반박하는 문장 「왕징쉬안에게 보내는 답장復王敬軒書」을 실었다. 이는 쳰쉬안퉁과 류반눙이 문학혁명에 대한 대중의 관심을 불러일으키고 논쟁을 심화시키기 위한 자작극이었다. 류반눙은 봉건수구파의 논조를 정리하여 발표하였고 류반눙은 이에 대해 그들의 봉건적인 문화관을 반박하고 민주와 과학을 제창하는 답변서를 발표한 것이었다. 쳰쉬안퉁과 류반눙은 이렇게 각본이 정해진 논쟁을 통해 수구파의 신문화에 대한 반발이 시대에 역행하는 행위임을 폭로한 것이었다.

문학혁명이 빠르게 진전됨에 따라 봉건수구파와의 대립 또한 점차 첨예화되었다. 5.4 운동 이전 공식적으로 문학혁명을 비판하고 나선 인물은 동성파桐城派의 린수林紓였다. 린수는 본래 근대문학사상 가장 영향력 있는 문학가이고 번역가라고 할 수 있다. 그러나 신문화운동 중 그는 수구적 입장을 견지하였다. 린수는 1919년 우언체寓話體 문언소설 「형생荊生」과 「요몽妖夢」이라는 소설을 『신신보新申報』에 발표하여 신문화운동을 공격하였다. 「형생」은 톈치메이田其美, 진신이金心異, 디모狄莫라는 세 사람(천두슈, 쳰쉬안퉁, 후스를 가리킴)이라는 타오란팅陶然亭에 묘여 공맹의 도를 비판하고 백화문을 제창하는 토론을 벌이고 있었다. 이들 세 사람은 천두슈, 쳰쉬안퉁, 후스를 가공한 인물들이다. 이들의 토론에 화가 난 형생은 이들을 "하늘의 도리를 해치는 인간괴물이며, 이들의 말은 모두 짐승의 말"이라고 꾸짖으며 그들을 몰아낸다. 소설에서는 결국 신문화운동의 선구자들을 중국의 전통윤리와 기강을 흔드는 요귀들로 묘사하고 이들을 처단하고 신문화운동을 중단시켜야 한다는 주장을 하고 있는 것이다. 「요몽」에서는 베이징대학 총장을 맡고 있던 차이위안페이蔡元培를 비난하는 내용을 담고 있다. 그는 계속해서 고문을 폐지해서는 안 된다고 주장하고 1919년 『공언보公言報』에 차이위안페이에게 보내는 공개서한 형식의 「차이허칭 태사에게 보내는 서한致蔡鶴卿太史書」라는 문장을 게재하여 백화를 "인력거꾼이나 콩국을 파는 무리들引車賣醬者流"이나 쓰는 말이라고 폄하시키며 백화운동을 비난하였다. 그는 또한 고문을 모르면 백화문도 알 수 없다고 주장하며 백화문의 제창을 반대하였다. 이 시기에 위안스카이袁世凱의 복벽을 옹호하던 주안회籌安會의 류스페이劉師培와 황칸黃侃 등 수구적 문인들도 『국고國故』 월간을 발행하면서 린수의 논조에 호응하였다. 물론 신문학의 선구자들 역시 대부분 중국의 전통인문학에 조예가 깊은 인물들이었기에 문학혁명이 가능할 수 있었을 것이다. 그러나 수구세력들의 주장은 대부분 신문화운동 자체를 비난하고 새로운 변혁을 거부하고 시대의 흐름에 역행하는 것이었기에 역사의 보편적 진보에 대한 이해가 결여되어 있었다고 볼 수 있다.

신문화운동 진영에서는 『신청년』과 『매주평론』을 주요한 진지로 삼아 봉건수구파에 반격을 가하였다. 『신청년』은 1919년 초에 천두슈가 쓴 「본 잡지의 죄에 대한 답변서本志罪案之答辯書」를 발표하여 신문화운동에 대한 봉건수구파의 비난과 공격에 대해 반박하였다. 차이위안페이도 린수의 비난에 대해 반박하고 나섰다. 그는 「린친난에게 보내는 답신答林琴南書」하는 편지에서 사상의 자유를 원칙으로 내세우고 봉건수구파의 논조를 반박하였다. 리다자오李大釗도 「신구사조의 격전新舊思潮之激戰」이란 문장을 발표하여 린수의 「형생」이나 「요몽」 같은 영사소설影射小說로 신문화진영을 공격하는 행위를 비난하고 러시아혁명을 예로 들면서 역사의 진전에 역행하는 수구파의 행동을 비판하였다. 루쉰도 「수감록 · 57 · 현재의 도살자隨感錄 · 五十七 · 現在的屠殺者」에서 린수의 수구적 태도에 대해 다음과 같이 반박하였다.

사람이면서 신선이 되려고 하고 땅에서 살면서도 하늘에 오르려 하고 엄연한 현대인으로서 현재의 공기를 마시면서도 유독 낡은 교리와 죽어버린 언어를 강요함으로써 '현재'를 모독하고 있다. 이들은 모두 '현재'의 도살자들이다. '현재'를 죽이는 것은 곧 '미래'를 죽이게 되는 것이다.-미래는 자손들의 시대이다.做了人類想成仙; 生在地上要上天; 明明是現代人, 吸着現在的空氣, 却偏要勒派朽腐的名教, 僵死的語言, 侮蔑盡現在, 這都是"現在的屠殺者". 殺了"現在", 也便殺了"將來".-將來是子孫的時代.

5.4 운동 이후 제국주의 열강과 결탁한 군벌정부는 신문화운동의 확산에 위기감을 느끼고 이에 대한 탄압을 강화하였다. 그들은 '과격주의'와 '적화운동'을 반대한다는 구실로 『신청년』, 『매주평론』 등의 간행물을 폐간하고 천두슈, 후스 등의 문집을 금서로 정하였다. 심지어 백화문의 사용을 금지하고 다시 문언문을 사용하게 하였다. 이러한 신문화운동에 대한 탄압정책으로 문화계에는 학형파學衡派, 갑인파甲寅派, 원앙호접파鴛鴦蝴蝶派 등이 등장하여 수구세력의 논조를 대변하는 역할을 하였다. 이들의 출현으로 문화계 내부에서는 신문화운동을 둘러싼 논쟁이 진행되었다.

1. 학형 · 갑인 논쟁

학형파學衡派는 1922년 창간된 잡지 『학형學衡』의 발행에 참여했던 성원들을 가리킨다. 주요 인물들로 후셴쑤胡先驌, 메이광디梅光迪, 우미吳宓 등인데 이들은 난징南京의 동난대학東南大學 교수들이었다. 이들은 대체로 유럽이나 미국에서 유학한 인물들이었지만 신문화운동에 대해서 반대입장을 취하였다. 1919년 학형파가 형성되기 이전 후셴쑤는 이미 「중국문학개량론中國文學改良論」을 난징고등사범의 일간지에 발표하여 문언문이 백화문보다 훌륭한 글이라고 주장하며 백화운동에 반대하였다. 그는 또한 "신문학을 창조하려면 반드시 옛 서적의 감화를 받아야 하며, 반드시 고전문학의 토대 위에서 발전시켜야 한다."고 주장하였다. 특히 백화신시는 "백화일 뿐 시가 아니다."라고 비판하면서 "백화문으로는 시를 지을 수 없으며 속된 말로는 사詞를 쓸 수 없다."고 하였다. 또한 "백화문으로는 깊은 이상을 적절하고 선명하게 천명하기 어렵다."고 주장하면서 문언일치文言一致를 반대하였다. 메이광디는 「신문화의 제창자들을 평함評提倡新文化者」이라는 글에서 "서양의 많은 작가들은 문학발전에 관한 이론을 비속한 것으로 간주하지만 우리나라 사람들은 도리어 그것을 미신처럼 믿고 있다."고 주장하였다. 그들의 주장은 우선, 천리天理, 인정人情, 사물事物은 예나 지금이나 변하지 않는다는 이론을 내세우며 문학혁명을 포함한 일체의 신문화운동과 같은 사회적인 변혁에 반대하였다.

학형파의 뒤를 이어 1925년 갑인파甲寅派가 신문화운동에 반대 입장을 표명하였다. 갑인파의 대표인물인 장스자오章士釗는 당시 군벌정부의 교육부 장관 겸 사법부장을 맡고 있었다. 그는 베이징에서 『갑인甲寅』 주간을 복간하여 복고를 주장하고 '독경구국讀經救國'을 제창하면서 신문화운동을 반대하였다. 그는 교육부 장관의 지위를 이용하여 신문화운동을 공격하였다. 그는 학생들이 신문화운동에 참가하는 것을 금지시키고 학교 당국의 복고적인 조치들을 지지하였으며, 백화문으로 글을 쓰지 못하게 하였다. 장스자오는 1923년 「신문화운동을 평함評新文化運動」이라는 문장을 발표하여 신문화운동을 비판하였고, 1925년에는 「신문학운동을 평함評新文學運動」이라는 문장을 『갑인』에 발표하여 신문학운동과 백화문을 반대하는 주장을 되풀이하였다. 그는 "문장의 대업은 백화문으로는 완수할 수 없으며 백화문으로는 아름다운 글을 지을 수 없을 뿐만 아니라, 백화문학이란 명사란 쓸 수도 없는 일이다."고 주장하였다.

신문화운동의 중심인물들은 『학형』과 『갑인』에 대한 비판을 전개하였다. 청팡우成仿吾는 「장씨의 '신문학운동을 평함'을 읽고讀章氏的'評新文學運動'」를 발표하여 장스자오의 주장을 반박하고 신문화운동의 성과를 강조하였다. 청팡우는 문장에서 "역사의 흐름을 거스르는 자들은 현재의 신문학을 비난하고 있다. 그러나 우리는 오직 우리의 목표를 향해 나아갈 뿐이다."라고 신문화운동에 대한 의지를 표명하였다.

루쉰은 「학형을 논함估'學衡'」이라는 문장을 통해 학형의 수구적 태도를 비판하고, 「다시 오다再來一次」, 「KS군에게 답함答KS君」 등 문장을 써서 『갑인』에 대하여 반박하였다. 그는 「KS군에게 답함」에서 장스자오의 「베이징여자사범대학 폐교에 대한 보고문停辦北京女子師範大學呈文」을 분석하면서, 이것은 장스자오가 청나라 때의 논조를 빌려 온 것에 지나지 않는다고 비판하면서 다음과 같이 지적하고 있다.

> 가령 이것을 복고운동의 대표라고 한다면 단지 복고파의 가련한 몰골을 드러냈을 뿐이고 이것을 訃告章으로 삼아 문언문의 최후를 알리고 있을 따름이다.倘說這是復古運動的代表，那可是只見得復古派的可憐，不過以此當作訃文，公布文言文的氣絶罷了.

2. 원앙호접파 논쟁

신문학운동 진영은 원앙호접파鴛鴦蝴蝶派의 문학에 대해서도 비판하였다. 원앙호접파는 청말에 성립된 자연주의 문학유파로 대표적 인물들로 바오톈샤오包天笑, 저우서우쥐안周瘦鵑, 쉬전야徐枕亞, 리딩이李定夷, 장헌수이張恨水 등이 있다. 원앙호접파는 일치된 문학주장이 있었던 것은 아니다. 1910년 원앙호접파의 작가들이 주축이 되어 상하이 상무인서관商務印書館에서 발행하던 『소설월보小說月報』는 탐정, 연애, 잡기 등을 소재로 다룬 작품을 주로 게재하던 통속적인 문예지였다. 원앙호접파는 『소설월보』 외에도 『토요일禮拜六』을 발행하여 '토요일파禮拜六派'라고 불리기도 하였다.

『신청년』은 창간 초기부터 원앙호접파에 대하여 비판적인 문장을 게재하였다. 루쉰은 「상하이문예계를 둘러보다上海文藝之一瞥」, 「유무상통有無相

通」 등 문장을 통해 원앙호접파의 창작경향에 대하여 풍자적인 문체로 비판을 가하였다. 루쉰은 「상하이문예계를 둘러보다」에서 "이 시기에 재사미인才士美人의 소설이 또 유행되기 시작"하고 있다고 지적하고 그 내용은 재사미인들이 "서로 애틋이 사랑하며 한 쌍의 나비나 원앙새처럼 서로 떨어지지 않고 한 버드나무 그늘아래나 꽃밭 속에서 지내는 것이다."라고 풍자적으로 평하였다. 문학연구회 또한 원앙호접파의 창작에 대하여 비판적인 태도로 일관하였다. 문학연구회는 창립선언문에서 "문예를 즐거울 때의 유희나 낙심했을 때의 소일거리로 삼던 때는 이미 지나갔다."고 선언하며 원앙호접파의 문학관에 반대하였다. 선옌빙沈雁氷은 「자연주의와 중국현대소설自然主義與中國現代小說」에서 원앙호접파의 작품은 "사상적으로 최대의 오류는 바로 문학을 놀음이나 소일거리로 보는 금전주의金錢主義적 관념"이라고 지적하였다. 정전둬鄭振鐸는 "유희만을 일삼는 문장을 쓰는 것을 문학이라고 하는 것은 문학에 대한 모독일 뿐만 아니라 자신에 대한 모독이기도 하다."라고 지적하고 "우리가 필요로 하는 것은 피의 문학이고 눈물의 문학이다."라고 하였다.

원앙호접파의 성원들은 후에 서로 다른 길을 걷게 된다. 수구적인 창작의 길로 나아가는 사람이 있는 반면 일부 작가는 진보적인 방향으로 전환하였다. 원앙호접파의 주요 성원이었던 장헌수이는 후에 「팔십일몽八十一夢」, 「오자등과五子登科」와 같은 제국주의 침략과 국민당의 부패한 통치를 폭로한 소설을 써서 창작의 변화를 나타내었다.

3. '문제와 주의' 논쟁

신문화운동 시기 러시아에서는 10월 혁명이 발생하였다. 러시아 10월 혁명은 신문화운동이 진행 중이던 중국에도 큰 영향을 미쳤다. 10월 혁명의 영향으로 중국에 맑스·레닌주의가 전파되자 중국의 많은 지식인들은 사회주의 사상에 심취하게 되었다. 중국의 진보적 지식인들에게 10월 혁명의 성공은 반봉건반제국주의 사상의 실천적 의미를 확신케 하는 역사적인 사건이었다. 중국에서 가장 먼저 맑스·레닌주의를 체계적으로 수용한 리다자오李大釗는 『신청년』에 「민중의 승리庶民的勝利」라는 문장을 발표하고 베이징대학에서 '맑스학설연구회馬爾格斯學說研究會'를 조직하는 등 맑스·레닌주의의 중국전파에 적극적인 활동을 하였다. 1919년 5월, 리다자오는 그가 주편을 맡은 『신청년』 제6권 제5기를 '맑스주의 특집호馬克思主義硏究專號'로 발행하고 「나의 맑스주의관我的馬克思主義觀」을 연재하였다. 후스는 이처럼 맑스주의가 중국에 유입되는 것을 반대하였다. 후스는 맑스주의가 자신의 신문학 개념과 자신이 생각하는 중국의 미래와 일치하지 않는다고 판단하고, 1919년 7월 『매주평론』에 「문제를 많이 연구하고 주의에 대한 논의는 삼가자多硏究些問題少談些主義」를 발표, 맑스주의 전파를 비판하였다. 5.4 시기 이전만 해도 후스는 신문화운동의 선구자적 역할을 하던 인물이다. 그러나 맑스·레닌주의가 중국에 전파됨에 따라 그는 점차 『신청년』에 대해서 반대의 입장을 표명하기 시작하였다. 리다자오는 이에 맞서 「문제와 주의를 다시 논함再論問題與主義」를 발표 반박하면서 중국의 지식인들은 '문제와 주의問題和主義' 논쟁에 빠져들었다. 이후 후스는 『신청년』 편집부에 "오늘의 『신청년』은 거의 『소비에트 러시아(Soviet Russia)』의 중국어 번역본이 되어버렸다."今『新青年』 差不多成了『Soviet Russia』的漢譯本는 내용의 편지를 보내고 『신청년』과 결별하였다. 그는 1922년 『노력주보努力週報』를 창간하고 '국학의 정리整理國故'를 제창하였다. 리다자오와 후스의 지상논쟁紙上論爭에서 발단이 된 '문제와 주의' 논쟁은 맑스·레닌주의가 중국에 전파되는 과정에서 발생한 첫 번째 논쟁이며, 당시 신문화운동에 참여한 지식인들이 봉건적 문화에는 반대하였지만 신문화에 대한 의견에는 일치하지 않고 있었음을 나타내는 사건이었다.

4. 정리국고 논쟁

'문제와 주의' 논쟁은 비록 두 달이 채 못 되는 짧은 기간 동안 전개되었지만, 『신청년』과 신문화운동 내부의 분열을 상징하는 사건으로 이는 정리국고整理國故 논쟁의 불씨를 남긴 셈이 되었다. 『신청년』과 결별한 후스는 1922년 2월 『독서잡지讀書雜誌』를 창간하였다. 그는 「'독서잡지'를 발간하게 된 까닭發起'讀書雜誌'的緣起」에서 다음과 같이 주장하고 있다.

> 우리도 국민들에게 독서에 흥미를 갖게 할 수 있으며, 그럼으로써 모두 공허한 말들은 적게 하고, 좋은 책을 많이 읽게 한다.我們也許引起國人一点讀書的興趣，-大家少說点空話，多讀点好書.

이는 후스의 정리국고를 공개적으로 천명하는 계기가 되었다. 후스는 『신청년』이 폐간된 후 1922년 5월 『노력주보』를 창간하고, '실험주의'와 '국고를 연구하는 방법'을 제창하였다. 1923년 1월 후스는 『국학계간國學季刊』을 창간하고 그 「선언宣言」을 통해 다음과 같이 정리국고의 취지를 주장하였다.

> 역사적 안목으로 국학연구의 범위를 확대하자.用曆史的眼光來擴大國學研究的範圍.
>
> 체계적으로 국학연구자료를 정리하자.用系統的整理來部勒國學研究的資料.
>
> 비교연구의 방법으로 국학의 자료를 정리하고 해석하자.用比較的研究來幇助國學的材料的整理與解釋.

후스의 주장은 신문화운동 진영의 반박을 불러일으켰다. 청팡우는 「국학운동에 대한 나의 견해國學運動之我見」를 발표하여 정리국고에 대해 다음과 같이 평가하였다.

그 역량을 겨우 이전의 무익한 고증이나 더하는 것이다. 이러한 연구는 우리의 실생활과 아무 상관이 없으며, 국학의 연구에도 역시 별 이익이 없다. 充其量不過增加一些從前那種無益的考据. 這樣的研究與我們的生活毫不相干, 卽于國學的硏究, 亦無何等的益處.

루쉰은 「천재가 나타나기 전에未有天才之前」라는 문장을 통해 다음과 같이 말하고 있다.

연로한 선생께서 국고를 정리한다고 하는데, 당연히 남쪽 창가에 파묻혀 죽은 책들을 읽는 것도 나쁘지는 않을 것이다. 청년들에게는 각자 살아있는 학문과 새로운 예술이 있어, 각자 자신의 일을 하고 있으니 무슨 큰 해가 되지는 않을 것이다. 그러나 이런 기치로 호소한다면 중국을 영원히 세계와 단절시키는 것이다. 만일 이것이 아니면 안 된다고 한다면 이것은 한참 잘못된 생각일 것이다! 老先生要整理國故, 當然不妨去埋在南窗下讀死書, 至于靑年一, 却自有他們的活學問和新藝術, 各干各事, 也還沒有大妨害的, 但若拿了這面旗子來號召, 那就是要中國永遠與世界隔絶了. 倘以爲非此不可, 那更是荒謬絶倫!

후스의 정리국고 주장은 분명 중국전통인문학을 서구의 실험주의적 관점에서 재해석하고 연구한다는 점에서 성과를 거두었고 볼 수 있다. 이점은 신문학진영의 많은 지식인들도 어느 정도 공감하고 있었다. 그러나 5.4 시기의 시대적 상황은 정리국고의 주장보다는 신문화운동에 동력을 더하고자 하는 주장이 설득력이 있었기에, 정리국고는 수구세력의 주장 속에 함께 묻혀버리고 말았다.

5. 현대평론파 논쟁

1924년 후스는 베이징에서 천시잉陳西瀅, 탕유런唐有壬, 가오이한高一涵, 딩시린丁西林, 장시뤄張奚若 등과 함께 『현대평론現代評論』 주간週刊을 발행하였고 이들을 중심으로 현대평론파가 형성되었다. 『현대평론』 잡지는 종합잡지였지만 문예와 관련된 내용을 주로 다루었다. 『현대평론』은 시, 산문, 소설, 희곡, 문예평론을 포괄한 다양한 문예작품을 실었다. 현대평론파는 기본적으로 신문학운동을 지지하고 봉건문학에 반대하는 관점을 유지하였다. 그러나 한편으로 맑스 · 레닌주의의 전파에 반대하는 입장을 발표하기도 하여, 현대평론파의 성원들 간에 정치적 입장이나 사상경향이 일치하는 것은 아니었다. 『현대평론』은 량스츄梁實秋와 쉬즈모徐志摩 등이 『신월新月』을 창간하면서 1928년 12월 폐간되었다.

1920년대 중반 3.18사건, 베이징여자사범대학운동 등 중국내부의 변혁에 대한 요구가 증폭되고 있던 시기에 현대평론파의 주요한 성원이었던 천시잉 등은 시대에 역행하는 문장을 발표하면서 논쟁이 시작되었다.

천시잉陳西瀅(1896~1970)의 본명은 천위안陳源으로 장쑤성江蘇省 우시無錫 출신이다. 그는 『현대평론』에 신문학운동을 지지하고 봉건문학에 반대하는 내용을 담은 많은 잡문을 발표하였는데, 그의 잡문들은 후에 『시잉한담西瀅閑話』로 출판되기도 하였다. 그러나 그는 3.18 사건과 베이징여자사범대학운동이 일어나자 「분쇄모측粉刷毛厠」, 「다수와 소수多數與少數」 등을 발표하여 학생운동을 비난하고 이를 지지한 루쉰 등 진보적인 지식인들을 공격하였다. 그는 「한담閑話」에서 "제국주의를 타도하자는 구호는 분열을 시도하고 시기하는 현상"이라고 주장하고 "외국인이 수십 명의 중국인을 죽였다고 직장에서 또는 전국적으로 분격하여서는 안 된다"라고 하였다. 그는 또 군벌정부의 입장에서 베이징여자사범대학운동을 야심을 품은 정객들이 학생들을 이용하여 정치적인 목적을 얻으려는 것이라고 비난하였으며 학생들을 징계할 것을 정부에 요구하였다. 3.18 사건이 발생하자 천시잉은 학생들이 스스로 죽음의 길에 들어섰다고 비난하였다.

루쉰은 이에 대해 「이것은 한담이 아니다并非閑話」, 「비유比喩」, 「사지死地」 등의 잡문을 발표하여 천시잉에 반박하였다. 이 논쟁은 사회적으로 확대되면서 루쉰뿐만 아니라, 천시잉을 지지하는 입장을 나타내는 사람들도 나타나기 시작하였다. 쉬즈모徐志摩는 「한담도, 쓸데없는 말도 그만하라!結束閑話, 結束廢話!」를 발표하여 중립적인 입장에서 쌍방의 논쟁을 종식시키고자 하였다. 루쉰은 쉬즈모의 문장에 대해 「나는 여전히 멈출 수 없다我還不能'帶住'」라는 답문을 발표하여 이 논쟁에 있어서 자신의 정당성을 주장하였다. 3.18 사건을 둘러싼 루쉰과 천시잉의 논쟁은 『현대평론』에 게재된 문장을 통해 확대되었지만 문예논쟁이라기 보다는 군벌정부의 만행에 대한 정치논쟁의 성격을 띠고 있었다.

1930년대 소설

CHAPTER 07

History of China Modern Literature

1930년을 전후하여 중국의 소설은 1920년대 실험적 단계를 거쳐 성숙기에 접어들기 시작하였다. 또한 이 시기의 문학사단과 작가군作家群은 1920년대와 비교해 볼 때, 더욱 다양하고 상이한 문학적 주장과 관점을 가지고 창작활동을 전개해 나갔다. 문학적 주장과 창작경향 또는 활동지역에 따라 유파나 작가군으로 결성되는 경우가 많았으며, 이들의 명칭은 작가 본인의 의지와는 무관하게 독자나 문단에 의해 호명되기도 하였다. 한편, 좌익작가연맹左翼作家聯盟과 같이 사상적이거나 정치적인 지향성에 따라 작가군이 결성되기도 하였는데, 이와 같은 문학사단과 작가군의 출현은 4.12 정변과 만주사변 이후 더욱 두드러지게 증가하였다.

1930년대 소설의 특징은 다음과 같이 크게 세 가지로 정리해 볼 수 있다.

첫째, 1930년대 소설 창작에 나타난 가장 큰 특징으로 장편소설의 출현을 들 수 있다. 이는 1920년대를 거치면서 신소설 창작으로 단련된 작가들의 성숙과 외국문예사조의 영향을 받은 새로운 작가들의 등단에 기인한다고 볼 수 있다. 이 시기에는 다량의 중 · 장편소설과 삼부곡三部曲형태의 대하소설大河小說이 창작되었는데, 바진巴金의 『격류삼부곡激流三部曲』(『가家』 · 『춘春』 · 『추秋』), 『애정삼부곡愛情三部曲』(『안개霧』 · 『비雨』 · 『번개電』), 마오둔茅盾의 『한밤중子夜』, 『식삼부곡蝕三部曲』(『환멸幻滅』·『동요動搖』·『추구追求』), 『농촌삼부곡農村三部曲』(『봄누에春蠶』·『추수秋收』·『잔동殘冬』), 라오서老舍의 『낙타샹쯔駱駝祥子』, 『묘성기猫城記』, 『이혼離婚』, 선총원沈從文의 『변성邊城』, 샤오쥔蕭軍의 『팔월의 향촌八月的鄕村』, 샤오훙蕭紅의 『생사장生死場』, 리졔런李劼人의 『사수미란死水微瀾』, 왕퉁자오王統照의 『산에 내리는 비山雨』, 루옌魯彦의 『분노의 농촌憤怒的鄕村』, 장광츠蔣光慈의 『포효하는 대지咆哮了的土地』, 러우스柔石의 『이월二月』 등이 있다.

둘째, 작가들의 창작경향과 활동지역별로 다양한 작품들이 나타나면서 새로운 소설유파와 작가군이 형성되었다. 이 시기 선총원, 페이밍廢名, 샤오간蕭乾, 사타師陀, 링수화凌叔華 등 경파京派 작가군, 무스잉穆時英, 류나어우劉吶鷗, 스저춘施蟄存 등 신감각파新感覺派로 지칭되는 해파海派 작가군, 샤오쥔, 샤오훙, 수췬舒群, 뤄펑羅烽, 리후이잉李輝英, 바이랑白朗, 뤄빈지駱賓基 등 만저우滿洲 지역출신 작가들을 지칭하는 동북東北 작가군, 러우스, 후예핀胡也頻, 예쯔葉紫, 우쭈샹吳組湘, 딩링丁玲, 뤄수羅淑 등의 좌련左翼 작가군 등이 형성되었다.

셋째, 소설 속에 등장하는 인물형상의 다양화와 심화를 들 수 있다. 중·장편소설의 발전은 작품 속에 다양한 인물형상이 출현하는 계기가 되었다. 또한 작가들은 작품 속의 인물묘사에 대해, 1920년대의 평면적인 묘사기교를 벗어나, 인물을 둘러싼 환경뿐만 아니라 내면심리도 세밀하고 사실적인 기법으로 그려내기 시작하였다.

제1절 라오서

1. 라오서의 생애

라오서老舍(1899~1966)의 본명은 수칭춘舒慶春, 자는 서위舍予이다. 그는 베이징의 가난한 만저우인滿洲人 가정에서 태어나 어린 시절부터 베이징의 하층시민의 생활을 이해하게 되었다. 이러한 어린 시절의 경험은 그의 창작생애의 토대를 형성하는 중요한 계기가 되었다. 1917년 베이징사범학교를 졸업한 그는 톈진天津 난카이중학南開中學 등에서 교편을 잡기도 하였다. 1924년 라오서는 영국 런던의 동방학원에서 중국어를 가르치면서 소설을 쓰기 시작하였다. 영국에서 생활하던 시기에 그는 「장씨의 철학老張的哲學」, 「자오쯔위에趙子曰」, 「마씨 부자二馬」 등 세 편의 소설을 썼다. 「장씨의 철학」은 베이징에서 살고 있는 건달 장씨의 생활을 중심으로 베이징시민사회의 인정세태를 생동감 있게 묘사하고 있다. 또한 돈과 명예, 권력을 지상의 가치로 여기고 살아가는 장씨의 생활 철학을 통해 베이징 소시민들의 배금주의와 위선을 폭로, 풍자하였다. 「자오쯔위에」는 베이징의 대학생들의 생활을 배경으로 삼고 있다. 이 작품은 허영심과 방탕한 생활에 젖어있는 지주의 아들 자오쯔위에와 정의감이 강하고 늘 남을 도와주는 리징순李京順의 형상을 중심적으로 묘사하고 있다. 「마씨 부자」는 영국으로 이민 온 마씨 부자父子의 생활을 중심으로 이국땅에서 차별과 모욕을 당하는 화교들의 생활과 세대 간의 갈등을 묘사하고 있다. 이 세 작품은 사회의 부패한 현실을 폭로, 풍자하고 있다. 이 작품들의 유머적인 필치는 당시 문단과 독자들의 주목을 받으며 후에 라오서작품의 풍격으로 자리매김하는 계기가 되었다.

1930년 라오서는 중국으로 귀국하는 도중 싱가포르에서 약 반년 간 머물면서 식민지의 현실을 반영한 「샤오피의 생일小坡的生日」을 썼다. 귀국 후 그는 치루대학齊魯大學, 산동대학山東大學에서 재직하면서 창작을 계속하였다. 그는 이 시기에 단편소설집 『장보러 가다赶集』, 『앵해집櫻海集』을 발표하였다. 이 시기의 단편소설은 라오서 특유의 유머적인 감각보다는 하층민들의 비참한 처지와 불합리한 사회현상에 대한 사실적인 묘사가 주를 이루고 있다. 「초생달月牙」, 「취임上任」 등의 작품에서는 도시의 하층민들이 생활고에 시달리며 고통 속에 살아가는 모습을 사실적으로 반영하고 있다. 「초생달」은 생계의 문제로 매춘을 하게 되는 모녀의 비참한 생활과 그들이 겪는 내면의 고통을 묘사하고 있다. 「미신微神」, 「류씨네 정원柳家大院」에서는 석공 왕씨의 집안을 묘사하고 있다. 돈을 받고 팔려온 며느리는 시댁의 온갖 압박과 모욕을 견디다 못해 자살하고 만다. 그러자 왕씨 집안은 아들을 또 결혼시키기 위해 딸을 팔려고 한다. 올케를 구박하던 시누이도 결국 같은 운명에 처하게 되고 만다. 이 작품은 중국사회에서 여성의 열악한 지위를 묘사하고 있는 것이다.

이 시기 라오서의 소설은 초기에 비해 구성이 긴밀하고 언어가 간결 유창하며 인물형상도 매우 생동적이라고 평가받고 있지만, 이 시기의 소설은 사상적 예술적으로 아직은 원숙하지 못한 한계가 있다는 평가를 받는다. 라오서는 1932년 디스토피아적 소설 「묘성기猫城記」를 완성하였다. 작품은 당시 중국사회의 현실을 고양이들이 사는 별 '묘성猫城'으로 상정하여 풍자하는 형식을 택하고 있다. 「묘성기」에서는 공산주의 혁명가를 말만 앞서고 실천력은 결여된 인물들로 묘사하고 있는데, 1930년 좌익작가연맹이 결성된 당시 문단의 상황에서 이와 같은 작품은 찾아보기 힘든 일이었다. 1934년 발표한 「이혼離婚」은 유머스럽고 풍자적인 필치를 사용하면서도 리얼리즘적 요소에 충실한 작품이라고 볼 수 있다. 소심하고 비열한 소시민들의 의식과 그들의 생활상을 생동감 있게 묘사하고 있다. 작품은 또한 당시 관료의 부패를 풍자적으로 폭로하고 있다.

라오서는 또한 시대적 변화 앞에 무기력한 전통문화에 대한 애착을 나타내는 작품을 쓰기도 하였는데, 이는 당시 다른 작가들에게서 찾아 볼 수 없는, 라오서만의 창작특색으로 평가받는다. 라오서의 많은 작품들은 청나라 말기에서 항일전쟁 시기까지, 중국의 문화적 전환기에 나타난 다양한 사회현상과 인간군상을 묘사하고 있다. 이는 라오서의 소설에 대해 마치

다큐멘터리 문화영상과 같다는 평가를 부여하는 이유가 되기도 하는 것이다. 또한 이 작품들을 통해서 라오서의 전통문화에 대한 애증이 착종되어 있음을 읽어낼 수 있기 때문에, '문화'는 라오서의 작품을 이해하는데 중요한 화두가 되고 있다.

「전통상점」과 「단혼창」은 1936년 『합조집蛤藻集』에 함께 실렸다. 『합조집』에는 앞의 두 편 외에 「전해오는 이야기聽來的故事」, 「신시대의 구비극新時代的舊悲劇」, 「차설옥리且說屋里」, 「신 햄릿新韓穆烈德」, 「애계哀啓」 등, 모두 7편이 수록되었는데, 목차를 보면, 「전통상점」이 첫 작품으로, 「단혼창」은 두 번째 작품으로 수록되었다. 두 작품이 나란히 소설집의 서두에 자리 잡고 있다는 것은 단순한 우연이라고 보기 어려울 것이다. 이는 두 작품 속에 '근대와 전통의 착종'을 바라보는 라오서만의 문화의식이 반영된 작품이기 때문일 것이다. 「전통상점」은 도제식으로 운영되는 전통상점老字號인 비단가게 삼합상三合祥의 종업원 신더즈辛德治의 시각으로 중국의 전통상업문화가 몰락해가는 과정을 그려내고 있다. 그는 줄곧 '군자의 풍격君子之風'으로 신용과 품위의 운영을 고집하는 첸사장錢掌櫃 밑에서 15년 이상 도제徒弟 방식으로 일을 배우고 있었다. 그러나 거리의 존경을 받던 삼합상은 밀려드는 서구식 상점과의 경쟁 속에서 점차 몰락해간다. 「단혼창」은 근대 이전 무술의 고수들이 모이던 표국鏢局이 몰락해 가는 과정을 묘사하고 있다. 작품에서는 왕년에 창술의 고수로 강호에서 신창神槍이라는 별명이 붙은 사쯔롱沙子龍의 몰락에 대해 묘사하고 있다. 사쯔롱은 근대적인 무기 앞에서 무용지물이 되어버린 자신의 무술을 한탄하면서 더 이상 전수하려고 하지 않는다. 라오서의 이러한 작품들은 시대의 변화에 적응하지 못하고 몰락해 가는 전통문화에 대한 안타까움과 애정이 깃들어 있다.

라오서는 1935년 그의 창작생애를 대표하는 장편소설 『낙타샹쯔駱駝祥子』

를 발표하였다. 『낙타샹즈』는 중국현대문학사상 뛰어난 작품으로서 중국뿐만 아니라 여러 나라 외국어로 번역되어 소개되기도 하였다.

1937년 중일전쟁이 발발하자 라오서는 충칭重慶으로 가서 중화전국문예계학정협회中華全國文藝界抗敵協會에서 항전문예사업抗戰文藝事業에 종사하였다. 이 시기 그의 단편소설은 소설집 『화차집火車集』, 『빈혈집貧血集』 등에 수록되어 있다. 1946년 그는 항일전쟁을 배경으로 베이징의 시민사회를 그린 『사세동당四世同堂』을 발표하였다. 『사세동당』은 일본군 점령하의 베이징을 배경으로 전쟁 중 시민들의 고통스러운 삶과 항일의지를 그려내었다. 작품은 치祈씨 집안의 조손 네 세대를 중심으로 그들과 한 골목에 살지만 직업, 신분, 사상이 각각 다른 시민들의 형상을 생동적으로 묘사하고 있다. 등장인물 중에는 일본군에게 나라를 빼앗긴 비운을 극복하고자 일본군에 맞서 싸우거나 베이징을 떠나 항일전선으로 뛰어든다. 그러나 대부분의 사람들은 베이징을 떠나지 못하고 망국의 고통을 감수한다. 그들 중에는 적 점령 하에서 중국인으로서 자부심을 잃지 않는 이도 있었고 봉건적인 관념에서 벗어나지 못하고 집안의 안일에만 급급한 인물들도 있다. 이 작품은 한 사람 또는 한 집안을 배경으로 삼는 것이 아니라 베이징의 한 골목에 사는 전체 주민의 생활을 묘사하고 있기 때문에 이름이 나오는 인물만 해도 60여명에 달한다. 비록 많은 인물이 등장하지만 이들은 작품 속에서 각각 독립적인 역할과 개성을 나타내고 있다.

1951년 라오서는 중국 정부로부터 '인민예술가人民藝術家'라는 칭호를 받았으나, 그의 말로는 비극적이었다. 문화대혁명이 시작된 1966년, 홍위병들로부터 반동작가로 몰려 구타당한 후 실종되었다가 베이징의 타이핑후太平湖에서 시신으로 발견되었고 그의 죽음은 여전히 의문으로 남아있다. 1978년 복권되고 명예가 회복되면서 유족들에 의해 라오서 생전의 미발표 장편소설 『정홍기하正紅旗下』와 『고서예인鼓書藝人』이 발표되었다.

2. 『낙타샹쯔』

『낙타샹쯔』 군벌이 통치하던 1920년대 베이징을 배경으로 시골에서 상경하여 자신의 인력거를 소유하는 것을 유일한 꿈으로 삼고 살아가던 인력거꾼의 비극적인 삶을 그려내고 있다. 이 작품은 사상 내용 면에서 성실하게 살아가려는 사람을 짐승처럼 만들어 가는 어두운 사회의 현실을 고발하고 있으며, 개인적인 노력과 분투만으로는 이러한 사회의 구조적인 矛盾을 극복하기 힘들다는 것을 보여주고 있다.

샹쯔祥子는 농촌에서 베이징으로 들어와 인력거회사의 인력거를 끌고 살아간다. 그는 부지런하고 정직하며 선량한 성품의 소유자로 삶에 대한 의욕도 강하며, 아큐와 같은 농민의 게으름이나 교활함은 찾아볼 수 없는 인물이다. 그는 남의 인력거를 끌면서 언젠가는 자신의 인력거를 가지고 독립적이며 자유로운 인력거꾼으로 살아가려는 꿈을 가지고 있다. 그는 3년간의 노력 끝에 인력거를 한 대 장만하였다. 그러나 군벌에게 잡혀 인력거를 빼앗기고 만다. 그러나 그는 실망하지 않고 다시 인력거를 사기 위해 노력한다. 그러나 그가 인력거를 사기 위해 모은 돈을 이번에는 형사에게 빼앗기고 만다. 결국 자신의 노력으로 인력거를 사려는 그의 계획은 수포로 돌아가고 만다. 후에 그는 인력거회사 주인의 딸 후뉴虎妞의 돈으로 인력거를 한 대 샀으나 그녀가 난산으로 죽게 되자 장례비용을 마련하기 위해 다시 팔 수 밖에 없었다. 후뉴가 죽고 나서 그는 자신과 같은 처지에 있는 샤오푸쯔小福子를 사랑하게 되고 다시 한 번 재기하려는 노력을 하게 된다. 그러나 샤오푸쯔는 기생집으로 팔려갔다가 굴욕적인 생활을 견디지 못하고 자살하고 만다. 결국 샹쯔는 인력거도 잃게 되고 사랑마저도 잃게 되어 다시 재기하려는 희망을 포기하게 된다. 당시의 어두운 사회현실은 자신의 인력거를 가지고 성실하게 살아가고자 하는 한 인간의 소박한 꿈을 수차례 짓밟아 놓는다. 결국 수차례의 좌절 속에서도 부지런하고 선량하게 살아가려던 샹쯔도 마침내 타락의 길을 걷게 된다. 라오서는 샹쯔의 비극적인 운명을 통해서 당시 중국사회의 어두운 현실을 고발하고 있는 것이다.

샹쯔 형상의 전형성은 그의 부지런하고 소박한 인력거꾼의 성격을 통해서 나타난다. 그는 삶 속에서 노동을 즐겁게 받아들이며 자신의 인력거를 마련하겠다는 소박한 희망으로 살아가고 있다. 후뉴에게 속아서 결혼한 후 잠시 일을 하지 않는 때가 있었지만 그러한 때에도 일을 하지 않는다는 것을 불안하게 생각할 만큼 천성적으로 부지런하였다. 후뉴가 그녀의 아버지 류쓰劉四에게 빌붙어 살아가자고 샹쯔에게 제안을 해도 그는 자신의 힘으로 살아가는 것이 가장 의미있는 일이라고 생각하였다. 그러나 당시 사회의 현실은 이처럼 개인적인 근면으로 행복을 성취하게 내버려두지 않았다. 라오서는 작품을 통해서 인간의 삶을 비극으로 몰아가는 현실을 비판하고 있는 것이다.

샹쯔의 형상에 나타난 또 하나의 특성으로 반항적인 성격이다. 그는 무엇이든지 잘 참고 견디는 성품을 지녔으나 그 인내심 속에는 반항적 성격을 감추고 있다. 이러한 성격은 량부인梁太太의 멸시에 대해 아무 미련 없이 사직하고 나간다든지, 인력거 회사주인 류쓰에 대한 보복행동, 모든 희망이 사라진 후에 반사회적 행동 등을 통해 나타나고 있다.

라오서는 샹쯔의 개성에 대해 샹쯔만의 독특한 개성이 아닌 당시 인력거꾼들이 처한 공통된 운명의 범위 내에서 보편성을 추구하였다. 샹쯔는 젊고 힘이 넘치는 성실한 인력거꾼이지만 동료들과 사회현실을 의식하지 않았으며 개인적인 노력만으로 성공할 수 있다고 믿고 있었다. 그러나 이러한 사고방식은 그의 거듭되는 실패를 규정하는 본질이었고 결국 운명에 굴복하게 되는 원인이 되는 것이었다. 결국 샹쯔는 자신의 계급적 취약점과 한계에 굴복하게 되고, '개인주의의 말종個人主義的末路鬼'이 되고 만다. 물론 샹쯔가 개체 노동자로서 당한 불행은 그가 처한 시대와 환경에 원인이 있을 것이다. 그러나 샹쯔는 베이징의 민중으로서 자기배반적 삶을 살아갔던 것이고, 이것이 그가 직면한 가장 큰 불행이었다고 할 수 있다.

> 한 인력거꾼이 먹는 것이라곤 조강糟糠뿐이었지만 이를 위해 출혈을 감수해야 했고, 그는 모든 힘을 다 팔았지만 최소한의 보수만 얻었을 뿐이다. 인생세간의 가장 낮은 곳에 서서 모든 사람, 모든 법, 모든 곤경의 타격을 기다려야만 했다. 一個拉車的吞的是粗糧，冒出來的是血；他要賣最大的力氣，得最低的報酬；要立在人間的最低處，等着一切人一切法一切困苦的擊打.

작품 가운데는 샹쯔 이외에도 다양한 시민의 형상이 등장하고 그들의 삶이 생동적으로 묘사되고 있다. 대학교수 차오선생曹先生, 마馬씨 할아버지와 인력거꾼들, 샤오푸쯔 모녀 등은 당시 사회에서 비참한 운명에 처한 인물들로서 그들이 살아가고자 하는 개인적인 노력은 현실을 극복하지 못한다. 샹쯔를 무시했던 류쓰劉四와 량부인梁太太, 샹쯔를 유혹했던 샤부인夏太太, 샹쯔를 갈취했던 쑨孫형사 등은 샹쯔를 핍박하고 불행으로 몰아가는 자들이지만 이들의 운명도 샹쯔와 다를 것 없다. 라오서는 이들과 샹쯔의 사회적 관계 속에서 기형적인 사회의 병폐를 폭로하고 있는 것이다.

인력거회사 주인의 딸 후뉴는 아버지에게는 반항적이지만 내심 샹쯔에게 애정을 느끼고 있다. 그녀는 결국 거짓으로 샹쯔의 아이를 임신한 것처럼 속이고 그와 결혼하게 된다. 그녀는 아버지의 인력거 회사에 갇혀 살다시피 하면서 결혼하려는 희망을 실현할 수 없었다. 이러한 현실은 그녀를 변태적인 심리로 몰아간다. 그녀가 샹쯔를 사랑하게 되었지만 그녀의 이기적이고 탐욕적인 사랑은 샹쯔의 삶을 행복하게 할 수 없었다. 그녀 역시 남을 착취하고 살아온 아버지 류쓰의 잔인하고 모습을 답습하여 사랑 또한 이기적일 수밖에 없었고 샹쯔를 자신의 소유물로만 생각한다. 라오서는 후뉴와 샹쯔의 생활을 통하여 그들의 인생관을 선명하게 대비시켜 샹쯔의 성격적 특성을 더욱 두드러지게 나타내고 있는 것이다.

『낙타샹쯔』는 베이징의 시민사회를 가장 생동적으로 묘사한 우수작품으로 평가받는다. 작품 속의 시민사회에 대한 묘사와 거리의 풍경에 대한 묘사는 문학적 가치 이외에도 시대에 대한 기록과 같은 문화적 가치를 지닌다.

『낙타샹쯔』는 예술적으로도 매우 성숙한 작품으로서 독특한 스타일을 갖추고 있다. 작품의 구성은 긴밀하면서도 간결한 특성을 나타낸다. 샹쯔를 중심으로 복잡한 시민형상들을 묘사하고 있는데 이러한 구성은 祥子의 비극을 중점적으로 부각시키는 통일성을 지니고 있다.

『낙타샹쯔』의 인물형상은 모두 선명하고 생동적인 특성을 지니고 있다. 작가는 소박한 서술과 세밀한 심리묘사로 인물의 내면세계와 성격을 중점적으로 나타냄으로써 인물형상을 생동적으로 부각하였다. 예를 들어 샹쯔가 인력거를 사기 위하여 돈을 아끼는 모습, 인력거를 사게 되는 희망을 꿈꾸는 일 등에 대한 묘사는 모두 생동적이고 감동적이다. 악독한 인력거 회사 주인, 순박하고 선량한 샤오푸쯔, 뻔뻔스럽고 상스러운 후뉴 등의 형상도 매우 전형적이고 선명하여 독자들에게 깊은 인상을 가져다준다. 이와 같은 인물형상들을 생동적으로 묘사할 수 있었던 것은 라오서의 베이징의 시민문화에 대한 깊은 이해에서 비롯된 것이다.

『낙타샹쯔』의 언어는 소박하고 통속적이며 간결하다. 작품 속에 운용된 언어는 베이징시민의 통속적인 색채와 시민사회의 유머적인 감각을 그대로 반영하고 있어 작품으로 하여금 매우 생동적이고 사실적인 기록화와 같은 효과를 나타내고 있다. 또한 작품 가운데 베이징의 경물묘사와 등장인물의 심리묘사가 매우 잘 어우러져 있다. 예를 들어 샹쯔가 새로 산 인력거를 군벌에게 빼앗기기 전 베이징 시즈먼西直門 밖의 음산한 경물景物 묘사는 앞으로 샹쯔가 겪게 될 운명을 암시하고 있는 듯하다. 또한 무더운 여름 갑자기 쏟아지는 소나기 속의 베이징 거리에서 샹쯔가 느끼는 한기는 그의 심신에 오게 될 변화를 예고하는 듯하다. 이러한 경물묘사는 작품의 예술적 완성도를 높여주는 역할을 하고 있다.

제2절 바진

1. 바진의 생애

바진巴金(1904~1999)의 본명은 리야오탕李堯堂, 자는 페이간芾甘 바진은 1928년 완성된 『멸망滅亡』을 발표할 때부터 사용하기 시작한 필명이다. 바진은 쓰촨성四川省 청두成都의 관료 지주가정에서 태어났다. 그의 조부는 오랜 기간 관직에 있었으며, 아버지는 쓰촨성 광위엔현廣元縣 지현知縣을 지냈다. 바진은 어머니로부터 고전문학을 배웠는데, 그는 어머니를 자신의 첫 번째 선생님이라고 회상하였다.

그는 20명에 이르는 어른과, 30명이 넘는 형제자매, 40~50명의 남녀 하인이 있는 대가족에서 19년 동안 생활하였다. 그는 봉건 대가정의 위 항렬 어른들의 전횡과 독단. 방탕하고 음란한 생활, 모함과 싸움, 그리고 같은 항렬의 형제자매들이 허위에 찬 예의범절아래 하나하나 그들의 행복과 청춘을 빼앗기는 것을 보았다. 이 모든 것은 어린 바진의 가슴에 반항의 싹을 심어 주었다.

5.4 운동 이후 바진은 『신청년』, 『매주평론』 등 진보적인 간행물을 접하는 동시에 무정부주의자의 저술을 접하면서 그들의 영향을 받았다. 1920년 청두외국어전문학교에 입학해서 친구와 무정부주의 색채를 띤 청년단체 '균사均社'를 결성하기도 하였다. 1923년 고향을 떠나 난징의 난징대부고南京大附高에 입학하였고, 25년 고등학교를 졸업하고 베이징대학에 응시하나 병으로 대학진학을 포기하고 상하이로 가서 무정부주의 간행물인 『민중民衆』 잡지의 발기에 참여하였다. 1927년 프랑스로 유학을 간 바진은 무정부주의에 심취한 나머지 대학진학을 미룬 채 무정부주의자인 크로포트킨과

바쿠닌의 저서를 탐독 번역하였다. 이 시기 그는 바쿠닌과 크로포트킨의 중국식 표기인 巴克恩(Bake'en)과 克魯泡特金(Kelupaotejin)에서 한 글자씩 따서 바진巴金이라는 필명을 사용하기 시작하였다. 이 시기 그는 문학창작을 시작하여 그의 처녀작인 장편소설 『멸망滅亡』을 창작하였다. 『멸망』의 내용은 격동기의 한 청년이 겪는 사랑과 한을 주제로 하고 있는데, 주인공은 무정부주의자로 군벌에 반항하고 애정에 실패하여 결국에는 정치의 희생물이 된다는 내용으로 작가의 무정부주의 색채가 농후하게 표현된 작품이다. 『멸망』은 1929년 바진이 프랑스에서 돌아와 『소설월보』에 연재하면서 호평을 받았다. 그 후 바진은 상하이에 머물며 창작과 번역활동에 전념하여 직업작가의 길을 걸었다.

바진의 주요 작품은 1927년부터 1946년 사이에 창작되었다. 그는 1931년부터 33년 사이에 『애정삼부곡愛情三部曲』인 『안개霧』, 『비雨』, 『번개電』를 창작하였고, 1931년부터 40년 사이에는 「격류삼부곡激流三部曲」인 『가家』, 『춘春』, 『추秋』를 썼다. 『격류삼부곡』은 『애정삼부곡』보다 예술적으로 성공적이라고 평가받았으며 독자도 많다. 그 중에서도 『가』는 바진의 소설가운데 예술적으로 가장 성공적인 대표작으로 평가받고 있다. 1940년 이후 바진은 또 『게원憩園』, 『제사병실第四病室』, 『한야寒夜』 등의 작품을 썼다. 그 중에서도 『한야』의 성과가 높아 『가』 이후 가장 우수한 작품으로 꼽힌다.

1947년 이후 바진은 주로 번역과 편집 일에 몰두하며 창작은 거의 하지 않았다. 한국전쟁 때에는 두 차례에 걸쳐 조선인민군 위문단으로 북한에 왔었고, 1955년에는 후펑胡風 비판과 딩링丁玲 비판 등 당의 숙청운동에 협조하기도 하였다. 그러나 문화대혁명 시기에는 다른 기성작가와 마찬가지로 '노동개조'를 강요당하고, 또한 아내 샤오산蕭珊을 잃었다. 문혁 후 문화계에는 4인방에게 당한 피해를 고발하는 열풍이 불었는데 바진은 『수상록隨想錄』을 집필하여 "나는 가해자"라고 고백하며 문화대혁명의 발동을 용인한 지식인의 책임 문제를 제기하였다. 바진의 『수상록』은 1978년부터 1986년까지 홍콩의 『대공보大公報』에 연재되었고 1979년부터 홍콩의 삼련서점三聯書店을 통하여 『수상록』, 『탐색집探索集』, 『진화집眞話集』, 『병중집病中集』, 『무제집無題集』의 5집을 출판하였다. 그는 중국문련中國文聯 부주석, 중국작가협회 부주석을 역임하였으며, 제5회 전국인민대표대회 상무위원에 피선되기도 하였다.

2. 『가』

『가』는 5.4 운동 이후의 쓰촨성 청두를 배경으로 하여, 가오高씨 3형제의 애정과 결혼, 가족 간의 이야기를 중심으로, 봉건의 예법을 유지하려 하고 변화를 두려워하는 구세대와 봉건의 구습에서 탈피하려 하고 자신들의 새로운 세대를 갈구하는 신세대간의 갈등으로 인해 발생하는 비극과 '봉건대가정封建大家庭'이 서서히 몰락해 가는 과정을 사실적으로 묘사하였다. 이는 바진이 자라온 집안환경이 소설의 모티프가 되고 있기에 가능했던 것이다. 바진은 『가』에 대해 다음과 같이 말하고 있다.

> 『가』는 내가 좋아하는 작품이다. 나는 바로 그런 가정에서 자랐다. 나는 나의 조부와 형을 있는 그대로 묘사하였다. 내가 이 소설을 쓴 것은 우리 집 무덤을 파헤친 것이나 다름없다.

소설 속의 등장인물은 『홍루몽』만큼이나 많아, 高씨 영감이 대표하는 高씨 집의 어른들과 쥐에신覺新, 쥐에민覺民, 쥐에후이覺慧, 메이梅, 루이쥐에瑞珏, 친琴, 밍펑鳴鳳 등 젊은 세대가 있다. 그 중에서도 용감히 봉건적인 집안분위기에 맞서는 쥐에후이와 봉건대가정의 유지를 위해 희생양이 되고 마는 맏아들 쥐에신, 이 두 성격이 다른 전형적인 인물을 성공적으로 만들어 냈다. 그 외에도 작품 중에는 많은 전형적인 인물형상이 등장한다.

가오씨 집안의 중심인물인 가오씨 영감, 그의 아들들 가오커밍高克明, 가오커안高克安, 가오커딩高克定과 그의 부인들과 첩들, 쥐에신의 처 루이쥐에, 그리고 많은 하인들로 이루어진 이 봉건대가정은 겉으로는 화목하고 예의 바른 집안 같이 보이지만 내면은 서로 비방과 질시로 가득하다. 작품은 가오씨 집안의 20년간의 생활상을 담아내고 있으며, 봉건군벌의 혼전, 국민당정부의 전횡, 학생들의 시위, 봉건예교에 반대하는 청년들의 반항 등등이 작품의 시대적 배경으로 묘사되고 있다. 작품은 가오씨 집안을 중심으로 복잡한 사회적 관계가 전개되어 나가는데, 이러한 줄거리의 구성은 어두운 현실을 폭로하면서 결국 새로운 역사를 향해 나아간다. 이 과정 속에서 봉건제도의 상징인 가오씨 집안은 내부의 분열과 새로운 사조를 받고 자라는 신생역량에 의해 차츰 붕괴되고 만다. 이러한 역사의 흐름 속에서도 가오씨 영감과 도학자들은 봉건예교를 지키기 위하여 모든 신생역량을 억압하며 청년들을 희생시키는 것을 마다하지 않았다. 이로 인하여 가오씨 집안을 둘러싼 사회적 갈등과 모순은 점점 깊어져 간다.

작품에서 묘사되는 가오씨 집안은 냉혹함과 음산함으로 가득 찬 봉건왕국이었다. 이 집안의 통치자 가오씨 영감은 봉건군주와 같은 존재로 군림하고 있었으며 집안에서 그의 말이 곧 법과 같았다. 그는 청조 때 관직에 있으면서 축적한 재산과 서촉실업공사西蜀實業公司의 주식으로 부자가 되어 부패한 생활을 유지하고 있었다. 그는 집안의 모든 일을 독단적으로 결정하여 자손들의 결혼과 장래문제도 그에 의해 결정되었다. 또한 신사상을 반대하고 손자 쥐에후이가 학생운동에 참가하는 것을 무법천지를 만드는 일이라고 질책하며 집 밖으로 나가지 못하게 하였다. 그는 민주는 반역이고 과학은 사악한 학설이라고 하며 손자들이 학교에 가는 것을 반대하고 새로운 책도 읽지 못하게 하였다. 가오씨 집안과 공교회孔教會의 회장 펑러산馮樂山, 저우보타오周伯濤 등 봉건예교의 수호자들은 새로운 사조와 젊은 세대들을 반대하고 박해할 뿐만 아니라 인간성조차도 유린한다.

이러한 봉건대가정에서 가장 처참한 피해자는 여성들이었다. 그들은 이 봉건예교의 통치 하에서 자신의 젊음이나, 의지, 심지어는 생명조차도 유린되었다. 가오씨 영감은 집안의 여종들을 마치 물건 팔듯이 다른 사람에게 첩으로 주었다. 밍펑과 완얼婉兒 등 역시 물건처럼 사들인 여종들로서 짐승처럼 취급받았으며, 가오씨 영감은 밍펑을 펑러산에게 첩으로 넘겨버린다. 밍펑이 이를 견디지 못하고 자살하게 되자 가오씨 영감은 완얼을 첩으로 보낸다. 여성들의 비극은 이 집안의 며느리들이라고 예외는 아니었다. 메이와 쥐에신은 사랑하는 사이였으나 집안 어른들의 갈등으로 결혼하지 못하고 매는 강제로 다른 사람과 결혼하여 끝내 병으로 죽고 만다. 우유부단한 쥐에신에게 시집 온 루이쥐에도 아이를 낳는 과정에서 봉건적인 미신으로 인해 죽고 만다. 그녀가 해산할 무렵 가오씨 영감이 죽자 집안에서는 상중喪中에는 '피의 재난'을 피해야 한다는 미신을 내세워 그녀를 성문 밖으로 쫓아버린다. 그녀는 결국 해산 중에 죽고 만다.

가오씨 영감은 이러한 악행을 저지르면서도 자신의 집안은 영원하리라고 믿는다. 그러나 가오씨 집안의 안팎에서는 급격한 변화가 일어나고 있었다. 그의 아들들은 겉으로는 순종하고 화목하게 지내는 것 같지만 내면은 재산을 차지하려는 암투를 벌이면서 황음荒淫하고 방탕한 생활에 빠져 있었다. 가오씨 영감은 아들들의 추악한 행위가 탄로나고, 손자 쥐에민이 결혼문제에서 가오씨 영감을 거역하자 그는 충격을 받아 쓰러지게 된다. 그러나 그의 아들들은 가오씨 영감의 죽음 앞에서도 재산을 차지하려는 싸움에만 혈안이 되어 있다. 그의 죽음 이후, 견고해보이던 봉건대가정은 붕괴되기 시작한다.

『가』는 봉건예교의 상징인 가오씨 집안의 3대에 걸친 죄악을 폭로하고 5.4 신사조의 영향을 받은 젊은 세대의 각성과 반항을 성공적으로 묘사하였다. 작품의 각성한 젊은 세대 중에 쥐에후이는 가장 전형적인 인물형상이다. 부잣집 막내 손자로서 다소 유치하고 나약한 면도 드러나지만, 5.4 신사조의 영향을 받아 봉건예교에 대한 대담한 반역자의 형상으로 묘사된다. 그는 『신청년』과 같은 진보적인 간행물이나 외국의 문학작품들을 탐독하는 가운데 민주와 과학에 눈뜨게 되었다. 그에게 있어서 가오씨 집안은 젊은 생명을 가두어놓고 질식시키는 새장과 같이 느껴졌다. 그는 자신이 자라온 집안환경을 증오하기 시작하였고 이 집안에서 벗어나 자유와 행복을 쟁취하기 위하여 사회운동에 참여하였다. 가오씨 영감은 학생운동을 반역이라고 생각하고 쥐에후이에게 외출을 금지하지만 그는 군벌을 반대하는 학생운동에 가담하고 친구들과 『여명주보黎明週報』를 발행하였다. 그는 첫째형 쥐에신의 무저항주의와 순종주의를 질타했으며, 둘째형 쥐에민에게 가오씨 영감의 결혼간섭에 반항하도록 격려하였다. 또한 그 자신도 여종 밍펑과 계급적 한계를 극복하고 연애를 하였다. 그러나 그도 여종 밍펑을 가오씨 영감으로부터 구할 용기는 없었고 부잣집 막내손자로 자라온 남성의 한계를 드러낸다. 결국 밍펑은 자살하고 그는 새로운 배움을 찾아서 상하이로 떠난다.

중국현대소설사에서 『가』는 고전소설 『홍루몽紅樓夢』에 비견될 만큼 우수한 장편소설로 평가받고 있다. 출판 당시부터 『가』의 독자는 대부분 20세 전후의 청년들이었는데, 이는 소설 속 청년 주인공들의 애증과 갈등에 대한 사실적이고 세밀한 묘사가 청년들의 공명을 쉽게 불러 일으켰기 때문이었다고 할 수 있다.

제3절 마오둔

1. 마오둔의 생애

마오둔茅盾(1896~1981)은 중국의 혁명문학을 대표하는 작가이다. 그의 본명은 선더훙沈德鴻이며 자는 선옌빙沈雁氷으로 저장성浙江省 퉁샹현桐鄕縣

에서 태어났다. 마오둔은 소설 『환멸幻滅』을 발표한 때로부터 쓰기 시작한 필명이다. 이 밖에도 빙성丙生, 쉬엔주玄珠, 랑쥐엔郎損, 팡비方壁, MD, 즈징止敬 등의 필명이 있다. 그의 아버지는 당시 '유신파維新派'였으나 마오둔이 어린 시절 30세의 나이로 요절하였다. 그의 어머니는 고전문학에 조예가 깊어 마오둔은 어머니로부터 문학적 소양을 전수받았다. 1914년 베이징대학 예과에 입학하였다가 가정형편으로 상하이 상무인서관商務印書館에서 편집과 번역 일을 맡아보았다. 1921년 마오둔은 예성타오葉聖陶, 정전둬鄭振鐸 등과 문학연구회를 창립하고 '인생을 위한 문학'을 주장하였다. 이 시기 그는 원앙호접파의 『소설월보』를 인수하여 문학연구회의 문예지로 삼았다. 그 해 마오둔은 상하이에서 중국공산당에 가입하였다. 1923년 그는 상하이대학에서 교편을 잡고 이 시기에 외국문예이론 및 작품을 번역 소개하였다.

1927년 4.12 정변 이후 그는 『식삼부곡蝕三部曲』『환멸幻滅』, 『동요動搖』, 『추구追求』를 완성하였다. 『식삼부곡』은 그 구성에서 연관성을 가지고 있는 것도 아니고 주인공도 각각 다르지만 작품의 주제와 내용은 모두 연관이 있다. 작품은 5.4 시기부터 대혁명 전후의 사회를 배경으로 여러 유형의 젊은이들의 형상을 부각시키면서, 이 시기에 중국의 혁명분위기 가운데 청년들의 심리적 갈등을 묘사하고 있다. 즉, 혁명전야에 고조된 흥분과 혁명이 닥쳤을 때의 환멸, 혁명투쟁이 전개되는 상황에서의 동요, 환멸과 동요가 지나고 난 후의 다가올 미래의 희망에 대한 추구를 묘사하고 있다. 『식삼부곡』은 작가 자신이 직접 체험한 대혁명의 과정을 소재로 당시 사회상과 청년들의 열정과 나약함, 동요하는 심리 등을 사실적으로 반영하였다.

1929년 마오둔은 『무지개虹』를 완성하였다. 작품은 소재 면에서 『식삼부곡』과 유사한 면이 있으나 작품의 주제와 인물형상의 사상적인 내용은 변화를 보이고 있다. 주인공 메이싱쑤梅行素는 5.4 신사조의 영향을 받아 자유를 추구하는 청년이다. 작품은 개인적인 반항의 무력함과 대중적 혁명에 참여하는 것만이 진정한 자유를 얻는 길임을 말하고 있다. 또한 작품은 앞의 『식삼부곡』에 비해 낙관적인 정서로 일관하고 있다.

1930년 마오둔은 좌익작가연맹에 적극적으로 참여하여 좌익문예운동의 발전에 기여하였다. 1931년 그는 역사적인 소재를 가지고 『대택향大澤鄉』, 『로路』, 『삼인행三人行』을 창작하였다. 이 작품들은 작가의 현실적인 체험에 대한 결핍으로 인물형상의 묘사에 있어서 도식적인 경향을 나타낸다는 비평을 받았다.

마오둔은 1932년 그의 대표작품이라고 할 수 있는 장편소설 『한밤중子夜』을 완성하였다. 이 시기에 그는 단편소설 『임씨네 가게林家鋪子』와 『봄누에春蠶』을 창작하였다. 이 두 작품은 1930년대 초기 중국의 농촌경제의 몰락과 소도시에 있는 소상인의 파산에 직면한 처지를 그려내고 있다. 이 소설들은 작가가 중국의 사회현상을 총체적으로 묘사하기 위한 작품들의 일부로서 『한밤중』과 더불어 1930년대 중국사회를 그려낸 중요한 기록이기도 하다. 『임씨네 가게』의 주인공 린林씨는 전형적인 중국의 전통적인 소상인이다. 그는 아버지로부터 작은 상점을 물려받아 착실하게 경영해 왔다. 그는 주변의 크고 작은 상점들이 문을 닫는 불경기에도 상하이의 큰 상점들을 모방하여 오히려 대대적인 수입을 올렸다. 임씨는 온갖 수단과 방법을 다 동원하여 상점을 유지하려고 애를 썼으나 결국 폐업하고 만다. 그는 제국주의와 봉건지주의 압박과 착취가 심해질수록 그 또한 갖은 방법으로 농민들을 착취하려 하였다. 그는 물건 값을 올리고 가난한 할머니와 과부의 돈을 빼앗고 남에게 손해를 끼치고 이익을 챙긴다. 그러나 결국 그도 제국주의의 침략과 봉건지주들의 착취로 가게를 닫고 만다.

1932년 발표한 『봄누에』는 후에 쓴 『추수秋收』, 『잔동殘冬』과 함께 마오둔의 '농촌삼부곡'으로 불린다. 『봄누에』는 열심히 일하여 누에고치 풍작을 거두고도 풍작이 도리어 화가 되어 빚만 지게 된 라오통바오老通寶 일가의 비극적인 이야기를 통하여 제국주의침략과 군벌전쟁, 지주의 착취 하에서 급격하게 몰락해 가는 중국농촌을 묘사하고 있다.

마오둔은 이 시기에 소설 창작 외에도 많은 산문을 써서 국민당의 매국적 행위를 폭로하고 비판하였고 혁명문예이론과 관련된 문장을 발표하여 혁명문학의 전파와 체계화에 힘썼다.

좌련이 해산된 이후 그는 상하이에서 『봉화烽火』 주간의 주필을 맡았으며 상하이가 일본군에게 함락되자 홍콩, 장사, 무한, 광저우 등지에서 문예계의 항일통일전선 사업을 위하여 노력하였다. 1938년 3월 무한에서 중화전국문예계항적협회가 성립되자 마오둔은 이사로 선출되었다. 이 시기 그는 『문예진지文藝陣地』의 주필을 맡았다.

1940년 그는 옌안延安과 충칭을 둘러보고 산문집 『견문잡기見聞雜記』를 썼다. 그 중 「백양예찬白楊禮讚」은 연안에 대한 작가의 회상을 서정적으로 묘사한 산문이다. 1942년 완난사변皖南事變 후 국민당의 백색테러를 폭로하는 일기체 소설 『부식腐蝕』을 완성하였다. 1942년 장편소설 『서리맞은 단풍은 이월의 꽃처럼 붉다霜葉紅似二月花』를 집필하였다. 1945년 마오둔은 그의 대표적인 극본작품 『청명전후淸明前後』를 완성하였다.

1949년 7월 제1차 전국문학예술공작자 대표대회에서 마오둔은 중화전국예술계연합회 부주석과 중화전국문학사업공작자협회中華全國文學事業工作者協會의 주석으로 선출되었다. 중화인민공화국 수립 이후 그는 제1문화부장, 정치협상회의 상무위원 등을 역임하였고 중국문학과 외국문학의 교류에 힘썼다.

2. 『한밤중』

마오둔의 장편소설 『한밤중子夜』은 1931년 10월 쓰기 시작하여 다음해 2월에 완성하고 1933년 1월 출판하였다. 마오둔은 이 작품을 쓰기 위하여 비교적 오랜 기간 구상과 준비를 하였다.

마오둔은 1930년대 중국의 사회현실에 대하여 깊은 관심을 가지고 있었고 당시 학계에서도 중국사회에 대한 논쟁이 벌어지고 있었다. 마오둔은 자신이 경험한 사회현상과 학술계의 논쟁 중에 제기된 문제들을 검토하여 소설로 작품화할 구상을 하였다. 마오둔은 작품을 통해 당시 중국사회가 직면한 변화와 문제들, 예를 들면 노동자 계급의 성장과 정치조직화, 제국주의 세력에 의한 중국자본의 매판자본화, 농촌경제의 파산, 민족산업의 위기 등을 제시하고 미래의 해답을 찾고자 하였다.

작품에서는 민족산업자본가 우쑨푸吳蓀甫와 매판금융자본가 자오보타오趙伯韜의 대립과 갈등을 구성의 중심에 두고 1930년대 중국사회의 복잡한 문제들을 입체적으로 심도 있게 조명하였다. 『한밤중』은 중요한 시대적 의의가 있는 사건과 많은 인물들을 1930년 5월에서 7월까지 두 달이라는 시간적 배경 안에 담아내고 있다. 이 작품의 제목처럼 1930년대 초반 중국사회는 한밤중子夜과 같은 어두운 암흑 속에 있었다.

작품의 규모는 매우 방대하여 중국의 사회현실을 폭넓게 반영하고 있다. 민족자산계급과 제국주의 매판자본간의 첨예한 모순, 민주세력과 봉건세력간의 투쟁, 자본가와 노동자들의 갈등 등을 중점적으로 묘사하였다. 또한 당시 자본주의 도시화된 상하이의 냉혹한 인간관계, 자본주의가 가져온 부패와 타락 등 한밤중과 같은 중국사회의 암흑상을 폭넓게 그려내고 있다.

『한밤중』에는 주인공 우쑨푸를 중심으로 70여명의 인물이 등장한다. 그 중 주인공 우쑨푸의 형상은 매우 성공적으로 부각되었다. 그는 1930년대 초기 반봉건 반식민지 중국사회에서 민족자본가의 전형이다. 작가는 민족자본가가 제국주의 매판자본에서 벗어나 독립적인 민족자본을 형성하려는 계획이 중국이 처한 반봉건 반식민지의 상황에서 수포로 돌아갈 수밖에 없는 현실을 지적하고 있다.

『한밤중』에서는 우쑨푸를 패기있고 포부가 있는 민족자본가로 묘사하고 있다. 그는 자신의 고향에서 발전소를 세우고 중국의 민족산업을 발전시킬 계획을 세우고 있다. 그는 또한 당시로서는 드물게 해외경험도 풍부한 인물로 유럽과 미국을 다니면서 많은 지식을 얻었고 뛰어난 계책과 수완의 소유자였다. 그는 직장과 가정에서 위엄이 대단하였으며 산업계의 동료들 사이에서도 실력을 인정받는 인물이었다. 이러한 지위와 경력은 그에게 자신감을 심어주는 동시에 자신을 과신하게 하였다. 그는 중국의 산업이 서구인들의 손에 넘어가는 것은 중국의 기업인들이 경영을 모르기 때문이라고 생각하였다. 그는 민족산업을 독립적으로 운영하고 자신의 자본왕국을 세울 계획을 가지고 있었다. 이러한 계획을 실현하기 위해 그는 거침없이 기업을 확장해 나간다. 그는 추호의 동정심도 없이 천쥔이陳君宜의 견직물공장과 주인츄朱吟秋의 제사製絲공장 등 작은 공장을 인수하고 쑨지런孫吉人, 왕허푸王和甫 등과 결탁하여 조직한 익중신탁공사益中信托公司를 본산으로 삼아 단번에 여덟 개의 일용품공장을 손에 넣는다. 이처럼 다른 자본가들과의 투쟁과 갈등 속에서 우쑨푸의 모험적이면서도 냉정한 성격을 전형적으로 묘사하고 있다.

그러나 우쑨푸 조차도 제국주의 세력을 등에 업은 매판자본가 자오보타오에게는 어쩔 수 없었다. 자오보타오와의 투쟁이 시작되면서 그가 농간을 부리자 우쑨푸는 작은 공장들을 삼킬 수가 없었고 자오보타오가 익중신탁공사와 일부 은행과의 거래를 뒤에서 방해하자 우쑨푸도 그를 두려워하지 않을 수 없었다. 하지만 자존심이 강한 우쑨푸는 자오보타오에게 의지하려고 하지 않았다. 게다가 군벌전쟁으로 소비가 급감하자 공장을 더 늘리려는 그의 계획은 앞길이 막히게 되었다. 우쑨푸는 결국 미리 자오보타오가 쳐 놓은 덫, 채권시장에 의지하는 수밖에 없었다. 결국 우쑨푸는 자오보타오와의 투쟁과정에서 파산하게 된다. 이는 중국의 민족산업이 반식민지 현실 앞에서 부흥할 수 없다는 것을 보여주고 있다.

『한밤중』에서는 우쑨푸 외에도 다양한 인물형상을 세밀하게 묘사하고 있다. 우쑨푸의 적수인 자오보타오의 형상은 중요한 시대적 의의를 지니고 있다. 자오보타오는 1930년대 중국의 전형적인 매판자본가 형상이다. 작가는 자오보타오의 경제적, 정치적 활동을 통하여 그의 음험하고 교활한 본질을 사실적으로 묘사하고 있다. 제국주의 세력과 국민당 정권을 등에 업은 그는 여러모로 우쑨푸와의 투쟁에서 유리한 위치에 있다. 그는 이러한 정치적 이점을 이용하여 채권시장을 조종할 수 있으며 민족산업을 도산의 위기로 몰아갈 수 있었다.

투웨이위에屠維岳는 출세를 위해 우쑨푸의 수족노릇을 자처하는 인물이다. 그는 우쑨푸에게 충성하기 위하여 모든 일에 억척스럽게 나선다. 그는 간교하면서도 능수능란하게 일을 처리하여 우쑨푸의 환심을 사게 된다. 본래 투웨이위에는 매달 20원 밖에 받지 못하던 말단 직원이었으나 결국 전 공장의 인사문제를 책임지는 지배인으로 올라서게 된다. 그는 사람을 매수하여 자기편으로 만들고 노동자들 사이에서 이간책을 써가며 노동운동을 탄압하였다.

이 밖에도 지주이자 투기꾼인 펑윈칭馮雲卿, 우쑨푸의 외삼촌 쩡창하이曾滄海 등의 반면적인 인물이 등장한다. 펑윈칭은 전형적인 이중성의 소유자로 마음속으로는 늘 음험한 생각을 품고 있으면서도 얼굴에는 늘 미소를 띠고 있는 지주의 형상이다. 그는 농민들을 간교한 수단을 써서 착취하고 심지어 공채시장의 기밀을 알아내기 위하여 자신의 딸을 자오보타오에게 바친다. 이 외에도 자본가에게 기생하는 리위팅李玉亭이나 판보원范博文과 같은 지식인도 등장한다. 이러한 인물들은 현실 앞에 무력한 타락한 지식인의 형상이다.

장편소설 『한밤중』은 1930년대 초의 중국의 역사현실을 반영한 리얼리즘 문학의 수작으로 평가받는다. 『한밤중』처럼 1927년부터 항일전쟁 전반기에 이르는 시기에 있어서 민족자산계급과 매판자산계급의 형상을 성공적으로 묘사하고 민족경제의 문제를 심도있게 다룬 작품은 당시 많지 않았다.

제4절 선총원

1. 선총원의 생애

경파京派의 대표작가로 지칭되는 선총원沈從文(1902~1988)의 본명은 선위에환沈岳煥이고, 총원從文은 그의 필명이다. 후난성湖南省 펑황현鳳凰縣에서 태어났다. 아버지는 한족이나 할머니가 중국 소수민족의 하나인 묘족苗族이고 어머니는 토가족土家族으로 토착 소수민족의 혈통을 지니고 있는데, 작가는 자기 몸속에 묘족의 건강한 피가 흐르고 있는 것을 자랑스럽게 여기고 있었다. 할아버지가 구이저우貴州 총독을 지냈기 때문에 한 때는 부유한 생활을 누렸으나 선총원이 어렸을 때 아버지가 신해혁명에 참여하는 바람에 가산을 많이 탕진하였고 또한 베이징에서 위안스카이袁世凱 암살을 시도하다가 실패하고 동북지방으로 피신하면서 선총원의 집안은 갑자기 몰락하였다. 그는 초등학교도 마치지 못했고, 소수민족 병사로 구성된 샹시湘西 군벌에 보충병으로 입대하여, 군벌부대를 따라 후난, 구이저우, 쓰촨의 접경지역을 떠도는 어려운 시절을 보냈다. 1920년 샹시 지역의 군정軍政을 장악한 개화된 군벌 루쥐전陣渠珍의 비서를 맡아 군부 회의실에 소장된 송·명대의 그림과 고서를 보면서 고대미술과 고전문학에 접촉하는 계기를 갖게 되었으며, 군벌에서 간행하는 신문사에 파견되었는데, 그 곳에서 한 인쇄공이 갖고 있던 신문학잡지 『창조주보創造週報』를 접하고 창작에 대해 눈을 뜨게 되었다. 1922년 친한 친구의 죽음에 충격을 받고, 무작정 군벌부대를 떠나 베이징으로 갔다.

그는 소학교 중퇴의 학력으로 대입시험에 응시하나 실패하고, 베이징대학에서 청강을 하는 한편 문학청년들과 사귀며 습작을 하였다. 여러 번의 투고 끝에 1924년부터 『신보晨報』 부간과 『현대평론』 등에 작품이 실리기 시작하면서 후스胡適와 쉬즈모徐志摩의 호평을 받고 이들이 이끄는 신월사의 작가들과 교류하기 시작하였다. 또한 이 시기 후예핀胡也頻과 딩링丁玲을 만나, 세 사람은 매우 가까운 사이가 되어 문학으로 교류를 하게 된다. 1928년 상하이로 온 세 사람은 오랜 숙원이었던 잡지 『홍흑紅黑』을 발간하나 판매 부진과 경영 미숙으로 3개월 만에 부채만 떠안은 채 폐간하였다. 1927년 선총원은 이미 좌익문예운동으로 돌아선 후예핀, 딩링과 이념 차이로 헤어지고, 후스의 도움으로 후스가 학장으로 있던 상하이 근교의 우쑹중국공학吳淞中國公學에서 글쓰기 습작習作 과목을 강의하기 시작하였다. 선총원은 이 학교의 학생인 장자오허張兆和를 짝사랑하여 매일 그녀에게 구애편지를 보냈다. 그러나 장자오허가 학장인 후스에게 이 일을 항의하자, 후스는 선총원을 다시 우한대학武漢大學으로 옮겨 주게 된다. 1931년 겨울 후예핀이 국민당에 체포되자, 선총원은 그를 위해 우한대학의 강의마저 포기하고 구명운동을 하였으나, 후예핀을 비롯한 리위썬李偉森, 러우스柔石, 펑겅馮鏗, 인푸殷夫의 좌련오열사左聯五烈士는 결국 피살되었다. 선총원은 1934년 톈진天津의 『대공보大公報』 문예부간의 편집장을 맡으면서부터 후진 양성에 힘써 허치팡何其芳 등 많은 신진작가들을 배양하였다. 1937년 베이징이 일본군에 함락 되자 쿤밍昆明으로 가서 베이징대학, 칭화대학, 난카이대학이 연합하여 세운 시난연합대학西南聯合大學에서 강의하며 작품 활동을 계속하였다.

선총원은 문인이 정치나 경제에 관여하는 것에 대해서 매우 부정적인 입장이었다. 그는 대부분의 문인들이 좌우익 양 진영으로 갈라져 활동할 때에도 어느 쪽에도 서지 않고 자신의 입장을 고수해 온 문인중의 한 사람이다. 1933년에는 「문학자의 태도文學者的態度」에서 상하이의 문인들이 상인들과 결탁해서 문학을 상품화하는데 대해 신랄하게 공격하여 경파京派와 해파海派의 논쟁을 유발시키기도 하였다. 1949년 중화인민공화국이 수립되자 선총원은 새로운 체제에 적응하지 못하고 수차례 자살을 기도하였으나 실패하였다. 그 후 창작활동을 중단하고 중국역사박물관에 배속되어 평소에 관심 있던 문물연구에 몰두하였다.

그의 초기 작품은 샹시 지방의 토착민들로 구성된 군벌부대에서 생활하면서 경험하고 겪은 각양각색의 인물과 사건 그리고 그가 어려서부터 보아온 묘족의 생활 등 도시사람들에게는 생소하고 참신한 소재와 생생한 묘사로 많은 독자를 확보하였다. 그러나 1929년 이후부터는 초기의 자서전적인 작품에서 벗어나 성숙된 문체와 구성으로 작가들에게 한층 더 다가갔다.

선총원은 샹시 농촌에 대하여 남다른 애착을 가지고 있었다. 특히 샹시 지역의 인정과 풍속에 대한 섬세한 묘사를 통하여 그의 애착을 나타내었다. 물가에 있는 작은 마을 또는 산중의 촌락 등 그의 작품 속에서는 시화와 같이 아름답고 정겹게 묘사되고 있다.

『샹시산행湘西散行』은 1933년 겨울 고향방문 중에 느낀 것을 베이징에 있는 부인에게 편지로 쓴 것을 후에 정리하여 발표한 것으로, 작가는 상서 지방의 경치와 사람 사는 모습, 풍습. 역사, 유적 등을 독자들에게 끊임없이 생동감 있게 전개시켜 주었다. 선총원은 1937년 남하하면서 3개월 간 고향에 머물렀는데, 이 때 변모하는 고향의 모습을 산문집 『샹시湘西』에 담아내었다. 그 외에 그는 「백자柏子」, 「장부丈夫」 「샤오샤오蕭蕭」, 「싼싼三三」 등 우수한 단편소설을 많이 남겼으며, 그의 대표작으로는 장편소설『변성邊城』,『장하長河』 등이 있다.

2.『변성』

『변성』은 1934년 10월 상하이생활서점上海生活書店에서 출판되었고, 이미 1934년 1월부터『국문주보國聞週報』에 연재되었었다. 선총원은 작품을 통해 인간이 갈망하는 유토피아를 구성하는 인생세태란 무엇인가에 대한 질문을 던지는 동시에 그에 대한 해답을 풍경화처럼 펼쳐 보이고 있다. 그는『총원소설습작선從文小說習作選』의「머리말을 대신함代序」에서『변성』을 쓴 목적에 대하여 다음과 같이 말하고 있다.

> 이 작품은 원래부터 작은 집을 설계하는 것과 같았다. 많은 재료나 땅은 필요없고, 가장 간결하면서도 공기와 햇빛만은 충분하기를 바랐던 것이다. 내가 표현하려 했던 것은 원래 '인생의 형식'이며, '아름답고 건강하며 자연스럽고 인성에 위배되지 않는 인생형식'이었다.這作品原本近于一個小房子的設計，用料少，占地少，希望他既經濟而又不缺少空氣和陽光．我要表現的本是一種"人生的形式"，一種"優美，健康，自然而又不悖乎人性的人生形式".

『변성』은 선총원의 대표작으로 그는 이 작품에서 인간의 순수한 사랑을 묘사하고자 하였다. 선총원이 그려내고자 하는 사랑이란 가족 간의 조건없는 사랑, 남녀 간의 애틋하고 건강한 사랑, 이웃 간의 이타적인 사랑 등, 일체의 순수한 사랑의 형식을 표현하려고 하였다. 작품은 차밭마을茶洞의 선주 순순順順의 두 아들인 톈바오天保와 눠쑹儺送은 모두 벽계마을의 늙은 사공의 외손녀인 추이추이翠翠를 사랑한다. 형제는 각각 자신들의 노래를 바친 뒤 추이추이의 선택을 기다리기로 한다. 톈바오는 스스로 자신이 추이추이의 사랑을 얻을 가망이 없다고 생각하고 집을 나갔는데 도중에 그만 죽게 된다. 형을 잃게 된 슬픔에 빠진 눠쑹도 길을 떠난다. 늙은 사공은 이 충격을 견디지 못하고 추이추이를 남겨둔 채 세상을 뜬다. 마음씨 좋은 순순은 홀로 남은 추이추이를 자기 집으로 데려와 돌봐준다.

작품에 등장하는 인물들은 모두 순수하고 아름다운 인성의 화신이다. 온유하고 천진한 추이추이, 그녀를 사랑하는 톈바오와 눠쑹, 순박한 추이추이의 외할아버지, 호탕하고 대범한 순순 등은 모두 작가가 바라는 이상적인 인성을 지닌 형상들이다. 게다가 톈바오와 눠쑹은 동시에 한 여인을 사랑하면서도 질투나 원한을 품지 않는다. 이 작품에는 질투나 탐욕, 사악함이라고는 찾아 볼 수 없다. 등장인물들은 모두 성실하고 자족할 줄 알며 의롭고 인정이 많다. 이러한 품성들은 자본주의가 미치지 못한 중국 오지奧地에서 가능한 일인 것이다. 『변성』은 또한 오지의 소수민족 특유의 문화와 윤리의식, 생활방식 등을 세밀하게 그려내고 있으며, 이들의 삶을 품어주고 있는 자연환경에 대한 묘사를 통해 선총원이 상상하는 유토피아란 무엇인지 잘 나타나고 있다. 문명의 관점에서 본다면 그들의 생활은 거칠고 야만적일 수도 있다. 그러나 선총원은 그 가운데서 문명에서 찾을 수 없는 원시적인 인성의 아름다움을 이야기하고 있는 것이다.

CHAPTER 08

1930년대 시

History Of China Modern Literature

1930년대 중국의 시단에는 1920년대 백화신시의 실험적 단계를 거치고 외국문예사조의 영향으로 다양한 시 창작이 등장하였다. 또한 1927년 4.12 정변 이후 많은 시인들은 정치현실에 염증을 느끼면서 창작에 있어서 탈정치 성향을 나타내기 시작하였다. 이러한 시 문단의 분위기는 현대파現代派 중심의 상징주의象徵主義와 후기 신월파新月派의 낭만주의가 유행하게 된 계기가 되기도 하였다. 그러나 신월파의 수장역할을 하던 원이둬聞一多가 시단을 떠나고 쉬즈모徐志摩가 비행기 사고로 사망하면서 신월파는 해체의 길을 걷게 된다. 한편으로 암울한 현실을 극복하기 위한 의지 또한 더욱 강렬해지면서, 시 창작을 통해 더욱 적극적으로 현실참여를 하고자 하는 작가들을 중심으로 중국시가회中國詩歌會가 결성된다. 이 시기 시 문단의 특징을 다음과 같이 정리할 수 있다.

첫째, 1920년대 리진파李金發, 펑즈馮至 등에 의해 도입된 상징주의 시는 1930년대 현대파 시인들에 의해 본격적으로 발전하기 시작하였다. 현대파는 신월파와 같은 공통된 문학주장을 내세운 시 유파는 아니었다. 다만 그들이 발행하던 잡지 『현대現代』에서 그 명칭이 유래되었다. 현대파는 1920년대 상징주의 시의 영향을 많이 받았고 그 창작 특색을 이어나갔다.

또한 그들의 시는 신월파의 신격률시新格律詩에 동의하지 않았고 형식의 자유를 강조하였으며 정제와 압운을 무시하고 이미지의 표현이나 몽롱한 정서 등을 추구하였다.

둘째, 1920년대부터 중국문단에서 논의되어 오던 혁명문학은 1930년대에 이르러 본격적으로 시 창작에도 반영되기 시작하였다. 1932년 중국시가회의 결성은 혁명적 리얼리즘이 시 창작에 영향을 준 결과라고 할 수 있다. 푸펑蒲風과 무무톈穆木天, 류첸柳倩 등이 중국시가회의 창립멤버로서 적극적으로 활동하였다.

셋째, 좌련 시인들의 문예관에는 동의하지 않지만 여전히 창작을 통한 현실참여적 태도를 견지하는 작가들이 있었다. 이들은 창작에 있어서 좌련 작가들과는 일정 거리를 유지하면서도 현대파 시인들과는 다른 창작경향을 나타내고 있었다. 장커자臧克家와 같은 작가들이 이에 속한다고 볼 수 있다.

제1절 현대파 시인

1. 다이왕수

다이왕수戴望舒(1905~1950)는 저장성浙江省 항저우杭州 출신이다. 항저우에서 중학교에 다닐 때부터 문학을 좋아하여 스저춘施蟄存, 두헝杜衡 등과 문학모임을 갖고 문예지를 만들었다. 상하이 푸단대학復旦大學에 입학하여 프랑스문학을 전공하였는데, 이는 그가 프랑스의 상징주의 문학을 접하게 되는 계기가 되었다. 1926년에 스저춘, 류나어우劉吶鷗 등과 함께 문예지 『영락순간瓔珞旬刊』을 창간하고 시를 발표하며 본격적인 문예활동을 하였다.

1926년 공산주의청년당共産主義青年團에 가입하고 혁명선전에 참여하였다가 체포되기도 하였으나, 1928년 상하이로 돌아온 후로는 문학창작과 번역에 주력하였다. 정감이 풍부하며 문학에 소질이 많은 그는 1928년 23살에 「비 내리는 골목길雨巷」을 발표하여 시가음악詩歌音樂의 신기원을 열었다는 평가와 함께, '우항시인雨巷詩人'이라는 호칭도 얻었다. 「비 내리는 골목길」은 비 내리는 골목의 서정적 분위기 속에 대혁명 실패 후 일부 청년들의 억압된 심정을 표현하였다. 「비 내리는 골목길」 속의 시인은 비 내리는 골목을 서성이며 라일락 같은 소녀를 기다린다. 라일락 같은 소녀는 꿈속처럼 묵묵히 내 곁을 지나 비 내리는 골목으로 사라지고, 시인은 여전히 비 내리는 골목을 방황하며 라일락 같은 소녀를 기다린다. 종이우산, 비 내리는 골목, 라일락. 슬픈 소녀로 이어지는 이 시는 제목 「비 내리는 골목길」이 상징하듯 처음부터 끝까지 시 전체가 라일락 같은 애수에 젖어 있으며, 적막과 공허함을 느끼게 한다.

종이우산을 받쳐 들고, 홀로
길고 긴 공간을 방황한다. 길고 긴
그리고 적막한 비 내리는 골목
나는 마주치기를 바라고 있다.
라일락 같이
애수를 머금은 아가씨.

그녀는
라일락 같은 안색
라일락 같은 향기
라일락 같은 우수憂愁를 지니고
비 내리는 골목을 원망하며,
원망 속에 방황한다.
……

다이왕수의 시에 나타난 상징적 이미지는 대체로 시인의 주관적 정서와 긴밀한 관계가 있다. 그러한 이미지 속에 짙고 강렬한 정서를 내포하고 있는 것이다. 「비 내리는 골목길」은 비록 주관적 정서가 강하게 나타나고 있지만, 다른 작품들과 같이 이미지 조작이 과도하지 않고 다만 적막하게 비가 내리고 있는 골목이라는 배경 속에서 '나'의 희망, 적막 속에서 '나'와 같은 소녀를 만날 수 있기를 바라는 희망을 묘사하고 있을 뿐이다. 그가 기다리는 소녀의 모습에는 작가의 형상이 투영되어 있다. 작가의 애수를 짙게 느낄 수 있기에 몽롱한 환상 같은 형상으로부터 서정적인 주인공의 실체에 대한 느낌을 느낄 수 있게 한다.

다이왕수의 초기 시는 신월파의 영향을 많이 받았다. 다이왕수는 1930년대 현대파의 대표시인이면서도 시의 예술성 외에도 시의 형식뿐만 아니라, 시의 압운押韻과 평측平仄에 대해서도 의식적으로 노력하였다. 특히 「비 내리는 골목길」은 음운音韻과 리듬 방면에서도 성공적이라는 평을 받는다.

다이왕수는 1932년 7월 월간 『현대』의 창간에 참여하고, 시 부분의 편집을 맡으면서 상징주의 시 운동을 전개하였다 그 해 11월 프랑스에 유학하여 프랑스의 상징주의 문학을 공부하면서 창작한 시를 『현대』 월간을 통해 발표하여 중국 상징파시의 대표적 시인이 되었다. 다이왕수의 성공은 현대파 시의 발전을 촉진시켰고 이전에 신월파가 시단에서 차지하고 있던 자리를 현대시파가 대신하게 되었다. 다이왕수가 유학을 끝내고 1935년에 귀국하자, 『현대』는 이미 정간되고 현대파도 해산되었다. 그는 볜즈린卞之琳 등과 시 전문지인 『신시新詩』를 창간하며 문학 활동을 하였는데 간결한 언어로 시의 리듬과 음악성 등을 추구하는 한편, 몽롱한 시경詩境을 추구하여 그의 시에는 예술적인 감동이 강하게 나타났다. 그는 시 창작 외에 프랑스 작가들의 작품 번역에 주력하기도 하였다.

다이왕수의 시에는 1927년 4.12 이후의 환멸과 좌절감이 배어있기도 하다. 그는 「나의 기억我的記憶」을 통해 이 시기의 무기력함을 표현하고 있다.

나의 기억은 나에게 충실하다.
충실함을 넘어서 가장 좋은 친구이다.

그는 타들어가는 담배에 존재하고,
그는 백합화가 그려진 붓대에 존재하고,
그는 낡은 분합에 존재하고
그는 허물어진 담벽의 넝쿨에 존재하고,
그는 반쯤 마신 술병에 존재하고,
지난날 찢어버린 원고지의 시 속에, 눌려 있는 마른 꽃잎에,
침침한 등불에, 고요한 물위에,
영혼이 있고 영혼이 없는 모든 사물에,
그는 도처에 존재한다, 마치 내가 이 세상에 있는 것처럼.
……

작품에서 시인은 현실의 좌절감과 적막감을 지나간 기억 속에서 해결하려고 하고 있다. 모든 것이 기억처럼 허무하고 아득하여 잡을 수 없는 듯, 그의 허무한 감정은 오로지 기억 속에서만 위로 받을 수 있는 것으로 표현하고 있다.

그는 20여 년의 작품 활동을 통해 90여 수의 시를 남겼으며, 시집으로 『나의 기억我的記憶』, 『왕수초望舒草』, 『재난의 세월災難的歲月』 등이 있다.

2. 볜즈린

한원파漢園派의 한사람으로 더 잘 알려진 볜즈린卞之琳(1910~2000)은 리광톈李廣田, 허치팡何其芳과 함께 산문창작 뿐만 아니라, 1930년대 현대파의 시인으로 시 창작에서도 주목을 받았다. 볜즈린은 1930년 베이징대학 재학 시절, 영국 낭만주의와 프랑스 상징주의의 영향을 받아 시 창작을 시작하였다. 당시 많은 지식인들처럼, 그도 대혁명 실패 후의 좌절감에 빠져있었고 현실도피적인 정서에 젖어 있었다. 그는 베이징대학 교수로 있던 쉬즈모를

만나게 되어 그의 격려 하에 20세에 문단에 등단하게 되었다. 그는 1937년 중일전쟁 이전에 『삼추초三秋草』와 『어목집魚目集』, 그리고 리광톈, 허치팡과 함께 쓴 『漢園集』에 수록된 『음진집音塵集』 등 3권의 시집을 출판하였다.

벤즈린의 「적막寂寞」은 현대파의 시인답게 청각과 시각의 이미지적 요소를 사용하고 있다. 적막이라는 하나의 이미지에 '시골'과 '도시', '여치'라는 청각적 이미지와 '야광시계'라는 시각적 이미지를 대비시키고 있다.

> 시골의 아이는 적막이 무서워,
> 베개 옆에 여치를 길렀다;
> 자란 후에 도시로 가서 열심히 일해,
> 그는 야광시계를 샀다.
>
> 어릴 적 그는 늘 부러워했다.
> 무덤가 여치의 정원을;
> 오늘처럼 그가 죽은 지 세시간,
> 야광시계는 여전히 쉬지 않는다.

1935년 쓴 「단장斷章」은 그의 대표작으로 『어목집魚目集』에 수록되어 있다. 「단장」은 4행의 짧은 시이지만, 벤즈린은 원래 이 시는 매우 길었다고 한다. 후에 4행에 만족하여 4행시로 만들었다고 한다. 그는 작품 속에서 두 개의 이미지를 만들어내고 있다. 하나는 '다리 위에서 풍경을 바라보는 나'를 또 다른 풍경으로 삼는 '타인의 시각', 또 하나는 '나의 창을 장식하는 달'과 '타인의 꿈을 장식하는 나'라는 이미지를 만들어 낸 것이다.

> 너는 다리 위에 서서 풍경을 본다,
> 풍경을 보는 사람이 건물 위에서 너를 본다.
>
> 밝은 달이 너의 창을 장식하고,

너는 다른 이의 꿈을 장식한다.

제2절 중국시가회 시인

1930년 중국좌익작가연맹이 성립된 후 전개된 혁명 시 운동은 시의 대중화운동으로 이어졌고, 1932년에 중국시가회中國詩歌會의 결성으로 이어졌다. 중국시가회는 러시아 리얼리즘과 좌익문예운동의 영향을 받아 성립되었다. 중국시가회는 무무텐穆木天, 양싸오楊騷, 썬바오森堡, 푸펑蒲風, 런쥔任鈞이 발기인으로 참여하였고, 류첸柳倩 등 중견작가들이 합류하였다. 중국시가회는 중국현대문학사상 처음으로 강령을 갖추고 혁명적 리얼리즘을 시 창작에 반영한다는 문학적 주장을 제창한 시문학 사단이다. 무무텐은 중국시가회의 간행물인 『신시가新詩歌』 창간호에 실린 창작 강령에서 시 창작에 대하여 다음과 같이 천명하고 있다.

> 우리는 현실을 딛고 서서, 신세기의 의식을 노래한다.我們要捉住現實, 歌唱新世紀的意識.

좌련의 영향을 받아 전투적인 시풍으로 등장한 중국시가회는 신월파나 현대파의 시풍에 반대하고 혁명과 리얼리즘을 시 창작의 정신으로 강조하였다. 1935년 국방시가國防詩歌 운동이 일어나자 중국시가회의 성원들은 이 운동에 적극적으로 참여하며, 『국방시가총서國防詩歌叢書』를 발행하며 시 창작을 통한 항일운동을 전개하였다. 그들은 『신시가』를 간행물로 하고, 시의 혁명적 내용과 시의 대중화를 제창하기 위해 농민들의 운명과 투쟁을 중점적으로 묘사하였다. 그들은 시를 투쟁의 무기로 여기고, 시의 선전기능을 지나치게 중시하였다. 그로 인해 중국시가회의 시는 예술성이 떨어진다는 비평을 받았다.

1. 푸펑

중국시가회에서 가장 적극적으로 활동했던 푸펑蒲風(1911~1942)의 본명은 황르화黃日華이며 푸펑, 황펑黃風 등의 필명이 있다. 광동성廣東省 메이현梅縣 출신으로, 상하이 중국공학中國公學에서 수학하였으며 1927년부터 시를 쓰기 시작하였다. 1932년 9월 상하이에서 무무톈, 양싸오, 런쥔任鈞 등과 함께 중국시가회를 조직하였다. 1942년, 푸펑은 신사군新四軍과 함께 전투에 참가했다가 완난皖南전선에서 전사하였다.

푸펑은 중국시가회의 시인들 가운데 가장 활동적이고 많은 성과를 올린 시인이다. 푸펑은 1927년 첫 작품 「까마귀소리鴉聲」을 발표하였다. 작품은 대혁명 실패 이후의 중국현실을 묘사하면서 핍박과 저항, 광명과 암흑 간의 투쟁을 반영하고 있다. 1929년 쓴 「저녁노을晩霞」도 비슷한 주제를 표현하고 있다.

푸펑은 중국시가회를 조직한 후 시 창작의 목적성을 명확하게 하면서 창작에 열중하였다. 1934년 이후 그는 시집 『망망한 밤茫茫夜』, 『생활生活』, 『강철의 노래鋼鐵的歌唱』, 『요람가搖籃歌』, 『어두운 모퉁이黑暗的角落里』와 장편서사시 『6월의 불길六月流火』, 『가련한 벌레可憐蟲』 및 시 평론집 『현대중국시단現代中國詩壇』 등을 발표하였다.

푸펑의 시는 대부분 농촌의 현실생활을 소재로 삼아 고통 받는 농민들의 생활과 각성을 반영하였다. 『망망한 밤』은 이러한 내용을 반영한 장편서사시이다. 작품은 바람이 부는 밤 군대에 간 아들을 기다리는 어머니의 심정을 묘사함으로써 제국주의, 지주와 관료 등의 죄악을 폭로하였다. 망망한 밤 폭풍우 소리는 어머니에게 아들의 음성으로 들리는 것이다.

> 어머니! 어머니! 어머니!
> 더는 이런 삶에 굴복할 수 없습니다.

우리에겐 힘이 있고 끓는 피가 있습니다.
우리에겐 민중이 한 뜻으로 뭉친 단결이 있습니다.
이제 우리는 우리의 손으로
모든 것을 세울 것입니다.

1936년 쓴 「강철의 노래鋼鐵的歌唱」는 푸펑 시의 전투적 풍격을 잘 나타내고 있다.

진리는 자석,
우리는 강철,
우리의 깊은 마음을 통해,
우리는 영원히 밀착한다, 밀착!

기율은 전류,
우리는 철선,
적들의 포탄을 맞이하며,
전광처럼, 우리는 죽이며 나아간다, 죽이며 나아간다!
……

장편서사시 「6월의 불길」은 「망망한 밤」과 유사한 주제를 다루고 있지만, 보다 현실문제에 심도있게 접근하였다. 「6월의 불길」은 농민들이 학살을 두려워하지 않고 생존을 위하여 투쟁하는 내용을 묘사하고 있다.

또한, 푸펑은 시의 대중화를 위하여 여러 각도에서 탐색하였다. 그의 이러한 노력은 그의 작품 속에 진취적이고 낙관적인 정서로 나타나고 있으며 이러한 시풍은 당시 시단의 음울하고 퇴폐적인 작품에서는 볼 수 없는 전투정신이 체현되어 있다. 그러나 푸펑의 시는 전투성을 지나치게 강조하여 예술성이 부족하다는 평가를 받았다.

2. 무무톈

무무톈穆木天(1900~1971)은 일본유학시절 프랑스 상징주의의 영향을 받아, 그의 초기 시는 몽롱한 정서와 음악미를 추구하는 상징주의와 낭만주의적 작품들이다. 그의 시집『여심旅心』에 수록된「낙화落花」는 남녀의 애정을 낙화의 이미지와 연결시킨 상징시이다. 그의 창작경향은 만주사변 이후 변화를 나타낸다.

무무톈은 1929년 지린吉林에서 교편을 잡고 있었으나, 1931년 동북지역에 일본의 만주국 괴뢰정부가 들어서자, 상하이로 와서 좌련에 가입하였고, 1932년 푸펑 등과 중국시가회의 창립멤버로 활동하며 전투적인 성향의 작품을 발표하였다. 그가 1936년에 쓴「떠도는 자의 비애流亡者的悲哀」는 고향을 떠난 작가의 유랑자적 의식이 투영된 유랑자의 비애와 전투적 풍격을 동시에 반영하고 있다.

> 바다의 저편에서, 산의 저 너머에서,
> 어머니는 아들을 생각하고, 동생은 형을 기다린다;
> 그러나, 아무도 알지 못하리, 이 대도시에서,
> 나 홀로 유랑자의 비애를 끌고 다니는 것을.
> ……
> 바다의 저편으로, 산의 저 너머로,
> 유랑자의 비애와 동경이 교차한다;
> 나 또한 어머니를 생각하지 않고, 나 또한 동생을 기억하지 않으리,
> 고향의 도살과 불길이, 마음 속에 교차한다.

무무톈은 중산대학中山大學, 둥베이사범대학東北師範大學, 베이징대학 등의 교수를 역임하였으며 문화대혁명 기간 중 박해를 받아 1971년 사망하였다. 주요 시집으로『여심』,『떠도는 자의 비애』등이 있다.

제3절 장커자

장커자臧克家(1905~2004)는 산둥성山東省 주청현諸城縣의 몰락한 관료가정에서 태어났다. 그는 18세까지 농촌에서 생활했는데, 농민들의 생활은 그에게 깊은 인상을 심어 주었고, 이후 창작에 직접적인 영향을 주었다. 또한 그의 아버지와 조부는 모두 시와 사를 즐겼기 때문에 이러한 가정환경은 그로 하여금 어려서부터 고시와 민가에 관심을 갖게 하였다 중학을 졸업하고 1926년 우한武漢으로 가서 북벌에 참가하였다가, 1930년 칭다오대학青島大學에 입학하였다. 대학에 재학 중 원이둬聞一多의 권유로 시 창작을 시작하여, 1934년 그의 첫 시집 『낙인烙印』을 출판하고 다음 해 두 번째 시집 『죄악의 검은 손罪惡的黑手』을 발표하였다. 대학졸업 후에는 중학교 교사로 재직하며 시를 창작하여 장편시 「자화상自己的寫照」를 썼고 단편시집 『운하運河』를 출판하였다.

장커자의 초기 시는 중국 농민들의 고난과 불행, 그리고 근면과 강인함을 소박하면서도 잘 다듬은 세련된 문체로 표현하였다. 특히 평범한 노동자들의 고통스러운 삶을 묘사한 작품들이 수록된 『낙인』으로 장커자는 문단의 주목을 받기 시작하였다. 『낙인』에는 모두 26편의 시가 수록되어 있는데 「난민難民」은 이 시집의 첫 번째 작품이다. 원이둬는 「난민」에 대해 시집 『낙인』에서 "가장 의미 있는 시最有意義的詩"라고 평가하고 있다. 「난민」은 1930년대 동북지역 농촌의 피폐한 현실과 유랑민으로 전락한 농민의 고통을 묘사하고 있다.

> 태양이 새집으로 떨어지고,
> 황혼은 아직 집으로 돌아가는 새의 날개에 실려있는데,
> 낯선 길, 갈 곳 없는 초저녁,
> 이 무리들은 이 오래된 마을로 건너왔구나.

무거운 그림자를 큰 길 양편에 끌며,
한 무리, 한 무리, 시골의 볏집처럼,
말없이, 적막 속에 처량함을 짊고 있네.
……

1932년 쓴 「늙은 말老馬」 또한 농민의 비참한 운명을 묘사하고 있다. 장커쟈는 '늙은 말'의 형상에 대해 당시 중국의 모든 억압받는 자들의 삶이라고 보고 다음과 같이 말하고 있다.

> 1927년 대혁명이 실패한 후, 나는 쟝제스蔣介石 정권에 대해 전면적으로 부정하고 있었지만, 혁명의 앞날에 대해서는 매우 막막할 뿐이었다. 생활은 고통스럽고, 심정은 우울하고 비분을 견디기 힘들었다. 이러한 사상과 감정은 압박받고 고통 받는 농민과 마찬가지였고, '등에 실리는 무게가 살을 파고드는' 늙은 말과 다를 게 없었다. 그래서 나는 「늙은 말」을 썼고, 그 외에도 많은 압박받는 농민의 형상을 썼는데, 사실 나 자신을 쓴 것이다.

쟝커쟈가 이와 같은 작품을 쓸 수 있었던 것은 어린 시절부터 목도한 농민들의 삶을 모티프로 삼았기 때문일 것이다.

결국 큰 수레를 다 채우고야 말겠지,
그는 뻣뻣이 선 채 말이 없다,
등에 실리는 무게가 살을 파고들어도,
그는 고개만 무겁게 떨구고 있을 뿐,

지금 이 순간 다음 순간의 운명을 알 수야 없지만,
다만 눈물이 있어도 속으로 삼켜야만 하고,
눈앞에 한 줄기 채찍의 그림자가 날아오니,
그는 머리를 들어 앞만 쳐다볼 수 밖에.

1933년 쓴 「죄악의 검은 손罪惡的黑手」은 쟝커쟈가 칭다오에서 대학 재학 중 쓴 것으로 한 건축노동자가 서양인들의 천주교 성당건축에 동원된 일을 소재로 삼고 있다. 그는 작품에서 중국을 침략한 서구인들이 종교의 가면을 쓰고 중국인을 기만하는 위선적인 행위를 폭로하였다. 또한 다가올 미래의 광명에 대한 기대감도 묘사하고 있다. 시는 모두 세 단락 150행으로 구성된 장편시이다.

……
있는 것이라곤 방금 내려놓은 백정의 칼,
손에는 여전히 피비린내가 남아있네;
있는 것이라곤 잃어버린 사랑,
이곳에 와서는 평안을 기도하네.
……
그러나 천하의 일을 누가 장담할 수 있겠는가?
오늘의 반역이 내일의 충성일지를,
누가 바다에서 한 순간 일어나는 폭풍을 짐작하겠는가?
만년 말라있던 우물에 파도처럼 솟을지를!
이제 이 죄인들이 굶주림에 눈이 멀게 된다면,
하나님도, 진리도 알아볼 수 없고,
야만스러운 손으로 만년의 문서를 찢어버리며,
이성을 잃은 반역으로 나타나리라!
……

장커쟈의 작품은 1930년대 시단에서 신월파와 중국시가회의 장점을 취하고 있었다고 볼 수 있다. 그는 비록 정치적인 창작과는 거리를 두고 있었지만 문예는 현실을 반영한다는 리얼리즘적 창작을 견지하였으며, 언어와 표현기교도 소홀히 하지 않아 세련되면서도 소박한 분위기를 나타내었다는 평가를 받고 있다.

CHAPTER 09

1930년대 산문

History Of China Moden Literature

루쉰은 「소품문의 위기小品文的危機」에서 1920년대 "산문소품의 성과는 거의 소설희곡과 시가 이상이라고 볼 수 있다."라고 평가하였다. 1930년대에 들어서면서 산문은 형식과 내용 두 가지 면에서 모두 다양한 형태를 나타내게 된다. 이러한 다양한 창작경향으로 이 시기 산문창작을 했던 작가들은 주로 문학주장이나 창작경향이 일치하는 문학사단 또는 문예지를 중심으로 하는 유파를 형성하였다. 1930년대 산문의 특징은 다음과 같이 정리해 볼 수 있다.

첫째, 1920년대 빙신氷心, 주쯔칭朱自淸 이후 서정산문은 1930년대에 와서 다양한 풍격으로 발전하였다. 허치팡何其芳, 리광톈李廣田, 볜즈린卞之琳의 한원파漢園派 산문과 상하이 개명서점開明書店의 편집을 맡고 있던 샤가이쭌夏丏尊, 펑쯔카이豊子愷의 산문이 문단의 주목을 받았다. 이들은 1930년대 무산계급문학논쟁이나, 문예대중화논쟁 등과 같은 문예계의 정치적인 사안들과는 거리를 두고 있었다. 그러나 그 거리는 린위탕林語堂이나 저우쭤런周作人의 소품문 창작에서 나타나는 의도적인 거리가 아닌 그들 본연의 풍격이라고 볼 수 있다.

둘째, 1927년 4.12 정변과 1931년 만주사변과 같은 시대상황은 시사성 잡문의 수요를 증폭시켰다. 잡문을 시대의 모순과 폐해를 향한 비수와 투창으로 삼는 루쉰의 영향을 받은 작가들의 잡문이 대량 발표되었다. 루쉰의 후기 잡문은 전기에 비해 양적으로 두 배 이상 증가하였다. 루쉰의 1930년대 창작은 역사소설 『고사신편故事新編』과 몇 편의 번역 이외에 잡문 창작에 집중되어 있다. 이는 시대의 긴박함을 반영하는 동시에 루쉰의 현실참여 의식 또한 높아졌음을 나타내고 있는 것이다.

좌련의 작가들은 무산계급혁명이라는 명제 하에 결집된 만큼 산문을 정치선전에 이용하거나 논적論敵에 대한 공격용으로 사용하는데 치중할 수밖에 없었다. 물론 좌련에 속한 작가들이 모두 정치선전용 글만 쓴 것은 아니었다. 그러나 무산계급을 위한 혁명문학의 창작이라는 목적에서 크게 벗어나지는 못했다.

1930년 6월에는 좌련에 맞서 국민당에서도 우익작가들을 후원하여 민족주의문예를 표방하는 『전봉주보前鋒週報』, 『전봉월간前鋒月刊』 등의 문예지를 창간하였는데, 이들의 산문 역시 정치선전과 좌련에 대한 공격이 주축이 되는 잡문으로 분류하고 있다.

셋째, 1930년대에 소품문의 창작이 큰 폭으로 증가하였다. 이 시기 좌련이나 국민당 문예운동 등 어느 파에도 속하지 않고 정치적인 주장이나 색깔도 없이 자기만의 창작활동에 전념하며 작품을 남긴 작가들이 있었다. 그 중에서도 1920년대 『어사語絲』의 주요 작가였던 린위탕林語堂은 『논어論語』와 『인간세人間世』, 『우주풍宇宙風』을 창간하여 『어사』의 뒤를 이어 1930년대 중국 산문의 한 흐름을 형성하였다. 린위탕은 1927년 6개월 동안 국민당정부에서 외교부 비서직을 맡기도 했으나. 그는 정치적 중립을 선언하고 정치문제에는 전혀 개입하지 않았다. 이에 그와 뜻을 같이한 저우쭤런周作人, 위핑보俞平伯 등의 작가들이 논어파에 모였는데, 좌련의 작가들은 논어파를 가리켜 "현실을 외면하고 도피하는 퇴앵退嬰적 인간들의 집단"이라고 공격하였다. 그러나 논어파 작가들은 그들의 공격에 아랑곳하지 않고 창작활동에만 전념하여 1930년대 산문을 주도하였다. 논어파의 소품문은 한적閑寂과 취미趣味를 제창하였는데, 그 중에서도 린위탕은 소품문 창작에 동서고금東西古今의 철리哲理와 유머幽默를 십분 활용한 이지적理智的인 소품문을 썼으며, 저우쭤런과 라오서는 고향의 생활상을 묘사한 소품문을 창작하였다.

넷째, 보고산문의 발전을 들 수 있다. 루쉰의 잡문이 시대적 요구에 부응했던 것과 마찬가지로 급변하는 국내외의 정세에 대해 알고자하는 욕구는 보고산문의 수요를 증폭시키는 계기가 되었다. 이미 1920년대에 취츄바이瞿秋白가 『아향기정餓鄉紀程』, 『적도심사赤道心史』 등을 발표함으로써 중국 현대문학사상 첫 번째 보고문학報告文學작품으로 선보였다. 취츄바이는 1920년부터 1922년 사이에 러시아에 머물면서 경험한 일들을 보고문 형식으로 기록하였다. 취츄바이의 보고산문은 10월 혁명 이후 러시아의 변화된 모습을 소개하고 있다. 『아향기정』과 『적도심사』는 사회주의의 영향을 받기 시작한 작가의 혁명에 대한 격앙된 정서를 반영하고 있다. 『아향기정』과 『적도심사』는 당시 보고문학 발전에 큰 영향을 주었다. 1930년대에 좌익작가연맹이 성립되면서 보고문학은 산문의 장르로서 개념이 확립되고 이론적 발전을 가져오는 계기가 되었다. 샤옌夏衍, 쑹즈더宋之的, 팡즈민方志敏 등의 보고 산문이 유명하였다.

제1절 서정산문

1. 한원파

현대파 시인으로 더 유명한 볜즈린卞之琳과 허치팡何其芳 리광톈李廣田은 한원파漢園派 또는 한원삼시인漢園三詩人로 유명하다. 이들은 1931년 베이징대학 재학시절 알게 되어 베이징대학 캠퍼스의 한원로漢園路에서 문학적 사유를 공유하였다. 1936년 허치팡의 『연니집燕泥集』, 볜즈린의 『부행집數行集』, 리광톈의 『행운집行雲集』을 합하여 상무인서관商務印書館에서 『한원집漢園集』을 출판하였다.

시인이며 산문작가, 문학평론가인 허치팡何其芳(1912~1977)의 본명은 허용팡何永芳으로 쓰촨성四川省 완현萬縣에서 태어났다. 1930년 칭화대학清華大學 외국문학과에 다니다가 이듬해 베이징대학 철학과로 이적하였고 1931년 신월파의 시인으로 문단에 등단하였다. 초기 그는 시의詩意가 농후한 산문을 썼다.

1935년 베이징대학 철학과를 졸업하고 천진과 산둥山東에서 교편을 잡으며 본격적으로 시와 산문 창작을 시작하였다. 중일전쟁이 발발하자 고향으로 내려가 창작활동을 하다가, 1938년 옌안延安으로 가서 루쉰예술문학원에 재직하며 공산당에 입당하였고 항일운동과 토지개혁에도 참여하였다.

1949년, 중화인민공화국 수립 후에는 중국과학원 문학연구소 소장과 중국작가협회 부주석 등의 직책을 역임하였으며, 신시를 연구하고 『리얼리즘에 대하여關于現實主義』 등의 문예평론집을 썼다. 문화대혁명 반동문인으로 비판받아 하방下放당하기도 하였으나, 문화대혁명이 끝나고 나서 복권되었고 1977년 사망하였다.

1936년 산문집 『화몽록畵夢錄』을 출판하였고, 이어 1938년 『각의집刻意集』, 1939년 『환향잡기還鄉雜記』 등을 출판하였다. 허치팡의 창작여정은 시부터 시작하였는데, 그의 서정산문은 마치 시를 쓰는 듯하여 '시인의 산문'이라는 말을 듣기도 하였다. 그의 산문은 의미가 깊고 아름답다는 평을 받고 있다. 초기 시는 매우 짧고 묘사가 섬세하며 애절하였으나 옌안에 간 후에는 리얼리즘적 요소가 강화되었다.

『화몽록』의 내용과 정서는 허치팡의 시와 유사한 풍격을 나타낸다. 「묘지墓」와 「추해당秋海棠」 등은 모두 특정한 이미지를 선택하여 분위기를 나타내었다. 「묘지」는 한 소년이 상상 속에서 무덤 속의 소녀와 서로 사랑하는 것으로, 다소 엽기적인 소재 같지만 실제 작품은 청순하고 감미로운 정서를 나타내고 있다.

리광톈李廣田(1906~1968)은 산둥성 쩌우핑현鄒平縣 출신으로 리디黎地, 시천曦晨 등의 필명으로도 활동하였다. 1930년 베이징대학에서 영어, 불어, 일어 등의 외국어를 전공하며 문학창작의 바탕을 쌓았다. 그는 산문창작 외에도 시, 단편소설, 문학평론 등을 썼다. 그는 산문집으로 1936년 『화랑집畵廊集』, 『은호집銀狐集』을 출판하였다. 『화랑집』은 소박한 필치로 고향의 생활과 풍속을 묘사하고 있다. 산둥성의 가난한 농가에서 자란 그는 농촌에 대한 특별한 애착을 가지고 있었다. 그는 농민의 고통스러운 현실을 묘사하기보다는 가난하지만 인간미가 살아있는 농촌의 생활상을 서정적으로 그려내고 있다. 이는 당시 향토소설鄕土小說 작가들의 농촌에 대한 리얼리즘적 창작태도와 대조적이라고 볼 수 있다. 『은호집』은 모두 17편의 산문이 수록되어 있는데, 주로 자신이 경험한 주변 인물들에 대해 묘사하고 있다.

2. 샤가이쭌

샤가이쭌夏丐尊(1886~1946)의 본명은 샤주夏鑄, 저장성浙江省 상위현上虞 출신이다. 그는 15세에 과거에 급제하였고 후에 상하이 중서서원中西書院, 사오싱부학당紹興府學堂에서 신학문을 공부하였고, 1903년 일본으로 유학을 떠났다. 그는 1907년 귀국하여 상하이에서 개명서점開明書店의 편집을 맡아보았다. 상하이 개명서점은 1926년 장시천章錫琛이 창업한 출판사로 샤가이쭌夏丐尊, 예성타오葉聖陶, 펑쯔카이豊子愷 등이 편집업무를 맡아보았다. 원래 개명서점은 학생용 교과서나 교양서적을 위주로 출판하던 곳으로, 이들은 이곳에서 근무하며 산문을 썼는데, 당시 샤가이쭌, 펑쯔카이, 예성타오의 산문작품은 비슷한 풍격을 지니게 된다. 샤가이쭌은 자신의 고향인 상위현에서 중학교 교사로 재직하면서 '평옥平屋'이라는 집을 짓고 산문창작에 몰두하였다. 그는 1921년부터 1935년까지 쓴 산문 33편을 모아 『평옥잡문平屋雜文』을 개명서점에서 출판하였다. 그는 자신의 산문을 잡문이라고 표현한 것은 겸허한 표현일 뿐 당시 유행하던 '시사적인 내용의 의론성 산문'을 지칭한 잡문과는 의미가 다른 것이다. 그는 이에 대해 다음과 같이 말하고 있다.

> 문장의 성질로 볼 때, 평론, 소설, 수필 등이 있다. 게다가 이도저도 아닌 것까지 말하자면 평론도 아니고, 소설도 아니고, 수필도 아닌 것을 들 수 있는데, 요즘 사람들은 이것을 잡문이라고 부른다. 이도저도 아닌 문장을 잡문이라고 하는데, 내 문장이 바로 잡문인 것이다.

그의 산문은 비록 많지 않지만, 그 형식은 잡문, 수필, 평론, 서문, 편지글, 새로운 과학기술을 다룬 소품문 등 매우 다양하다. 샤가이쭌은 펑쯔카이와 예성타오의 선생님으로 그 두 작가는 샤가이쭌의 영향을 많이 받게 되었다.

3. 펑쯔카이

시인, 산문작가, 화가인 펑쯔카이豊子愷(1898~1975)의 본명은 펑룬豊潤, 펑런豊仁으로 저쟝성 퉁샹현桐鄕縣 출신이다. 1921년 일본에 유학하여 미술을 공부하였다. 그는 『펑쯔카이만화豊子愷漫畵』로 명성을 얻게 되었지만, 산문 또한 미술만큼 빼어나다는 평을 받고 있으며, 미술과 산문 외에도 그는 음악과 붓글씨에 상당히 조예가 있는 다재다능한 예술가였다. 그 자신은 글쓰기와 그림에 대하여 이에 대해 다음과 같이 말하고 있다.

> 어떤 주제를 갖게 되었을 때. 글로 표현하기에 적합하면 수필로 썼고, 형상으로 표현하기에 적합하면 만화로 그려냈다.

펑쯔카이는 젊었을 때부터 불교철학에 심취하였으며 후에는 불문佛門에 귀의歸依하였는데, 그의 산문에는 삶을 달관한 종교적인 색채가 짙게 배어 있어 사람들이 그의 작품을 평가할 때 항상 그윽하거나 현묘하다는 표현을 하는 것도 이와 무관하지 않다. 그는 1926년 8월 그가 불교를 배우던 선생 리수李叔의 거처에 '연연당緣緣堂'이라는 이름을 지었는데, 후에 그의 산문집 가운데 가장 성과가 높은 『연연당수필緣緣堂隨筆』은 여기서 유래하게 되었다. 그의 대다수 작품은 평범한 일상생활 속에서 소재를 취하였으나, 사소한 일상 가운데에서 큰 의미를 발견하고, 평범함 속에서 특별한 의의를 찾아내어, 풍부한 인생의 정취를 느끼게 하였다.

그는 1930년대에 『연연당수필緣緣堂隨筆』, 『쯔카이소품집子愷小品集』, 『중학생소품中學生小品』, 『수필이십편隨筆二十篇』, 『화물칸사회車廂社會』, 『펑쯔카이창작선豊子愷創作選』 등 많은 산문집을 출판하였으며, 화집畵集으로 『쯔카이만화전집子愷漫畵全集』을 남겼다.

제2절 루쉰의 잡문

1930년 3월 창립된 좌익작가연맹(약칭 '좌련')은 비록 '무산계급문학의 건설'이라는 기치를 내세웠으나 그들의 산문은 주로 정치선전으로 이용되거나 논적論敵에 대한 공격용으로 사용되었다. 이 시기 루쉰의 산문도 주로 국민당정부에 대한 비판으로, '투창投槍'이나 '비수匕首'에 비유된다. 좌련의 작가들이 산문을 선전과 논쟁의 도구로 이용한 결과 그들의 산문은 예술성과는 거리감이 생겨났다. 이 시기 루쉰의 산문 또한 주로 정치사상적인 내용을 다루는 잡문이 주류를 이루며, 20년의 산문인 『들풀野草』이나 『아침꽃을 저녁에 줍다朝花夕拾』와는 다른 양상을 나타내고 있다.

루쉰의 『차개정잡문且介亭雜文』의 「머리말序言」은 시대적 사명감을 가진 지식인으로서 잡문창작의 의미를 잘 반영하고 있다.

> 자신의 장편대작을 염두에 두거나 미래의 문화를 설계하는 것도 좋은 일이지만 현재를 위해 투쟁하는 것도 역시 현재뿐만 아니라 미래를 위해 싸우는 것이다. 그것은 현재를 잃는다면 미래도 있을 수 없기 때문이다.潛心於他的鴻篇巨制, 爲未來的文化設想, 固然是很好的, 但爲現在抗爭, 却也正是爲現在和未來的戰鬪的作者, 因爲失掉了現在, 也就沒有了未來.

루쉰은 1928년 이후 『이심집二心集』, 『남강북조집南腔北調集』, 『위자유서僞自由書』, 『준풍월담准風月談』, 『화변문학花邊文學』, 『차개정잡문且介亭雜文』, 『집외집集外集』 등을 출판하였다. 이와 같은 잡문집에 수록된 작품들을 1920년대 전기 잡문에 비해 전투정신이 강화된 잡문들이다. 루쉰의 후반기 잡문은 1928년부터 1936년에 이르는 사이에 쓴 작품들을 포괄한다. 그 가운데서 1927년 4.12 정변 이후부터 1929년 사이에 쓴 잡문은 『이이집而已集』과 『삼한집三閑集』에 수록되어있으며, 『이이집』 중의 대부분 잡문은 4.12 정변 이후 목격한 일들을 기록한 것이다. 『삼한집』에서는 혁명의 퇴조기에 처해 있던 루쉰의 정서와 이 시기에 진행되던 문예논쟁과 관련된 일들을 기록하고 있다.

루쉰의 후반기 잡문에서 다루는 내용은 크게 두 가지로 나누어 볼 수 있다. 이는 1928년 이전 전기 잡문과 일맥상통하는 내용이지만, 잡문을 시대의 모순과 병폐를 향해 날리는 투창과 비수로 삼는 전투정신은 더욱 강화되었다고 볼 수 있다. 루쉰의 후기 잡문내용으로 첫째, 주로 제국주의의 침략과 국민당의 매국적 행위를 비판하고 폭로한 작품이 많다. 당시 일본이 중국의 군벌들과 결탁하여 중국을 침략하기 시작하였지만, 이에 대해 국민당정부는 무저항주의로 일관하면서 대내적으로는 정적을 탄압하는 활동을 강화해 나갔다. 루쉰은 이러한 당시의 상황을 잡문을 무기로 삼아 비판하였다. 둘째, 시대에 역행하는 작가들 또는 문학사단과 벌인 논쟁내용을 담고 있는 작품도 다수 차지한다. 그는 「'억지번역'과 '문학의 계급성'"硬譯"與"文學的階級性"」을 통해 자산계급적인 인성론을 비판하고 「'제삼종인'을 논함論"第三種人"」, 「'논어' 일년을 회고함"論語"一年」, 「소품문의 위기小品文的危機」 등의 문장에서는 중립을 자처하며 현실문제를 외면하거나 도피적인 창작태도를 보이는 지식인들에 대해 신랄한 비판을 가하고 있다.

제3절 소품문

1. 린위탕

소품문小品文은 주로 논어파論語派, 신월파新月派, 현대파現代派의 작가들이 중심이 되어 창작하였다.

1932년 린위탕林語堂, 저우쭤런周作人 등은 『논어論語』를 창간하고, 뒤이어 1934년 『인간세人間世』, 1935년 『우주풍宇宙風』을 창간하였다. 린위탕은 '성령性靈'을 제창하고 '유머(humor)'를 주장하였다. 『인간세』의 발간사에서 "자아를 중심으로 삼고, 한적함을 격조로 삼는" 소품문을 제창하였다. 린위탕, 저우쭤런, 위핑보, 라오서 등은 이러한 사상과 내용면에서 일치되는 논어파 산문을 형성하였다.

린위탕林語堂(1895~1976)의 본명은 린허러林和樂 또는 린위탕林玉堂으로 푸젠성福建省 룽시현龍溪縣 출신이다. 1912년 상하이의 성요한대학聖約翰大學에 진학하여 영문학을 전공하게 되었고 이때부터 린위탕은 중국문학 보다는 서구문학에 관심을 가지게 되었다. 그는 칭화대학清華大學에서 교수로 재직하면서 영문학과 중국고전문학을 공부하며 산문창작의 기초를 쌓았다. 1919년 미국 하버드대학에서 언어학 석사를 마치고 다시 독일의 라이프치히대학에서 철학박사를 받았다. 린위탕은 유학생활을 통하여 서구사회와 학문에 대한 견문과 학식을 넓혀나갔고 이는 후에 그의 문학관을 형성하는데 중요한 영향을 주게 된다. 이 시기 그는 서구의 철학사상과 문예사조, 특히 영국의 산문형식인 에세이(essay)가 지니고 있는 여유와 유머적인 풍격의 영향을 많이 받았다.

1923년 귀국하여 베이징대학과 베이징사범대학 교수로 재직하면서 루쉰이 주간하던 어사사語絲社에 가입하여 창작활동을 시작하였다. 그는 영어의 'humor'를 유모幽默로 음역하고 산문창작에서 유머의 활용을 제창하였다. 그는 1925년 베이징에서 '베이징여사대사건北京女師大事件'을 목격하고 학생들의 투쟁과 희생을 동정하면서도, 이에 대해 군벌정부를 옹호하는 "물에 빠진 개를 때려서는 안 된다不打落水狗"는 '페어플레이'론을 주장하게 된다.

1932년 상하이에서 반월간 『논어』를 창간하고 '한가한 유머閑適幽默'를 위주로 하는 소품문을 제창하여 논어파의 대표작가가 되었다. 린위탕의 소품문은 당시 루쉰의 현실비판적인 잡문과 대조되는 산문의 형태이다. 그는 1934년 4월 양우출판사良友出版社에서 『인간세』를 창간하였고, 1935년 『우주풍』을 창간하였다.

그는 1936년 미국으로 건너가서도 창작활동을 계속하였는데, 처음에는 해외에서의 생활과 견문을 『우주풍』에 보내 발표하였으나, 나중에는 영문저작에 열중하여 36종에 이르는 저작을 남겼다. 그의 영문 실력은 중국 내에서 타의 추종을 불허할 만큼 뛰어났는데, 그는 동서고금을 망라하는 해박한 지식과 철리에서 우러나오는 생각을 유창한 영어로 발표하여 많은 미국의 독자층을 확보하였다.

1965년부터 타이완臺灣 중앙일보中央日報의 요청으로 다시 중국어로 산문창작을 하여 4년 동안 180여 편의 글을 중앙일보의 『무소부담無所不談』 난에 발표하였다.

1966년에는 타이완으로 이주하여 창작활동을 하였고, 1967년에는 홍콩香港 중문中文大學의 요청으로 『당대한영사전當代漢英詞典』의 편찬을 주관하여 1972년에 완성하였다. 1975년 노벨 문학상 후보에 오르기도 하였으며, 1976년 81세로 생을 마감하였다.

그는 인생철리를 주제로 한 많은 산문을 남겼는데 주로 유머와 풍자를 표현기법으로 삼은 작품으로서 문학적으로는 후한 평가를 받지 못하였다. 주요 작품집으로는 『대황집大荒集』, 『나의 말我的話』, 『내 나라와 국민吾國與吾民』, 『진행집進行集』 등이 있다.

린위탕은 산문창작에 있어서 성령의 자유로운 서술을 주장하여 성령은 곧 자아라고 하였다. 그러므로 그는 소품문은 자아를 중심으로 창작해야 한다고 주장하였고 이는 저우쭤런의 산문과 부합되었다. 저우쭤런은 이 시기에 신문화운동 초기의 비판정신은 사라지고 평이하고 온화한 소품문을 창작하였는데, 고전문예이론의 예를 들어 자신의 입을 빌어 남의 말을 하는 재도파載道派의 글쓰기에 반대하고 자신의 말을 하는 언지파言志派의 글쓰기를 주장하였다. 그는 소품문을 개인적 문학의 첨단이자 언지적 산문이라고 보았다. 린위탕과 저우쭤런의 이러한 주장은 1930년대 산문에서 나타난 소품문의 이론적 배경이 되었다.

린위탕이 발간한 『논어』 등 간행물은 루쉰, 궈모뤄郭沫若, 마오둔茅盾과 같은 진보적인 지식인들의 작품뿐만 아니라 이들에 반대하는 문장도 게재되었다. 또한 국민당의 탄압적 문화정책으로 린위탕은 국민당의 통치를 신랄하게 풍자하는 글도 쓰게 되었다. 그러나 그의 풍자는 늘 웃음에 그치고 마는 해학적인 풍격을 취하고 있다. 또한 당시 중국의 급박한 상황에 비추어 볼 때, 시사적인 내용보다는 차나 술, 귀신의 이야기 등, 시대상황과는 동떨어진 소품문을 다량 창작하였다.

2. 저우쭤런

저우쭤런이 이 시기에 창작한 산문은 『영일집永日集』, 『간운집看雲集』, 『야독초夜讀抄』, 『고차수필苦茶隨筆』, 『풍우담風雨談』, 『과두집瓜豆集』 등에 수록되어 있다. 이 시기의 산문은 저우쭤런의 문예사상에 있어서 전환점과 같은 시기이기도 하다. 그는 「지난 날의 작업過去的工作」 가운데 다음과 같이 말하고 있다.

> 내가 문장을 쓰기 시작한 것이 을미년(1905년)부터이니 이미 40년이 되었는데, 이를 전후 두 단계로 나누어 볼 수 있다. 앞의 20년은 문학에 대하여 논하거나, 헝가리, 폴란드, 러시아 등과 같은 약소민족이나 피압박국가의 작품을 번역한 것이 많았다. 그러나 후에 점점 나 자신이 문학에 대하여 아는 게 없다고 느끼게 되었고, 그래서 이 방면의 판매대는 문을 닫았다. 그 이후 문화와 사상문제에 대하여 좀 관심을 가지게 되었다.

그가 말하는 전반기 20년은 1925년까지를 말한다. 그의 문장은 1925년 이후 신문화운동의 선구자적 풍격은 서서히 사라지고 은둔, 안일한 풍격을 나타내기 시작하였다. 신문화운동 시기부터 그의 삶을 본다면 저우쭤런은 혁명가와 은둔자의 양면성을 지니고 있었다고 볼 수 있다. 그의 전반기 문장이 혁명가의 입장에서 신문화운동의 견인차 역할을 했다면, 후반기는 은둔자의 안일하고 염세적인 태도로 시대의 요구를 외면하였다고 볼 수 있다. 더욱이 그는 1927년 이후 중국문단에서 본격적으로 등장한 혁명문학을 '재도문학載道文學'이라고 공격하였고 「재담유작귀再談油炸鬼」와 같은 글을 쓰는 등 매국노漢奸의 면모를 드러내기도 하였다. 그의 산문에서 다루는 내용은 1930년대에 들어서면서 생물학, 민속학, 사회학, 인류학, 심리학 등 매우 폭넓은 주제로 확대되어 갔다.

제4절 보고산문

보고문학은 문학성이 높은 통신문, 기사, 보고문의 총칭으로 사람들이 관심을 갖는 사회적 또는 정치적 사건을 신속하고 사실적으로 보도하기 때문에 다른 어떠한 문학 장르보다 그 시대나 사회와 매우 밀접한 관계를 맺고 있다. 보고문학은 사실에 대한 기록과 보도성 이라는 기능 외에 예술성과 문학성을 갖추고 있어야 한다. 때문에 어떠한 사건을 글로 옮기면서 줄거리의 전개나 인물의 형상화, 언어구상 등에 따라 그 문학적 가치가 결정된다. 마오둔茅盾은 「보고문학에 관하여關于報告文學」이라는 문장에서 보고문학에 대해 다음과 같이 정의하고 있다.

> 보고의 중요한 성질은 생활가운데 일어나는 어떤 사건을 즉시 독자대중에게 보고하는 것으로, 특정 사건을 제재로 삼고 있으므로 보고는 신문新聞의 성격이 농후한 것이다. 그러나 그것은 일반 뉴스기사와 다르다. 보고는 충분한 형상화가 필수적이기 때문이다.

마오둔은 또한 보고문학은 반드시 "소설이 가지고 있는 예술적인 조건들 –인물의 각화刻畫, 환경의 묘사描寫, 분위기의 선염渲染 등"을 갖추어야 한다고 말하고 있다.

중국의 첫 번째 보고문학 작품은 취츄바이瞿秋白가 1922년 『신보晨報』 기자로 러시아(구 소련)에 파견되었을 때 사회주의국가의 실상을 기록한 『아향기정餓鄉紀程』과 『적도심사赤都心史』이다. 그러나 중국에서 본격적으로 보고문학이 발전하기 시작한 시기는 1930년 좌익작가연맹의 성립 이후이다. 1930년 8월 4일 좌련집행위원회를 통과한 「무산계급문학운동의 새로운 정세 및 우리의 임무無産階級文學運動新的情勢及我們的任務」에서 다음과 같이 말하고 있다.

> 우리는 좌련 전체회원에게 공장과 농촌, 전선과 사회하층으로 갈 것을 호소한다.……맹렬한 계급투쟁과 파업투쟁으로부터, 불같은 향촌의 투쟁가운데, 평민의 야학과 공장의 포스터와 대자보, 각종 선전공작을 거쳐 우리의 보고문학(Reportage)을 창조하자!

이 문장을 통해 중국현대문학사상 첫 번째로 보고문학이라는 명칭이 정식 문학장르로 이름을 얻은 계기가 되었다. 좌련은 노농병통신운동勞農兵通信運動을 전개하면서 보고문학을 제창하였고 좌련의 간행물에는 다량의 보고문학 작품이 실렸다. 또한 『문예신문文藝新聞』, 『문학文學』, 『독서생활讀書生活』, 『중류中流』, 『문예文藝』 등 간행물은 위안수袁殊의 「보고문학론報告文學論」, 아잉阿英의 「상하이사변에서 보고문학까지從上海事變說到報告文學」, 후펑胡風의 「스케치에 관하여關于速寫」, 저우리보周立波의 「보고문학을 논함談談報告文學」, 마오둔의 「어떻게 보고문학을 쓸 것인가怎樣寫報告文學」, 저우싱周行의 「신형식-보고문학의 문제新形式-報告文學的問題」 등과 같은 보고문학과 관련된 토론과 문장을 게재하였다.

1931년 만주사변滿洲事變이 발발한 후 일본의 중국침략은 본격적으로 전개되었고 이와 같은 시대상황에서 국민의 관심은 빠르고 생동감 있는 시사보도를 요구하게 되었다. 보고문학은 이 시기부터 급격하게 발전하기 시작하였다. 상하이사변이 일어난 후 아잉은 1932년 이를 소재로 『상하이사변과 보고문학上海事變與報告文學』을 출판하였다. 1936년 마오둔은 방대한 규모의 보고문학 전집 『중국의 하루中國的一日』를 책임 편집하였다. 이것은 5월 21일 하루의 중국사회 전반에 대한 견문을 기록한 원고를 모집한 결과로서 총 3000여 편의 문장 중에서 490편이 선택되었다. 이 시기의 대표적인 보고문학 작품으로 샤옌夏衍의 「포신공包身工」과 쑹즈더宋之的의 「타이위안의 1936년 봄一九三六年春在太原」을 들 수 있다.

쑹즈더의 「타이위안의 1936년 봄」은 산시성山西省 타이위안太原에서 벌어지는 국민당의 반공정책을 묘사하고 있다. 작품은 보고산문이면서도 풍자적이고 서정적인 산문의 필치를 나타내고 있다.

샤옌의 「포신공」은 상하이의 일본 방직공장 자본가와 중국의 노무공급자가 결탁한 것을 묘사하면서 예속노동자包身工의 상황을 그려내고 있다. 1930년대 상하이는 자본주의 공업화의 외양을 갖춰가고 있었지만 노사관계에 있어서는 여전히 봉건적인 요소들이 존재하고 있었으며, 이것은 반식민지반봉건사회半植民地半封建社會의 필연적인 현상으로 제국주의와 봉건주의의 이중적 억압을 참혹하게 당하는 중국인 노동자들의 상황을 반영하고 있다. 샤옌은 노동자의 도움 하에 일찍이 공장에 깊이 들어가 예속노동자와 관련 있는 비교적 풍부한 자료를 파악하였고, 그는 예속 노동자의 삶이나 노동현장의 구체적 사실을 사실적인 필치로 묘사하였다.

샤옌의 「포신공」은 사건의 보도에 치우쳐 문학성을 결여하기 쉬운 보고문학의 단점을 극복하였다. 그의 예속노동자의 삶에 대한 묘사는 아주 구체적이고 형상적이었는데 예를 들어 예속노동자가 매일 기상하는 모습과 같은 세밀한 묘사는 그 광경을 직접 목격한 것처럼 느끼게 해준다.

팡즈민方志敏(1900~1935)은 쟝시성江西省 이양현弋陽縣 출신으로 1923년 공산당에 가입하여 쟝시 동북공산당정부와 홍군紅軍 제10군을 창시하였다. 그는 1934년 항일유격대를 지휘하여 동북지역으로 이동하던 중 체포되어 1935년 35세의 젊은 나이에 생을 마감하였다. 그는 옥중에서 「사랑스러운 중국可愛的中國」, 「청빈淸貧」, 「옥중기실獄中記實」 등 수 편의 산문을 남겼다. 그가 옥중에서 쓴 산문은 모두 자백서를 쓰라고 내 준 종이를 이용하여 쓴 작품들이기에 더욱 사실적인 감동을 자아낸다. 「옥중기실」은 그가 옥중에서 겪은 고문과 잔혹한 일들을 사실적인 필치로 묘사한 보고산문이라고 할 수 있다.

CHAPTER 10 1930년대 희극

History Of China Modern Literature

중국신문학이 탄생한 이후 다른 장르에 비해 비교적 완만한 발전양상을 보여 왔던 희극은 1928년 이후 희극의 대중화 운동에 힘입어 점차 활기를 띠게 되었다. 이 시기 희극의 특징은 다음과 같이 정리할 수 있다.

첫째, 1930년대 중국 희극계는 1920년대부터 활동하던 어우양위첸歐陽予倩, 훙선洪深, 톈한田漢, 딩시린丁西林, 슝포시熊佛西 등이 계속 활약하였고 1928년 이후 차오위曹禺, 리젠우李健吾, 샤옌夏衍, 쑹즈더宋之的, 아잉阿英, 위링于伶 등의 신진 작가가 출현하면서 괄목할 만한 성과를 이루었다. 이들은 중국 고전극에 대한 연구뿐만 아니라, 서구 희극에 대한 이론 연구를 하여. 많은 희극이론서가 나왔고. 초기 외국 희극의 번역이나 모방에 의존하던 단계에서 벗어나 우수한 극본을 창작하였다. 샤옌과 쑹즈더, 아잉, 위링 등의 작가는 중일전쟁 이후 1940년대 창작에서 성과를 나타내기 시작하였다. 또한 이전에는 경제사정상 희극활동을 직업으로 선택할 수 있는 상황이 안 되었으나, 희극공연이 활발해지고. 희극배우를 육성하는 기관에서 전문 희극인을 육성함으로서 전문 희극인이 생겨나, 희극은 더욱 발전하게 되었다.

둘째, 샤옌夏衍, 정보치鄭伯奇, 첸싱춘錢杏邨 등 좌익문인들의 극예술활동이 활발하게 전개되었다. 이들은 1929년 10월 상하이예술극사上海藝術劇社

를 창단하고, 무산계급문학을 제창하였는데, 이것이 중국 최초의 좌익 희극 단체이다. 1930년 3월에는 상하이예술극사와 희극협사戲劇協社, 남국사南國社, 신유극사辛酉劇社 등 7개 희극단체가 연합하여 상하이극단연합회上海劇團聯合會를 설립하였다. 상하이극단연합회는 그 해 8월에 중국좌익극단연맹中國左翼劇團聯盟으로 명칭을 바꾸었다가, 1931년 1월에 다시 중국좌익희극가연맹中國左翼戲劇家聯盟(약칭 劇聯)으로 명칭을 바꾸었다. 극련은 많은 희곡을 창작하고 공연에 역량을 쏟아 희극대중화운동에 앞장서며 1930년대 좌익희극 운동을 전개시켰다.

셋째, 1931년 이후 일본군의 중국 침략이 본격화되면서 희극은 항일구국운동의 일환으로 크게 성황을 이루었다. 당시 농촌이나 도시 빈민층은 대부분이 문맹이었으므로. 그들을 계몽하기 위한 수단으로는 연극 보다 좋은 것이 없었다. 그래서 국민에 대한 애국심을 고취하여 항일구국운동에 동참시키기 위한 수단으로 희극이 애용되었다. 그러나 국민들을 계몽시키고 애국심을 불러일으켜 일본제국주의에 대항케 하기 위한 애국극愛國劇은 순수한 문학과 거리가 있어 작품의 양은 많으나 문학적 가치가 있는 작품은 적었다.

1930년대 희극계는 보편적인 발전을 하였을 뿐만 아니라, 예술적으로도 초기에 비해 많이 성숙해졌다. 이 당시의 희극계는 크게 셋으로 분류된다.

우선 좌익작가연맹에서 활동하던 훙선, 톈한, 샤옌 등으로, 이들은 무산계급혁명의 선전극과 아울러 국민당 정부에 대한 비판, 그리고 항일 애국운동을 고취시키기 위한 희극활동을 전개하였다. 또 하나는 국민당정부에서 좌련에 대항하기 위해 몇 개 희극단체를 규합하여 결성한 중국희극협회中國戲劇協會이다. 그들은 국민당의 정책을 홍보하고, 항일구국의 애국정신을 고취하는 극본을 썼다. 그리고 당시에 성행하던 이념논쟁과는 무관하게 비교적 자유롭게 문예활동을 한 작가들로 차오위曹禺, 리젠우李健吾, 스저춘施

蟄存 등이 있다. 오히려 이들처럼 정치로부터 일정한 거리를 둔 작가는 많을 뿐만 아니라, 이들 작품의 예술적 성과도 비교적 높다는 평가를 받고 있다.

제1절 차오위

1. 차오위의 생애

차오위曹禺(1910~1996)의 본명은 완자바오萬家寶이며, 톈진天津의 몰락한 관료집안에서 태어났다. 차오위는 문학을 좋아하는 부친의 영향으로 어려서부터 중국 고전문학을 배웠다. 그러나 그의 부친은 군인출신의 관료로 신해혁명이후에도 변하지 않는 관리들의 부패에 실의를 느끼고 사직하였다. 아버지의 불우한 처지로 인해 집안 분위기는 늘 어두웠고, 차오위는 이러한 우울한 가정의 분위기 속에서 고전을 읽으며 자랐다. 그는 후일 「차오위 '뇌우'를 말하다曹禺談『雷雨』」에서 다음과 같이 회고하고 있다.

> 『뇌우雷雨』, 『일출日出』, 『베이징인北京人』에 나오는 인물들을 나는 이미 오랜 시간 보아왔다. 한 시절을 그들과 하루 종일 함께 하였다. 그래서 나는 그들이 말하는 것, 하는 일 등을 쓸 수 있었다.『雷雨』、『日出』、『北京人』里出現的那些人物, 我看得很多了, 有一段時期甚至可以說是和他們朝夕相處. 因此, 我寫他們說的話、做的事.

이는 그가 어린 시절 경험한 가정환경과 분위기가 작품 속에 반영되고 있음을 의미하는 것이다. 게다가 차오위의 어머니는 그를 낳은 지 3일 만에 병사하였고, 차오위는 이모 밑에서 자랐다. 차오위는 어려서부터 연극을 좋아하는 이모를 따라 경극과 문명희文明戲 등을 보러 다니며, 희극공연에 대하여 흥미를 갖게 되었다.

차오위는 1922년 톈진 난카이중학南開中學에 재학 중에 난카이신극단南開

新劇團에 참가하여 직접 연극에 출연도 하였으며, 또한 교내 문학회에 가입하여 시와 소설을 쓰며 극작가로서의 기초를 닦았다.

1928년 난카이대학 정치학과에 입학하였으나 정치학에는 관심이 없었고, 여전히 희극에 심취하여, 칭화대학清華大學 서양문학과로 전학하였다. 칭화대학 재학 중에도 세익스피어, 오닐, 호프만 등의 극본을 읽고 연구하였으며, 1933년 대학 졸업을 앞두고 그의 처녀작인 『뇌우』를 완성하고, 다음 해 『문학계간文學季刊』에 발표하였다. 『뇌우』는 발표되자마자 문단의 주목을 받았으며, 중국현대문학사에서 희극 창작도 성숙기로 접어드는 전환점의 역할을 했다는 호평을 받았다.

『뇌우』, 『일출』, 『원야原野』는 차오위의 창작생애에서 첫 번째 단계를 대표하는 작품들이다. 봉건적인 가족제도에 대한 비판과 개성해방을 주제로 삼고 있으며 이 세 편을 창작하는 과정에서 주제의식은 심도를 더해갔다. 『뇌우』는 위선적인 봉건가족제도와 여성문제를 다루었고, 『일출』과 『원야』는 반식민지 자본주의가 양산한 사회문제와 농민문제를 반영하고 있다.

1934년 차오위는 톈진에 돌아와 희극활동을 계속하면서 『일출』을 발표하여 『대공보大公報』의 문예희극상을 수상하였다.

1936년 난징南京의 국립극전國立劇專에서 교직을 맡기도 했던 차오위는 중일전쟁이 일어나자 충칭重慶으로 옮겨가는 국립희전을 따라 쓰촨四川으로 와서, 쓰촨 등지에서 창작생애의 두 번째 단계에 해당하는 작품들을 발표하기 시작하였다. 이 시기 그는 1938년 쑹즈더宋之的와 합작 개편한 항전극 『흑자28黑字二十八』, 1939년 『태변蛻變』, 1940년 『베이징인北京人』, 1942년 바진巴金의 소설 『가家』를 개편한 4막극 『가』를 발표하였다.

중화인민공화국 수립 이후에도 1954년 『청명한 날明朗的天』, 1961년 『담검편膽劍篇』, 1978년 『왕소군王昭君』 등 많은 작품을 발표하였다. 차오위는 중앙희극학원 원장, 베이징인민예술극원 원장, 중국희극가협회 주석 등을 역임하며 중국현대희극발전에 기여하였다.

2. 『뇌우』

『뇌우』는 1935년 4월 일본에 유학 중인 중국학생들이 조직한 '중화동학신극공연회中華同學新劇公演會'가 도쿄東京 신전일교강당新田一橋講堂에서 첫 번째 공연을 하였다.

『뇌우』는 차오위의 대표작으로 1920년대 중국사회의 한 봉건적이고 위선적인 가정의 비극적인 가족사를 반영하고 있다. 작품은 오전에서 오후 2시까지의 시간적 배경, 저우周씨의 거실과 루魯씨네 방을 공간적 배경으로 두 집안의 30년간에 걸친 왜곡된 애정문제와 갈등을 함축적으로 담아내고 있다. 극중에서 저우푸위안周朴園은 『뇌우』의 중심인물로 작가는 그의 음험하고 위선적인 면모를 통해 당시 중국사회의 봉건적인 가정사의 민낯을 폭로하고 있는 것이다. 저우푸위안은 30년 전, 젊은 시절 여종 루스핑魯侍萍을 사랑하였다. 그러나 그는 돈 있는 집안의 딸과 결혼하기 위하여 스핑을 버린다. 스핑은 이에 충격을 받고 물에 뛰어든다. 당시 저우푸위안은 비록 아버지의 뜻에 따를 수밖에 없었다고 핑계 대지만 본래 자신도 아버지의 명령에 거부할 생각은 없었다. 그는 자살한 줄로 알았던 스핑이 살아 돌아오자, 냉정한 태도로 단지 "뭐 하러 왔어?"라고 물음으로써 그의 이기적이고 잔인한 본성을 드러내기 시작한다. 저우푸위안과 애정 없는 결혼을 한 판이繁漪는 입센의 희극 『인형의 집玩偶家庭』의 주인공 노라와 같은 처지에 있다. 극중에서 저우푸위안의 성격은 판이의 대사를 통해서 더욱 노골적으로 드러나며 전형화된다. 원래 활발한 성격의 판이는 "그(저우푸위안)의 말이 곧 법他的意見就是法律"인 숨 막히는 봉건가정 안에서 "점점 돌로 조각한 것 같은 생명력이 없는 사람으로 변해간다漸漸地磨成了石頭樣的死人."

저우푸위안의 전형성은 또한 자신의 공장에서 루다하이魯大海 등 파업노동자들을 진압하는 태도에서도 드러난다. 저우푸위안은 가족과 노동자들에 대한 태도를 통해 전형적인 봉건지주의 계급적 본질과 식민지 매판자본가의 본질을 드러내고 있다. 하지만, 그는 가정에서는 여전히 '인의도덕仁義道德' 같은 봉건윤리를 강조한다. 그러나 차오위의 리얼리즘적 창작태도는 저우푸위안을 하나의 '인간'으로 묘사하고 있다. 그도 젊은 시절에는 스핑을 순수하게 사랑할 줄 알았고, 그녀가 자살했다는 소식을 듣고 이 일을 평생 마음속에 아픈 상처로 기억하는 하나의 청년이었다. 그는 죽은 줄 알았던 스핑이 나타나자, 그와 그녀 사이에서 난 아들 저우핑周萍에게 스핑이 친어머니임을 알려주며, 잠시나마 스핑에게 참회의 태도를 보인다.

독선적이고 가부장적인 저우푸위안과 달리, 그의 아내 판이는 5.4의 영향을 받아 개성해방을 추구하는 신여성이다. 극중에서 판이의 형상에는 두 가지 비극이 점철되어있다. 우선 개성해방을 추구하는 여성으로서 봉건적인 억압으로 가득한 가정생활을 감내해야 하는 비극이다. 또한 그녀는 저우푸위안의 아들 저우핑에게 애정을 갈망하지만, 저우핑 역시 본질적으로 그의 아버지와 다를 바 없이 그녀를 버린다. 5.4의 세례를 받은 그녀가 어째서 저우핑과 불륜관계에 빠져들게 되었는지에 대해 차오위는 이것을 총체적인 시대의 불행이라고 결론짓고 있다. 판이는 그녀와의 관계에 대해 우유부단한 저우핑에게 "나는 결코 후회하지 않는다我不反悔"라고 말하며, 그녀의 불륜은 충동적인 일탈이 아닌, 봉건적 억압구조에 대한 반역임을 주장한다.

저우핑은 가부장적인 아버지에게 영혼을 얽매인 입장이라고 볼 때, 봉건제도의 피해자이기도 하지만, 판이와 쓰펑四鳳에 대한 태도는 가해자의 입장에 있기도 하다. 그는 아버지 저우푸위안의 어두운 그림자가 늘 드리워져 있는, 우울하고 모순적이며 때로는 비겁한 인물이다. 그는 쓰펑을 사랑하지만 저우푸위안이 젊었을 때 스핑에게 했던 것처럼, 저우핑 역시 현실을 극복할 자신은 없다. 스핑은 딸 쓰펑이 자신의 전철을 밟지 않기를 바라지만 쓰펑은 결국 스핑이 겪었던 비극을 다시 되풀이하고 만다.

1934년 차오위는 4막극 『일출』을 발표하였다. 『뇌우』는 가정비극에 초점을 맞춰 현실을 비판하고 있다면 『일출』에 와서는 사회비극을 직접 반영하는 것으로 그 의미가 확대되었다. 『뇌우』에서도 파업을 통한 자본가와 노동자의 갈등을 묘사하고 있지만 이는 극 중에서 정면적인 묘사는 아니었다. 『일출』은 반식민지로 전락해 가는 도시의 배금주의拜金主義가 빚어낸 비극적인 현실을 중점적으로 묘사하고 있다. 매판자본의 확대와 식민지의 도시화가 진행됨에 따라 "없는 자를 착취하여 있는 자를 받드는損不足以奉有余" 불합리한 현상이 고착화되기 시작한다. 『뇌우』가 봉건적인 가부장제를 비판하고 있다면, 『일출』은 배금주의를 비판하고 있다. 극중의 중심인물 천바이루陳白露의 시선에는 상류층의 위선적이고 부패한 삶과 하류층의 고난에 찌든 삶이 공존한다. 대풍은행大豊銀行의 경리 판위에팅潘月亭은 쓰러져 가는 은행을 유지하기 위해 온갖 수단과 방법을 가리지 않으며, "사람은 돈이 없으면 안 된다. 돈이 없으면 살아갈 수도 없다.人不能沒有錢, 沒有錢就不要活着"는 배금주의 인생관을 가진 악덕자본가의 전형이다. 그의 주변 인물들, 리스칭李石淸, 구바나이나이顧八奶奶, 후쓰胡四, 장챠오즈張喬治 등은 모두 반식민지의 자본주의화 과정에서 양산된 쓰레기와 같은 존재들이다. 판위에팅은 은행의 도산을 막기 위해 신식 건물을 새로 짓는다고 거짓소문을 내지만, 이를 눈치 챈 리스칭은 그를 협박하다가 둘 다 망하고 만다. 차오위는 작품 속에서 이들에 대해 증오와 연민을 동시에 나타내고 있다. 그는 「일출 · 발문日出 · 拔」에서 "『일출』의 악역들을 나는 깊이 증오하고 있다. 그러나 나도 모르게 그들의 총명함(헛 똑똑함)이 불쌍하다는 생각이 든다." 『뇌우』와 달리 『일출』은 암울한 내용에도 불구하고 역사의 진보에 대한 작가의 확신이 반영되어 있다. 이는 마치 마오둔茅盾의 『한밤중子夜』에서 제목이 암시하듯이, 『일출』 역시 '내일의 태양'을 맞이하기 위해서는 '어두운 밤'을 지나야 한다는 것을 의미하고 있다.

3. 『베이징인』과 『원야』

1941년 발표한 3막극 『베이징인』은 베이징의 사대부집안 삼대三代를 소재로 봉건대가정이 몰락해 가는 과정을 묘사하고 있다. 이 작품은 1941년 10월 충칭重慶에서 첫 번째 공연을 가졌다.

'제일대베이징인第一代北京人' 쩡하오曾皓는 봉건가정의 정신적 지주支柱로 늘 인의도덕을 중시하고 살아가지만 그것은 가면일 뿐, 그 이면裏面에는 허위적인 위선만 가득할 뿐이다. 그는 파산이 임박하자 자신이 죽으면 들어갈 관을 빚쟁이에게 몰수당하지 않으려고 몸부림치는가 하면 혼기가 지난 처조카를 시집보내지 않고 몸종처럼 부리는 이기적인 모습을 보여준다. 그의 아들 쩡원칭曾文清은 '제이대베이징인第二代北京人'으로 똑똑하고 선량한 성품의 소유자이지만, 전통적인 봉건문인의 습성을 이어받아 사대부의 무사안일주의에 빠져 있는 인물이다. 그는 늘 무병신음無病呻吟 식의 시와 부賦만 짓고 있을 뿐 현실 문제를 헤쳐 나갈 의지는 전혀 없다. 결국 그는 현실과 이상의 괴리를 견디지 못하고 아편을 삼켜 자살하고 만다. 루이전瑞貞은 '제삼대베이징인第三代北京人'으로 신사상의 영향을 받은 인물이지만 애정 없는 결혼을 하여 시어머니에게 시달림을 당할 뿐이다. 그녀는 결국 용감하게 이 '봉건적인 새장'을 박차고 나갈 결심을 한다. 차오위는 루이전의 형상에 앞날의 희망을 제시하고 있다. 차오위는 「극작가들과 독서와 글쓰기를 논하다和劇作家們談讀書和寫作」에서 『베이징인』의 창작동기에 대해 다음과 같이 말하고 있다.

> 내가 왜 『베이징인』을 썼는가? 당시 나는 일종의 바라는 바가 있었는데, 이는 바로 사람은 사람답게 살아야 한다는 것이다. 당시 많은 사람들의 삶처

럼 그렇게 살아서는 안 되는 것이다. 어두움 속에서도 반드시 출로를 찾아야 한다.我爲什么寫『北京人』呢? 當時我有一種願望, 人應當像人一樣地活着, 不能像當時許多人那樣活, 必須在黑暗中找出一條路子來.

1936년 발표한 『원야』는 농촌을 소재로 한 작품으로, 부패한 자본주의 문명의 영향을 받지 않은 '원시성'에 대한 작가의 동경을 반영하고 있다. 극중의 주인공 처우후仇虎는 악질 지주 쟈오옌왕焦閻王에게 온갖 박해를 당한다. 처우후가 탈옥하여 쟈오옌왕에게 복수를 하기 위해 그의 집으로 가지만 쟈오옌왕은 이미 죽고 없었다. 그는 쟈오옌왕의 아들 쟈오다싱焦大星을 죽이지만, 무고한 사람을 죽였다는 자책감으로 괴로워한다. 그는 한때, 처우후仇虎 자신과 약혼했다가 쟈오다싱焦大星의 후처가 된 화진쯔花金子를 데리고 도망가다 포위되자 자살하고 만다. 차오위는 처우후가 복수하는 과정에서 겪는 분노, 공포, 자책 등의 심리적 현상을 그가 지니고 있는 원야의 '원시성'으로 파악하고 있다.

제2절 홍선

어우양위쳰歐陽予倩, 톈한田漢과 함께 '중국연극 3인의 선구자中國話劇的三個奠基人'라는 평가를 받고 있는 홍선洪深(1894~1955)의 자는 첸짜이淺哉로, 장쑤성江蘇省 우진현武進縣 출신이다. 그는 어린 시절부터 전통학문을 교육받고 자랐지만 청나라가 몰락해 가는 것을 보고 신학문에 관심을 가졌다. 그는 1912년부터 4년 간 칭화대학清華大學에서 공부하면서 희극공연활동을 전개하였는데, 1916년 졸업 후 미국에 유학하면서 본격적으로 희극공부를 시작하였다. 그는 오하이오주립대학에서 화공학을 전공하였으나, 영미 연극에 더 많은 관심을 가지고 이미 영어로 「위지유실爲之有室」과 「돌아가다回去」를 쓰기도 하였다.

초기 홍선의 극본 또한 다른 작가들과 마찬가지로 반봉건과 민주사상을 주제로 다루고 있다. 「배 파는 사람賣梨人」는 과일을 파는 소상인이 건달토호들에게 과일을 빼앗기고 매까지 맞는 일을 소재로 쓰고 있다. 귀족의 자제들은 돈을 내지 않고 배를 먹다가 소란을 일으킨 후 오히려 그를 관가에 신고한다. 관가의 나리들 역시 늘 상인들이 파는 과일을 무전취식하는 무리들로서 귀족들의 말만 듣는다. 작품은 배 파는 사람이 겪은 억울한 일을 통해 부패한 관리들을 풍자하고 있다.

「빈민참극貧民慘劇」은 도시의 유랑민 왕이성王一聲은 가난을 견디지 못하고 아내를 저당 잡혀 도박을 한다. 왕이성과 함께 다니는 유랑민 무리도 처지는 마찬가지다. 극중에서 왕이성은 다음과 같이 묻는다.

> 무릇 여러 가지 악행이나 범죄는 결국 가난한 자들 자신의 죄란 말이오?凡種種惡事，種種犯法，果貧民自身之罪乎?

이는 빈민들이 겪는 고통이 사회의 구조적 문제임을 지적하고 있는 것으로, 관객들은 작품의 사회적 의미를 읽어낼 수 있다.

그는 1922년 귀국 후 상하이에서 창립된 상하이희극협사上海戲劇協社에 가입하여 연극운동에 참가하였고, 그 해 「자오옌왕趙閻王」을 발표하면서 주목을 받기 시작하였다. 작품에서 순박한 농민 자오趙씨는 생계를 위해 군벌의 군대에 간다. 그는 봉건군벌의 군대에서 생활하면서 점차 나쁜 습성에 물들어가고 나중에는 살인, 약탈, 방화, 강간 같은 인면수심의 악행을 거리낌 없이 저지르게 되는 과정을 묘사하고 있다. 자오씨는 살아남기 위해 범죄를 저지르는 자기배반의 삶을 살다가 탈영병 수용소에서 총살을 당하고 만다. 홍선은 작품을 통해 1920년대 중국의 군벌통치가 사회에 끼치는 죄악을 폭로하고 있는 것이다. 이 작품은 홍선이 기차에서 만난 군벌병사로부터 들은 이야기를 소재로 삼고 있다. 우페이푸吳佩夫군벌의 병사들은 펑톈奉天군벌과의 싸움에서 이긴 후, 포로들의 금품을 약탈하고 산채로 땅 속에 묻어버렸다는 이야기를 듣고 홍선은 군벌의 만행을 작품화하기로 결심하였다. 그는 잔인한 군벌의 병사들도 본래는 선량한 농민들이었음에 주목하고 「자오옌왕」을 창작하였다. 홍선은 이에 대해 『홍선선집洪深選集』의 「머리말自序」에서 다음과 같이 말하고 있다.

> '사회는 개인의 죄악에 대해 책임감을 가져야 한다.'는 말을 설명하자면 세상에는 본래부터 선한 사람과 악한 사람은 없다는 것이다. 선한 사람과 악한 사람은 모두 환경이 만드는 것이다.

작품 중의 자오씨는 사회악인 동시에 사회의 피해자이기도 하다. 이러한 홍선 작품 중의 사회적 의의는 이미 「빈민참극」에도 반영되어 있었던 것이다. 1923년 홍선은 상하이희극협사에 참가하여 연출을 담당하면서 중국희극형식에 전면적인 개혁을 시도하였다. 그는 「종신대사終身大事」의 배역을 정하면서 여자는 무대에 설 수 없던 종래의 전통을 깨고 여자 역은 여배우에게 맡기는 개혁을 단행하였다. 이로부터 중국희극계에는 남자배우가 여장을 하고 무대에 서는 일이 차츰 사라지기 시작하였다.

1930년대에 들어서면서 홍선의 창작은 혁명문학의 경향을 띄기 시작하였다. 1930년 1월 상하이예술극사上海藝術劇社는 '무산계급희극無產階級戲劇'의 구호를 제창하고 홍선은 국민당을 지원하는 미국의 제국주의 본성을 비판하는 희극 「죽음도 두렵지 않다不怕死」를 공연하였다.

홍선은 1930년 단막극 「오규교五奎橋」, 1931년 3막극 「향도미香稻米」, 1932년 4막극 「청룡담青龍潭」 등 혁명문학이론을 희극창작에 반영한 『농촌삼부곡農村三部曲』을 발표하였다. 홍선은 「농촌삼부곡 · 머리말農村三部曲 · 自序」에서 작품에 대해 다음과 같이 말하고 있다.

> 「오규교」에서 쓰고자 한 것은 농촌에 남아있는 봉건세력이었다. 「香稻米」에서 쓰고자 한 것은 농촌의 경제적 몰락이었다. 제삼부는 원래 「紅綾被」를 쓰려고 했는데, 이는 앞의 두 작품의 필연적 발전이었다.

제삼부를 「홍릉피紅綾被」로 쓰지 않고 「청룡담」으로 쓴데 대해 작가는 "쓰고자 한 것이 '생각이 실제에 못 미치기口惠而實不至' 때문이었다."고 말한다. 이로부터 알 수 있듯이 홍선의 『농촌삼부곡』은 작가에게 익숙한 강남농촌을 배경으로 1920~30년대 농민들이 겪는 고통과 농촌경제의 파탄을 묘사하고자 하는 것이다. 그러나 작가는 1920년대 창작과는 달리 작품가운데서 단순히 농촌의 현실을 묘사하는데 그치지 않고 고난 가운데 각성하고 반봉건주의와 반제국주의 투쟁의 길에 나서는 농민의 형상을 그려내고 있다.

「오규교」는 마을의 다리 오규교의 철거여부를 놓고 지주와 농민들 사이에 벌어지는 갈등을 소재로 삼고 있다. 마을의 오규교는 미신과 우매, 완고한 구제도의 상징으로 지주들은 이 다리를 지키려고 한다. 이들은 관리와 결탁하여 '육법六法'으로 농민들을 억압하지만, 결국 농민들은 이에 굴복하지 않고 다리를 철거하고 만다. 극중에서 오규교의 철거는 곧 농민을 억압하는 농촌의 봉건제도의 철거를 상징적으로 나타내고 있는 것이다.

「향도미」는 농촌의 경제적 파탄을 반영하고 있다. 극중의 주인공 황얼관黃二官은 적지만 자신의 토지를 소유한 중산층 농민이었다. 그러나 군벌의 혼전, 각종 세금, 투기상인의 착취와 같은 사회적 요인들은 그를 서서히 몰락하게 만든다. 게다가 수입쌀이 중국으로 들어오기 시작하면서 풍년이 들어도 오히려 쌀값이 하락하는 기현상이 일어나게 된다. 작품은 제국주의의 경제적 침략이 '풍년이 오히려 화가 되는豊收成災' 근본적인 원인으로 보고, 수입쌀과 수입품을 중국시장에 끌어들인 국민당 정부의 정책을 비판하고 있는 것이다. 또한 황얼관 일가족과 같은 중산층 농민이 겪는 비극은 당시 중국농촌이 몰락해 가는 과정에서 모든 농민들이 겪는 보편적인 현상임을 폭로하고 있다. 이에 대해 홍선은 「홍선선집 · 머리말洪深選集 · 自序」에서 다음과 같이 말하고 있다.

> 지주와 향신들, '육법六法'을 집행하고 질서를 유지하는 관리들, 고리대업을 하는 자본가들, 제국주의자들이 농촌경제를 침탈하도록 앞장선 매판자본가들, 이들에게 빌붙어 생활하는 개와 같은 앞잡이들, 이들의 구사회舊社會에서 처한 지위라는 것이 본래 농민을 착취하지 않을 수 없는 것이고, 농민을 압박하지 않을 수 없는 것이다. 결국 제도가 그들의 품성을 결정한 것이고 제도가 그들의 행위를 결정한 것이다. 그 제도를 뒤엎지 않으면 그들의 악행은 계속 이어질 수밖에 없을 것이다.

「청룡담」은 좡춘莊村의 좡빙위안莊炳元 일가를 중심으로 자연재해 앞에 속수무책인 농민들의 우매한 행동을 통해 전통적인 농민들의 사상적 한계를 비판하고 있다. 좡춘에 가뭄이 들자 농민들은 여러 가지 대책을 내놓으며 우왕좌왕 하지만 어느 것도 효과를 볼 수 없는 미신에 불과하거나 우매한 방법들이다. 극중의 리취엔성李全生은 이에 대해 "결심과 자신이 있다면 출로를 찾을 수 있다!有決心, 有自信, 總會尋出道路的"라고 외친다. 이는 작가가 극중에서 농민의 사상적 각성이 중요함을 일깨우고 있는 것이다.

제3절 리졘우

리졘우李健吾(1906~1982)의 필명은 류시웨이劉西渭로 산시성山西省 안이현安邑縣 출신이다. 그는 극작가뿐만 아니라 소설가, 문학비평가로도 유명하다. 리졘우의 아버지는 신해혁명을 주도한 인물로 1919년 북양군벌에 의해 암살당하였다. 리졘우는 어린 시절부터 아버지를 통해 신사상의 영향을 받았으며, 1920년에 베이징사범대학 부속중학교를 입학, 이 시기부터 극예술에 관심을 갖기 시작하였다. 졸업 후 칭화대학에서 서양문학을 전공하며 문학연구회에 가입, 창작활동을 시작하였다. 어린 시절 군벌에게 아버지를 잃은 리졘우는 "가난한 자들의 고통을 나의 것으로 여긴다.把窮人的痛苦看作自己的"는 창작원칙으로 창작생애를 일관하게 된다. 1923년 그는 『작화爝火』에 「출문지전出門之前」, 「사생자私生子」, 「진경進京」 등 세 편의 극작을 발표하였다.

리졘우의 1920년대 작품은 대체로 5.4 시기 개성해방과 혼인자유, 일본군의 침략, 또는 작가가 어린 시절 경험한 봉건군벌의 만행과 하층민들의 고통스러운 삶 등을 소재로 삼고 있다. 「진경」은 5.4 시기 개성해방과 혼인자유를 추구하는 청년을 묘사하고 있으며, 「지난濟南」은 일본군이 저지른 '지난濟南사건'을 묘사하고 있다. 「노동자工人」는 징한京漢철도 공사현장의 노동자들이 군벌과 토비의 약탈과 횡포에 시달리는 상황을 묘사하는 한편, 노동자들의 희생정신과 투쟁의지를 반영하고 있다.

리졘우의 1930년대 창작은 프랑스에서 시작된다. 그는 1932년 프랑스 파리에서 유학하면서 '9.18 사변'을 소재로 한 다막극 「화선지내火線之內」와 「화선지외火線之外」를 창작하였다. 「화선지내」와 「화선지외」는 모두 중국인들의 항일의지와 국공내전을 반대하는 목소리를 담고 있다.

1933년에 귀국 후, 그는 북벌北伐을 소재로 한 「이는 봄일 뿐이다這不過是春天」과 「삼십년三十年」을 발표하였고, 1934년 중국농촌의 몰락에 따라 파괴되어 가는 농민의 인성을 묘사한 심리극 「량윈다梁允達」와 「촌장의 집村長之家」을 발표하였다. 「량윈다」는 재산을 탐내 아버지를 살해한 량윈다의 내면에 병존竝存하는 선과 악의 갈등을 묘사하고 있다. 작가는 살부殺父사건 자체가 아닌 "내가 주목한 문제는 선악"이라고 말하면서 량윈다 내면의 심리를 집중적이고 세밀하게 묘사하고 있다.

그는 중일전쟁 이전까지 상하이 지난대학暨南大學 교수로 재직하면서 1936년 「이신작칙以身作則」, 1937년 「신학구新學究」 등을 발표하였다. 이 두 작품은 봉건적이고 위선적인 지식인과 대학교수를 풍자하고 있다. 리졘우의 1930년대 창작은 지방의 특색과 인물의 심리묘사에 뛰어나다는 평가를 받고 있는데, 작가는 이에 대해 「이신작칙 · 발문以身作則 · 跋」에서 다음과 같이 말하고 있다.

> 작품은 깊고 넓은 인성과 풍부한 지방색채의 바탕에서 창작되어야 한다. 그런 후에 인류의 보편적 정서를 전달할 수 있는 것이다.

리졘우는 중일전쟁 시기, 상하이에서 '고도孤島'의 희극운동을 전개하며 1939년 「황화黃花」, 1944년 「청춘靑春」 등을 발표하였으며, 1942년 미완성 전기극 「판마기販馬記」을 창작하였다.

CHAPTER 11
1930년대 문단의 동향

History of China Modern Literature

1930년대 중국현대문학은 초기 외국문학을 모방하던 단계를 벗어나 창작사상과 예술형식에 있어서 중국의 현실에 부합하는 독자적인 창작의 단계에 진입하게 된다. 중국현대문학사상 가장 우수하다고 평가되는 작품들이 대부분 이 시기에 나오게 되었다. 그러므로 이 시기를 신문학의 수확기라고 표현하기도 한다. 라오서老舍의 『낙타샹쯔駱駝祥子』, 바진巴金의 『격류삼부곡』, 마오둔茅盾의 『한밤중子夜』 등 장편소설과 차오위曹禺의 『뇌우雷雨』, 『일출』 등 희극작품은 이 시기 문학의 큰 성과로서 다양하고 심도 있는 시각으로 당시 사회의 현실과 모순을 반영하고 있다. 라오서, 바진, 마오둔, 차오위의 작품들은 다양하고 새로운 분야로 제재 선택의 폭을 넓힌 성과 이외에도 예술적 기교면에서 매우 심도 있는 성과를 거둔 작품들로 평가받고 있다.

1920년대 중반 5.4 신문화운동의 퇴조기의 경험과 1927년 4.12 정변 이후 정치지형도의 변화는 중국문단의 지형도에도 적지 않은 변화를 가져오게 된다. 1928년부터 중국문단에는 혁명문학에 대한 논의와 창작이 본격적으로 등장하게 되는데, 이로 인해 중국의 일부 현대문학연구자들은 이 시기를 '좌련시기문학'으로 규정하기도 하였다. 이 시기 후기 창조사와 태양사의 작가들을 중심으로 무산계급혁명문학이 전개되었는데, 이는 시대적 상황과 맞물리면서 문단의 호응과 지지를 얻기도 하였다. 이와 같은 문단의 지지를 바탕으로 1930년 3월 '좌익작가연맹左翼作家聯盟'이 결성되기도 하였다. 좌련문예는 정치적이고 투쟁성이 비교적 강한 작품들이 다수를 차지하며, 제국주의 침략의 본질과 죄악을 폭로하고 반식민지 투쟁을 제재로 삼는 작품이 대부분이었다. 인물형상의 묘사에 있어서 농민과 도시노동자, 혁명가 등의 형상은 1920년대에 비해서 더욱 보편적인 설득력을 지닌 성숙한 기법으로 묘사되고 있다. 특히 1930년대 문학작품 속의 농민형상은 고난가운데서 각성하고 현실에 맞서 투쟁의 길로 들어서는 진일보한 사상을 지닌 형상들이 다수 등장하기 시작하였다. 이러한 농민형상을 통해 작가들은 반봉건반식민지 중국사회의 어두운 현실을 폭로하는 동시에 새로운 시대에 대한 희망을 제시하고 있는 것이다. 장광츠蔣光赤, 예쯔葉紫, 홍링페이洪靈菲 등의 작품과 '좌련오열사左联五烈士', 중국시가회中國詩歌會 등의 작품이 이 시기 좌련문예의 대표적인 작품들이라고 할 수 있다.

그러나 좌련에 참여한 작가들이 모두 무산계급혁명문학을 창작했던 것은 아니었고 당면한 중국의 현실문제에 대한 인식은 함께 하였으나 교조주의敎條主義에 경도된 혁명문학에 모두 동의하는 것은 아니었다. 루쉰과 좌련작가들 사이에 진행된 논쟁은 좌련의 문제점을 드러낸 예라고 볼 수 있다. 또한, 좌련문예는 정치투쟁에 치우친 창작경향으로 인해 공허하고 비현실적인 문제를 나타내기도 하였다. 특히 혁명가 형상의 묘사에 있어서 현실과 동떨어진 '혁명+연애'라는 소재를 상용함으로써 독자로 하여금 식상함을 느끼게 하는 '혁명낭만주의革命浪漫主義'의 폐단에 빠지기도 하였다. 이러한 작품 속의 인물형상은 현실감과 입체감이 떨어질 뿐만 아니라 단순하고 창백하게 느껴지기도 한다.

이 시기 중국 각지의 작가들은 군벌의 전횡이나 일본의 침략 등을 피해 비교적 창작활동이 자유로운 베이징이나 상하이, 톈진 등의 대도시로 이주하여 창작활동을 전개하였고 이들의 작품은 작가별, 지역별로 다양한 창작 경향을 나타내게 된다. 베이징을 중심으로 활동하던 작가들을 지칭하는 '경파京派'의 대표작가 선총원沈從文은 고향 샹시湘西지역을 배경으로 인간의 아름다운 품성을 묘사한 작품들을 창작하였다. '신감각파新感覺派'가 중심이 되는 '해파海派'의 작가들은 상하이를 중심으로 활동하며 근대도시와 자본주의가 양산한 다양한 인간군상에 대한 묘사를 통해 인간의 내면심리와 공허한 정서를 분석하고 있다. 일본의 만주국 수립 이후 일본군의 탄압을 피해 베이징과 톈진 등지로 이주하여 활동하던 '동북작가군東北作家群'은 주로 일본군에 저항하는 유격대의 활동과 고향에 대한 향수를 묘사하고 있다.

시 창작은 리진파李金發와 펑즈馮至 등 현대파現代派 시인들을 중심으로 상징주의 작품이 발전하기 시작하였다. 또한 푸펑蒲風, 무무톈穆木天 등 좌련작가들을 중심으로 1932년 중국시가회가 결성되었으며 이들은 항일투쟁을 독려하는 시를 창작하였다. 그 외에 장커자臧克家와 같은 시인들은 현대파나 중국시가회와 다른 시각에서 인생과 현실을 노래하는 작품들을 창작하였다.

산문 창작 역시 다양한 형태로 발전하였다. 한원파漢園派 작가 허치팡何其芳, 리광톈李廣田, 볜즈린卞之琳의 서정산문은 1920년대 문학연구회 작가들의 서정산문에 비해 한층 성숙된 작품들로 평가받으며, 특히 허치팡의 산문집『화몽록畵夢錄』은 1930년대를 대표하는 서정산문집으로 독자들의 주목을 받았다. 1920년대에 이어 루쉰의 잡문창작은 더욱 활발하였다.『이심집二心集』,『차개정잡문且介亭雜文』,『이이집而已集』 등 '투창과 비수'에 비유되는 루쉰 잡문의 특징을 대표하는 작품들이 이 시기에 창작되었다. 1932이후 린위탕, 저우쭤런을 중심으로 창간된『논어論語』,『우주풍宇宙風』,『인간세人間世』 등은 한적함과 유머를 풍격으로 삼는 소품문 창작이 발전하는 계기가 되었으며 논어파論語派 산문을 형성하였다.

희극 창작은 1920년대 서구의 극본을 번역 소개하는 단계를 벗어나 독자적인 작품이 창작되었다. 차오위, 홍선洪深, 톈한田漢, 샤옌夏衍 등은 많은 희극작품을 창작하였다. 또한 1930년대에는 다양한 극예술단체의 성립을 바탕으로 전개되었다. 상하이예술극사上海藝術劇社, 희극협사戲劇協社, 남국사南國社, 신유극사辛酉劇社는 1931년 중국좌익희극가연맹中國左翼戲劇家聯盟으로 통합하여 주로 항일구국운동을 전개하였다. 그러나 이들의 희극 작품은 정치선전적인 경향이 짙어 문학적 가치는 적다는 평가를 받고 있다.

1930년대 중국문단에는 이미 정치이념과 사상을 둘러싼 논쟁들이 복잡한 양상으로 전개되고 있었다. 그 논쟁들은 정치와 문학의 관계에 대한 관점의 차이, 그리고 문학과 정치를 어떻게 이합離合할 것인가의 문제를 놓고 진행되었다. 이러한 과정 가운데 중국문단은 창작의 이론과 실천이라는 문제에 있어서 문예대중화라는 명제에 주목을 하게 되었고, 이 문제를 놓고 중국문단은 수차례에 걸쳐 광범위한 토론과 논쟁을 벌였지만 뚜렷한 결론을 내놓지는 못하였다. 그러나 이 시기의 논쟁을 통해 중국문단은 창작에 있어서 이론과 실천의 문제에 대해 진지하게 접근하게 되고 문예이론이 발전하는 계기를 맞이하게 되었다.

제1절 문학사단과 유파

1. 신감각파

1920년대 후반 태양사太陽社와 후기 창조사의 '혁명소설'보다 조금 늦게 소설문단에 류나어우劉吶鷗, 무스잉穆時英, 스저춘施蟄存, 예링펑葉靈鳳을 중심으로 신감각파新感覺派가 형성되었다. 이는 중국최초의 모더니즘 소설유파라고 볼 수 있다. 일본 사소설私小說의 영향을 받은 위다푸의 자전소설

역시 모더니즘적 요소를 갖추고 있었지만 여전히 고전문학의 낭만주의적 색채가 강하다고 볼 수 있다. 신감각파의 소설은 중국문단에 본격적으로 모더니즘의 창작기법을 도입되기 시작하였음을 나타내고 있다.

1927년 4.12 정변 이후, 정치현실에 대한 좌절과 혐오를 느끼며 창작에서 새로운 출로를 모색하는 작가들이 다수 등장하였는데, 신감각파 역시 이와 같은 맥락에서 이해할 수 있다. 이들은 창작에 있어서 정치적인 색채를 배제하고 주로 퇴폐적이고 향락적인 도시생활과 배금주의, 이로 인한 인간소외를 묘사하고 있다. 신감각파의 작가들은 대부분 1927년 4.12 정변 이전까지 혁명문학을 추종하던 인물들이었으나, 4.12 정변 이후 혁명에 대한 실망과 좌절, 정치현실에 대한 염증을 느끼며 방황하게 되었다. 이들은 현실에서 느낀 공허와 좌절의 정서를 모더니즘 창작에 반영하기 시작하며 신감각파가 형성되었다.

중국 신감각파는 일본 신감각파의 영향을 받았다. 1928년 9월 류나어우는 반월간 『무궤열차無軌列車』를 창간하였다. 『무궤열차』에 실린 작품들은 진보적인 색채를 띠기도 하였으나 대부분 모더니즘 경향의 작품들이 게재되었다. 표현기교나 형식면에서 모두 새로운 방법을 추구하였다. 『무궤열차』에는 현대파의 다이왕수戴望舒와 쉬샤춘徐霞村, 스저춘施蟄存, 두헝杜衡, 린웨이林微 등의 작품이 실렸고, 루쉰과 태양사의 논쟁 기간 중에는 루쉰을 지지하는 펑쉐펑馮雪峰의 문장 「혁명과 지식계급革命與知識階級」이 발표되기도 하였다. 그러나 『무궤열차』는 겨우 8차례 발간하고 1928년 말 국민당에 의해 폐간되었다. 1929년 9월 스저춘, 쉬샤춘, 류나어우, 다이왕수는 『신문예新文藝』를 창간하였다. 펑쉐펑의 주도로 『신문예』는 정치적으로는 좌련을 지지하는 입장에 서게 되었다. 일본의 신감각파가 무산계급 문학의 대척점에서 탄생하고 발전한 것과는 다르게 중국의 신감각파는 무산계급 문학운동에 매우 적극적으로 참여했던 인물들이었다. 일본의 신감각파가 무산계급문학진영과 벌였던 형식주의논쟁은 두 문단의 대립각이 표면화된 대표적인 문학현상으로 볼 수 있을 것이다. 일본과는 상반되게 중국의 신감각파는 1930년 중국에 좌익작가연맹이 성립되자 지지선언적인 문장을 발표하기에 이른다.

> 1930년의 문단은 마침내 무산계급문학을 등장시키고, 동인들은 자신들과 독자 모두가 의기소침하여 안일을 탐하는 독서가로 남는 것을 원치 않았으므로 본 간행물 제2권부터 편집방침의 정신을 바꾸기로 결정했다. 一九三〇年的文壇終于將讓普羅文學擡頭起來, 同人等不願自己和讀者都萎靡着永遠做一個苟安偸樂的讀書人, 所以對于本刊第二卷起的編輯方針也決定改換一種精神.

본 지지의 입장이 게재된 『신문예』는 이후 좌련작가들의 작품을 다수 게재하게 된다. 이것은 제국주의의 길을 걷던 일본과는 다르게 중국이 처해 있던 반식민지라는 시대적 배경 하에 당연한 일이었을 것이다.

류나어우는 현대 도시생활을 묘사한 8편의 소설을 발표하고 1930년 단편소설집 『도시풍경선都市風景線』을 출판하였다. 그 밖에 일본 신감각파 단편소설을 모아 번역한 『색정문화色情文化』를 출판하였다. 그는 이 소설집의 「역자제기譯者題記」에서 일본 신감각파의 작품에 대하여 다음과 같이 말하고 있다.

> 문예는 시대를 반영하고 있다. 좋은 작품은 시대의 색채와 공기를 반영한다. 현재 일본의 시대 색채를 우리에게 보여줄 수 있는 것은 신감각파의 작품뿐이다. 여기 선정한 카타오카片岡, 요코미쓰橫光, 이케가야池谷 등 세 명은 모두 신감각파의 대표작가라고 할 수 있다. 그들은 모두 현대 일본자본주의 사회의 부패하고 건전하지 못한 생활을 묘사하고 있는데, 작품을 통해 내일의 사회와 새로운 길에 대한 암시를 나타내고 있다. 文藝是時代的反映, 好的作品總要把時代的色彩和空氣描出來的. 在這時期里能夠把現在日本的時代色彩描繪給我們看的也只有新感覺派一派的作品. 這兒所選的片岡、橫光、池谷等三人都是這一派的健將. 他們都是描寫着現

代日本資本主義社會的腐爛期的不健全的生活，而在作品中表露着這些對于明日的社會，將來的新途徑的暗示.

이는 일본 신감각파에 대한 평가일 뿐만 아니라, 류나어우의 신감각파에 대한 견해가 나타나 있는 것이다. 이후 류나어우는 프로이트의 심리학에 근거하여 인물의 심리묘사와 분석을 위주로 하는 『구마라십鳩摩羅什』, 『장군의 머리將軍底頭』 등의 소설을 발표하였다.

1932년 5월 『현대』를 창간되면서 신감각파의 작품이 집중적으로 소개되기 시작하였다. 『현대』의 작가들은 「창간선언創刊宣言」에서 다음과 같이 말하고 있다.

본 잡지는 문학창작에 있어서 어떠한 사조나 주의, 당파를 위해 만든 것이 아니다.本志并不預備造成任何一種文學上的思潮，主義，或黨派

이 「창간선언」은 좌련이나 국민당의 민족주의 문학과 거리를 두겠다는 것이며, 이전의 『무궤열차』나 『신문예』가 보여주던 좌익문예적 색채는 완전히 지워지고, 신감각파의 소설을 집중적으로 게재하겠다는 것이다. 『현대』창간 이후 신감각파의 소설은 더욱 발전하였는데, 이들의 소설은 당시 반식민지 자본주의 상하이와 밀접한 관련이 있는 것이다. 신감각파의 소설은 주로 퇴폐적인 도시문화와 남녀의 애정문제에 대해 색정적이고 원색적인 표현으로 묘사하고 있으며 이러한 도시문명 가운데 인간의 공허한 심리상태를 반영하고 있다. 신감각파의 소설은 주로 심리분석, 상징적 묘사 등의 창작 기법을 사용하고 있어 이들의 소설을 '심리분석파心理分析派'라고 하기도 한다.

무스잉의 「상하이의 폭스트로트上海的狐步舞」에서는 도입부에서 도시의 적막한 거리에서 바구니를 든 한 사람이 살해당하는 장면을 묘사하고 있다.

기존의 소설이 도입부에서 설정하고 있던 플롯의 인과관계를 설명하기 위한 육하원칙과는 전혀 다른 기법을 시도하고 있다. 작품은 도입부의 살인사건과는 무관하게 한 부유한 가정의 부자와 부부간의 타락한 생활을 묘사하고 이 가운데 어느 창녀의 어머니가 딸을 대신해 호객행위를 하는 장면이 삽입된다. 「상하이의 폭스트로트」는 도입부에서 이미 독자에게 다음과 같은 화두를 제시하고 있다.

> 상하이. 지옥 위에 세워진 천당! … 링컨로.-이곳에서 도덕은 발길에 짓밟히고, 죄악은 머리위로 높이 추앙받는다.上海. 造在地獄上面的天堂! … 林肯路.-在這兒，道德給踐在脚下，罪惡給高高地捧在腦袋上面.

「나이트클럽의 다섯 사람夜總會里的五個人」은 어느 토요일 밤 나이트클럽에 나타난 다섯 사람의 일상에 대해 이야기하고 있다. 금융투기에 몰두하다가 파산한 후쥔이胡均益, 상하이 사교계에서 젊음을 소비하다가 타락한 황다이첸黃黛茜, 회의주의자 리졔李潔, 대학생 정핑鄭萍, 해직당한 시청 비서 묘쭝단繆宗旦을 묘사하고 있다. 마지막에 후쥔이가 권총으로 자살하고 나머지 네 사람은 그의 시신을 수습하는 것으로 하룻밤에 다섯 사람의 삶을 마무리 하고 있다.

류나어우의 「두 시간의 불감증자兩個時間的不感症者」에서는 이기적인 무희를 묘사하고 있는데 그녀는 몇 시간 동안 남자의 품에 있으면서도 사람에 대한 진실한 감정 같은 것은 전혀 느끼지 못한다. 류나어우의 또 다른 작품 「유희遊戲」에서도 한 무희의 생활을 묘사하고 있다. 이 두 작품에서는 모두 도시인들의 인간관계는 '인성人性'을 상실한 채 마치 유희와 같은 관계만 유지하고 있음을 지적하고 있다.

그러나 한편으로 신감각파 작가들은 혁명문학에 대한 기대를 버리지 못하고 있었다. 이들의 작품 가운데는 여전히 혁명문학에 대한 미련을 읽을 수 있는 흔적을 많이 발견할 수 있다. 무스잉은 「피에로(pierrot)」 가운데서 상하이와 도시인의 어두운 심리를 표현하고 있다. 주인공 판허링潘鶴齡은 피에로의 생활을 하지만, 아무도 그를 알아주지 않을 뿐 아니라 그가 사랑하는 외국 여자도 그에 대해서 성실한 태도를 보이지 않는다. 더욱이 그이 부모 역시 그를 돈 버는 기계 정도로 밖에 여기지 않는다. 그는 늘 절망과 허무 가운데 생활하지만 우연히 화재현장에서 불길을 무릅쓰고 어머니를 구하는 농민을 목격하고 이에 감동받는다. 그는 오직 농민과 노동자만이 참된 '인성'을 소유하고 있다고 깨닫고 혁명에 참가한다. 그는 혹시 체포되더라도 굴복하지 않는다면 동지들의 환영을 받을 것이라고 기대하지만, 투옥된 이후 한쪽 다리를 자르고 출옥하게 되고 그에게 남겨진 것은 전과 다름없는 허무와 절망뿐이었다.

이처럼 신감각파의 작가들은 혁명문학에 대한 이상을 접어두고 또 다른 창작의 출로를 모색하는 과정에서 새로운 내용과 형식을 시도하고 있으며 이와 같은 시도는 도시의 일상을 표현하는 가운데 기존의 작가들과는 전혀 다른 창작특색으로 나타내고 있는 것이다. 즉 신기한 감각과 순간적인 이미지들을 포착하고 소설의 형식, 기법, 기교에 새로움을 더한 것이다.

신감각파의 대표적인 작품으로 스저춘의 「장군의 머리」, 「장마철의 저녁梅雨之夕」, 「착한 여인의 품행善女人行品」, 무스잉의 「공동묘지公墓」, 「백금의 여체조각白金的女體塑像」, 「성처녀의 감정聖處女的感情」, 「상하이의 폭스트로트上海的狐步舞」, 류나어우의 「도시풍경선都市風景線」 등이 있다.

2. 동북작가군

1930년대 중반부터 동북의 만주지역에서 남하한 작가들, 샤오쥔蕭軍, 샤오훙蕭紅, 수췬舒群, 뤄펑羅烽, 리후이잉李輝英, 바이랑白朗, 뤄빈지駱賓基 등을 가리켜 동북작가군東北作家群이라고 한다. 1931년 9.18 사변 이후 동북지방은 급속도로 일본의 식민지화 되어갔고, 일본 괴뢰정부의 탄압을 피해 동북지역의 많은 작가들은 고향을 등지고 남하하였다. 초기 그들은 일본군 점령 하에 있는 동북지역 농민들의 고난과 투쟁을 주로 묘사하였다.

그러나 시간이 지남에 따라 그들은 점차 창작 경향을 바꾸어 9.18 사변 이전 동북지방 농촌의 생활과 풍습을 작품에 반영하기 시작하였다. 그들은 타향에서 생활하면서 마음속에 간직하고 있는 동북지방 특유의 자연경관과 풍습 등을 작품 속에 그려내기 시작한 것이다. 자연히 이들의 작품은 향수와 감상적인 색채가 농후하였다.

샤오쥔과 샤오훙은 동북작가군을 대표하는 작가로 평가받는다.

샤오쥔蕭軍(1907~1988)의 본명은 류쥔劉均이며, 샤오쥔은 필명으로 랴오닝성遼寧省 이현義縣에서 태어났다. 1931년 9.18 사변이 일어나자 참전하였으나 일본에 패하자 1932년 군에서 나와 하얼빈으로 가서 문예활동을 시작하였다.

1932년 싼랑三郎이라는 필명으로 단편소설 「고추孤雛」를 『국제신보國際晨報』에 발표하며 본격적인 문예활동을 시작하였는데, 얼마 후 같은 신문에 「춘곡春曲」을 발표한 샤오훙을 만났다. 두 사람은 문학창작에 관심이 많다는 공유점이 있었고, 서로 고향을 떠난 어려운 처지를 동정하다가 부부가 되었다.

샤오쥔은 1934년 샤오훙과 함께 일본의 점령 하에 있던 하얼빈을 떠나 칭다오靑島로 와서 그의 대표작품이라고 할 수 있는 장편소설 『팔월의 향촌八月的鄕村』을 썼다. 그는 이 작품을 상하이에 있는 루쉰에게 보냈는데, 루쉰은 교정을 보고 출판까지 해주었다. 다음해 샤오훙과 함께 상하이로 온 샤오쥔은 루쉰의 조언을 받으며 창작활동을 하였다. 1937년 중일전쟁이 일어나자 상하이를 떠나 우한武漢을 거쳐 옌안延安으로 갔다. 그는 우한에서 부인 샤오훙과 이혼하였으며, 옌안에서는 공산당 간부들이 문예를 경시하는 것에 격분하여 딩링丁玲, 왕스웨이王實味 등과 함께 공산당에 항의하였다가 비판을 받기도 하였다.

샤오쥔의 대표작 『팔월의 향촌』은 동북지역의 항일무장투쟁 유격대인 중화인민혁명군 제9부대가 사령관 천주陳柱, 대장 톄잉鐵鷹을 중심으로 일본군 및 매국노 지주 무장단체와 벌이는 격렬한 전투에 대한 묘사와 유격대 내의 갈등과 모순을 사실적으로 그려내고 있다. 『팔월의 향촌』은 일본군의 침략에 맞서 고향을 지키려는 동북지역 농민들의 의지와 애국심을 성공적으로 묘사한 작품으로 평가받고 있다. 특히, 『팔월의 향촌』에서는 조선인 여성 안나安那를 매우 강인하고 헌신적인 인물로 묘사하고 있다.

『팔월의 향촌』 외에 3대가 한 집에 살고 있는 동북지방 농촌의 한 가정을 중심으로 사회가 변함에 따라 변모해 가는 농촌의 생활을 그린 장편소설 「제삼대第三代」 등이 있다.

샤오훙蕭紅(1911~1942)의 본명은 장나이잉張乃瑩이며, 헤이룽장黑龍江省 후란현呼蘭縣 출신이다. 9세에 모친을 잃고 외롭게 자랐으며, 중학교 때부터 문학에 관심을 가지기 시작하였다. 19세에 아버지가 강제로 결혼을 시키려고 하자, 이에 반항하여 가출하였으며 학교에서는 교원과 연애를 하다가 발각되어 퇴학을 당하기도 하였다. 1932년 하얼빈에서 문학 활동을 시작하며 『국제신보』에 시 작품 「춘곡春曲」을 발표한 것을 계기로 샤오쥔을 만나 결혼하게 되었다.

1934년 일본 점령 하에 있던 하얼빈을 떠나 남편 샤오쥔과 함께 칭다오를 거쳐 상하이로 왔다. 상하이에서 그녀는 남편 샤오훙과 함께 주로 동북지역에서 일본군의 침략에 맞서 싸우는 농민들의 삶을 묘사한 작품을 창작하였는데 이를 계기로 이들 부부는 '동북작가군'의 대표작가로 평가받게 되었다. 샤오훙은 상하이에서 중편소설 『생사장生死場』을 발표하였다.

1940년 홍콩으로 이주한 샤오훙은 가난과 폐병에 시달리면서도 중편소설『마백락馬伯樂』과 장편소설『후란허전呼蘭河傳』을 출판하였다. 그녀는 1942년 1월 31세의 외롭고 짧은 인생을 마감하였다.

여성 특유의 세밀한 관찰력과 섬세한 필치로 동북지역 사람들의 강인한 삶의 의지와 죽음에 대한 저항을 작품으로 그려낸 샤오훙의 삶은 작품과는 다르게 비극적이었다. 평생 건강이 좋지 않았으며, 1937년 그녀의 문학적 동료이기도 한 남편 샤오쥔과 이혼한 후, 질병과 가난 속에서 외로운 창작 활동을 지속하다가 31세의 나이로 삶을 마감하였다. 홍콩에서 폐병과 싸우며 쓴 후기 작품에는 샤오훙의 고향에 대한 애착이 더 많이 나타나 있다. 그녀는 고향인 후란허呼蘭河의 소도시를 배경으로 자신의 어린 시절 즐거웠던 때를 작품 속에 묘사하고 있으며, 한편으로는 자신이 목도한 주변인물의 비참한 생활에 대한 묘사를 통해 그들에 대한 연민을 나타냈다.

주요 작품으로는 중편소설『생사장』과『마백락』, 장편소설『후란허전』, 단편소설집『우마차에서牛車上』, 산문집『상점들의 거리商市街』등이 있다.

3. 태양사

1920년대 중반부터 제기되었던 혁명문학에 대한 논의는 1927년 4.12 정변을 계기로 구체화되기 시작하면서 이를 창작실천과 사회운동으로 확대하려는 문학사단과 작가군이 등장하였다. 이들은 주로 후기 창조사와 태양사를 중심으로 활동하던 작가들이었다.

1927년 겨울 장광츠蔣光慈, 첸싱춘錢杏邨 등이 상하이에서 태양사太陽社를 창립하였다. 멍차오孟超, 펑셴장馮憲章, 린보슈林伯修, 훙링페이洪靈菲, 다이핑완戴平万, 인푸殷夫, 구중치顧仲起, 런쥔任鈞 등 좌익작가들이 성원으로 활동하였다. 1929년 장광츠, 런쥔 등 태양사의 주요 작가들 일본으로 건너가 일본 도쿄에도 태양사 지부가 설립되었다. 이들은『태양월간太陽月刊』,『시대문예時代文藝』,『해풍주보海風週報』,『척황자拓荒者』등의 간행물과『태양사총서太陽社叢書』를 발행하였다. 또한 후기 창조사와 함께 혁명문학의 창작과 발전을 위해 주력하였다. 태양사의 작가들은 좌경노선의 교조주의와 종파주의에서 벗어나지 못하는 편협성을 드러내고 문학적 성과를 나타내지는 못하였다. 태양사는 1930년 3월 좌익작가연맹이 결성되면서 해체되었다.

4. 좌익작가연맹

1930년 3월 2일 상하이에서 중국좌익작가연맹이 성립되었다. 이 날 회의에는 루쉰, 펑쉐펑馮雪峰, 러우스柔石, 선돤셴沈端先, 펑나이차오馮乃超, 리추리李初梨, 펑캉彭康, 장광츠蔣光慈, 첸싱춘錢杏邨, 홍링페이洪靈非, 톈한田漢, 정보치鄭伯奇, 양한성陽翰笙 등 모두 40여명의 작가가 참석하였다. 이들은 "무산계급 해방투쟁의 전선에 서서 무산계급 예술의 출현을 돕고 이에 종사하는 것"을 좌련의 목표로 삼았다. 좌련은 선돤셴, 펑나이차오, 톈한, 정보치, 홍링페이 등 7인을 상무위원으로 선출하고, '맑스주의문예이론연구회馬克思主義文藝理論研究會', '국제문화연구회國際文化研究會', '문예대중화연구회文藝大衆化研究會' 등을 산하기구로 두었다. 창립회의에서 루쉰이 발표한 「좌익작가연맹에 대한 의견對于左翼作家聯盟的意見」은 당시 무산계급 문학의 건설에 대해 지도적 역할을 한 중요한 문헌으로 평가받는다. 좌련은 태양사의 간행물 『척황자』와 루쉰이 발행하던 『맹아萌芽』 외에 『세계문화世界文化』, 『북두北斗』, 『십자가두十字架頭』, 『문학文學』, 『문학월보文學月報』 등을 기관 간행물로 발행하였다. 좌련은 본부를 상하이에 두고 광저우, 톈진, 난징, 우한 등 도시와 일본 도쿄에 지부를 두었고, 좌련에 참여한 작가는 국민당의 백색테러와 탄압 속에서도 270여명으로 늘어났다. 좌련의 작가들은 자산계급 계급의 문예를 비판하고 문예대중화를 제창하는 한편 신진작가의 발굴과 혁명문학의 전파에 힘썼다.

좌련은 1936년 '문예계항일민족통일전선文藝界抗日民族統一戰線'이 형성되면서 자진 해산하였고, 이는 중일전쟁 이후 계급과 당파를 초월한 중화전국문예계항적협회中華全國文藝界抗敵協會로 변모하게 되었다.

제2절 문학논쟁

1. 혁명문학논쟁

4.12 정변 이후 1928년 출현한 무산계급문학운동을 주도해 온 좌익문인들은 무산계급문학의 역사적 필연성과 합리성을 이론적으로 논증하려는 시도를 하였다. 그들은 우선 유물사관의 관점에서 중국문학의 발전을 설명하고 1930년대는 필연적으로 무산계급문학이 탄생해야 할 시기임을 강조하였다. 또한 반봉건투쟁의 임무는 1920년대로서 종식되었고, 1930년대는 서구제국주의에 의해 중국에 이식된 매판자본주의와 투쟁해야 할 시기임을 주장하였다. 그들의 주장에 따르자면 1920년대 반봉건을 슬로건으로 내건 문학은 이미 구시대의 문학이 되었으므로 1930년대에는 무산계급문학이 문학의 주류를 이루는 것은 역사발전의 필연성을 지니고 있다는 것이었다. 그들은 또한 무산계급문학의 시대적 사명은 맑스 · 레닌주의를 대중에게 전파하는 일이라고 역설하였다.

『문화비판文化批判』 창간호에서 펑나이차오는 「예술과 사회생활藝術與社會生活」이라는 글에서 루쉰, 예성타오葉聖陶, 위다푸郁達夫 등을 모두 '사회변혁기의 낙오자社會變革期中的落伍者'로 비판하였다. 청팡우成仿吾는 「전면적인 비판의 필요全部的批判之必要」에서 루쉰에 대해 봉건잔당封建余孽, 파시스트法西斯蒂, 이중적인 반혁명자二重性的反革命的人物 등 원색적인 비난을 하였다. 이들은 주로 태양사와 창조사의 작가들로 이들의 중국문단을 향한 무분별하고 급진적인 비판은 곧 많은 문인들의 반박을 불러일으켰다. 그러나 일본에서 돌아온 리추리, 펑나이차오, 펑캉 등 후기 창조사의 중심인물들은 대중운동보다는 이론투쟁이 우선이며 직업혁명가가 되어 민중을 혁명의식으로 무장시켜야 한다는 일본공산당의 후쿠모토福本和夫의 영향을 받아 편협한 교조주의에 빠져 있었다. 이들은 루쉰을 혁명운동의 장애물로 여기고 문단을 향해 작가 이전에 혁명가가 될 것을 주장하였다. 루쉰은 이에 대해 다음과 같이 반박하였다.

> 머리에 낡은 잔재가 많이 있으면서도 일부러 그것을 숨기고 연극을 하듯이 자신의 코를 가리키며 "오직 나만이 무산계급이다!"라고 말해서는 안 된다. 不要腦子里存着許多舊的殘滓, 却故意瞞了起來, 演戲似的指着自己的鼻子道"惟我是無產階級!"

마오둔茅盾 또한 「고령에서 동경까지從牯嶺到東京」 등의 문장을 발표하여 무산계급문학이 구호나 선전으로 전락하는 현상에 대하여 비판하였다.

혁명문학논쟁의 주요 원인은 다음과 같이 정리할 수 있다. 첫째, 태양사와 후기 창조사의 신진작가들이 당시 중국의 상황을 기계적이고 도식적으로 분석한 것. 둘째, 문학의 사회적 작용을 과대평가한 것. 셋째, 계급간의 존재이전, 즉 사상개조의 어려움에 대해 깊이 고려하지 않고 있었다는 것이다.

논쟁이 종식되고 좌익작가연맹이 결성된 후, 루쉰은 「상하이문예계를 둘러보다上海文藝之一瞥」에서 당시 창조사와 태양사 작가들의 행동에 대해 다음과 같이 말하고 있다.

> 실제로 (이들 작가들의 주장이 나올만한) 사회적 기초가 있었기에 새로운 작가들 중에는 매우 실질적이고 정확한 사람들도 있었다. 그러나 당시 혁명문학운동은 나의 견해에 비추어 보자면 충분한 계획을 세우지도 않은 것이었기에 많은 문제점을 남겼다. 因爲實在具有社會的基礎, 所以在新分子里, 是很有極堅實正確的人存在的. 但那時的革命文學運動, 据我的意見, 是未經好好的計划, 很有些錯誤之處的.

여기서 루쉰이 말하는 "매우 실질적이고 정확한 사람들도 있었다是很有極堅實正確的人存在的"는 당시 루쉰을 공격했던, 현실을 제대로 파악하지 못하고 행동하는 젊은 작가들의 유치함을 풍자하는 의미가 있다고 볼 수 있다.

이와 같은 논쟁은 혁명문학의 형성되는 과정에서 야기된 것으로, 주로 극좌편향의 신진작가들과 루쉰과 마오둔을 비롯한 중견작가들을 중심으로 전개되었다. 혁명문학논쟁은 쌍방의 무산계급문학에 대해 이론적으로 성숙 발전할 수 있는 계기가 되었다고 볼 수 있으나, 루쉰은 이후 논쟁의 결과로 성립된 중국좌익작가연맹과는 거리를 두게 되었다.

2. '자유인' '제3종인' 논쟁

1931년 말 후츄위안胡秋原은 자신이 주필을 맡고 있는 『문화평론文化評論』에 「진리의 격문眞理之檄」을 발표하여 '자유로운 지식인이라면 '객관적인 입장'에 서서 '정치적인 편견'이 없는 사상에 기초하여 사상비평의 천직을 담당해야 한다고 주장하였다. 후츄위안은 또 「아구문예론阿狗文藝論」에서 "문학과 예술은 죽을 때까지 자유로운 것이고 민주적인 것이다文藝與藝術, 至死也是自由的, 民主的"라고 하고 "예술은 비록 '지상至上'은 아니지만 결코 '지하至下'도 아니다.藝術雖然不是'至上', 然而決不是'至下'"라고 말하고 예술을 정치의 확성기로 타락시켜서는 안되며, 그것은 예술에 대한 반역이라고 주장하였다. 또한 1932년 4월에 「문예를 침해하지 말라勿侵略文藝」, 5월에 「첸싱춘 이론의 청산과 민족문학이론의 비평錢杏邨理論之淸算與民族文學理論之批評」 등 문장을 통해 "예술은 선전이 아니며", "나는 자유인"이고, 한 종류의 문학이 문단을 장악하는 것에 반대한다고 하며 국민당의 민족주의문예운동과 무산계급문예운동을 동시에 공격하였다. 그는 양쪽의 문예를 모두 공격하는 것 같은 어조를 취하고 있지만 사실 주요 비판대상은 좌익문예였다. 좌련의 간행물인 『문예신문文藝新聞』은 문장을 발표하여 반박에 나섰다. 취츄바이

瞿秋白의 「'자유인'의 문화운동'自由人'的文化運動」과 펑쉐펑의 「『문예신문』에게 보내는 편지致『文藝新聞』的一封信」」는 후츄위안에 대해 '자유인'과 '문예자유'의 명의로 문화의 주도권을 탈취하려는 운동을 벌이고 있다고 비판하였다. 또한 "그들의 반혁명문학은 이미 민족주의문학보다 더욱 선봉에 서 있다."라고 말하고 그는 좌련의 작가들에게 "이들에 대해 폭로하고 투쟁할 수밖에 없다."라고 호소하였다.

좌익문인들이 후츄위안을 비판하고 나설 때 '제3종인'을 자칭하는 쑤원蘇汶은 후츄위안을 지지하고 나섰다. 그는 『현대』에 「『문예신문』과 후츄위안의 문예논변『文新』與胡秋原的文藝論辯」을 발표하고, 좌익문예에 대해 눈앞의 성과에만 급급한 '목전주의目前主義'라고 비판하고 '더 이상 진리와 문예를 추구할 수 없다'라고 공격하였다. 그들은 또한 좌련의 문예대중화운동을 비판하고 좌련의 작가들은 문학을 '연환도화連環圖畵'와 같은 구경거리로 전락시키고 작가를 선동가로 변질시킨다고 주장하며, "죽어도 문학을 놓지 않던 작가들이 결국 손을 놓지 않을 수 없을 것이다.死抱住文學不放的作者們終于只能放手了"라고 하였다. 그들은 좌익작가들로부터 반박을 받자, 「'제3종인'의 출로'第三種人'的出路」와 「문학의 간섭주의를 논함論文學上的干涉主義」를 써서 문예의 혁명적 경향과 예술의 진실성을 대립되는 구조로 파악하고 좌익문예활동을 "혁명을 빌어 사람을 억압하는 것是借革命來壓服人"이고 "그들 자신과 같지 않은 모든 것은 자산계급을 옹호하는 것으로 잘못 인식하고 있다.把所有和他們自己不大相同的人都錯誤地認爲是'資産階級的辯護人'"라고 주장하였다.

후츄위안과 쑤원은 객관주의의 입장에서 문학의 진실성과 예술존엄성을 표방하고 있다고 주장하고 있고, 이들의 좌익문예에 대한 비판은 어느 정도 설득력을 지니고 있다. 그러나 사실상 이들은 문예의 계급성과 정치성, 공리성을 부인하고 있었던 것이다. 좌익작가들은 이들의 주장이 무산계급문학이론의 정립과 실천에 저해가 되는 요소라고 규정하고 '자유인', '제3종인'

과 투쟁을 전개하였다.

취츄바이는 1932년 10월 「문예의 자유와 문학가의 부자유文藝的自由和文學家的不自由」를 발표하여 문학의 계급성에 대해 다음과 같이 천명하였다.

> 모든 문학가는 의식적이든 무의식적이든 그가 창작을 하든 침묵을 하든 그는 일종의 계급적 의식형태를 표출한다. 이렇게 얽히고 설킨 계급사회에서 어디로 피할 수도 없고, 무슨 '제3종인' 같은 것이 될 수도 없다. 每一个文學家, 不論他們有意的, 無意的, 不論他是在動筆, 或者是沉默着, 他始終是某一階級的意識形態的代表. 在這天羅地網的階級社會里, 你逃不到什么地方去, 也就做不成什么'第三種人'.

저우양周揚은 「도대체 누가 진리와 문예를 원치 않는가?到底是誰不要眞理, 不要文藝?」에서 쑤원의 관점에 대해 다음과 같이 반박하였다.

> 무산계급의 계급성, 당파성은 무산계급이 객관진리에 대한 인식을 방해하지 않을 뿐만 아니라, 오히려 그것은 객관진리의 인식하는 가능성을 강화하고 있다. 왜냐하면 무산계급은 역사발전의 최전선에 있고 그의 주관적 이익과 역사의 발전의 객관적 방향은 일치하는 것이다. 그러므로 우리는 현실에 대해 무산계급의 당파의 태도에 충실할수록 우리는 더욱 객관적 진리에 가까워지는 것이다. 無産階級的階級性, 黨派性, 不但不妨碍無産階級對于客觀眞理的認識, 而且可以加强它對于客觀眞理的認識的可能性, 因爲無産階級是站在歷史的發展最前線, 它的主觀的利益和歷史的發展的客觀的行程是一致的. 所以我們對于現實愈取無産階級的、黨派的態度, 則我們愈近于客觀的眞理.

루쉰은 「'제3종인'을 논함論'第三種人'」, 「'연환도화'를 변호함'連環圖畵'辯護」, 「다시 '제3종인을 논함又論'第三種人'」 등 문장을 발표하여 계급을 초월하고 현실을 초월한 문예관을 비판하고 문예는 전투적이어야 하며 현실을 위해 복무해야함을 주장하였다. "계급이 있는 사회에 태어나서 계급을 초월한 작가가 되려하고, 전투적 시대에 태어나 전투를 떠나 독립하려하고, 현재에 태어나 장래의 작품을 쓰려고 하면", 이는 마치 "자기의 손으로 머리를 뽑고 지구를 떠나려는 것과 같다."라고 말하고 "정말로 마음속의 환영을 만드는 것"이고 계급적인 입장을 초월할 수 없고, 전투를 떠날 수 없을 것이라고 말하고 있다.

이 논쟁은 문학과 정치의 관계에 대한 인식의 차이에서 비롯된 논쟁이었다. 이 논쟁을 통해 중국문단의 맑스주의 문예이론에 대한 인식의 지평을 넓히는 계기가 되었다.

3. 민족주의문예 논쟁

1927년 4.27 정변 이후 국민당은 폭력적인 수단으로 좌익문예를 탄압하는 동시에 국민당의 정책을 옹호하는 작가들을 규합하고 이들로 하여금 좌익문예에 맞서는 문예운동을 전개하게 하였다. 이들은 좌익문인들의 무산계급 혁명문학에 맞서는 구호로 '삼민주의문예三民主義文藝'를 내세우게 된다. 1930년 6월 국민당의 정책을 추종하는 작가들은 육일사六一社를 창립하고 문예지 『전봉주보前鋒週報』, 『전봉월간前鋒月刊』, 『문예월간文藝月刊』을 창간하여 소위 '민족주의문예운동'을 제창하였다. 그러나 육일사의 주요 성원이었던 주잉펑朱應鵬, 판공잔潘公展, 판정보範爭波, 황전샤黃震遐, 왕핑링王平陵 등은 모두 천궈푸陳果夫, 천리푸陳立夫 형제가 운영하는 국민당 비밀경찰조직인 CC단의 요원이거나, 군관, 정객들에 불과하다. 이들은 「민족주의문예운동선언民族主義文藝運動宣言」에서 '민족의식중심民族意識爲中心'론을 표방하고 민족의식은 계급의식에 우선한다고 주장하였다. 또한 이들은 민족주의로 맑스주의를 대신하여야 한다고 주장하면서 좌익문예를 비판하였다. 이들은 황전샤와 같은 어용 문인을 내세워 『전봉월간』에 소설 「용해선상龍海線上」을 발표하였다. 이 소설은 장제스가 군벌을 타도하고 나라와 민족을 위기에서 구한다는 내용을 쓰고 있는데, 이는 국민당을 찬양하는 선전도구일 뿐이었다.

황전사는 그 밖에 「황인종의 피黃人之血」, 「대상하이의 훼멸大上海的毁滅」, 「국문지전國門之戰」을 발표하였는데, 이 작품들은 모두 국민당의 소극적인 항일투쟁을 합리화하거나, 공산당을 탄압하고 매도하는 내용을 담고 있다. 「황인종의 피」는 원나라를 세운 징기스칸의 손자 바투가 중국의 여러 종족을 이끌고 러시아 원정길에 나선 것을 소재로 삼고 있다. 바투가 이끄는 병사들 중에는 원나라에 의해 멸망한 송나라의 병사들도 섞여 있었다. 이들은 몽고인을 위해 싸우기를 거부하고 반란을 일으켜 서로 싸우다가 결국 러시아인에게 정복당하고 만다. 이 작품은 결국 중국인들의 항일의지를 희석시키고 당시 사회주의 종주국인 러시아를 적대시하려는 의도가 드러내고 있는 것이다. 루쉰은 「중국문단의 도깨비中國文壇的鬼魅」에서 『사기 · 육고전史記 · 陸賈傳』을 인용하여, 민족주의문예운동에 대해 다음과 같이 비판하고 있다.

> 옛 사람도 일찍이 "일순간에 천하를 얻을 수는 있어도 일순간에 천하를 통치할 수는 없다"고 했다. 그래서 혁명문학을 소멸시키기 위해서는 문학의 무기를 사용해야 한다는 것을 느꼈기 때문이다. 古人也早經說過, "以馬上得天下, 不能以馬上治之." 所以要剿滅革命文學, 還得用文學的武器.

그 후 루쉰은 「어두운 중국의 문예계현상黑暗中國的文藝界的現狀」, 마오둔은 「민족주의문예의 현황民族主義文藝的現形」, 「황인종의 피 및 기타黃人之血及其他」, 취츄바이는 「도살자문학屠夫文學」, 「청년의 구월靑年的九月」과 같은 문장을 써서 민족주의문예운동의 허구성과 본질을 비판, 폭로하였다. 국민당의 민족주의문예운동은 좌익문예에 동의하지 않는 작가들조차 거들떠보지 않게 되었고 차츰 세간의 무관심 속에 사라져 갔다.

4. '두 개의 구호' 논쟁

1935년 12월 중국공산당 중앙정치국은 산베이陝北의 와야오바오瓦窯堡에서 회의를 열고, 국내의 민족모순과 계급모순에 근거한 새로운 형세가 형성됨에 따라 항일민족통일전선을 건설하는 노선과 방침을 정하였다. 같은 달, 저우리보周立波는 『시사신보時事晨報』 부간副刊인 『매주문화每週文化』에 「'국방문학'에 관하여關于'國防文學'」라는 글을 발표하였다. 1936년 톈한田漢은 「국방희극과 국난희극國防戱劇與國難戱劇」 등의 글을 발표하고 저우양周揚이 이에 호응하면서 좌익문예계에는 '국방문학'의 구호가 제기되었다. 그 해 4월 펑쉐펑馮雪峰은 공산당 중앙의 명령으로 산베이에서 상하이로 가서 루쉰에게 와야오바오 회의의 결과를 전하였다. 그는 와야오바오 회의의 정신은 "프로혁명문학의 좌익작가들이 항일 민족혁명전쟁의 전선으로 나아가기 위한 것爲了推動一向囿于普洛革命文學的左翼作家們跑到抗日的民族革命戰爭的前線上去"임을 강조하였다. 또한 "'國防文學'이라는 명사의 문학사상적 불분명함을 보충하고, '국방문학'이라는 명사에 대한 확실치 않음을 수정하기 위한 의견爲了補救'國防文學'這名詞本身在文學思想的意義上的不明了性， 以及糾正一些注進'國防文學'這名詞里去的不正確的意見"임을 강조하였다.

루쉰, 마오둔, 펑쉐펑, 후펑胡風 등은 '국방문학'이라는 구호를 대신하여 '민족혁명전쟁의 대중문학民族革命戰爭的大衆文學'이라는 구호를 제기하면서 '두 개의 구호' 논쟁이 시작되었다. 국방문학의 구호를 제창한 저우양은 루쉰과 후펑이 중심이 된 '민족혁명전쟁의 대중문학'에 대해 '새로운 것을 내세우지만 내용은 별다를 것이 없음標新立異'이라고 비판하였다. 후에 루쉰은 '국방문학'과 '민족혁명전쟁의 대중문학'의 '두 개의 구호兩個口號' 논쟁은 현 시국에서 무의미하다고 보고 있었다. 그러나 루쉰은 「현재 우리의 문학운동을 논함論現在我們的文學運動」, 「쉬마오숭 및 항일통일전선의 문제에 답함答徐懋庸幷關于抗日統一戰線問題」 등의 문장을 통해 '민족혁명전쟁의 대중문학'의 역사적 정당성을 지지하였다. 두 개의 구호논쟁은 사실상 저우양을 중심으로 하는 '국방문학'론과 후펑을 중심으로 하는 '민족혁명전쟁의 대중문학'론 사이에서 진행된 문예계통일전선의 주도권을 둘러싼 논쟁이었다.

5. '경파와 해파' 논쟁

경파京派와 해파海派는 명칭에서 알 수 있듯이 지역적인 개념이라고 할 수 있다. 사실, 경파와 해파의 문인들을 어느 범위까지 상정할 것인지에 대한 구체적인 기준도 없고 그렇기 때문에 경파와 해파를 문학유파로 볼 수 있는 근거조차도 분명치 않다. 중국현대문단에 출현한 문학사단이나 유파는 대체로 공통된 문학주장이나 창작경향을 나타내고 있는 것과는 달리, 경파와 해파 모두 어떠한 명확한 기준을 갖추고 있는 것은 아니었다.

해파문학은 근대 자본주의가 가장 먼저 유입된 상하이의 발전과정에서 출현한 문학현상이라고 볼 수 있다. 원래 해파라는 명칭은 경극계京劇界에서 사용되던 용어였다. 이후, 해파는 상하이를 중심으로 활동하던 작가들을 지칭하는 개념으로 사용되면서 '원앙호접파鴛鴦蝴蝶派'가 초기 해파로 알려지게 되었다. 대체로 해파로 지칭되는 작가들은 상하이의 서적시장과 독자의 취향을 잘 알고 있었고, 다른 작가나 유파와 비교해 볼 때, 문학의 시장성에 대해 이해하고 있었다. 하지만 이것이 해파로 분류되는 모든 작가나 문학사단이 창작을 상업적인 목적으로 이용했던 것을 의미하지는 않는다. 1930년대 해파의 중심에는 현대파現代派와 신감각파新感覺派가 있었다. 신감각파 이후는 장아이링張愛玲과 쑤칭蘇青 등도 해파의 범위에 포함된다고 볼 수 있다.

1920년대의 향토소설이 농촌의 비참한 현실을 다루는 리얼리즘적 색채가 강하였다면, 1930년대의 향토소설은 낭만주의적 색채가 짙었다고 볼 수 있다. 선총원沈從文은 낭만주의 향토소설의 대표작가라고 할 수 있는데, 선총원과 페이밍廢名, 샤오첸蕭乾, 주광첸朱光潛, 리젠우李健吾, 링수화凌叔華, 린후이인林徽因 등은 후에 경파로 불리게 되었다. 이들은 주로 1920년대 문학연구회에서 활동하던 작가들로 리얼리즘적 관점에서 서정소설, 풍자소설, 향토소설 등을 창작하였다. 대체로 경파라고 하면 1920년대 말에서 1940년대까지 고향을 떠나 베이징과 톈진, 칭다오 등 북방도시를 중심으로 창작과 학문활동을 하던 작가들을 가리킨다. 그들의 신분은 대학생이거나 교수가 대부분이었고, 창작에 있어서 자유주의와 탈정치적 입장을 견지하였으며 문학의 상업화에도 반대하였다. 그들은 『대공보大公報』의 『문예부간文藝副刊』, 『문학잡지文學雜誌』, 『수성水星』 등을 문학진지로 삼고 있었다. 그러나 경파 역시 여타 문학사단과는 달리 실질적인 조직이 결성되었거나 동일한 문학주장이 있었던 것은 아니었다. 경파문학은 당시 상하이에서 활동하던 신감각파 중심의 작가군을 지칭하는 해파문학에 대한 상대적인 개념일 뿐이다.

경파의 대표작가인 선총원은 1933년 9월 자신이 주편을 맡고 있는 『대공보』의 『문예부간』에 「문학자의 태도文學者的態度」라는 글을 발표하여 상하이의 문인들이 상인들과 결탁해서 문학을 상품화하는 풍토에 대해 비판하였다.

> 이런 사람들은 상하이의 서점, 신문사, 정부기관의 잡지에 기생하고 있고, 베이징에서는 대학, 중학 및 각종 교육기관에 기생하고 있다. 이런 사람들은 비록 고상한 척하지만 실제로는 매우 저속하다.這類人在上海寄生于書店、報館、官辦的雜誌, 在北京則寄生于大學、中學以及種種教育機關中. 這類人在附庸風雅, 實際上却與平庸爲緣.

위의 선총원의 글만 본다면 상하이 뿐만 아니라 베이징의 문인들도 포함해서 비판하는 것 같지만 사실 상하이의 문인들을 지칭하는 것이었다. 이에 대해 상하이에서 창작활동을 하던 쑤원은 12월 『현대』에 「상하이에 있는 문인文人在上海」를 발표하여, 도시를 반영하는 문학의 출현은 필연적인 것임을 강조하면서 '경파와 해파' 논쟁이 시작되었다. 루쉰은 경파와 해파의 논쟁에 대해 중립적이면서도 다소 풍자적인 입장으로 평가하고 있다.

> 베이징은 명 · 청대의 제도帝都이고 상하이는 각국의 조계租界이며, 제도에는 관官이 많고 조계에는 상商이 많다. 그래서 문인들이 베이징에 거주하면 관官에 가깝고, 상하이에 거주하면 상商에 가까운데, 관에 가까우면 관이 명성을 얻게 해주고, 상에 가까우면 상이 이득을 얻게 해주어 이것으로 입에 풀칠을 하며 살아간다. 내가 말하고자 하는 것은 '경파'는 관의 나팔수들이고 해파는 상의 도우미들일 뿐이다.北京是明清的帝都，上海乃各國之租界，帝都多官，租界多商，所以文人之在京者近官，沒海者近商，近官者在使官得名，近商者在使商獲利，而自己也賴以糊口．要而言之，不過"京派"是官的帮閑，"海派"則是商的帮忙而已.

사실 경파와 해파는 베이징과 상하이라는 각각 다른 생태환경 속에서 형성된 문학현상이며 창작경향이라고 볼 수 있다. 해파는 중국에서 가장 먼저 근대화된 도시를 배경으로 창작활동을 전개했기 때문에 당연히 현대적이고 시대적인 소재들을 창작에 반영하였던 것이다. 학원파로 불리기도 하는 경파 역시 제도帝都 베이징이라는 문화의 중심지에서 활동하면서 전통적 문인 사대부적인 이상을 가지고 창작활동을 전개했기에 전통인문정신을 견지하는 태도로 창작에 임했을 것이다. 결국 경파와 해파의 논쟁에서 루쉰은 다소 경파의 학구적 태도를 긍정하고 있지만, 한편으로 학원파學園派라고 불리던 경파는 급변하는 정치지형도와 자본주의의 물결 속에서 이에 능동적으로 대응할 수 없는 콤플렉스가 작용했다고 볼 수도 있을 것이다.

CHAPTER 12

1940년대 소설

History Of China Modern Literature

1930년대에 이어 1940년대에도 중 · 장편소설이 다량 발표되었다. 1940년대의 작품들은 1920~30년대에 비해 성숙한 창작역량이 반영된 작품들도 있었지만, 대체로 중일전쟁과 대륙의 정치적인 지형도를 반영한 작품들이 주류를 이루고 있었다. 1940년대 소설의 특징은 다음과 같이 정리해 볼 수 있다.

첫째, 중일전쟁이 확대되면서 난징南京이 함락된 후 국민당 정부가 옮겨간 충칭重慶과 상하이의 조계지 고도孤島에서 창작된 소설을 들 수 있다. 장아이링張愛玲의 소설은 조계지의 생활을 여성의 시각에서 작품 속에 반영하고 있으며, 첸중수錢鍾書의 소설은 대학을 중심으로 활동하는 위선적인 지식인들의 생활을 풍자적인 기법으로 묘사하고 있다.

둘째, 이 시기 발표된 장편소설 가운데 많은 작품들은 중일전쟁에서 비롯된 중국사회의 모습을 반영하고 있다. 바진巴金의 『한야寒夜』, 라오서老舍의 『사세동당四世同堂』, 마오둔茅盾의 『부식腐蝕』, 『서리맞은 잎은 이월의 꽃과 같다霜葉紅似二月花』, 장헌수이張恨水의 『팔십일몽八十一夢』, 사팅沙汀의 『도금기淘金記』, 『곤수기困獸記』, 『환향기還鄉記』 등을 들 수 있다. 단편소설집으로 아이우艾蕪의 『남행기南行記』와 장톈이張天翼의 『스케치3편速寫三篇』도

문단의 주목을 받았다.

셋째, 대장정 이후, 공산당이 통치하는 해방구를 중심으로 단행된 토지개혁과 계급투쟁을 소재로 다룬 '토지개혁소설土地改革小說'이 등장하였다. 해방구의 토지개혁소설은 1920년대부터 현대소설사의 흐름을 형성한 향토소설의 한 줄기로 읽어낼 수 있을 것이다. 자오수리趙樹理와 쑨리孫犁, 딩링丁玲과 저우리보周立波, 차오밍草明, 어우양산歐陽山, 류칭柳靑 등 작가들의 작품이 대표적이라고 할 수 있다.

제1절 쳰중수 장아이링

1. 쳰중수의 『위성』

소설가이며 학자로도 유명한 쳰중수錢鍾書(1910~1998)의 자는 모춘默存, 호는 구이쥐槐聚로 쟝쑤성江蘇省 우시無錫 출신이다. 1933년 칭화대학淸華大學 외국어문학부를 졸업한 후 영국으로 유학, 옥스퍼드대학에서 영문학전공으로 박사학위를 받았다. 귀국 후, 쿤밍昆明에서 시난연합대학西南聯合大學과 국립사범학원, 상하이지난대학上海暨南大學에서 교수를 역임하고 베이징도서관과 중앙도서관 고문을 지내기도 하였다. 중국고전문학과 서구문학에 조예가 깊었던 그는 1948년 중국고전시가평론집 『담예록談藝錄』을 출판하였다.

1941년 산문집 『인생가에 쓰다寫在人生邊上』를 출판하고, 1946년 단편소설 「영감靈感」, 「고양이猫」, 「기념紀念」, 「하느님의 꿈上帝之夢」 네 편을 수록한 소설집 『사람 · 짐승 · 귀신人 · 獸 · 鬼』, 1947년 그의 대표작품인 장편소설 『위성圍城』을 출판하였다.

1949년 이후 칭화대학과 베이징대학 교수, 1982년 중국사회과학원 부원장을 역임하였다. 동서고금의 인문학에 박식했던 쳰중수는 『송시선주宋詩選注』, 『구문사편舊文四篇』, 『관추편管錐編』 등을 저술하기도 하였다.

쳰중수는 소설 속에서 다양한 지식인형상을 묘사하고 있다. 그의 작품 속에 묘사된 지식인형상은 쳰중수가 여러 대학의 교수를 역임하며 경험했던 인물들을 바탕으로 형상화되었으므로 사실적이고 세밀하게 묘사되고 있다. 이들은 중국의 전통인문학에 대한 소양뿐만 아니라, 서구문물에 대한 이해도 있는 인물들이다. 그러나 이들은 겉모습만 서구적인 교양과 합리정신으로 가장하고 있을 뿐 속은 교만과 위선으로 가득한 인물들이다.

1947년 발표한 쳰중수의 『위성圍城』은 지식인을 묘사한 대표적인 소설로 당시 사람들의 주목을 받았다. 『위성』의 주인공 팡훙젠方鴻漸은 외국에서 유학하다 귀국하여 박사 행세를 한다. 그는 귀국 후 상하이가 일본군에게 함락되자 후난湖南지역으로 오게 되고 그는 싼루이대학三閭大學에서 여러 유형의 지식인들을 접하게 된다. 팡훙젠의 주변 인물들은 대체로 고등교육을 받은 교수들이지만 그들의 생활상은 추잡하기 그지없다. 전란을 틈타 약을 고가에 팔아넘기는 교수 리메이딩李梅丁, 친척의 도움으로 학과장 자리에 올라서는 왕추허우汪處厚, 외국에서 가짜박사학위를 사 가지고 와서 박사를 사칭하고 다니는 한쉐위韓學愈 등은 모두 위선적이고 부패한 지식인들이다. 그 밖에 부패한 공무원, 군인, 기생 등도 등장시켜 이들을 중심으로 벌어지는 갈등을 묘사하고 있다. 팡훙젠 역시 가짜박사학위로 지식인 행세를 하고 있지만 주변의 인물들과 비교한다면 그들보다는 '덜 나쁜 인물'이었다. 사실, 그는 '덜 나쁜 인물'이기보다는 그들만큼 추악하기에는 나약하고 비굴했을 뿐이다. 결국 '타락에 포위되어 있는 사회圍城'에서 팡훙젠은 박사 행세를 하다가 견디지 못하고 싼뤼대학을 사직하고 만다.

2. 장아이링의 소설

장아이링張愛玲(1921~1995)의 필명은 량징梁京으로 상하이의 관료가정에서 태어났다. 본명은 장잉張煐으로, 아이링은 10살 때 어머니가 지어준 영어이름 '아일린(Eileen)'을 중국어로 음역한 것이다. 그녀는 어릴 적부터 아버지로부터 고전문학을, 프랑스 유학을 갔다 온 어머니로부터는 서구학문을 교육받았다. 당시로서는 고등교육을 받은 부모 밑에서 인문학에 대한 소양을 전수받으며 자랐지만, 여성편력이 심했던 아버지, 부모의 이혼, 미국인과 동거하는 어머니의 모습 등을 목도하면서 그녀는 남성에 대한 불신과 결혼생활에 대한 부정적인 의식이 싹트게 된다. 또한 한때 물질적으로 부족함 없었던 어린 시절의 부유한 환경과 상하이 조계지에서 경험한 서구적인 사상과 문화는 훗날 그녀의 창작생애의 밑거름이 되었다. 1937년 중학교를 마치고 다음 해 런던대학에 입학하였으나, 2차 대전이 시작되면서 홍콩대학으로 오게 되었다.

1943년 중일전쟁 시기, 장아이링은 상하이와 홍콩의 도시생활을 묘사한 「경성지련傾城之戀」을 『만상萬象』 발표하면서 문단의 주목을 받기 시작하였다. 작품의 여주인공 바이류쑤白流蘇는 봉건적인 가정을 견디지 못하고 이혼하였다. 그녀는 이혼 후 조계지에서 부유한 화교 판류위안範流原을 만나 결혼하게 된다. 작품의 주인공들은 얼핏 보기에는 1920년대 초 소설 속에 등장하는 자유연애와 개성해방을 추구하는 젊은 남녀와 같아 보이지만, 바이류쑤의 이혼은 차오위曹禺의 『뇌우』에 등장하는 판이繁漪의 반항과는 다른 것이다. 그녀는 봉건적인 가정질서에 대한 반항 같은 의미는 없고 단지 생활상의 필요에서 판류위안을 만났을 뿐이고, 판류위안 역시 여자가 필요했을 뿐이다. 다소 시대상황과 동떨어진 듯한 이러한 인물형상들은 오히려 장아이링 소설만이 가지고 있는 리얼리즘적 특징이라고 할 수 있다. 장아이링은 「경성지련」에 등장하는 인물들의 이러한 특색에 대해 전쟁과 조계지 생활의 특수성에 기인한다고 보고 있다.

1944년 그녀는 「침향설-첫 번째 향로沈香屑-第一爐香」, 「경성지련」, 「붉은장미와 흰장미紅玫瑰與白玫瑰」, 「금쇄기金鎖記」, 「봉쇄封鎖」 등을 수록한 소설집 『전기傳奇』를 출판하였다. 『전기』에 수록된 작품들은 도시생활을 묘사하고 있으면서도 1930년대 좌익작가들의 '사회해부소설社會剖析小說'이나 신감각파의 소설과는 각도를 달리 하고 있는데, 그녀는 주로 여성의 입장에서 가정과 혼인문제, 도시생활을 묘사하고 있다. 그녀는 주로 상하이 조계지를 배경으로 관료, 지주, 사업가, 유학생 등을 주인공으로 한 소설을 많이 창작하여 양장소설洋場小說의 대표작가로 알려지게 되었다. 『전기』에 수록된 작품의 등장인물들에서는 이상에 대한 추구나 지켜내고자 하는 삶의 가치 같은 것은 찾아볼 수 없다. 또한 그녀의 작품은 당시로서는 드물게 반봉건과 반제국주의는 물론 계몽, 여성해방, 항전과 같은 시대적 담론들과도 거리가 멀었다.

「금쇄기」는 「경성지련」과 함께 장아이링의 대표작이라고 할 수 있다. 작품의 주인공 차오치챠오曹七巧는 기름가게 일마유점一廠油店을 운영하는 가난한 집안의 딸로, 재산을 차지하기 위하여 병든 부잣집 아들과 결혼한다. 그녀는 시집에서 온갖 멸시를 당하지만, 남편이 죽으면 재산을 상속받고 시집 식구들로부터 분가할 생각을 한다. 그러나 남편이 죽은 후에도 재산을 빼앗기기 싫어하는 시동생과 주위사람들로 인해 불안한 생활을 할 수 밖에 없다. 더욱이 시동생은 그녀에게 구애를 하게 되자 그녀는 주변의 모든 사람들을 경계하게 된다. 그녀의 비뚤어진 욕망은 결국 스스로를 옭아매는 '황금족쇄黃金足鎖'의 역할을 하게 되고, 그녀의 딸과 며느리조차도 불행으로 몰고 간다. 장아이링은 「금쇄기」에서 결혼을 통해 부를 소유하고자 하는 여성의 집착과 변태적인 심리를 세밀하게 묘사하고 있으며 전통가정의 분위기를 섬세한 필치로 사실적으로 묘사하고 있다.

장아이링은 24살 때 그녀보다 15살 연상의 국민당의 고위관리 후란청胡蘭成과 비밀리에 결혼하였고, 3년 후 헤어졌다. 후란청은 당시 왕징웨이가 이끄는 친일 국민당의 정무부政務部 부부장副部長을 지냈던 인물로, 후란청과의 관계로 인해 장아이링에게는 '매국노漢奸'라는 오명이 따라다녔다.

1949년 중화인민공화국이 수립되자 그녀는 더 이상 대륙에 남아 있기 어렵다는 것을 깨닫고 1952년 홍콩으로 망명하였다. 1955년 미국으로 건너간 후 30세 연상의 작가 페르디난드 레이어(Ferdinand Reyher)와 결혼해 비교적 안정된 환경 속에서 「반생연半生緣」, 「색/계色/戒」 등의 작품들을 발표했다. 「반생연」은 본래 1950년부터 1951년까지 상하이 『역보亦報』에 연재했던 연재소설로 원제목은 「십팔춘十八春」이었으나 1969년 타이완에서 출판될 때 「반생연」으로 개명되었다. 그녀는 1967년 남편 레이어가 죽은 후 1971년부터 사람들을 만나지 않는 은둔생활을 하면서 병마와 생활고에 시달리다가 1995년 9월 8일 로스앤젤레스에 있는 자신의 아파트에서 75년의 생을 마감하였다.

제2절 『사세동당』 『한야』

1. 라오서의 『사세동당』

라오서老舍의 1940년대 창작을 대표하는 소설로 평가받는 『사세동당四世同堂』은 3부작의 형식을 갖춘 장편소설이다. 제1부 「황혹惶惑」은 1944년부터 1945년까지 『소탕보掃蕩報』에 연재되었고, 1946년 1월 충칭의 양우복흥도서인쇄공사良友復興圖書印刷公司에서 출판되었다. 제2부 「투생偸生」은 1945년 『세계일보世界日報』 부간 『명주明珠』에 연재되었고 1946년 11월 신광출판공사晨光出版公司에서 상 · 하 두 권으로 출판되었다. 제3부 「기황饑荒」은 라오서가 미국에 체류하던 기간 중 1949년 봄, 뉴욕에서 완성하여 월간 『소설小說』에 연재되었으나 총 100회 가운데 후반부 13회는 완결하지 못했다. 라오서가 1966년 문화대혁명 기간 중 사망하면서 3부작 『사세동당』은 빛을 못 보는 듯 하였다. 그러나 문화대혁명이 종결되고 라오서가 복권되면서

1979년 백화문예출판사百花文藝出版社와 사천인민출판사四川人民出版社에서 「기황」이 포함된 『사세동당』이 출판될 수 있었다. 이후 1949년 미국에서 탈고할 당시 「기황」의 영문 축역본縮譯本 가운데 13회를 마샤오미馬小弥가 중국어로 번역하여 1982년 『시월十月』 2기에 발표하였다. 이와 같은 우여곡절을 겪은 끝에 『사세동당』의 완결판은 『라오서전집老舍全集』에 수록되었으나, 「기황」의 후반부 13회는 라오서의 친작이라고 볼 수 없을 것이다.

'사세동당'은 조부에서 증손曾孫에 이르는 4대의 가족이 함께 살아가는, 중국의 전통적인 가정을 의미한다. 작품은 베이징 시청취西城區 샤오양취안小羊圈 후퉁胡同에 사는 치노인祁老人의 집안을 중심으로 중일전쟁 시기를 극복하고 생존하기 위한 다양한 인간군상을 그려내고 있다.

「황혹」은 중일전쟁 시기 일본군에게 함락된 초기, 베이핑北平을 배경으로 한다. 시청구의 샤오양취안 후퉁에 사는 치노인은 포목점을 운영하며 80세 생일을 아무 탈 없이 맞이하겠다는, 전통적인 사고방식을 가진 인물이다. 그러나 일본군이 베이핑을 점령하면서 표면적으로 화목해 보였던 치씨 집안祁家을 비롯한 샤오양취안 후퉁의 서민생활에도 풍파가 일어나기 시작한다. 치노인 집안과 왕래를 하고 지내던 첸모인錢默吟 집안의 둘째 아들 첸중스錢仲石는 운전기사로 살아가고 있지만 일본군을 차에 태운 채 자살하고 만다. 그러나 모든 베이핑의 서민들이 항일의지를 가지고 있었던 것은 아니었다. 관샤오허冠曉荷는 일본군 통치 하에서 관직을 얻기 위하여 첸씨 집안을 일본군에게 고발한다. 「황혹」은 샤양취엔 후퉁의 세 집안을 중심으로 일본군의 침략에 반응하는 다양한 서민 군상을 묘사하고 있다.

일본군의 베이핑 통치기간이 장기화 되면서 점차 식량과 석탄이 부족해지고, 샤오양취안 후퉁에서 일본군에게 협조한 관씨 집안冠家 이외의 주민들은 생필품 부족에 시달린다. 일본군에게 협력하여 교육국 과장이 된 루이펑瑞豊은 신민회의 간부가 된다. 일본인에게 비협조적인 중학교 영어교사 루이쉬안瑞宣은 감옥에 갇히지만 아내 윈메이韻梅의 도움으로 출옥하게 된다. 전통적인 문화소양이 깊은 첸모인도 점차 저항의 의미를 깨닫게 되고, 극장에서 일본인들을 향해 폭탄을 투척하게 된다. 「투생」에서는 일본군 점령 하에서 협조적이든 저항적이든 앞날을 예측할 수 없는 시간 속에서 살아남는 것 자체가 목적이 되어버린 베이핑 서민들의 삶을 묘사하고 있다.

「기황」은 전쟁이 장기화 되면서 베이핑 극심한 생활고와 일본군의 만행에 시달리는 서민들의 비참한 삶을 묘사하고 있다. 점령군에게 협조하여 잠시 관직을 얻었던 관샤오허와 치루이펑도 결국 일본경찰에 체포되고 다츠바오大赤包 역시 감옥에서 죽게 된다. 극심한 물자부족으로 일본점령정부는 시민들에게 흙이 섞인 공화면共和麵을 배급한다. 이처럼 비참한 생활환경 가운데, 베이핑에는 전염병이 돌게 되고, 일본군은 거리에서 전염병 환자들을 잡아 산 채로 매장하는 만행을 저지른다. 이 과정에서 쑨치孫七와 관샤오허는 생매장 당하게 된다. 공화면으로 인한 위장병으로 죽어가는 샤오뉴쯔小妞子를 품에 안은 윈메이의 통곡 속에 일본이 패망하였다는 소식이 들려온다.

『사세동당』 역시 라오서의 다른 작품들처럼 중일전쟁 시기를 배경으로 베이징의 시민사회를 묘사하고 있다. 다만, 이전의 작품들과 다른 점이 있다면, 중일전쟁시기 라오서는 베이징에 있지 않았기에 당시 베이징의 시민사회를 경험하지는 못했다. 그러나 베이징은 이미 라오서에게 무척 익숙한 곳이었기에 『사세동당』은 중일전쟁 시기 베이징의 시민사회를 묘사한 가장 우수한 작품으로 평가받는다. 1920~30년대 라오서 소설과 마찬가지로 『사세동당』에도 라오서가 경험했던 인력거꾼, 노동자, 지식인, 예술인, 이발사, 짐꾼 등 다양한 시민형상이 등장한다. 라오서는 이전의 작품과는 달리 『사세동당』을 통해 베이징 시민사회의 보수적인 문화의식과 경직성에 대해 구체적으로 묘사하고 있으며 결코 긍정적으로 묘사되는 것은 아니었다. 이러한 보수성과 경직성은 일본군의 침략 앞에서 어떠한 대안도 제시할 수 없었기에 라오서는 『사세동당』을 '망국편亡國篇'이라고 명명했던 이유가 되기도 하였다. 그러나 한편으로 베이징 시민사회의 보수적인 문화의식은 결국 베이징을 지켜낼 수 있는 역량으로 작용할 수 있음을 다양한 인물형상을 통해 제시하고 있는 것이다.

2. 바진의 『한야』

『한야寒夜』는 바진이 1944년에 집필하여 1946년에 완성한 중편소설이다. 바진巴金은 소설 가운데 왕원쉬안汪文宣, 쩡수성曾樹生 부부의 가정을 중심으로, 중일전쟁 시기 근면하고 선량했지만 세상물정에 어두웠던 소시민의 비극적인 운명을 묘사하고 있다.

작품의 주인공 왕원쉬안과 쩡수성 부부는 대학시절 교육학을 전공했던 지식인들이다. 젊은 시절 아름다운 이상을 가지고 있었고 자신의 지식과 역량으로 국가와 민족을 위해 헌신할 것이라는 포부를 가지고 있었다. 그러나 졸업 후, 중일전쟁이 발발하자 이들은 충칭重慶으로 피난 오게 된다. 왕원쉬안은 국민당 정부에서 운영하는 도서문구공사圖書文具公司에서 교정 일을 맡게 되고, 쩡수성은 다촨은행大川銀行에서 근무한다. 왕원쉬안의 어머니 왕무汪母는 맞벌이 하는 아들의 가정을 위해 집안일을 맡는다. 그러나 왕원쉬안의 어머니는 쩡수성을 며느리로 인정하지 않았고, 고부간의 갈등으로 우유부단한 왕원쉬안은 힘들어한다. 또한, 몸이 허약한 왕원쉬안은 폐병을 앓고 있었으며 집안의 경제사정은 갈수록 나빠진다. 그는 이러한 힘든 상황은 전쟁 때문이라고 생각하고 전쟁이 종결되면 모든 상황이 좋아지리라 기대한다. 그러나 그의 아내 쩡수성은 다촨은행 상사上司의 유혹을 뿌리치지 못하고 그를 따라 비행기를 타고 란저우蘭州로 가버린다. 왕원쉬안은 중일전쟁의 승리의 폭죽이 터지는 소리를 들으며 죽음을 맞이한다.

왕원쉬안의 어머니는 손자 샤오쉬안小宣을 데리고 쿤밍昆明으로 돌아간다.

바진은 『한야』를 통해 소심하고 나약한 소시민들이 겪게 되는 이상의 훼멸, 인생의 우여곡절, 현대인의 고독과 번민 등을 사실적으로 묘사하고 있다. 또한 왕원쉬안과 쩡수성과 같은 소시민들은 사실 전쟁의 승리와는 관계없이 항상 '추운 밤(한야)'과 같은 삶을 살아가고 있음에 대해 동정적인 시선을 보내고 있다.

제3절 사팅 아이우 장톈이

1. 사팅

사팅沙汀(1904~1992)의 본명은 양자오시楊朝熙, 사팅은 그의 필명으로 쓰촨성四川省 안현安縣의 몰락한 사대부가정에서 태어났다. 1922년 청두成都의 제일사범학교에 재학할 때 신문화운동의 영향을 받았다. 4.12정변 후 혁명에 참가하기 위하여 1929년 상하이로 온 그는 창작활동을 시작하였는데 이 시기 아이우艾蕪와 만나 루쉰과 문학에 대한 서신을 교환하였다. 루쉰으로부터 문학에 대한 의견을 받은 서신을 바탕으로 「소설제재와 관련된 편지關于小說題材的通信」를 발표하였다.

사팅은 1932년 첫 번째 단편소설 「법률 밖의 항로法律外的航線」를 발표하였다. 그 해 좌련에 가입하였고 좌련 상무위원회 비서, 소설·산문조小說·散文組 조장 등을 역임하였다. 이 시기 그는 『할아버지의 이야기祖父的故事』, 『흙떡土餠』, 『고난苦難』 등의 단편소설집을 출판하였다. 이 시기의 작품들은 주로 지방군벌의 통치 하에서 피폐해진 농촌을 묘사하고 있다. 그는 창작에 있어서 리얼리즘에 충실하기 위하여 1935년부터는 자신에게 익숙한 쓰촨의 농촌과 소도시의 생활에서 창작의 제재를 취하였다. 단편소설 「홍수洪水」, 「야수野獸」 등이 그의 창작의 변화를 반영한 작품들이다.

중일전쟁이 일어나자 사팅은 쓰촨으로 돌아가 중학교에서 교편을 잡으면서 문예활동을 통한 항전사업에 참가하였다. 1938년 사팅은 옌안의 루쉰예술학원 문학부 주임으로 있다가 그 해 11월부터 산시성陝西省 서북과 화북 일대의 항일근거지를 직접 체험한다. 완난사변皖南事變 이후 다시 쓰촨으로 돌아와 창작에만 전념하였는데, 이 시기 「기향거 찻집에서在其香居茶館里」를 창작하였다. 사팅은 푸쉬킨, 고골리, 체호프, 톨스토이, 도스토예프스키 등 러시아의 작가들로부터 많은 영향을 미쳤다. 사팅은 리얼리즘과 인도주의에 관심을 가지고 외국문학을 수용하였다. 그의 대표작으로 「기향거 찻집에서」와 「도금기淘金記」, 「곤수기困獸記」, 「환향기還鄉記」 등이 있다.

「기향거 찻집에서」는 국민당의 병역제도 실행과정을 통해 국민당의 부패를 묘사하고 있다. 작품에서 새로 부임한 현장이 병역제도의 폐단을 시정하겠다고 공언하자 연보聯保주임 팡즈궈方治國는 네 번이나 병역을 기피한 지주 싱야오차오차오邢么吵吵의 둘째아들을 고발한다. 이로 인해 팡즈궈와 싱야오차오차오의 갈등은 깊어지고 결국 찻집에서 싸움을 벌인다. 그러나 새로 부임한 현장도 현의 유지인 싱야오차오차오의 첫째 아들로부터 뇌물을 받고 둘째아들을 면제시켜준다. 작가는 이들이 찻집에서 벌이는 싸움의 과정에 오고가는 대화를 통해 국민당과 농촌 지주세력의 부패한 면모를 폭로하고 있는 것이다. 「기향거 찻집에서」는 인물형상의 묘사에 대한 풍자적인 기법이 돋보인다.

1942년 발표한 장편소설 「도금기」는 쓰촨성 소도시의 암울한 현실을 반영한 작품이다. 작품은 항전시기 쓰촨성 베더우전北斗鎮 사오치베이筲箕背의 금광을 둘러싸고 일어나는 사건을 줄거리로, 지주와 토호, 지역 유지들 간의 내부적 갈등을 묘사하고 있다. 금광은 마을의 과부 허何씨의 소유다. 그녀는 조상의 묘를 지켜야 한다는 생각 때문에 금광채굴을 거절한다. 금광에 눈독을 들이고 있는 바이장단白醬丹은 인자하고 점잖은 외모의 소유자이나 실상은 음흉하고 각박한 인물로 지방의 토착세력을 등에 업고 악행을 일삼는다. 그는 금광을 운영하는 린야오장쯔林么長子와 투기 상인들과 결탁하여 과부 허씨의 아들 허바오위안何寶元을 속여서 금광 채굴권을 손에 넣는다. 허바오위안은 부잣집 아들로서 어머니의 그늘에서 벗어나지 못하는 나약하고 무능한 인물이다. 허씨 모자母子는 금광을 손에 넣으려는 악덕 모리배들을 상대하기에는 역부족이었다. 작품에서 바이장단의 형상이 비교적 성공적으로 묘사되었다는 평가를 받는다. 「도금기」는 「곤수기困獸記」, 「환향기還鄉記」와 함께 사팅'삼기'沙汀'三記'로 불린다.

2. 아이우

사팅과 같은 시기 중국문단의 주목을 받으며 활동하기 시작한 아이우艾蕪(1904~1992)의 본명은 탕다오겅湯道耕으로 쓰촨성四川省 신두현新都縣에서 태어났다. 청두사범학교成都師範學校를 졸업한 그는 5.4 신문화운동의 영향을 받아 '노동은 신성하다'라는 신념을 가지고 고향인 쓰촨을 떠나 윈난雲南과 미얀마 접경지대에 이르는 남방 유랑길에 오른다. 아이우의 유랑생활은 그에게 많은 창작의 제재를 제공하였다. 그는 1935년 남행길을 제재로 창작한 단편소설집 『남행기南行記』를 출판하였다. 『남행기』에 수록된 작품들은 작가가 유랑생활 중에 경험한 일들을 출발부터 편년사 형식으로 묘사하고 있다. 「황산에서荒山上」는 작가가 1925년 여름 쓰촨에서 황산荒山을 거쳐 덴둥滇東까지의 여정을 묘사하고 있다. 「인생철학의 제일과人生哲學的一課」는 작가가 처음 쿤밍昆明에 도착했을 때 경험한 일들을 사실적으로 묘사하고 있다. 아이우가 쿤밍에서 윈난 서부를 거쳐 중국과 미얀마의 접경지대에 있는 커쉬엔산克欽山에 이르는 여정은 그다지 길다고 할 수는 없지만 이 과정에서 쓴 작품은 『남행기』의 대부분을 차지한다. 「산협중에서山峽中」, 「송령에서松岭上」, 「삼림에서森林中」, 「유랑자流浪人」, 「달밤月夜」 등은 모두

이 여정을 배경으로 하고 있다. 『남행기』 중의 화자話者 '나'는 작품 속에 묘사되고 있는 거칠지만 순박하고 선량한 유랑자들이나 하층민들과 깊은 우정을 나눈 경험의 기록자 역할을 하고 있다.

6년간의 유랑생활은 아이우의 인생경험을 풍부하게 하였을 뿐만 아니라 본래 문약한 백면서생白面書生 같던 아이우에게 호탕하고 활력이 충만한 신선한 피를 수혈하는 계기가 되었다. 커다란 구렁이 같은 구름다리 밑을 포효咆哮하며 흐르는 계곡의 물줄기, 맹호가 울부짖는 듯한 삼림의 바람, 이 모든 환경이 그를 담금질하였고 그의 작품으로 하여 낙천적이고 순박하며 호탕한 스타일을 지니게 하였다고 할 수 있다. 그가 『남행기』에 수록된 첫 번째 작품 제목을 「인생철학의 제일과」로 정한 것도 이와 같은 이유 때문인 것이다.

> 내가 『남행기』를 쓰기 시작한 때는, 비록 남행의 여정을 마친지 오랜 시간이 흐른 후였지만 내가 유랑하였던 지방들을 떠올릴 때면 아직도 눈앞에 생생하다. 만나고 겪었던 사람들과 사건들, 마치 불꽃처럼 내 가슴속에 살아있는 것이다. …… 나는 그때나 지금이나 '남행'을 나의 대학생활이었다고 생각하고 있다. 그 과정에서 많은 사회에 대한 이해와 인생철학을 터득하였기에 『남행기』의 첫 편을 「인생철학의 제일과」라고 제목을 정한 것이다.我寫『南行記』的時候, 雖然已是南行以後好久的事了, 但南行過的地方, 一回憶起來, 就歷歷在目. 遇見的人和事, 還火熱地流在我心裏. …… 我始終以爲南行是我的大學, 接受了許多社會教育和人生哲學, 我寫『南行記』第一篇的時候, 所以標題就是『人生哲學的一課』.

『남행기』는 아이우가 경험한 유랑의 여정을 기록한 리얼리즘적인 작품이지만 한편으로 마치 중국 남방의 자연풍경화를 보는 듯한 낭만주의적인 색채가 강한 작품이라고 할 수 있다. 『남행기』는 중국현대문학사에서 보기 드문 기유문학紀游文學작품으로 평가받는다.

3. 장톈이

장톈이張天翼(1906~1985)는 후난성湖南省 샹샹현湘鄉縣 출신이다. 그는 1924년 항저우에서 중학을 마치고 대학에 진학하였으나 의미를 찾지 못하고 중도에 포기하였다. 청년시절부터 점원, 기자, 교원 등 비교적 풍부한 경험을 쌓았다. 1928년 루쉰이 편집을 맡고 있던 잡지 『분류奔流』에 첫 번째 작품 「사흘 반의 꿈三天半的夢」을 발표하였다. 그 후 단편소설 「꿀벌蜜蜂」, 「이행移行」, 「반공反攻」, 「단원團圓」, 「청명시절淸明時節」 등과 중편소설 「귀토일기鬼土日記」, 「양징빈협객洋涇濱奇俠」 등을 발표하였다. 이 작품들은 대부분 1927년 4.12 정변 이후 중국사회의 다양한 인물형상을 묘사하고 있는데, 이 인물형상을 통하여 작가는 1930년대 중국의 사회상을 묘사하고 있는 것이다. 장톈이는 사회가 처한 문제의 본질을 직시하는 사실주의적 관점에서 군인, 토호, 고리대금업자, 지방유지와 소시민들의 위선적이고 회색적인 면모를 풍자적 기법으로 묘사하고 있다. 이와 같은 회색적인 인물들을 묘사한 작품으로 「바오씨 부자包氏父子」를 들 수 있다. 일생을 종으로서 가난하게 살아온 바오씨는 아들에게도 종이나 다를 바 없었다. 그는 아들 바오궈웨이包國維가 공부를 열심히 해서 관리가 되어 가문을 일으킬 것이라고 기대한다. 아들 역시 출세할 욕심은 있으나 아버지가 바라는 방법을 택하지는 않는다. 이미 도시의 건달기에 물든 바오궈웨이는 바람둥이 자산계급 궈춘郭純의 종이 되기를 바란다. 「바오씨 부자」에서 장톈이는 소시민이나 지식인들의 위선적이고 어리석은 면모를 풍자적인 기법으로 묘사하고 있다.

1938년 4월 장톈이는 위선적인 지식인의 항전사업 참여를 묘사한 단편소설 「화웨이 선생華威先生」을 『문예진지文藝陣地』에 발표하였다. 주인공 화웨이 선생華威先生은 늘 각종 회의 때문에 바쁘다는 말을 입에 달고 살지만, 실제로는 하는 일 없이 젊은 사람들 앞에서 권위만 내세우는 인물이다. 그는 늘 가죽가방을 옆에 끼고 인력거를 타고 다니며 모든 회의에 참석하여 의견을 내놓지만 현실과 동떨어진 말만 늘어놓을 뿐 문제해결능력은 없는 인물이다. 이처럼 위선적인 권위주의에 빠져 있는 인물형상 묘사는 장톈이 소설의 특징이기도 하다. 「화웨이 선생」은 후에 그의 단편소설집 『스케치3편速寫三篇』에 수록되었다.

제4절 토지개혁소설

1. 자오수리의 생애

자오수리趙樹理(1906~1970)의 본명은 자오수리趙樹禮로 산시성山西省 친수이현沁水縣의 가난한 농민의 아들로 태어났다. 그는 어릴 적부터 북방농촌의 생활과 민간풍속을 체험하며 자랐고 이러한 어린 시절의 경험은 그로 하여금 민간문학에 대한 애정을 가진 작가로 성장하게 하였다. 그는 민족적이고 통속적인 색채가 짙은 소설과 희극을 창작하였다. 이는 자오수리의 성장배경이 그의 사상과 창작경향에 큰 영향을 주었다고 볼 수 있다. 그는 1925년 산시성 창즈사범학교長治師範學校에 재학 중 학생운동에 참가한 이유로 제적되었다. 1927년 군벌통치를 반대하는 운동에 참가하였다가 투옥되었고 출옥 후 소학교에서 교편을 잡았다. 1937년 공산당에 가입하고 항일활동에 참가하였다. 자오수리는 1930년대 초부터 소설을 쓰기 시작하여, 「철우의 복직鐵牛的復職」, 「판룽곡蟠龍峪」 등의 작품을 발표하였다. 중일전쟁이 발발한 후, 자오수리는 혁명문화사업에 투신하여 많은 소설과 희극, 쾌판快板과 통속적인 문장을 발표하였다. 1943년 5월 그의 대표작이라고 할 수 있는 『샤오얼헤이의 결혼小二黑結婚』을 썼다. 그 해 10월 그는 '해방구문예의 대표작'이라는 평가를 받은 중편소설 『리유차이판화李有才板話』를 발표하였고, 1945년 겨울 장편소설 『리쟈좡의 변천李家庄的變遷』을 완성하였다. 그 외에 자오수리는 우수한 중단편소설을 창작하였는데, 「멍샹잉번신孟祥英飜身」, 「푸구이福貴」, 「소경리小經理」, 「사불압정邪不壓正」, 「전가보傳家寶」 등을 들 수 있다. 『샤오얼헤이의 결혼』과 『리유차이판화』는 자오수리의 작품 중 가장 민속적 색채가 농후한 작품으로 현대문학사에 큰 공헌을 한 작품으로 평가받는다. 자오수리의 기타 소설들도 각각 다른 각도에서 해방구 농촌의 개혁을 반영하고 있다. 「멍샹잉번신」, 「전가보」, 「사불압정」 등도 이러한 소재를 다루고 있는 것이다. 자오수리는 옌안문예강화延安文藝講話에서 제시된 문예방향을 가장 충실하게 창작을 통해 반영한 작가로 평가받는다. 중화인민공화국 수립 이후에도 「등기登記」, 「삼리만三里灣」 등의 작품을 발표하는 등, 창작활동을 계속하였던 자오수리는 문화대혁명이 진행 중이던 1970년 사망하였다.

자오수리의 작품은 예술성과 대중성을 조화롭게 배합하여 독특한 민족형식의 문예를 창조해 냄으로써 자오수리의 농촌을 소재로 한 소설은 중국현대문학사에 새로운 소설양식을 개척하였다고 평가받는데, 이는 크게 세 가지로 볼 수 있다.

첫째, 자오수리의 소설은 각성한 농민의 참신한 형상을 그려내어 농촌소설에 있어서 새로운 인물화랑人物畵廊을 형성했다는 점이다. 그가 부각한 농민의 형상은 사상, 감정, 습관, 기질에 대한 묘사가 모두 생동감 있고 매우 사실적이다. 5.4 이래로 많은 작가들이 농민형상을 다루었지만 자오수리 작품 속의 농민형상만큼 생동감 있고 사실적으로 농민을 묘사한 작가는 그다지 많지 않다고 볼 수 있다. 특히 1930년대 이후 좌익 작가들의 작품 속에 나타난 농민형상은 상당부분 피상적이라는 느낌을 줄 뿐만 아니라, 농민의 감정과 사상이 자오수리만큼 풍부하고 진솔하게 묘사한 형상은 드물다고 할 수 있다. 자오수리의 소설 속에 등장하는 인물은 모두 다른 유형을 나타내고 있지만 사상과 기질이 모두 비슷한 농민의 형상으로 나타난다. 리얼리즘 작가로서 이러한 인물형상의 창조는 농민에 대한 현실적인 인식에 기초하고 있기 때문인 것이다. 그는 농민이 지니고 있는 아름다운 미덕을 찬양하면서도 그들의 사상적 낙후성과 계급투쟁에 있어서 나타나는 심리적 동요를 냉정하고 세밀하게 그려내는 것을 잊지 않고 있다.

둘째, 자오수리 소설은 예술의 민족화民族化와 대중화大衆化에서 성공적인 성과를 거두었다. 인물형상의 부각이나 언어의 운용 면에서 자오수리만의 독특한 풍격을 가지고 있는데. 이러한 풍격은 모두 상당히 민족적이고 대중적인 색채를 지니고 있는 것이다. 자오수리 소설 속에 구사되는 중국 북방농민의 방언은 어느 작품 속에서도 찾아보기 힘든 것인데, 소박하면서도 정련된 느낌을 주고 있는 것이다. 이러한 선명한 민족색채와 대중화된 예술적 특성은 자오수리를 탁월한 농촌소설가로 자리매김 하는데 손색이 없다고 할 수 있는 것이다.

셋째, 자오수리는 문예는 노농병勞農兵을 위해 종사한다는 원칙을 가장 실천적으로 보여준 작가라고 할 수 있다. 그의 작품은 자오수리만의 독특한 예술풍격을 형성하였다. 주제와 제재 면에서 자오수리의 소설은 현실생활 속에서 해결해야 할 절박한 문제들을 사회적 의의와 결부시켜 그려내고 있다. 이는 자오수리가 스스로 자신의 소설을 '문제소설'이라고 말한 것과 연관 지어 볼 수 있는 것이다.

2. 『샤오얼헤이의 결혼』 『리유차이판화』 『리자장의 변천』

1943년 완성한 『샤오얼헤이의 결혼小二黑結婚』은 젊은 남녀 샤오얼헤이小二黑와 샤오친小芹이 봉건적 전통과 혼인제도를 타파하고 자주적인 연애를 통해 결혼을 성사시킨다는 줄거리이다. 작품은 자오수리가 1943년 봄 농촌조사 가운데서 한 농촌의 간부가 혼인자유를 쟁취하려는 농민을 박해하여 죽게 한 사건을 소재로 재구성 된 것이다. 작자는 이 비극적인 사건을 희극적인 결말로 구성하여 농민들을 고취시키고자 하였다.

소설의 주인공 샤오얼헤이와 샤오친은 자오수리가 이상적으로 생각하는 농민형상이다. 작품은 그들이 봉건세력을 반대하고 자유결혼을 쟁취한다는 이야기를 통하여 봉건사상과 그에 반대하는 투쟁 가운데서 생성되는 새로운 역량의 승리를 묘사하였다. 그들의 애정은 개인분투식의 애정과는 다르다. 그들의 개인운명과 시대의 흐름은 긴밀한 관계에 있었고 민족투쟁과 계급투쟁은 그들의 결합을 공고하게 만들었다. 그들의 애증은 분명하여 새로운 사회를 건설하겠다는 의지가 뚜렷하고, 리주거李諸葛와 싼셴구三仙姑와 같이 구시대적 악습을 옹호하려는 세력을 향한 증오 또한 분명하다. 작품은 이들의 투쟁을 통해 농촌에 잔존하던 봉건적인 악덕세력의 횡포를 폭로하고 있다. 작품은 리얼리즘적 합리성과 통속적인 예술기법을 사용하여 당시 광범위한 대중의 호응을 얻은 성공적인 대중문예라고 할 수 있다.

『리유차이판화李有才板話』는 자오수리의 대표작이라고 할 수 있다. 작품은 리유차이의 콰이판快板을 통해 옌쟈산閻家山의 감조감식減租減息투쟁의 과정을 묘사한 중편소설이다. 소설은 옌쟈산의 농민시인 리유차이가 콰이판으로 창작하고 부르던 이야기를 중심으로 마을정권의 개선과 감조감식투쟁이라는 두 가지 사건을 묘사하고 있다. 당시 옌쟈산은 이미 항일운동의 근거지가 되었으나 지주 옌헝위안閻恒元은 농촌마을의 정권을 뒤에서 조종하고 있었다. 그는 온갖 간사한 계책을 동원하여 자신의 통치를 유지해 나간다. 작품은 옌헝위안의 비열한 본질을 폭로하고 그에 맞서 투쟁하는 가운데 사상적으로 각성하고 단련되는 새로운 농민형상을 묘사하였다.

주인공 리유차이는 지주의 압박과 착취에 시달리는 고용농이다. 그는 나이 50이 되도록 토지와 재산이 없고 가족도 없으며 토굴집이 그의 전부이다. 그러나 그는 낙관적이고 지혜로우며 유머를 잃지 않는 농민시인의 형상이다. 그는 나이도 많고 생활경험도 풍부하며 민가民歌에 남다른 재주를 가지고 있었다. 그는 콰이판을 무기로 삼아 지주계급의 추악한 면을 폭로하는 한편,

해방구 농민들의 투쟁과 승리를 노래하였다. 그는 비록 교육을 받지 못했지만, 고용농이라는 그의 사회적 지위는 그로 하여금 명확한 계급적 애증과 반항정신을 가지게 하였으며 풍부한 삶의 경험은 그에게 비범한 판단력을 키워주었다. 작품에서 장章씨와 양楊씨는 마을에서 벌어지는 투쟁에 있어서 대조적인 인물형상이다. 장씨는 비록 혁명에 대한 열정은 있으나 계급관념이 모호하고 복잡한 농촌의 계급투쟁의 본질을 잘 모르고 있었다. 또한 그는 여전히 구시대적 관료의식에서 벗어나지 못하고 있었다. 이러한 한계로 그는 한 때 옌헝위안의 농간에 넘어가기도 한다. 농민회의 주석인 양씨는 혁명에 대한 책임감과 풍부한 투쟁경험이 있는 인물이다. 그는 농민의 소박한 의식을 가지고 농촌사업에 임하였으며 고생을 두려워하지 않았다. 그는 결국 농민을 조직화하여 옌헝위안의 음모를 무너뜨린다.

1945년 발표한 장편소설 『리자좡의 변천李家庄的變遷』은 『리유차이판화』에 비해 더욱 큰 규모와 복잡한 줄거리를 배경으로 농민과 지주 사이의 모순과 갈등을 그려내고 있다. 작품은 주인공 톄쒀鐵鎖의 점진적인 각성과정을 중심으로 1929년부터 1945년까지 근 20년 간 산시성山西省 타이항산太行산의 한 마을 이가장의 변화를 개괄적으로 묘사하였다. 소설의 주인공 톄쒀는 이 마을에서 가장 가난한 외래호外來戶(다른 지방출신)로서 선량하고 소박한 농민이다. 그는 악독한 지주 리루전李如珍의 잔혹한 착취와 압박으로 파산하고 생계마저 유지할 수 없게 되자 유랑의 길에 오른다. 후에 공산당원 샤오창小常의 교육을 받아 새로운 신념이 그의 마음속에 싹트기 시작하였다. 그는 결국 항일투쟁 중에 자각하게 되어 농촌혁명의 길을 걷게 된다. 그 후 그는 팔로군八路軍에 입대하여 해방 후에는 리자좡의 구장區長이 되어 대중을 이끄는 역할을 맡게 된다. 철우라는 인물형상은 단순한 반항의식에서 출발하여 자각적인 투쟁의 길에 들어서는 중국의 농민형상의 전형이라는 데에 그 의미가 있다.

3. 쑨리와 '허화뎬파'

쑨리孫犁(1913~2000)의 본명은 쑨수쉬엔孫樹勛으로 허베이성河北省 안핑현安平縣 출신이다. 그는 1940년대 해방구문학의 대표작가일 뿐만 아니라 현대문학사에서 독특한 매력을 지닌 작품을 창작한 작가이기도 하다. 쑨리는 주로 농민들의 항일투쟁을 소재로 한 소설 창작에 주력하였는데 대표작품으로 「노화탕蘆花蕩」, 「허화뎬荷花淀」, 「촌락전村落戰」, 「살루殺樓」 등이 있다.

쑨리의 소설은 대부분 그의 고향 지중冀中평원의 농촌을 배경으로 소박한 제재를 선택하여 그려내었다. 주로 중일전쟁시기 항전에 나선 농민들의 아름다운 미덕과 순박한 품성을 묘사하고 있다. 그는 농촌의 사소한 일상에서 독자를 감동시키는 인간의 내면세계를 세밀한 필치로 묘사하고 있다.

1947년 4월, 4편의 단편소설과 2편의 산문을 모아 『허화뎬荷花淀』을 출판하였다. 『허화뎬』에 수록된 소설은 쑨리만의 독특한 풍격을 가지고 있는데, 후에 쑨리 소설의 색채를 띈 작품을 '허화뎬파荷花淀派'라고 부르게 되었다. 「허화뎬」은 농민들의 유격전을 묘사하고 있지만 서정성이 농후한 단편소설이다. 작품은 바이양뎬白洋淀의 농민유격대가 매복작전埋伏作戰으로 일본군을 격멸하는 이야기를 소재로 삼아, 농촌의 젊은이들의 희생정신과 지혜와 낙관적 정신을 묘사하고 있다. 쑨리는 중일전쟁 시기 농촌을 배경으로 한 단편소설을 모아 소설집 『바이양뎬기사白洋淀紀事』를 출판하였다.

1949년 쑨리는 중편소설 「촌가村歌」를 창작하였다. 작품은 1946년 공산당 중앙이 발표한 '5.4 지시' 이후부터 1947년 5월 토지조사 이전까지 지중평원의 장강촌을 배경으로 진행된 토지개혁의 과정 중에 농민들이 겪어야 하는 계급적 갈등과 투쟁을 사실적으로 그려내고 있다.

쑨리의 소설은 자오수리의 소설과 같이 농후한 민족적 색채를 띠고 있는데, 쑨리의 소설은 주로 항일전선에 나선 농민들의 내면에 존재하는 아름다운 영혼과 불굴의 의지를 발굴해 내는데 주력하고 있다. 쑨리의 소설은 농후한 민족적 색채를 띠는 동시에 인성과 영혼의 아름다움을 느낄 수 있는 작품으로 평가받는다.

4. 딩링의 생애

딩링丁玲(1904~1986)의 본명은 장웨이蔣慰, 자는 빙즈冰之로 후난성湖南省 린펑현臨澧縣 출신으로, 그녀는 중학 시절 5.4 신문화운동의 영향을 받았다. 1924년 상하이대학 중국문학부에서 수학하였으며, 1927년부터 문학창작을 시작하였다. 1927년 가을 『소설월보』에 첫 번째 작품 「멍커夢珂」를 발표하였고, 계속해서 두 번째 작품 「사페이 여사의 일기莎菲女士的日記」를 발표하여 작가로서의 명성을 얻게 되었다. 1928년 10월에 그녀는 자신의 첫 소설집 『어둠 속에서在黑暗中』를 출판하고, 1929년 겨울 장편소설 「웨이후韋護」를 창작하였다. 이 작품은 비록 '혁명+연애'라는 도식을 벗어나지 못한 작품으로 평가받지만 그녀의 창작경향이 혁명을 주제로 한 첫 번째 작품이라는 의의가 있다. 그녀의 초기 작품은 『어둠 속에서』 등 세 권의 단편소설집에 수록되었다. 1930년 '좌련'에 가입하고 『북두北斗』의 주편을 역임하였다. 이 시기 그녀는 취츄바이瞿秋白의 영향을 받아 본격적으로 사회주의사상을 학습하기 시작하였고, 1932년 중국공산당에 가입하였다. 1933년 국민당에 의해 체포되었다가 1936년 출옥하여 옌안延安으로 갔다.

1937년 중일전쟁이 시작된 후 딩링은 옌안 홍군대학紅軍大學에서 교편을 잡다가 『해방일보解放日報』 『문예부간文藝副刊』의 주필, 중화전국문예계항적협회 옌안분회의 책임자 등을 맡았다. 이 시기에 그녀는 「발사되지 않은 탄환一顆未出膛的槍彈」, 「열여덟 사람十八個人」 등의 작품을 썼다. 1942년 문예계 정풍운동整風運動이 있은 후 그녀는 공장, 농촌, 부대에 들어가 노동자, 농민, 병사들과 함께 생활하면서 창작에 새로운 변화를 나타내었다. 이 시기에 산베이陝北에서 「내가 샤춘에 있을 때我在霞村的時候」와 「병원에서在醫

院中」를 발표하였다. 1946년에 딩링은 허베이연합대학河北聯合大學의 토지 공작대와 함께 허베이河北 농촌의 토지개혁 운동에 참가하고 이 시기의 경험을 바탕으로 1948년 토지개혁 운동을 반영한 장편소설『태양은 상간허에 비춘다太陽照在桑干河上』를 완성하였다.

20년간의 창작 과정 중에서 그녀는 전 후 두 시기의 발전변화과정을 거치게 되는데 전기의 대표작은『사페이 여사의 일기』이며, 후기 대표작은『태양은 상간허에 비춘다』이라고 할 수 있다.

딩링의 초기작품은 대부분 5.4 정신에 바탕을 둔 개성해방을 추구하고, 봉건적인 인습을 거부하는 젊은 여성상을 묘사하는데 주력하고 있다. 그녀는 그들의 인물형상을 통하여 여성해방에 대한 진보적인 사상을 표현하고 있으나 그들의 미래에 대해서는 체계적인 대안을 제시하지 못하고 있다. 딩링 자신도「나의 창작생활我的創作生活」에서 "사회의 일면은 묘사하였으나, 마땅히 있어야 할 출로를 제시하지 못하고 있다"고 쓰고 있다.

일기체 소설「사페이 여사의 일기」는 딩링의 초기 대표작품으로 개성해방과 독립된 자아상을 추구하면서도 한편으로는 모순적인 자신의 모습에 고민하는 젊은 여성 사페이의 내면을 섬세하게 묘사하였다. 사페이는 5.4 신사조의 세례를 받은 여성으로 중국사회의 곳곳에 드리워진 봉건적인 그림자를 증오하지만 어떻게 그에 저항할 것인지 자신도 모르고 있다. 애정문제에 있어서 추구하지만 자신의 삶 속에서 어떻게 실현할 것인지 갈피를 못 잡고 있다. 중후하고 성실한 성품의 웨이디葦弟는 보통 여성들에게는 이상적인 남성이지만 사페이는 그에 대해 사상적으로 자신을 이해해 줄 수 없는 평범하고 아둔한 남성으로 볼 뿐이다. 링지스凌吉士는 "훤칠한 키에 하얀 얼굴, 얇은 입술, 부드러운 머리카락"을 가진 대학생이다. 사페이는 처음에는 그를 사랑하였지만 얼마 후 그의 추악한 영혼을 발견하고 그를 멸시한다. 그러면서도 그의 외모에 빠져들어 헤어나지 못한다. 사페이는 자신의 이러한 모순된 면으로 고민하다가 결국 링지스에게 결별을 선언한다. 그녀의 형상은 당시 조직적이거나 합리적인 저항방법을 택할 수 없는 개인주의의 한계를 반영하고 있다. 이러한 인물형상은 개성해방을 추구하면서도 애정문제에 있어서는 자기모순에서 헤어나지 못하는 갈등을 드러낸다. 그럼에도 「사페이 여사의 일기」는 당시 여성의 내면심리를 섬세하게 묘사한 작품으로 딩링의 작가적 재능을 입증해 준 작품으로 평가받고 있다.

딩링도 당시 중국의 좌익문단에 만연하던 '혁명+연애' 형식의 작품들을 발표하였는데, 1930년 장편소설 「웨이후韋護」와 단편소설 「1930년 봄 상하이一九三〇年春上海」와 같은 작품들이다. 「웨이후」의 주인공 웨이후韋護는 혁명에 몰두하면서 애정은 포기하려고 한다. 그의 애인 리자黎佳는 혁명이 그들의 애정에 장애물이라고 여기나 결국은 웨이후를 이해하게 된다. 「1930년 봄 상하이」의 주인공 쯔빈子彬은 창작에만 몰두하는 문학청년이다. 쯔빈의 친구 뤄취엔若泉은 혁명가로서 쯔빈의 각성을 바라지만 그는 듣지 않는다. 그러다 쯔빈은 아내 메이린美琳의 영향을 받아 각성하게 되지만 메이린은 쯔빈의 사상적 한계를 깨닫고 그를 떠난다. 이 작품들은 비록 혁명은 연애를 능가한다는 혁명낭만주의를 벗어나지 못하는 한계가 있지만 인물들의 심리묘사가 매우 세밀한 작품들로 평가받고 있다.

1931년 발표한 중편소설 「물水」은 딩링의 창작활동에 있어서 리얼리즘적 성과를 나타낸 작품이다. 「물」은 1931년 중국의 16개 성을 휩쓸었던 대홍수를 배경으로 농촌생활의 비참함과 그 속에서 각성해 가는 농민들을 묘사하였다. 홍수를 당한 농민들은 홍수를 하늘이 내린 재난이라고 여기는 운명론적 사상에서 벗어나 자신들이 관청과 자연을 향한 투쟁을 통해 극복할 수 있다는 사상적 각성을 하게 된다. 이 작품은 농촌생활에 대한 세밀한 묘사와 농민들의 거대한 투쟁의지를 생동감 있게 표현하였다.

딩링이 산베이에서 혁명사업에 참가한 경험은 그녀의 창작에 큰 변화를 일으키는 계기가 되었다. 소설과 산문의 합집合集『발사되지 않은 탄환一顆未出膛的槍彈』의 소설「발사되지 않은 탄환」은 홍군대열에서 낙오한 어린 홍군의 의기를 묘사하고 있다. 그는 홍군을 토벌하러 온 토벌군 연대장 앞에서도 당당하며 자신의 기개를 나타낸다. 이에 토벌군 연대장도 어린 홍군의 애국심에 감동받아 차마 그를 쏘지 못한다.「내가 샤촌에 있을 때」에서는 전선 부근의 한 마을에서 딩딩奵奵이라는 처녀가 일본군에게 끌려가 온갖 모욕을 당하지만 여전히 굴복하지 않고 버티다가 풀려나자 항일부대에 정보를 보내주는 이야기를 묘사하고 있다.

5.『태양은 상간허에 비춘다』

딩링의 후기 대표작이라고 할 수 있는『태양은 상간허에 비춘다』도 이 시기에 창작된 작품이다. 1946년부터 1948년까지 딩링은 허베이 농촌의 토지개혁에 참가하여 그 경험을 바탕으로 농민들의 개혁을 향한 열정을 생생하게 작품 속에 재현하였다.

『태양은 상간허에 비춘다』는 중국공산당이 실시한 토지개혁 5.4 지시 이후 1946년부터 1947년 가을까지 허베이의 농촌마을을 배경으로 벌어진 토지개혁초기의 상황을 묘사하였다. 작가의 원래 계획은 투쟁, 토지분배, 참전의 세 부분으로 나누어 쓰려고 하였으나 다 쓰지 못하고 제1부만 완성하였다. 작품은 1946년 초가을, 허베이 상간허桑干河 강변의 놘수이둔暖水屯이라는 농촌마을에서 벌어진 농민과 지주들 간의 투쟁을 통하여 토지개혁의 과정을 사실적으로 묘사하였다. 딩링은 토지개혁과정을 예술적으로 재현하는 과정에서 다양한 유형의 성격을 가진 농민과 간부의 형상을 묘사하였다. 이러한 인물형상은 대부분 복잡하게 종횡으로 교차된 사회적 관계와 생활을 가지고 있었다. 작가는 이들을 농촌사회의 주인공으로 묘사하고 투쟁 속에서 각성해나가는 인물들을 묘사하였다.

딩링은 작품에서 놘수이둔의 농민 장위민張裕民, 청런程仁과 지주 첸원구이錢文貴, 리쯔쥔李子俊, 쟝스룽江世榮 등의 대립과 갈등을 중심으로 토지개혁운동의 과정을 묘사하고 있다. 장위민은 놘수이둔의 공산당원으로 침착하고 성실한 성품의 소유자다. 그는 대중을 규합하는 방법에 있어서 사상적 갈등을 겪기도 하지만 결국 자신의 신념을 더욱 확고하게 굳혀나가는 인물이다. 청런은 지주집안 머슴 출신으로 소박하고 성실하며, 지주계급에 대해 원한을 가지고 있는 인물이다. 그러나 첸원구이의 조카 헤이니黑妮와의 연애관계로 투쟁의 과정 중에 갈등을 겪게 된다. 그러나 장위민과 청런이 겪는 갈등은 결국 그들의 투쟁의지를 더욱 확고하게 하는 계기가 될 뿐이다. 그리하여 그는 대중으로부터 신임을 받고 간부들 사이에서는 설득력을 지닌 중요한 인물이 되었다.

작품은 첸원구이, 리쯔쥔과 그의 처, 쟝스룽, 허우뎬쿠이侯殿魁 등 각각 다른 유형의 지주형상을 묘사하였다. 지주 첸원구이는 놘수이둔이 해방되자 자신의 지위를 중농이라 속이고 장인과 사위관계를 이용하여 치안원 장정뎬張正典을 당의 간부들 사이에서 자신의 대변인으로 이용하고, 작은 아들을 전쟁터로 보내 항일가족이라는 명분을 얻으려 하였다. 또한 조카 헤이니와 청런의 관계를 이용하여 농민의 단결을 와해시키려고 한다. 첸원구이는 마을의 복잡하고 미묘한 인간관계를 이용하여 자신을 보호하고 토지개혁을 와해시키려는 음모를 꾸미고, 이 과정에서 토지개혁운동은 복잡한 모순에 빠져든다. 리쯔쥔은 본래 나약하고 우유부단한 인물로 투쟁을 회피하고 자신을 보호하기 위하여 아들을 참전시킨다. 그는 자신의 대변자 역할을 해줄 간부를 찾으며, 유언비어를 퍼뜨려 토지개혁을 방해하였다. 그러나 이러한 모순의 묘사를 통해 딩링은 토지개혁의 좌절을 회피하지 않고 광대한 농민들이 지주와의 반복적인 투쟁을 통해 눈앞의 이익을 버리고 점차 첸원구이의 진면목을 깨닫게 되고 복잡한 모순은 하나씩 풀리게 된다. 작품은 이러한 계급관계와 사회관계 가운데서 진행되는 토지개혁운동의 우여곡절과 승리과정을 생동감 있고 구체적으로 묘사하였다.

6. 저우리보의 「폭풍취우」

저우리보周立波(1908~1979)의 본명은 저우사오이周紹儀로 후난성湖南省 이양현益陽縣에서 출생하였다. 그는 후난성 창사長沙 성립제일중학省立第一中學과 상하이 노동대학에서 수학하였다. 1943년부터 좌련에 참가하였고 이 시기부터 본격적으로 창작과 번역에 몰두하였다. 이 시기 저우리보는 체코의 작가 기쉬의 「비밀의 중국」, 러시아의 작가 숄로호프의 「개간된 처녀지」 등을 번역 출판하였다. 항일전쟁 발발 후 진차지晉察冀해방구와 옌안에서 활동하였다. 이 시기의 작품으로는 보고문학집 『진차지변구인상기晉察冀邊區印象記』, 『전지일기戰地日記』 등이 있다. 1942년 옌안문예강화에 참가하였고, 중일전쟁이 끝난 후 전국을 돌며 기록한 보고문학작품을 모아 『남하기南下記』를 출판하였다. 1946년 저우리보는 동북해방구의 토지개혁운동에 참가하였다. 그는 이 시기의 경험을 소재로 1948년 장편소설 「폭풍취우暴風驟雨」를 썼다. 이는 저우리보의 대표작으로 1951년 스탈린문학상 3등상을 수상하기도 하였다.

「폭풍취우」도 이 시기의 다른 작가들의 농촌소설처럼 토지개혁투쟁을 반영한 작품이다. 소설은 상·하권上·下卷으로 나누어지는데, 상권은 1946년 공산당으로부터 5.4 지시가 하달된 후 동북지구 쑹화강(송화강)변의 작은 마을 위안마오둔元茂屯에서의 토지개혁운동의 시작단계를 묘사하고 있다. 하권은 1947년 10월 『중국토지법대강中國土地法大綱』이 공포된 이후 위안마오둔 토지개혁운동의 심화와 발전을 그려내고 있다. 상권은 자오위린趙玉林을 주인공으로 광대한 농민들의 봉건지주에 대한 치열한 투쟁과 각성의 과정을 묘사하고 있다. 하권은 궈취안하이郭全海를 중심인물로 토지개혁의 심화와 농민들의 승리와 기쁨을 묘사하고 있다.

상권에서 주인공 자오위린은 비교적 일찍 각성하여 투쟁에 앞장선 전형적인 농민형상이다. 농촌의 비참한 현실 속에서 그의 어머니는 세상을 떠나고 가족들은 구걸을 하는 처지가 된다. 더욱이 자오위린 자신은 감옥살이까지 하였다. 그는 새벽에 일어나 밤이 될 때까지 일하지만 빈곤한 생활을 벗어나기 어렵다. 이러한 그의 처지는 그로 하여금 복수심을 키우게 하였는데 이러한 복수심은 그를 투쟁에 적극적인 인물로 만든다. 그는 본성이 부지런하고 소박하며 강한 의지의 소유자이기에 각성한 공산당원이 된다. 그는 후에 마을의 모범적인 인물로 변신하여 토비들과 싸우다 죽는다.

궈취안하이는 자오위린의 영향을 받아 각성한 농민이다. 그는 자오위린이 다하지 못한 사업을 이어받아 분투하는 간부의 형상이다. 그도 지주 한라오류韓老六 집안과 2대에 걸쳐 원한이 깊었다. 작품에서는 그의 용감하고 사리에 밝은 성격을 심도 있게 묘사하였다. 그는 혁명을 완수하기 위하여 결혼을 한지 20일 만에 참전하는 희생정신을 발휘한다.

작품에서는 라오쑨터우老孫頭, 톈완순田萬順, 류더산劉德山 등 나이 든 농민들도 상세하게 묘사하고 있다. 특히 라오쑨터우의 형상이 비교적 성공적이라는 평을 받는다. 라오쑨터우는 빈농출신으로 혁명을 지지하지만 자신에게 해가 될까 두려워 감히 앞에 나서지 못한다. 그는 부지런하고 소박하며 낙천적인 성격을 지니고 있지만 20년간 마부를 하면서 몸에 밴 나쁜 습관 또한 떨쳐버리지 못한다. 작품에서 그의 형상을 통하여 작품의 생동적인 분위기를 짙게 하였으며 개인의 이기심과 악습을 극복해야 하는 농촌혁명의 어려움과 복잡한 면을 제시하였다.

또한 토지개혁공작대의 공산당원 샤오샹蕭祥의 형상도 상세하게 묘사하였다. 그는 사상적 입장과 애증이 분명하고 결단성이 있는 전형적인 지도자의 형상이다. 그의 역할로 토지개혁은 폭풍취우暴風驟雨로 은유되는 고난 속에서도 성공할 수 있었음을 나타내고 있는 것이다.

이 작품에서 저우리보의 예술적 특성이 인물묘사를 통해 잘 나타나 있다. 인물묘사에 있어서 우선 갈등의 소용돌이 가운데에 인물을 등장시킨 후, 고전 장회소설章回小說에서 쓰는 방법으로 하나의 단락이나 장절에서 한 인물을 집중적으로 묘사하는 것이 특징이다.

또한 작품에서 저우리보의 풍부하고 생동감 있는 언어의 운용이 두드러진 특징이다. 특히 중국 동북농민들의 구어를 대담하게 운용함으로써 사실적인 분위기를 강화하였다는 평가를 받는다. 작품 속의 많은 대화들은 동북지역 농민들의 구어이며 개성화된 언어이기도 하다. 등장인물 중 샤오샹의 언어는 간결하고 명확하여 지도자로서의 개성을 나타내었으며, 궈취안하이의 과감하고 재치있는 언어는 그의 각성한 농민의 성격을 잘 나타낸다. 라오쑨터우의 언어는 유머스럽고 투박하다. 이는 온갖 세상의 풍파를 겪으면서도 활달한 성격을 지닌 그의 개성을 나타내기에 적절하다고 볼 수 있다.

저우리보의 「폭풍취우」와 딩링의 「태양은 쌍간허에 비춘다太陽照在桑干河上」는 1951년 스탈린 문학상 2등상과 3등상을 각각 수상하였다. 이 두 작품이 수상할 수 있었던 것은 모두 토지개혁운동의 전 과정을 생동적이고 사실적으로 재현하였고, 광대한 농민의 부단한 각성과 진보를 표현했을 뿐만 아니라, 해방구에서 작가가 몸소 노동자, 농민 등 대중과 결합하는 가운데서 얻은 변화를 창작에 성공적으로 반영한 작품으로 평가 받았기 때문이다.

7. 차오밍

차오밍草明(1913~2002)은 광둥성廣東省 순더현順德縣 출신으로 1932년부터 소설 창작을 시작하였다. 1933년 좌련에 가입하고 이 시기에 쓴 작품들은 그녀의 단편소설집 『잃어버린 웃음遺失的笑』에 수록되어 있다. 이 시기의 작품들은 대부분 하층민의 고통스러운 생활과 그들의 반항정신을 묘사하면서 사회적 문제를 다루었다. 완난사변皖南事變 이후 차오밍은 옌안문예 강화에 참가하였다. 중일전쟁이 끝나고 그녀는 팔로군과 함께 동북지역으로 갔다. 1947년 징포후鏡泊湖 수력발전소에서 일하면서 대중의 생활을 체험하였다. 그는 이 시기에 「오늘今天」, 「혼사婚事」, 「무명영웅無名英雄」 등 단편소설을 썼으며, 1948년 장편소설 「원동력原動力」을 완성하였다.

「원동력」은 1940년대 후반 동북지역의 징포후 수력발전소를 복구하는 과정에서 일어나는 사건들을 묘사하였다. 중일전쟁 기간 중 파괴된 수력발전소를 각성한 대중이 주체가 되어 복구해 나가는 과정을 줄거리로 삼고 있다. 발전소 복구과정에서 여러 가지 난관에 봉착하지만 이때마다 사상적으로 각성한 노동자들은 지혜를 모아 돌파한다. 이 작품은 노동자들이야말로 새로운 창조를 이루어내는 주체이며 새로운 중국을 건설하는 원동력이라는 메시지를 전달하고 있다.

「원동력」은 나이 든 노동자 쑨화이더孫懷德의 형상을 중점적으로 묘사하고 있다. 그는 나이 든 노동자임에도 훌륭한 품성을 견지하는 인물이며, 그도 다른 노동자들과 마찬가지로 계급적인 원한을 안고 있다. 그의 처는 중일전쟁 시기 빈곤과 병마에 시달리다가 세상을 떠났고 그의 외아들은 일본인 감독의 핍박으로 죽고 만다. 이러한 원한을 가지고 있는 그는 비교적 일찍 사상적으로 각성하게 되었다. 그는 국민당 관료의 방해와 억압을 물리치고 발전소를 보호하였으며, 지도자의 잘못을 시정하고 많은 사람들을 이끌고 발전기를 수리 복구하였다. 그는 애초에 개인의 득실 같은 것을 따지는 사람이 아니었으며 오로지 노동에만 힘썼다. 작가는 이러한 쑨화이더의 형상을 통하여 노동자의 정직하고 근면한 품성을 나타내고 있다.

그밖에도 우샹타이吳祥泰 등 참신한 노동자 형상을 묘사하였는데, 『원동력』은 다소 산만하게 보일 수 있는 등장인물들의 관계를 섬세하면서도 번잡하지 않은 언어가운데서 처리하였다는 평가를 받고 있다.

8. 어우양산

어우양산歐陽山(1908~2000)은 후베이성湖北省 징저우현荊州縣 출신으로, 1924년부터 창작활동을 시작하여 『실패의 실패자失敗的失敗者』 등 많은 단편소설과 중편소설 『청년남녀靑年男女』, 장편소설 『대나무자와 쇠망치竹尺和鐵錘』 등을 발표하였다. 이 작품들은 당시 사회의 하층민과 도시 소시민의 생활을 묘사하고 있다. 어우양산은 옌안문예강화 이후 주로 하층민의 각성과 투쟁을 그린 소설을 썼는데 1946년 발표한 장편소설 『가오간다高幹大』가 대표작품이다.

『가오간다』는 1941년 농촌에서 호조조互助組를 결성하는 과정에서 발생한 투쟁을 반영한 첫 번째 소설로 어우양산의 대표작품이라고 할 수 있다. 작품은 런쟈거우任家溝에서 합작경제를 발전시켜 가는 과정에서 발생한 두 가지 사상, 두 가지 노선의 투쟁을 묘사하였다. 이 작품은 아직 중국대륙에 해방구의 형성이 미약한 상황에서 창작된 것으로 이러한 소재를 다룬다는 것은 당시 중국문단에서 드문 일이었다.

작품은 런쟈거우 합작사의 투쟁을 통하여 농촌의 재정무역에 앞장 선 간부 가오간다의 형상을 중점적으로 묘사하였다. 런쟈거우 합작사의 사장 런창유任常有는 상부의 결정에만 따를 뿐 원칙을 무시하고 농민들에게 출자금을 할당한다. 가오간다는 그와 반대의 인물형상이다. 그는 토지혁명 시기의 빈농출신으로 후에 합작사의 부주임 겸 판매원이 된다. 그는 대중의 이익과 혁명을 우선적인 가치로 생각하고 열심히 일한다. 그는 투쟁성과 원칙성이 강하여 지방의 낙후된 면모를 개선하기 위하여 합작사를 설립하여 대중의 지지를 받았다. 공산당원이면서도 여전히 농민의식을 벗어나지 못했던 그는 합작사를 설립 운영하는 과정에서 봉건적인 농민의식에서 벗어나 합작사를 발전시키는 모범적인 인물로 변신한다. 작품은 가오간다의 형상을 통하여 낙후된 지방의 새로운 생활은 새로운 인물에 의해 시작된다는 의미를 반영하고 있다.

9. 류칭

류칭柳靑(1916~1978)의 본명은 류원화柳蘊華로 산베이성陝西省 우바오현吳堡縣에서 출신이다. 그는 1934년 시안고중西安高中 재학 시절부터 단편소설을 쓰기 시작하였고, 1938년부터 옌안에서 활동하였다. 옌안문예강화 이후, 그는 1943년부터 1946년까지 산베이성 미즈현米脂縣의 향정부鄕政府의 문서를 담당하여 대중사업을 진행하는 가운데서 많은 현실을 체험하게 된다. 그는 이 시기의 경험을 토대로 1947년 5월 「종곡기種穀記」를 완성하였다. 「종곡기」는 해방구에서 감조감식減租減息 정책을 실시한 후 농민들의 집체생산을 처음으로 문학작품에 반영한 소설이다.

「종곡기」는 대생산운동 시기 왕쟈거우王家溝의 집체파종을 배경으로 산시성陝西省과 간쑤성甘肅省 일대의 농민들이 품앗이를 결성하는 과정에서 발생하는 복잡한 사건들을 묘사하였다. 작품에서는 집체파종을 둘러싼 투쟁 속에서 각각 다른 유형의 인물형상을 묘사하고 있다. 그 중에서 왕쟈거우의 농민회 주임 왕쟈푸王加扶는 진보적이고 원칙성이 강한 공산당원의 형상이다. 그는 집체적으로 파종하라는 지시를 관철하기 위하여 사업에 몰두하였으며 그것을 자신의 행복이라고 여겼다. 그는 집체파종을 관철시키는 과정 중에 만나게 되는 많은 어려움과 싸우는 과정에서 우수한 간부로 성숙해져 간다. 작품에는 또 다른 유형의 인물인 행정주임 왕커젠王克儉이 등장한다. 부유한 중농출신인 그는 집체파종이 자신에게 손해를 입히게 될 것을 걱정하는 우유부단한 성격의 인물이다. 결국 그는 농민들의 요구에 의해 직책에서 물러난다. 왕궈숭王國雄은 지주세력을 대표하는 인물로서 공산당의 활동을 반대하고 집체파종계획을 무산시키려고 한다. 이 세 가지 유형의 인물들은 서로 다른 입장에서 사상적인 충돌을 일으킨다. 작품은 집체파종의 과정을 통해 농촌의 상호 협동의 중요성을 나타내고 있다.

CHAPTER 13 1940년대 시

1940년을 전후한 시기의 시 창작은 중일전쟁이라는 시대상황과 맞물리면서 항전의식을 고취하는 내용의 작품들이 주류를 이루게 된다. 아이칭艾青에게는 '시대의 신호자時代的吹號者', 톈젠田間에게는 '시대의 고수時代的鼓手' 라는 칭호가 붙게 된 것은 이러한 시대적 상황과 시 창작의 함수관계를 반영하고 있는 것이다. 후펑胡風이 주관 발행하는 시 문예지 『칠월七月』을 중심으로 결성된 칠월파七月派는 시 창작을 통한 현실참여에 가장 적극적이었던 문학사단이었다. 이들은 주로 국민당이 통치하는 지역 '국통구國統區'와 일본군에게 함락된 상하이 조계지 '고도孤島'에서 활동하면서, 항전을 독려하는 시를 쓰는 한편, 국민당의 부패를 풍자하는 풍자시를 창작하였다.

1945년 일본이 패망하자 중국 전역은 국민당과 공산당의 내전상황으로 빠져들게 되지만, 이러한 혼란가운데 작가들은 새로운 시대의 도래를 예감하게 된다. 공산당이 통치하는 지역, '해방구解放區'에서는 혁명전쟁과 토지개혁을 소재로 한 장편서사시가 발전하였다. 1940년대의 시 창작은 대체로 시대의 요구를 반영하는 작품들이 주류를 이루었으나, 선전성과 선동성이 강조되어 예술적 성과는 높지 못하다는 평가를 받고 있다.

제1절 아이칭 톈젠

1. 아이칭

아이칭艾靑(1910~1996)의 본명은 장하이청蔣海澄으로 저장성浙江省 진화현金華縣의 지주가정에서 태어났다. 아이칭은 1934년 그의 대표작「다옌허-나의 보모大堰河-我的保姆」를 발표할 당시 쓰기 시작한 필명이다. 아이칭은 태어날 때 난산을 하자, 점쟁이는 아이칭의 팔자가 세서 부모로부터 떼어놓지 않으면 부모가 죽는다고 했다. 아이칭의 부모는 이 말을 믿고 아이칭을 가난한 농촌 부녀에게 맡겨 키우게 하였다. 그의 대표작「다옌허-나의 보모」중 아이칭이 묘사하고 있는 다옌허가 바로 그를 키워준 여인 다예허大葉荷를 지칭하는 것이며, 아이칭은 그녀의 집에서 5년을 함께 살았다. 아이칭은 비록 지주의 아들이지만 다예허와 함께 지내는 동안 농민의 고통을 이해하게 되었고, 농민의 생활에 친근감을 느끼게 되었다. 이러한 어린 시절의 성장배경은 그의 창작활동에 중요한 사상적 배경이 되었다.

5살이 되었을 때, 아이칭은 다예허를 떠나 집으로 돌아오게 되었다. 지주가정의 유복하면서도 냉랭한 분위기는 그에게 반항심과 독립적인 성격을 길러주었다. 아이칭은 유년기에 그림공부를 좋아하였다. 중학교를 졸업하고 1928년 항저우杭州의 시후예술학원西湖藝術學院 회화과에 입학하였으나 이듬해 바로 프랑스 파리로 유학을 가게 되었다. 아이칭은 파리에서 정신적인 자유와 물질적인 빈곤을 경험하며 3년을 보냈다. 그는 파리에서 생활하는 동안 후기 인상파화가의 작품을 좋아하게 되었고 철학과 문학서적을 탐독하였다. 그는 특히 러시아 리얼리즘소설과 10월 혁명을 반영한 시와 현대파 시를 관심 있게 읽었다. 그러나 그에게 가장 큰 영향을 준 문학가는 시인 바이런이다. 이처럼 그는 파리 유학시절 철학과 문예에 대한 많은 자양분을 얻었다.

1932년 1.28 사변이 일어나던 날 아이칭은 프랑스에서 귀국하여 상하이에서 좌익미술가협회左翼美術家協會에 가입하여 반일운동을 전개하다 그 해 7월 국민당정부에 의해 체포되어 투옥되었다. 아이칭은 본래 프랑스 유학 시절부터 시에 관심을 가졌으나 투옥된 이후 미술과 인연을 끊고 옥중에서 본격적으로 시를 쓰기 시작하였다. 1933년 1월 옥중에서 「다옌허-나의 보모」를 완성하고, 1934년 상하이에서 발행되던 문예지 『춘광春光』 제1권 제3호에 발표하였다.

나는 지주의 아들,
또한 다옌허의 젖을 먹고 자란,
다옌허의 아들.
다옌허는 나를 기르며 그녀의 집을 길렀다.
그러나 나는, 그녀의 젖을 먹고 받았을 뿐이다,
다옌허여, 나의 보모여.
……
다옌허, 눈물을 머금고 가버렸구나!
사십 몇 년 인생의 굴욕과 함께,
무수한 노예의 고통과 함께,
4전의 관과 몇 다발의 풀과 함께,
몇 척의 직사각형 관을 묻을 토지와 함께,
한 다발 종이돈을 태운 재와 함께,
다옌허, 그녀는 눈물을 머금고 가버렸다.
……
다옌허, 오늘, 당신의 아들은 감옥에서,
당신에게 바칠 당신을 찬양하는 시를 쓰고 있습니다.
당신의, 황토 아래 자색의 영혼에 바칩니다.
당신의, 나에게 뻗어 안아주던 그 손에 바칩니다.
당신의, 나에게 입맞춤하던 입술에 바칩니다.
당신의, 검게 그을린 온화한 얼굴에 바칩니다.
당신의, 나를 길러준 젖가슴에 바칩니다.

당신의, 아들들, 나의 형제들에게 바칩니다.
대지 위의 모든 것들에게 바칩니다.
나의 다옌허와 같은 보모와 그녀들의 아들,
나를 자신의 아들처럼 사랑했던 다옌허에게 바칩니다.

다옌허,
나는 당신의 젖을 먹고 자란
당신의 아들,
나는 당신을 존경합니다.
당신을 사랑합니다!

작품 중에서 시인은 자신을 키워 준 가난하지만 근면하고 자애로운 농촌 여성의 형상을 애정 어린 필치로 그려내고 있다. 시인은 그녀의 형상을 통해 중국민족을 키워준 대지의 형상과 민중의 형상, 모든 어머니의 형상을 그려내고 있는 것이다.

출옥한 후 감옥에서 쓴 시를 모아 시집 『다옌허-나의 보모』를 출판하였다. 이 시집에는 그가 1932년부터 1934년까지 옥중에서 쓴 「다옌허-나의 보모」, 「투명한 밤透明的夜」, 「저편那邊」, 「호적芦笛」 등이 수록되어 있다.

중일전쟁이 시작된 후, 아이칭의 작품은 전반기와 다른 면모를 나타낸다. 이 시기 그는 시집 『다옌허-나의 보모』의 주류를 이루던 서정적인 작품보다는 전쟁의 비극을 반영한 서사적이고 전투적인 내용의 작품들을 많이 발표하였다. 이 시기 그는 「북방北方」, 「그는 두 번 죽는다他死在第二次」, 「광야曠野」, 「고향에 바치는 시獻給鄉村的詩」, 「여명의 통지黎明的通知」, 「손수레手推車」, 「거지乞丐」 장편서사시 「태양을 향하여向太陽」와 「횃불火把」 등을 창작하였다. 어린 시절 경험한 중국의 농촌에 각별한 애정을 가지고 있던 아이칭은 스스로를 '광야의 아들廣野之子'이라고 하였다. 또한 중국농촌의 생활과 전쟁의 아픔을 작품 속에 담아낸 아이칭은 '시대의 신호자時代

的吹號者'라는 칭호를 받았다.

2. 톈젠

톈젠田間(1916~1985)의 본명은 퉁톈젠童天鑑으로 안후이성安徽省 우웨이현無爲縣에서 출생하였다. 그는 1933년 상하이 광화대학光華大學에서 외국어를 전공하며 시를 쓰기 시작하였다. 1934년 '좌련'에 가입하고 시문예지 『신시가新詩歌』의 편집을 맡고 중국시가회에서 활동하였다. 1935년 톈젠은 『미명집未明集』, 『중국목가中國牧歌』, 『중국농촌의 이야기中國農村的故事』 등을 출판하였다. 이 시집에 수록된 작품들은 주로 농민들의 고난과 염원을 반영하고 있다.

1937년 이후의 작품들은 중일전쟁을 배경으로 일본군의 만행과 중국인들의 항전의지를 반영한 작품들이 주류를 이룬다. 그의 대표작 「전투자에게給戰鬪者」는 모두 7장으로 구성되어있는데, 일본의 침략만행과 중국인들의 항전의지를 반영하고 있다. 마지막 장에서 그는 다음과 같이 쓰고 있다.

> ……
> 시편에 이르기를,
> 전사의 묘지는
> 노예의 나라보다
> 따스하고, 밝다하네.

「우리가 싸우지 않는다면假使我們不去打仗」은 6행의 짧은 시지만, 「전투자에게」와 같은 풍격으로 중국민족의 항전을 독려하고 있다.

> 만일 우리가 싸우지 않는다면,
> 적들은 칼로
> 우리를 죽인 후,

손으로 우리의 뼈를 가리키며 말할 것이다:
"봐라,
이것이 노예다!"

장편서사시 「그녀도 살인할 것이다她也要殺人」에서는 일본군에게 아들과 집을 잃은 순박한 농촌여성이 자살할 생각을 하다가 항전으로 돌아서는 과정을 묘사하고 있다. 이러한 작품들은 시집 『전투자에게給戰鬪者』, 『황사 속을 달리는 이들에게 바침呈在大風砂裏奔走的嵐位們』 등에 수록되었다.

중일전쟁이 시작된 후 그는 상하이와 우한武漢에서 항일선전활동에 종사하였다. 1938년 옌안에서 커중핑柯仲平 등과 함께 가두시운동街頭詩運動을 전개하고 그해 말부터 종군기자로 활동하였다. 그의 시는 이 시기의 시대상황을 가장 예술적으로 반영하는 작품이라는 평을 받아 '時代的鼓手(시대의 고수)'라는 칭호가 붙었다.

1949년 이후 그는 신시발전의 방향을 연구하는 한편 시의 대중화와 민족화를 제창하였다.

제2절 칠월파

'칠월파七月派'는 중일전쟁 시기에 형성된 시 유파로, 후펑胡風이 주필을 맡고 있는 시 문예지 『칠월七月』에서 시작되었다. 『칠월』은 1937년 9월 11일 상하이에서 창간되었다. 후에 우한으로 옮겨졌고, 1941년 완난사변皖南事變 이후 정간되었다. 1945년 후펑이 주편한 『희망希望』이 충칭重慶에서 출판되었는데 이는 『칠월』의 사상을 계승하고 칠월파시인의 동인지 역할을 하게 되었다. 『칠월』은 자신들의 문예활동을 광대한 민족해방전쟁을 위해 봉사한다는 창작태도를 견지하였고, 이후 후펑과 『칠월』을 중심으로 작가군이 형성되었다. 칠월파에 참가한 시인은 매우 광범위하였으며, 후펑이 주관 발행하는 『칠월문총七月文叢』은 합동시집으로 칠월파 시인들의 항전의식을 고취하는 작품을 싣고 있었다. 칠월파의 풍격을 대표하는 작품으로 후펑의 「조국을 위한 노래爲祖國而歌」, 아이칭의 「태양을 향하여向太陽」, 「북방北方」, 톈젠의 「전투자에게給戰鬪者」, 「그녀도 살인할 것이다她也要殺人」, 아룽阿壟의 「무현금無絃琴」, 루리魯黎의 「깨어날 때醒來的時候」, 「단련鍛鍊」, 뤼위안綠原의 「동화童話」, 「전율하는 강철顫抖的鋼鐵」, 허치팡何其芳의 「약동하는 밤躍動的夜」, 「날개가 있는 것有翅膀的」, 쩌우훠판鄒獲帆의 「베이핑에 들려주는 시朗誦給北平聽」, 뉴한牛漢의 「채색된 생활彩色的生活」 등이 있다.

칠월파 시인의 창작목적은 주로 항전을 격려하고 민중의 애환을 묘사하는데 있었다. 쑨덴孫鈿의 「우리는 전진한다我們在前進」는 시인의 항전에 대한 의지를 반영하고 있다. 지팡冀汸의 「광야廣野」는 행군 중에 있는 전사의 격정을 묘사하고 있다. 후펑의 「조국을 위한 노래」는 항전을 독려하는 대표적인 작품이라고 할 수 있다.

어둠 속에서, 중압 하에서, 모멸 가운데서
고통받고, 신음하고, 허우적거리는
이것이 나의 조국이고
이것이 나의 고난의 조국이다!
……
그러나, 조국이여
내가 칼을 쥐고 또는 총을 잡고
산중에서 숲 속에서 출몰할 때
의연하게 격정적으로 노래하리

철의 폭풍 불의 폭풍
피의 폭풍을 맞이하며
마음속에 쌓인 복수의 불을 노래하리
마음속에 쌓인 진실한 사랑을 노래하리
……

또한 국민당정부의 만행과 부패를 폭로하고 미래에 대한 희망을 노래하는 것은 칠월파 시의 주요한 내용이다. 뤼위안綠原의 「파괴破壞」, 「증한憎恨」은 민중의 비참한 현실을 고발하고 있으며, 지팡冀汸의 「죄인은 여기 없다罪人不在這里」 역시 국민당정부의 부패와 죄악을 폭로하는 내용이다. 또한 칠월파 시는 항일투쟁의 근거지와 항일군민軍民의 고무되고 격정적인 분위기를 반영하고 있다. 루리魯黎의 「옌안조가延安組歌」, 아룽阿壟의 「요동搖動」은 혁명에 참가하려는 젊은이들이 옌안에 도착했을 때의 격앙된 감정을 묘사하고 있다.

칠월파 시는 산문화의 경향이 뚜렷하게 나타나고 있다. 구절이 비교적 길고 리듬이 완만할 뿐만 아니라 형식이 자유롭고 감정이입이 풍부하다. 시인의 감정기복의 변화에 따라 리듬이 형성되므로 독자로 하여금 자연스럽고 유창한 느낌을 받게 한다. 시 언어의 운용 면에서 구어체를 위주로 하되 때로는 형상화되고 서술적인 언어를 사용하기도 한다. 한편으로 칠월파의 작품은 시인의 주관적인 감정과 전투적이고 선동적인 내용이 강조되어 예술성이 결여되었다는 비판을 받기도 하였다.

제3절 장편서사시

1. 리지

리지李季(1922~1980)의 본명은 리전펑李振鵬으로 허난성河南省 탕허현唐河縣 출신으로, 중학교 1학년 재학 중 이미 혁명에 참가할 것을 결심했다고 한다. 그는 1938년 옌안군정대학延安軍政大學에서 학습하고, 1942년 산베이陝北 싼볜三邊에서 초등학교 교사, 현 비서, 신문사 사장 등을 역임하였다. 원래 문학에 관심이 많던 리지는 산베이 지방의 전통민가인 신천유信天遊 3000여수를 수집하였고, 옌안문예강화延安文藝講話 이후 민간문예에 깊은 관심을 가지고 소설, 시, 보고산문 등의 창작활동을 시작하였다. 그는 산베이 농촌마을에서 농민들과 함께 생활하며 이들의 민간예술과 언어에 익숙해졌다. 1946년 그는 산베이 지방에 전해 내려오는 민간고사를 근거로 장편서사시 「왕구이와 리샹샹王貴與李香香」을 창작하였다. 1946년 9월 이 작품이 『해방일보解放日報』에 발표되면서 작품의 줄거리와 대중에게 익숙한 형식으로 인해 독자들의 흥미를 불러일으켰다. 「왕구이와 리샹샹」은 당시 옌안문예강화의 문예방침을 실천적으로 반영한 작품으로 평가받았다.

「왕구이와 리샹샹」은 리지의 대표작품으로 모두 3부 13장으로 구성되어 있다. 작품은 국공내전시기 산베이 농촌을 배경으로 젊은 남녀의 사랑과 농민과 지주의 계급적 대립 등을 묘사하고 있다. 농촌마을의 청년 왕구이王貴와 빈농의 딸 리샹샹李香香은 서로 사랑하지만 머슴인 왕구이는 주인 추이얼예崔二爺의 방해를 받는다. 이 작품의 주인공 왕구이는 공산당의 교육과 추이얼예와의 투쟁을 통하여 혁명적으로 각성한 농민이 된다. 그의 아버지는 추이얼예에게 맞아죽었고 왕구이는 13살 때부터 추이얼예의 머슴이 되었다. 이와 같은 성장배경으로 왕구이는 지주에 대한 원한을 품게 하였고 마을에 혁명이 시작되자 적위군에 참가하게 된다.

낮에는 물가에 가서 양을 먹이고,
밤에는 모임에 가서 혁명을 도모하네.

이를 알게 된 추이얼예는 왕구이를 감금하고 온갖 고문과 협박을 가하며 죽이려고 하지만, 왕구이는 의연하기만 하다.

늙은 개야 허세부리지 마라.
큰바람이 너 같은 등잔불을 날려버릴 것이다.

나 하나 죽는다해도 별 거 아니다.
천만의 가난한 자들이 내 뒤를 따를 것이다!

위급한 순간에 리샹샹이 유격대를 불러와 마을은 해방되고 왕구이를 구출하여 두 남녀는 행복한 결혼을 하게 된다. 결혼한 지 3일 만에 왕구이는 유격대에 참가하여 떠난다. 왕구이가 마을을 떠난 후, 추이얼예는 다시 돌아와 리샹샹의 아버지를 죽이고 그녀를 감금한다. 추이얼예가 강제로 리샹샹과 결혼하려고 할 때 유격대가 다시 돌아와 농민들은 추이얼예를 몰아내고 마을을 해방시킨다. 결국 두 남녀는 다시 행복한 결합을 하게 됨으로써 대단원의 막을 내린다. 이 장편서사시는 내용과 구성이 세밀하고, 전통적인 신천유信天遊의 표현기법을 빌어 농후한 민족적 특색을 지니고 있으며, 투쟁 가운데서 단결해나가는 농민들의 모습과 각성, 그리고 혁명에 투신함으로써 사랑을 이루게 되는 남녀의 애정을 묘사하였다.

혁명이 일어나지 않았다면
가난한 자들은 팔자를 고칠 수 없고
혁명이 없었다면 우리는 결혼할 수 없었다네.

혁명이 너와 나를 구했고
우리 농민들을 구했네.

이 단락이 작품의 사상내용을 나타내고 있다. 또한 당시 자연재해, 지주의 착취와 횡포로 피폐해진 농촌의 현실을 묘사하고 있다.

끝없이 누런 모래밭
어디 한 뼘의 땅인들 지주의 것이 아니겠는가!
민국民國 18년 비가 내리지 않아
곡식은 숯불에 구운 듯 하네.

이러한 비참한 현실 속에서 왕구이와 리샹샹 뿐만 아니라 모든 농민들은 곤경에 처해 있었다. 이러한 어려운 시기 산베이 농촌에도 공산당이 나타난다.

> 양떼는 앞장 선 양을 따라가니
> 산베이陝北에 공산당이 일어났네.
>
> 앞장 선 이 이름 유지단이라
> 붉은 기를 하늘 높이 꽂았네.
>
> 풀 더미에 불꽃이 떨어지면 큰 불길이 일어나듯
> 붉은 기를 휘날리니 가난한 자들 모두 다 붉어지네.
>
> 천리를 번쩍이는 천둥소리, 만리를 가는 번갯불
> 빠르게 곳곳에 불꽃이 번지네.

작품에서 리샹샹은 어릴 적에 어머니를 여의고 가난한 생활 속에서도 순박하고 부지런한 성품을 지니고 있는 농촌여성의 전형이다. 그녀는 늘 소처럼 일하지만 한번도 배불리 먹지를 못했고, 이러한 성장과정은 주인공 왕구이와 다를 것이 없었다. 이러한 계급적인 공통점으로 그들은 적극적으로 혁명에 가담하게 되었고 두 사람의 애정은 더욱 깊어지는 계기가 되었다. 이처럼 왕구이에 대한 리샹샹의 사랑은 진지하고 순결하였으며 이는 어떠한 시련도 견딜 수 있게 하였다. 또한 적위군에 가담한 왕구이를 추이얼예가 죽도록 때렸을 때 유격대에 소식을 전하여 왕구이와 마을을 구원하며 혁명에 적극적으로 참가하게 되었다. 그녀는 또한 추이얼예의 회유와 협박에도 굴복하지 않았다. 리샹샹의 형상은 순박하면서도 굳은 의지를 지닌 농촌여성의 전형으로 묘사되고 있다.

2. 롼장징

롼장징阮章競(1914~2000)은 광둥성廣東省 중산현中山縣의 가난한 농민의 집안에서 출생하였다. 그는 항일전쟁에 참가하여 타이항산太行山 일대에서 일하면서 루쉰예술학원의 교원과 타이항문련太行文聯 희곡부 부장 등의 직책을 맡았다. 그의 대표적인 시가로 「권투圈套」, 「장허수이漳河水」, 「부인자유가婦人自由歌」 등이 있다.

장편서사시 「장허수이」는 롼장징의 대표작으로 1949년 5월 『타이항문예太行文藝』에 발표되었다. 작품은 타이항산 장허수이의 한 마을에 사는 허허荷荷, 링링苓苓, 쯔진잉紫金英 3명의 여인이 마을이 해방되자 봉건적 속박을 타파하고 생산활동에 적극적으로 참여하여 행복한 삶을 누리게 된다는 이야기이다.

본래 허허, 링링, 쯔진잉은 친한 친구사이로 결혼 전에는 좋은 반려자를 만나 행복한 생활을 하게 될 꿈을 꾸고 있었다. 그러나 봉건적인 결혼제도에 의하여 허허는 자기보다 나이가 매우 많은 부농 영감과, 링링은 포악한 남성우월주의자와, 쯔진잉은 폐병환자와 결혼하게 된다. 이로 인해 이 세 여인은 결혼 전의 환상이 무참히 깨어지고 장허수이에 모여 신세를 한탄하기만 한다. 혁명의 승리 후에 세 여인은 해방을 맞이하게 되는데 그 과정은 각각 다르다. 허허는 우선 봉건전통을 향해 도전한다. 그녀는 적극적으로 생산활동에 참여하고 자매들이 과거의 고통스러운 생활에서 벗어나도록 도와준다. 작품에서 허허는 가장 활발하고 적극적인 인물로 묘사되고 있다. 그녀는 장허수이의 마을이 해방되자 곧 부농 영감과 이혼하고 사랑하는 사람과 재혼하였다. 그녀는 링링을 도와 그녀의 남편을 각성시키며 쯔진잉을 도와 굴욕적인 생활에서 벗어나게 하였다. 링링은 부지런하고 현명할 뿐만 아니라 낙관적인 성격의 소유자다. 그녀는 허허의 도움으로 자신의 남편이 봉건적 가부장의 사상에서 벗어나도록 한다. 쯔진잉은 남편이 폐병으로 죽은 후, 온갖 모욕과 고난을 받으며 과부로 살아가고 있었다. 게다가 나약한 성격으로 감히 봉건예교의 굴레에서 벗어날 생각을 못한다. 그러나 허허와 링링의 도움으로 결국 자신을 돌아보고 새로운 삶을 살아가게 된다.

장허수이, 아흔 아홉 굽이,
층층이 나무요, 겹겹이 산이라,
층층이 푸른 나무, 겹겹이 안개,
겹겹이 높은 산에 구름이 길을 끊네.

이른 아침, 구름과 노을이 붉은 빛으로 아름답다.
아름다운 붉은 하늘 강물 속에 드리우고,
장허수이가 온통 도화 빛으로 물들면,
노래 한 곡 부르며 장허漳河를 건너지.

작품은 장허의 양 기슭 인민들이 즐겨 부르는 서로 다른 곡조, '장허소곡漳河小曲'과 '목양소곡牧羊小曲' 등 형식을 도입하여 농후한 향토적 색채를 표현하였다. 또한 장허를 의인화하는 기법을 통하여 서정을 토로함으로써 장허에 대한 친근감을 더하였다. 시의 언어는 생동감 있을 뿐만 아니라 음악미를 중시하고 있다.

3. 장즈민

장즈민張志民(1926~1998)은 국공내전 시기 중국의 농촌에서 일어난 사실들을 주제로 여러 편의 서사시를 창작하였다. 서사시 「죽을 수 없다死不着」도 이 시기에 창작한 작품이다. 「죽을 수 없다」는 작가가 농민들과 함께 동고동락同苦同樂하면서 써낸 작품이기 때문에 매우 사실적이고 표현이 진솔하다. 작품에서는 한 가난한 농민이 해방 전 57년 간 겪은 비참한 삶을 그려내고 있다. 그래서 이 작품의 본래 제목은 '57세에 해방된 농민이 죽을 수 없었던 기억五十七歲翻身農民死不着的回憶'이었다. 이 서사시의 제목 '죽을 수 없다'의 유래를 설명하는 대목은 세상에 태어나는 것 자체가 고통인 농민의 삶을 읽을 수 있다.

> 내 어머니가 나를 낳고 반년이 지나도록
> 호號도 없고 이름도 없었다.
> ……
> 어머니가 아버지에게 물었다.
> 우리 애는 이름을 뭐라고 부르면 좋을까요?
> 아버지가 말한다.
> 염라대왕이 눈이 멀었으니 '죽을 수 없다'라고 합시다.

그가 겪은 비참한 생활은 당시 중국의 농민들이 겪었던 공통된 운명이었다. 이 작품은 대비적 기법, 북방의 토속적인 속담과 세련된 구어를 도입함으로써 인물형상을 더욱 생동감 있게 나타내는 동시에 농후한 민가적 색채를 띠고 있다.

제4절 諷刺詩

이 시기 국민당 통치 지역 국통구國統區 정세의 변화에 따라 정치풍자시政治諷刺詩가 유행하였는데 풍자시는 국통구 시 창작의 특색으로 자리잡게 되었다. 정치풍자시의 창작에서 성과를 나타낸 시인으로 위안수이파이袁水拍와 장커자臧克家, 뤼위안綠原, 저우디판鄒狄帆 등이 있다. 이들의 정치풍자시는 각각 다른 개성을 나타내고 있었지만 그 내용은 모두 당시 국통구의 현실을 풍자하고 민중들의 고통을 반영하였다. 그러므로 정치풍자시는 대중 속으로 빠르게 퍼져나갔다.

1. 위안수이파이

풍자시 「마판퉈의 산가馬凡陀的山歌」로 유명한 위안수이파이袁水拍(1919~1982)의 본명은 위안광웨이袁光楣, 마판퉈馬凡陀는 필명으로 장쑤성江蘇省 우현吳縣에서 출생하였다. 위안쉬파이袁水拍라는 필명은 송대 문인 매요신梅堯臣의 "朱旗畵軻一百尺 五有長江水拍天"에서 따온 것이다. 그의 또 다른 필명인 마판퉈馬凡陀는 에스페란토世界語의 '영원한 동력'을 의미하는 'MOVADO'를 중국어로 음역音譯한 것이었다. 1935년 상하이 후장상업대학滬江商學院을 다니다 중퇴하고 상하이 중국은행 등에서 근무하다가 1937년부터 시를 쓰기 시작하였다. 이 시기에 서정시집 『인민人民』을 출판하고 뒤이어 『겨울겨울冬天冬天』, 『해바라기向日葵』 등을 출판하였다. 그는 1942년 구이린(계림)에서 공산당에 가입하고, 1944년에서 1948년까지 상하이에서 『신민보新民報』와 『대공보大公報』의 편집을 맡았다. 그는 마판퉈馬凡陀라는 필명으로 300여 편의 정치풍자시를 수록한 시집 『마판퉈의 산가馬凡陀的山歌』, 『격동의 세월沸騰的歲月』, 『마판퉈의 산가 속집馬凡陀的山歌續集』을 출판하였다.

국민당 정부의 부패로 인한 국통구의 높은 물가는 서민들의 생활을 파탄의 지경으로 몰아갔다. 위안수이파이는 「야생마를 잡다抓住這匹野馬」, 「상하이 물가의 대폭등上海物價大暴騰」, 「만세萬稅」 등의 시를 창작하였는데, 이 작품들은 모두 형상화된 언어를 운용하여 국민당 정부의 재정정책을 풍자하였다. 특히 「만세」는 만세萬歲와 만세萬稅의 동음이의를同音異義 이용한 풍자가 돋보이는 시이다.

> 동쪽에도 세금, 서쪽에도 세금,
> 모든 물건에도 세금이 있다네,
> 민국 만세萬稅, 만만세萬萬稅!

「개혁가改革歌」에서는 국민당의 형식만 바꾸고 내용은 변함이 없는 허위적인 개혁을 풍자하였다.

> 장삼을 벗고 양복을 입고, 손에는 지팡이를 들었네,
> 사람도 차량도 좌측통행, 가게를 모두 상점이라고 고쳤네,
> 주인은 사장이라 부르고, 입춘은 농민절이라네,
> 마장馬將말고 마작麻雀을 하라네.

또한 「고양이一隻猫」에서는 서구인에게는 고양이처럼 온순하면서도 중국인들에게는 잔인한 국민당의 모습을 풍자와 과장의 기법으로 표현하였다.

> 군벌시대는 개인화기와 칼
> 민정시대에는 창과 포
> 학생을 진압할 때는 잔혹하고 악랄하게
> 양놈 앞에서는 한 마리 고양이처럼
> 야옹, 야옹, 야옹! 듣기 좋게 울어댄다.

「마판퉈의 산가」는 강한 정치적 색채와 현실참여의 비판정신을 시 창작에 반영한 작품으로, 작품의 제재가 광범위하고 형식이 자유로우며 서민들의 애환을 반영하고 있어 당시 많은 민중들의 환영을 받았다. 「마판퉈의 산가」는 민가, 민요, 산가山歌와 동요의 요소를 갖추고 오언五言과 칠언七言의 형식을 운용하였고 언어가 통속적이면서도 이해가 쉽기 때문에 누구나 쉽게 외우고 부를 수 있었다. 위안수이파이의 정치풍자시는 시 창작 분야에서 민족화와 대중화를 성공적으로 운용하였다고 볼 수 있다. 그러나 그의 작품은 다소 경박하고 민간의 문예형식을 왜곡하였다는 비판을 받기도 하였다.

2. 장커자

장커자臧克家의 풍자시도 당시 유명하였다. 『보배寶貝兒』, 『생명의 영도生

命的零度』, 『겨울冬天』 등의 시집에는 국민당 정부의 부패와 전횡을 풍자적으로 폭로한 작품들이 있다. 장커자의 풍자시는 위안수이파이의 시가 가지고 있는 경박함과는 다르게 엄숙한 분위기로 일관하고 있으나, 날카롭고 명쾌하지만 유머적인 표현 기교는 부족하여 풍자시로서 대중적으로 회자膾炙되지는 못하였다.

작품 「보배寶貝兒」에서는 국민당의 허울뿐인 홍보정책을 비판하고 있다.

> 좋은 말도 세 번 들으면 개도 듣기 싫어하고,
> 그런 떡은 배를 채울 수 없거니
> 오늘은 아무 것도 보지 말고
> 오늘은 아무 것도 듣지 말며
> 빨리, 빨리 그것을 달라고 해라.
> 천만 사람들이 천만번 부른
> 그 '사실'의 보배를.

3. 쩌우디판

쩌우디판鄒荻帆(1917~1995)은 후베이성湖北省 톈먼현天門縣의 목수집안에서 태어났다. 그는 1936년부터 시를 발표하기 시작하였다. 이 시기 서정시집 『넘어감跨過』과 정치풍자시집 『악몽비망록惡夢備忘錄』을 출판하였다. 『넘어감』에는 모두 18수의 시를 수록하고 있는데 그 중 대부분의 시들은 비판정신이 비교적 강한 서정시로 격조가 높으며 언어도 소박하면서 세련되었다는 평을 받는다. 풍자시집 『악몽비망록』은 그가 홍콩에서 자비로 출판한 시집으로, 이 시집에 수록된 작품들은 궁지에 몰려서도 마지막까지 자신의 실책을 알지 못하는 장제스를 풍자하고 있다. 이러한 작품들은 국민당 통치하의 어두운 현실을 생동감 있고 날카롭게 비판하고 있으며 다가오는 새로운 사회에 대한 희망을 나타내고 있다.

제5절 구엽파

구엽파九葉派는 1940년대 후반 리얼리즘과 모더니즘의 결합을 추구하던 시인들을 지칭하는데, 구엽파의 시 창작은 1930년대 왕성했던 현대파 시인들의 시풍은 1940대에 이르러 이들이 계승하였다는 평가를 받는다. 1940년대 이들이 활동할 당시 원래는 구엽파라는 명칭이 있었던 것은 아니었다. 구엽파라는 명칭은 1981년 쟝쑤인민출판사江蘇人民出版社에서 이 9명의 시선집詩選集을 출판하면서 『구엽집九葉集』이라고 이름을 붙인데서 시작되었다. 구엽파는 1947년 창간된 『시창조詩創造』와 1948년 창간된 『중국신시中國新詩』를 주요 문예지로 삼았다. 구엽파의 시인은 신디辛笛, 천징룽陳敬容, 두윈셰杜運燮, 차오신즈曹辛之, 정민鄭敏, 탕치唐祈, 탕스唐湜, 위안커쟈袁可嘉, 무단穆旦으로 이들은 스스로 자각적인 모더니스트라고 하여 본래 신현대시파新現代詩派라고 하였다.

탕치가 1945년 충칭(중경)에서 쓴 「늙은 기녀老妓女」는 1930년대 상하이에서 활동하던 현대파의 흔적을 쉽게 찾아 볼 수 있는 작품이다.

> 밤, 음험하게 웃고 있다,
> 대낮보다 창백한
> 도시浮腫의 도약, 아우성
> ……
> 밤은 너를 눈멀게 하고,
> 너무도 많은 환락의 창과 방,
> 너는 번화한 도심으로 들어간다.
> 더욱 큰 고독 속으로 들어간다.
> ……

신디의 시 「뻐꾸기」를 보면, 구엽파가 추구했던 리얼리즘과 모더니즘의 결합을 읽어낼 수 있다.

20년 전 나는 네가
끝없이 사랑을 노래하는 줄 알았다.
20년이 지난 후에
나는 한 개인의 애정이란 너무도 작은 것임을 알았다
너의 소리의 의미도 변했다
너의 한 음 한 음 호소하고 있다
인민의 고난은 끝이없고
우리가 떨쳐 일어나야 하고
우리는 싸워야 한다
우리의 두 손으로
대중의 행복을 만들어 가야한다.

아이칭은 「중국신시 60년中國新詩六十年」에서 구엽파에 대해 "신시의 리얼리즘전통을 계승하고 미국과 유럽 현대파의 표현기교를 융화시켜 전쟁을 겪고 난 후의 사회상을 묘사하고 있다."라고 평가하고 있다.

CHAPTER 14 1940년대 산문

History of China Modern Literature

1937년 중일전쟁이 본격화되고 전선이 내륙으로 확대되는 양상을 나타내었다. 1939년 우한武漢과 광저우廣州가 차례로 함락되면서 많은 작가들은 충칭重慶과 옌안延安으로 옮겨갔고, 이 시기 충칭과 옌안은 자연히 정치문화의 중심지 역할을 하게 되었다. 국민당 정부가 옮겨간 충칭과 공산당 해방구 옌안을 중심으로 각종 산문창작이 활발하게 진행된 것은 당시 중일전쟁의 정세와 밀접한 관련이 있다고 볼 수 있다. 이 시기 산문창작의 특성은 다음과 같이 정리할 수 있다.

첫째, 1940년대에도 서정산문의 창작은 꾸준히 지속되었다. 이러한 산문은 대체로 중일전쟁의 포화로부터 비교적 먼 지역, 즉 '대후방大後方'으로 지칭되는 쓰촨성四川省 충칭 일대와 상하이 조계지 고도孤島에서 활동하던 작가들의 작품을 들 수 있다. 이러한 산문창작의 중심인물로 량스츄梁實秋, 왕랴오이王了一, 첸중수錢鍾書 등을 들 수 있는데, 이들의 산문은 이들의 산문은 전통적인 문인사대부들의 풍격을 띠고 있었다. 한편으로, 이들의 산문은 시대의 요구를 외면한 문학이라는 비판을 받으면서, 1939년 항전무관론抗戰無關論 논쟁의 대상이 되기도 하였다.

둘째, 잡문창작을 시대의 모순과 병폐를 향해 날리는 투창과 비수로 삼았던 루쉰의 전투성 잡문을 계승한 루쉰풍 잡문의 형성이다. 이 시기 상하이 孤島의 『루쉰풍魯迅風』, 『문회보文滙報』 부간 『세기풍世紀風』을 중심으로 활동하던 작가와 구이린桂林에서 활동하던 '야초파野草派' 작가들의 산문창작이 루쉰풍 잡문을 대표한다고 볼 수 있다. 루쉰풍 잡문의 대표작가로 상하이의 바런巴人, 커링柯靈, 저우무자이周木齋 등과 구이린의 녜간누聶紺弩, 친쓰秦似, 쑹윈빈宋雲彬 등을 들 수 있다.

셋째, 보고산문의 발전과 확대를 들 수 있다. 중일전쟁의 전선이 형성된 지역에서 전장의 면모를 묘사한 항일전선의 보고산문이 다수 등장하였다. 이들은 항일전선에서 용감하게 싸우는 중국인들의 항전의지와 전쟁난민의 비참한 삶, 전쟁으로 피폐해진 인간의 심리상태 등을 묘사하고 있다. 중일전쟁 전선의 상황을 묘사한 보고산문 작가로 츄둥핑丘東平, 차오바이曹白, 뤄빈지駱賓基 등을 들 수 있다.

또한, 공산당이 통치하는 해방구를 중심을 발전한 보고산문도 다량 출현하였다. 공산당의 근거지 옌안은 당시 전쟁의 포화와 국민당의 탄압을 벗어난 좌련의 문인들이 많이 모여들었다. 이들은 옌안에서 해방구 주민들의 새로운 생활상을 기록하는 보고산문을 다량 창작하였다. 이들의 산문창작은 옌안문예강화延安文藝講話 이후 더욱 활발하게 진행되었다.

제1절 서정산문

량스츄梁實秋(1902~1987)의 본명은 량즈화梁治華로 베이징 출신으로 1915년 칭화대학에서 수학하였다. 1923년 빙신氷心, 쉬디산許地山과 함께 미국으로 유학을 떠나, 1924년 콜로라도대학을 졸업하고, 하버드대학에서 박사과정을 마쳤다. 그는 하버드대학 재학 시절, 낭만주의에 대해 비판적이었던 문학평론가 어빙 배빗(Irving Babbitt)의 영향을 받아, 중국문단이 정치적이고 낭만주의적인 경향을 비판한 논문을 발표하기도 하였다.

1926년 귀국한 그는 난징 둥난대학東南大學에서 교편을 잡기도 하였고, 1927년 신월사에 가입하여 적극적으로 활동하였다. 1934년 량스츄는 베이징대학에서 영문학을 가르치는 한편 셰익스피어전집을 중국어로 번역하기 시작하여 1967년 완성하였다.

량스츄는 난징이 일본군에게 함락된 후, 쓰촨으로 가서 교육부 교과서 편집위원으로 재직하였다. 그는 이 시기 충칭에서 『성기평론星期評論』의 주필을 맡아보면서 쯔쟈子佳라는 필명으로 『성기평론』에 '아사소품雅舍小品'을 연재하였다. 아사소품은 연재를 시작하면서 독자들의 좋은 반응을 얻었는데, 주광첸朱光潛은 량스츄에게 편지를 보내 "아사소품의 문학에 대한 공헌은 셰익스피어 작품의 번역 이상對于文學的貢獻在翻譯莎士比亞的工作之上"이라고 평가하였다. 雅舍小品은 다시 충칭의 『시여조時與潮』 부간副刊, 난징의 『세기평론世紀評論』, 톈진의 『익세보 · 성기소품益世報 · 星期小品』 등 간행물에도 실리다가, 1949년 타이베이臺北 정중서국正中書局에서 그동안 발표되었던 34편의 산문을 모아 『아사소품雅舍小品』이라는 산문집으로 출판되었다. 후에 다시 32편의 산문을 수록한 『아사소품 · 속집雅舍小品 · 續集』을 출판하였다. 『아사소품』은 출판되자마자 독자들의 호응을 얻으며 37판을 기록하였고 속집도 7판을 인쇄하여 중국현대문학사상 가장 많은 부수가 팔린 산문집으로 기록되었다.

『아사소품』에 수록된 34편의 산문은 내용 면에서 서정적이고 고전적인 문인의 지적인 분위기를 풍기고 있다. 또한 저우쭤런이나 린위탕林語堂의 소품문처럼, 생활 속에서 쉽게 접할 수 있는 일상적인 일들과 사물을 소재로 채택하고 있다. 이러한 일상적인 소재 가운데서 인생의 철리哲理와 삶의 다양한 모습들을 이야기하고 있는 것이다. 그러나 당시 시대상황에 비추어 볼 때 량스츄의 산문은 전형적인 '항전과 무관與抗戰無關'한 작품이라고 볼 수 있다. 『아사소품』은 사유적 특색으로 볼 때, 저우쭤런이나 린위탕의 산문과 비슷한 풍격을 지니고 있다. 다만 『아사소품』은 저우쭤런의 산문에서 나타나는 현실에 대한 냉소적이고 비관적인 정서를 찾을 수 없다. 오히려 순수하고 온유한 유가적 학자의 풍격을 지니고 있는 면에서는 린위탕이나 주쯔칭朱自淸의 산문과 일맥상통한 면이 있다. 이러한 의미에서 볼 때, 『아사소품』은 1920년대 서정산문과 소품문의 풍격을 계승하고 있다고 볼 수 있다. 량스츄는 타이완臺灣으로 간 후 『추실잡문秋室雜文』, 『쉬즈모에 대하여談徐志摩』, 『칭화8년淸華八年』, 『원이둬에 대하여談聞一多』, 『추실에 대한 기억들秋室雜憶』, 『간운집看雲集』, 『서아도잡기西雅圖雜記』 등 주로 회고성 산문을 썼다.

1941년 개명서점開明書店에서 출판된 첸중수錢鍾書의 『인생가에 쓰다寫在人生邊上』 역시 그의 학자적 풍격을 느낄 수 있는 산문집이다. 『인생가에 쓰다』는 이미 중국고전문학을 섭렵한 첸중수가 영국과 프랑스 등지에서 유학하며 섭렵한 동서고금의 해박한 지식이 행간行間마다 배어나는 전형적인 문인의 풍격을 지닌 산문집이라고 할 수 있다. 『인생가에 쓰다』는 량스츄의 『아사소품』처럼 일상의 소재 가운데 인생철리를 발견할 수 있는 산문이지만 『아사소품』과는 달리 『인생가에 쓰다』에 내포된 작가의 인생관은 다소 비관적임을 곳곳에서 찾아볼 수 있다. 「교훈에 대하여談敎訓」 중 그는 "어쨌든 사람이란 깨우치기 힘든 것이다"라고 말하며 인간에 대한 다소 비관적인 견해를 나타내고 있다. 또한 그의 소설 창작에서 볼 수 있는 인간의 위선에 대한 풍자 역시 산문에서도 찾아 볼 수 있다. 「이솝우화를 읽다讀伊索寓言」 중에서 박쥐의 이야기를 예로 들어 인간의 교활함을 다음과 같이 지적하고 있다.

박쥐 이야기를 예로 들어보자. 박쥐는 새들을 만나면 새인 척 하고, 짐승들

> 을 만나면 짐승인 척한다. 인간은 박쥐에 비하면 더 총명하다. 인간은 박쥐의 방법을 반대로 이용하기 때문이다. 새들 사이에 있을 때는 오히려 짐승임을 자처하며 발로 땅을 디딜 수 있는 성실함을 과시한다. 짐승사이에 있을 때는 오히려 새라는 것을 나타내며 높이 날 수 있는 고상함을 과시한다. 무인들 사이에 있을 때는 고상함을 뽐내고, 문인들 사이에 있을 때는 용맹한 척 과시한다. 상류사회에서는 가난하고 우직한 평민 티를 내고, 평민들 사이에 있을 때는 눈을 아래로 흘기며 문화인임을 자처한다. 이는 당연히 박쥐가 아니다. 이것은 바로 인간이다.例如蝙蝠的故事：蝙蝠碰見鳥就充作鳥，碰見獸就充作獸．人比蝙蝠就聰明多了．他會把蝙蝠的方法反過來施用：在鳥類裏偏要充獸，表示腳踏實地；在獸類裏偏要充鳥，表示高超出世．向武人賣弄風雅，向文人裝作英雄；在上流社會裏他是又窮又硬的平民，到了平民中間，他又是屈尊下顧的文化份子：這當然不是蝙蝠，這只是-人．

이처럼 첸중수의 산문은, 그의 소설작품과 일맥상통하는 풍자적인 요소가 돋보이지만, 다소 비관적인 차가운 유머감각이 배어있다.

왕랴오이王了一(1900~1986)는 광시성廣西省 보바이현博白縣 출신으로 간체자簡體字 개혁을 완성한 언어학자 왕리王力로 더욱 잘 알려져 있다. 『용충병조재쇄어龍蟲幷雕齋瑣語』는 그가 1940년대 중반 시난연합대학西南聯合大學 교수로 쿤밍昆明에서 재직하던 시절 쓴 작품을 모아 출판한 것이다. 이 산문집에는 모두 62편이 수록되어 있는데, 주로 『생활도보生活導報』와 『자유논단自由論壇』 등에 실렸던 산문 62편이 수록되어 있다.

바진巴金의 산문은 위의 작가들의 산문과는 다소 다른 풍격을 나타내고 있다. 바진은 이미 1930년대에 중 · 장편소설의 창작으로 문단에 많은 영향을 준 작가이다. 그러나 그의 창작활동은 산문에서 시작되었다고 볼 수 있다. 그는 「나의 산문을 말하다談我的散文」에서 "나의 첫 번째 산문집 『해행잡기海行雜記』는 나의 첫 번째 소설 전에 완성된 것이다"라고 말하고 있다. 바진은 1920년대부터 쓴 산문을 모아 1932년 상하이신중국출판사上海新中國出版社에서 첫 번째 산문집 『해행잡기』를 출판하고, 이후 1949년까지 『여도수필旅途隨筆』, 『점적點滴』, 『생의 회한生之忏悔』, 『기억憶』, 『호소控訴』, 『용·호·구龍·虎·狗』, 『고요한 밤의 비극靜夜的悲劇』, 『단간短簡』 등 모두 17권의 산문집을 출판하였다.

이 시기 바진의 대표산문집 『용·호·구』는 중일전쟁이 치열하게 전개되던 1940년에서 1941년까지 바진이 쿤밍과 충칭에서 쓴 산문을 모은 것으로 1941년 상하이문화생활출판사上海文化生活出版社에서 출판되었다. 『용·호·구』에 수록된 대부분의 작품은 중일전쟁에 처한 중국의 비참한 현실 가운데서 '자유'를 갈망하는 작가의 염원이 담겨 있는데, 이에 수록된 「용龍」은 작품집의 정서를 대변하는 대표작이라고 할 수 있다. 그는 전쟁의 소용돌이 속에서 헤어나지 못하고 있는 민족의 운명을 진흙탕에 빠진 '용'에 비유落在污泥里, 不能自拔하며 자유와 광명을 갈망하고 있다. 그는 용으로 상징되는 중국의 운명에 대해 결국 "우렁찬 소리를 내며 하늘을 향해 솟아오를 것一聲巨響自下冲上天空"이라고 낙관하고 있다.

제2절 '루쉰풍' 잡문

잡문창작을 시대의 모순과 병폐를 향한 투창과 비수로 사용했던 루쉰의 전투적 잡문창작정신을 계승한 '루쉰풍' 잡문의 창작이 상하이 고도孤島와 구이린桂林을 중심으로 이루어졌다. 1939년 1월 상하이에서 창간된 『루쉰풍魯迅風』, 『세기풍世紀風』과 1941년 4월 창간된 『잡문총간雜文叢刊』 등을 중심으로 활약하던 바런巴人, 커링柯靈, 저우무자이周木齋, 탕타오唐弢 등은 상하이 '루쉰풍' 잡문 창작의 주요작가들이었다. 이들은 1938년 이미 『변고집邊鼓集』이라는 통합 잡문집을 출판하기도 하였다.

바런巴人(1901~1972)의 본명은 왕런수王任叔로 저장성浙江省 펑화현奉化縣 출신이다. 그는 이미 1923년 문학연구회에 참가하며 창작활동을 시작하였다. 그는 1930년대 상하이에서 좌련에 가입하여 창작활동을 하다 중일전쟁이 발발하자 『역보譯報』 부간 『자유담自由談』과 『신보申報』 부간 『대가담大家談』의 편집을 맡아보면서 다수의 잡문을 발표하였다. 그의 잡문집으로 『문슬집捫虱集』, 『생활 · 사색과 학습生活 · 思索與學習』, 통합 잡문집 『횡미집橫眉集』 등이 있다.

커링柯靈(1909~2000)은 상하이 고도에서 시사성 잡문과 소품문을 모두 창작하였다. 비록 잡문의 비중이 높기는 하였으나, 고도에서 활동하던 다른 작가들에 비해 다소 상이한 풍격을 지닌 소품문을 창작하여 1940년 출판한 산문집을 『시루독창市樓獨唱』이라고 이름 지었다. 그의 잡문은 삶의 보편적인 문제들뿐만 아니라 시대의 병폐와 일본의 침략행위에 대한 규탄 등 비교적 다양하다.

저우무자이周木齋(1910~1941)의 본명은 저우푸周朴로 쟝쑤성江蘇省 창저우常州 출신이다. 그는 1927년 우시국학전수관無錫國學專修館에서 수학하고 1931년 상하이 대동서국大同書局에서 편집을 맡아보았고, 1934년 『대만보大晩報』의 文藝副刊 『화거火炬』의 편집을 맡았다. 중일전쟁시기 상하이 『대미신보大美晨報』의 부간 『신종晨鍾』의 편집을 맡으면서 본격적으로 잡문창작을 시작하였다. 그는 상하이 고도에서 병과 가난에 시달리면서도 그의 잡문은 날카로운 필치와 전투적 성격을 잃지 않았다. 잡문집으로 『소장집消長集』, 통합 잡문집 『변고집邊鼓集』, 『횡미집橫眉集』 등이 있다.

『중국현대문학사』의 저자, 학자로 더 유명한 탕타오唐弢는 '루쉰풍'잡문의 '국민성을 일깨우는 풍격'을 중시한 잡문을 다수 발표하였다. 그의 잡문은 패배주의에 젖은 중국인, 타락한 중국인과 나약한 중국인의 모습에 대한 폭로와 비판을 통해 루쉰의 창작정신을 계승하였다. 잡문집으로 『투영집投影集』, 『노신집勞薪集』, 『단장서短長書』, 『식소록識小錄』, 통합 잡문집 『변고집邊鼓集』, 『횡미집橫眉集』 등이 있다.

1938년 겨울 광저우廣州가 함락된 후 샤옌夏衍, 궈모뤄郭沫若 등 많은 작가들은 속속 구이린으로 모여들었고 구이린은 일시적으로 '문화중심지文化城'가 되었다. 샤옌의 주도로 1940년 7월 잡문 문예지 『야초野草』가 창간되었고, 당시 구이린에서 잡문 창작으로 활동하던 샤옌, 쑹윈빈宋雲彬, 녜간누聶紺弩, 멍차오孟超, 친쓰秦似 등이 편집을 맡으면서 야초파野草派가 형성되었다. 『야초』는 사회의 모순과 폐단을 폭로, 공격하는 비수의 역할을 했던 루쉰 잡문의 풍격을 계승하는 것을 편집 방침으로 삼았기 때문에 이들의 잡문은 '루쉰풍'잡문이라고 지칭되었다. 『야초』는 2년 간 발간을 지속하다가 1942년 국민당에 의해 정간되었다.

녜간누聶紺弩(1903~1986)는 야초파 잡문작가의 중심인물로 루쉰잡문의 풍격을 충실히 계승하고 있다. 그의 일부 잡문은 루쉰잡문의 격식을 그대로 차용한 듯한 흔적을 엿볼 수 있다. 예를 들어 녜간누의 「어떻게 어머니 노릇을 할 것인가怎樣做母親」, 「뱀과 탑蛇與塔」 등은 제목에서조차 루쉰의 「우리는 어떻게 아버지 노릇을 할 것인가我們現在怎樣做父親」, 「뇌봉탑의 무너짐을 논함論雷峰塔的倒掉」의 영향을 여실히 느낄 수 있다. 그는 잡문집으로 『역사의 오묘함歷史的奧妙』, 『뱀과 탑蛇與塔』, 『조성기早醒記』, 『혈서血書』 등을 출판하였다.

친쓰秦似(1917~1986)는 광시성廣西省 보바이현博白縣 출신으로 1940년 7월 샤옌과 『야초』의 편집을 맡으면서 잡문창작을 시작하였다. 그는 주로 여성해방과 관련된 잡문을 다수 창작하였는데, 자신의 논리를 독자에게 설득시키기 위하여 반드시 실례實例를 제시하였는데, 그는 잡문 한 편당 보통 5, 6개의 예를 들어 설명하고 있다. 여성해방을 다루고 있는 잡문으로 「'여성은 생물적인 평등에 안주해야 한다'를 논함"女性應該安于生物的平等"論」, 「여자 · 성인 · 혁명女子 · 聖人 · 革命」, 「남녀와 직업男女與職業」, 「'여자의 능력은 남자만 못하다'를 논함"女子能力不及男子"論」 등이 있고, 잡문집으로 『감각의 음향感覺的音響』, 『시연집時戀集』, 『직분에서在崗位上』 등이 있다.

쑹윈빈宋雲彬(1897~1979)은 1926년 루쉰이 광저우에 왔을 때, 루쉰의 집필활동을 재촉하는 「루쉰 선생은 어디에 숨었는가魯迅先生往哪里躲」라는 문장을 발표하여 루쉰의 주목을 받았다. 루쉰은 곧 「종루에 있음在鐘樓上」이라는 답신형식의 글을 썼다. 이를 통해 쑹윈빈은 '루쉰풍'잡문을 창작하는 계기가 되었다. 그는 주로 중일전쟁을 소재로 국가와 민족을 지상至上의 가치로 주장하는 산문을 썼다. 그의 산문은 당시 애국주의를 고취시키는 역할을 하였으나, 소재가 협소하고 예술적 가치는 떨어진다는 비평을 받았다. 1940년 『파계초破戒草』와 1942년 『골경집骨鯁集』 두 권의 잡문집을 출판하였다.

제3절 보고산문

1. 항일전선의 보고산문

이 시기는 중일전쟁의 상황을 현장에서 스케치하는 형식으로 써 내려간 보고산문報告散文이 유행하였다. 이러한 보고산문은 중일전쟁의 전선이 형성된 지역을 중심으로 발전하였다. 이러한 시대적 조건은 보고산문의 수요를 증대시키는 한편 우수한 보고산문이 탄생하는 계기가 되었다. 이 시기에 많은 작가들이 보고산문을 썼는데, 주로 전선의 상황과 중국인들의 항일의지, 전쟁의 비참함을 묘사하고 있다. 츄둥핑丘東平, 차오바이曹白, 뤄빈지駱賓基 등은 중일전선의 상황을 묘사한 많은 보고산문을 발표하였다.

츄둥핑丘東平(1910~1941)의 본명은 시전席珍으로 광둥성廣東省 하이펑현海豐縣 출신이다. 그는 하이루펑海陸豐 봉기에 참가하여, 하이펑현 공청단共靑團에서 선전공작을 맡기도 하였다. 하이루펑 봉기가 실패한 후 홍콩 등지를 유랑하며 어민 생활을 하기도 하였다. 귀국 후, 해방군에 참가하여 주로

부대 정치부와 선전부 일을 맡다가, 그는 상하이에서 『태백太白』 잡지의 편집을 맡기도 하였다. 1934년 그는 일본 도쿄에서 좌련에 가입하였다. 1935년 귀국 후 상하이에서 본격적인 창작활동을 시작하여 단편소설집 『창샤청의 재난長夏城之災』, 중편소설 「화재火災」 등을 발표하였다. 1937년 8.13 사변 후 그는 상하이를 떠나 신사군에 참가하여 전선의 상황을 스케치 형식으로 묘사한 「제칠연대第七連」, 「우리는 그곳에서 패전했다我們在那里打了敗戰」, 「나는 이런 적을 알고 있다我認識了這樣的敵人」, 「한연대장이 경험한 전투一個連長的戰鬪遭遇」, 「엽정인상기葉挺印象記」, 「왕링강의 전투王凌崗的小戰鬪」 등 보고산문을 다수 발표하였다. 그는 1941년 31세의 나이로 전선에서 생을 마감하였다.

츄둥핑의 산문은 소설의 풍격으로 쓴 산문이라고 평가 받는다. 츄둥핑은 소설을 쓸 때에 인물묘사에 매우 심혈을 기울였는데, 이를 통해 숙련된 인물묘사는 산문 창작에서도 효과를 보았다. 그의 인물형상에 대한 세밀한 묘사는 인간에 대한 통찰력과 이해력을 키우게 하였고, 이러한 인간에 대한 이해는 그의 인물묘사를 더욱 성숙하게 만드는 계기로 작용하였다. 그의 보고산문은 전선에서 생사를 넘나드는 인간의 영혼과 심리상태를 사실적으로 묘사하고 있다. 또한 그의 산문 가운데 묘사된 인물들은 전쟁이라는 동일한 상황 하에서도 다양하고 입체적으로 묘사되고 있다.

뤄빈지駱賓基(1917~1994)는 지린성吉林省 윈춘현暈春縣 출신으로 「변방수상邊防陲上」, 「우페이유吳非有」, 「굴복하지 않는 사람一個倔强的人」 등 일찍이 많은 소설을 창작한 작가로 알려져 있다. 그는 보고산문 역시 소설을 쓰듯이 전선의 상황을 묘사하였다. 그는 1938년부터 1939년까지 쓴 「동전장별동대東戰場別動隊」는 소설의 형식과 같은 줄거리와 인물묘사를 갖추고 있다. 작품은 젊은이들이 유격대의 이름으로 소집되어 일본군과의 전투에서 승리하는 과정을 묘사하고 있다. 그들은 전투의 훈련이나 경험이 전혀 없는 노동자와 학생들로 한 대대장에 의해 끌려나온 것이나 다름없다. 그들은 무기에 대한 지식도 전혀 없는 상황에서 중무장한 일본군과 용기 하나만 믿고 싸우게 된다. 그러나 그들을 징집한 대대장은 싸움이 시작되자 도망가 버리고 이들은 비장한 최후를 맞게 된다. 이 작품은 비록 사실에 근거하고 있지만 독자로 하여금 산문이 아닌 한편의 소설을 읽는 듯한 착각에 빠지게 한다.

뤄빈지는 전선의 상황을 묘사한 보고산문을 모아 1938년 산문집 『하망夏忙』을 출판하였다. 뤄빈지의 보고산문이 소설과 같은 생동감을 지니면서도 산문의 특성을 잃지 않는 것은 전장을 바라보는 그의 폭 넓은 시각과 경험에서 비롯된 것이라는 평을 받고 있다. 또한 뤄빈지의 보고산문은 츄둥핑이나 차오바이와는 다르게 삼인칭을 사용하여 묘사하며, '나'를 드러내지 않고 있다.

2. 해방구의 보고산문

중일전쟁이 끝나고 중국은 다시 국민당과 공산당의 정권쟁취를 위한 내전상태에 빠져들었다. 이미 1945년 일본 패망이전부터 전선의 포화와 국민당의 탄압을 피해 많은 작가들이 옌안으로 모여들었다. 이들은 옌안에서 활발한 창작활동을 전개하였다. 이들은 국공내전의 상황과 공산당이 통치하는 해방구의 생활상을 묘사한 보고산문을 다량 창작하였다. 이들의 산문은 중일전쟁시기 산문작가들과 맥락을 함께 한다고 볼 수 있으나, 중화인민공화국 수립 이후 문학사의 시점으로 볼 수 있다는 점에서 구별되는 의미가 있다. 대표작가로 류바이위劉白羽, 화산華山, 황강黃鋼, 양쉬楊朔 등이 있다. 왕스웨이王實味, 샤오쥔蕭軍, 딩링丁玲 등 작가들의 산문창작은 마오쩌둥毛澤東의 문예강화文藝講話에 부합되지 않는 부분이 있어 옌안 공산당과 갈등을 겪기도 하였다.

류바이위劉白羽(1916~2005)는 베이징 출신으로, 옌징대학燕京大學 재학 중 중일전쟁이 발발하자 옌안으로 가서 공산당에 가입하고 화베이華北 지역에서 유격대로 활동하였다. 일본이 패망한 후, 1946년부터 1949년까지 신화사新華社 종군기자로 활동하면서 홍군과 함께 중국전역을 다니며 국공내전의 상황을 기록하였다. 그의 대표적인 보고산문으로 「환행동북環行東北」, 「조국을 위한 전쟁爲祖國而戰」 등이 있다. 그는 이미 1937년 소설집 『초원에서草原上』을 출판하였는데, 소설 창작에서 단련된 서사기법으로, 중일전쟁 중에도 전선의 상황을 사실적으로 묘사한 많은 보고산문을 기록하였다.

화산華山(1920~1985)은 광시성廣西省 룽저우현龍州縣 출신으로 1938년 공산당에 가입하고 루쉰예술문학원에서 수학하며 문예창작을 학습하였다. 화산의 보고산문은 류바이위와 유사한 풍격이라고 할 수 있다. 류바이위와 화산의 보고산문은 현장 스케치적 요소뿐만 아니라 문장가운데 역사의 진보를 확신하는 내용을 담아내고 있다. 대표작품으로 『동행잡기東行雜記』, 『청더철수承德撤退』, 『가家』 등이 있는데, 다른 작가의 보고산문은 대체로 해방군의 영웅담을 묘사하고 있는데 반해 화산의 보고산문은 참전한 병사의 인간적 고뇌와 고통 등을 세밀하게 묘사하고 있다.

양쉬楊朔(1913~1968)은 중일전쟁 초기부터 화베이華北 지역 전선에서 생활하며 경험한 사실들을 보고산문으로 기록하여 『둥관의 밤潼關之夜』, 『철기병鐵騎兵』, 『북흑선北黑線』 등의 산문집을 남겼다. 중화인민공화국 수립 이후 양쉬의 산문은 시적인 기교를 많이 사용한다는 평가를 받았다.

딩링丁玲은 옌안에서 생활하면서 해방구의 생활상을 묘사한 서사성 보고산문집 『산베이풍경陝北風光』을 완성하였다. 1944년 쓴 「삼일잡기三日雜記」는 해방구 생활을 통해 느낀 새로운 사회에 대한 희망을 묘사한 작품으로 『산베이풍경』을 대표하는 보고산문이라고 볼 수 있다. 이처럼 해방구의 생활상을 기록한 보고산문집으로 볜즈린卞之琳의 『창상집滄桑集』, 차오밍草明의 『해방구산기解放區散記』 등이 있다.

CHAPTER 15 1940년대 희극

History Of China Modern Literature

중일전쟁이 시작되면서 중국민족의 항전의식을 고취하는 작품에 대한 시대적 요구는 희극계도 예외는 아니었다. 이 시기 희극창작과 상연은 일본군에게 함락된 상하이의 고도孤島에서 가장 활발하게 이루어졌다. 이 시기 희극창작의 특징은 다음과 같이 정리해 볼 수 있다.

첫째, 1930년대 시작된 국방희극國防戲劇운동은 1940년대에 이르러 항전희극抗戰戲劇운동으로 발전하면서 중국민족의 항전의지를 고취하는 작품들이 다량 발표된다. 이러한 항전희극은 주로 역사적 사실을 소재로 각색된 역사극이 창작되었다. 이러한 역사극 가운데 명 · 청 교체기 후금後金과의 전쟁에서 명나라를 지키고자 했던 애국적인 인물들의 이야기를 각색한 '남명사극南明史劇'이 유행하였다. 궈모뤄郭沫若, 아잉阿英 등은 역사극 창작에서 성과를 나타내었다. 이처럼 역사적 사실을 작가의 주관으로 각색한 작품들은 중국인들에게 익숙한 역사이야기이므로 작가의 의도를 관객들에게 쉽고 강하게 전달할 수 있는 장점이 있었다.

둘째, 장쉐량張學良이 국민당의 소극적인 항일과 분열정책을 질책하여 장제스를 감금한 서안사변이 발생한 이후, 국민당을 비판하고 풍자하는 작품이 창작되었다. 이러한 작품들은 모두 항전을 독려하거나, 국민당의 미온적인 항전과 백색테러를 폭로 비판하고, 전쟁과 정치적 억압으로 파괴된 인간성을 반영한 내용들이 주를 이루었다. 이러한 작품은 주로 상하이 고도와 국민당 통치 지역인 국통구國統區를 중심으로 나타났다.

셋째, 공산당 통치지구 해방구를 중심으로 신가극新歌劇운동이 전개되었다. 이는 마오쩌둥毛澤東의 옌안문예강화延安文藝講話가 희극창작에 실천적으로 반영된 결과라고 볼 수 있다. 이는 전통극의 형식에 새로운 내용을 담는 시도를 거치면서 신가극이라는 새로운 형식의 탄생하게 된 것이다. 유·불·도儒·佛·道 사상의 내용을 위주로 하는 전통 희극의 형식에 노동자와 농민의 생활과 투쟁 등 당시 시대에 맞는 새로운 소재로 반영한 결과였다. 한편 옌안에서는 대중적인 예술인 앙가秧歌운동이 일어났다. 앙가는 본래 북방농촌에서 유행하던 가무를 위주로 하는 민간예술이었다. 옌안문예강화 이후 노동자와 농민들은 공연예술가의 자문을 받아 앙가대秧歌隊가 조직되었다. 해방구를 중심으로 발전한 앙가운동은 신가극의 대중화에 기여하는 한편 신가극의 창작으로 이어졌다.

제1절 역사극

1. 궈모뤄의 역사극

궈모뤄는 이미 1920년대 초반 「탁문군卓文君」, 「왕소군王昭君」, 「섭앵聶嫈」 등 역사극을 창작하여 1925년 이 세 작품을 함께 희곡집 『삼인의 반역여성三個反逆的女性』으로 출판하였다. 궈모뤄 역사극의 특징은 역사의 사실을 오늘의 현실에 맞게 재구성한 작품으로 관객들로부터 큰 호응을 얻었다.

1937년 중일전쟁이 시작되자 궈모뤄는 일본에서 귀국하였다. 이 시기 궈모뤄의 역사극은 역사적 사실을 빌어 현실을 풍자하고자 하였다. 그는 주로 민족의 대외항쟁사對外抗爭史 또는 역사적 인물의 입을 빌어 당시의 현실을 작품 속에서 재현하였다. 1942년 궈모뤄는 충칭重慶에서 「당체지화棠棣之花」, 「굴원屈原」, 「호부虎符」, 「고점리高漸離」, 「공작담孔雀膽」, 「남관초南冠草」 등 여섯 편의 역사극을 완성하였다.

여섯 편의 역사극 중 1941년 12월 먼저 완성한 5막극 「당체지화」는 역사 기록에 구애받지 않고 섭정聶政을 보다 이상적인 인물로 부각시키면서 그에게 백성과 정의를 위해서는 죽음도 마다하지 않는 희생정신을 부여하였다. 섭정이 엄중자嚴仲子의 부탁을 받고 협루俠累와 한애후韓哀侯를 죽인 것은 그들 사이에 개인적인 원한이 있어서가 아니라 침략과 무단통치를 반대하기 위해서이다. 이를 통해 작가는 국민당에 저항하는 것은 민족적인 분열이 아닌 대의를 위한 싸움임을 전달하려는 것이다.

1942년 창작한 「호부」에서는 신릉군信陵君이 군사지휘권을 상징하는 호부를 훔쳐 진秦나라에 포위된 조趙나라를 구한 역사를 소재로 신릉군을 나라와 백성을 위해 침략전쟁을 반대하고 의를 숭상하는 지사의 형상으로 묘사하였다. 또한 여희如姬의 형상을 지혜와 용기가 있는 인물로 부각시켰다.

「고점리」는 진시황을 살해하려다 실패한 자객 형가荊軻의 뒤를 이어 악기 축筑의 명인 고점리高漸離가 자신의 두 눈을 멀게 한 후 궁중악사로 채용되어 진시황을 죽이려고 한 역사적 사실을 소재로 삼고 있다. 이 작품의 창작동기 역시 중국민족의 저항정신을 고취시키는데 있었다.

「공작담」에서는 원나라 말기 윈난雲南 총독이었던 단공段功의 이야기를 빌어 타협주의를 질책하고 있다.

「남관초」에서는 하완순夏完淳이 순국한 이야기를 통하여 애국주의를 고취시키고 있다.

궈모뤄가 창작한 여섯 편의 역사극은 당시 중국의 현실을 섭앵, 섭정, 신릉군, 여희, 굴원, 선연嬋娟, 고점리, 하완순夏完淳과 진시황, 협루, 한애후,

위왕魏王, 남후南后, 송옥宋玉 등 각기 다른 역사적 인물을 통해 묘사하고 있다. 또한 이러한 역사 속 인물들의 갈등을 통해서 나라와 민족을 위해 자신을 희생하는 애국적인 미덕을 칭송하는 한편 포악한 통치자와 매국노들의 죄악을 폭로하였다.

「굴원」은 항일전쟁과 완난사변皖南事變이 발생한 시기에 완성된 궈모뤄 역사극의 대표작이다. 작품은 전국시대 초나라의 애국시인 굴원의 생애를 소재로 진나라에 대한 초나라 회왕懷王의 투항주의 외교정책을 배경으로 하고 있다. 굴원은 초나라를 지켜내고자 노심초사하던 정치가이자 애국적인 시인이다. 당시 굴원은 나라와 백성의 안전과 이익을 우선으로 생각하고 진나라와 타협하지 말 것을 회왕에게 주장하였다. 그러나 남후南后를 중심으로 한 간신들에게 둘러싸인 회왕은 굴원의 충고를 듣지 않고 매국노와 다름없는 투항주의자들의 주장에 설득 당한다. 작품은 이러한 초나라의 정세 속에서 갈등하는 굴원의 심리를 집중적으로 묘사하였다. 이러한 갈등의 상황을 놓고 작가는 굴원의 애국적인 마음을 작품 속에서 형상화하였다. 이 작품은 굴원의 품덕과 고결한 내면세계, 숭고한 애국애민정신을 집중적으로 묘사하고 있다. 또한 작품에서는 선연嬋娟을 공명정대하고 곧은 성격의 소유자로 형상화하였다. 그는 송옥宋玉의 변절을 힐책하고 남후南后의 위세 앞에서도 꺾이지 않고 굳건한 태도를 견지한다.

「굴원」은 궈모뤄의 초기 역사극에 비해 사실주의적 색채가 더욱 강해졌다. 작가는 굴원에 대한 역사적 자료를 보다 전면적으로 수집, 연구하고 그 인물의 역사적 본질을 충분히 파악한 후에 역사극을 창작하였다. 이러한 면에서 볼 때 초기 역사극에서 볼 수 있었던 낭만주의적 요소를 유지하면서 더욱 생동감 있고 사실적인 구성을 만들어 낼 수 있었던 것이다.

2. 아잉

아잉阿英(1900~1977)의 본명은 첸더푸錢德賦이나 첸싱춘錢杏村, 아잉阿英 등의 필명으로 알려져 있으며 안후이성安徽省 푸후시蕪湖市에서 출신이다. 역사학을 공부한 그는 1926년 공산당에 가입하였고, 1927년 장광츠蔣光慈와 함께 태양사太陽社를 창립하였다. 중일전쟁이 발발하자 그는 항일전선에서 선전활동을 전개하였으며, 명나라 역사를 전공했던 자신의 소양을 바탕으로 역사극 창작에 주력하였다. 그는 중일전쟁이 한참이던 1939년부터 1941년까지 상하이 고도孤島에서 역사극 「벽혈화碧血花」, 「해국영웅海國英雄」, 「양아전楊娥傳」 등을 창작하였다. 그의 역사극은 후금, 즉 청나라에 항쟁하는 명나라 말기의 애국지사를 소재로 삼고 있어 '남명사극南明史劇'이라고 한다.

1939년 발표한 4막극 「벽혈화」는 그해 10월 「명말유한明末遺恨」이라는 제목으로 상연되었다. 작품은 명나라 기녀 갈눈랑葛嫩娘이 손극함孫克咸을 만나 의병으로 반청항쟁反淸抗爭에 참가하는 이야기를 다루고 있다. 그녀는 오랜 싸움 끝에 포로가 되지만 오히려 청나라에 투항한 자들의 비겁함을 꾸짖는다.

1940년 발표한 「해국영웅」은 청나라에 굴복하지 않고 타이완臺灣으로 옮겨 항전을 계속한 명나라의 정성공鄭成功의 이야기를 다루고 있다. 작품은 정성공이 청나라에 투항하려는 아버지 정지룡鄭芝龍과 결별하고 난징南京에서 항전하다가 타이완으로 근거지를 옮겨 끝까지 한족漢族의 명예를 지킨 역사적 사실을 통해 중일전쟁 시기 국민들의 애국심을 고취시키고 있다. 정지룡과 정성공의 갈등은 이미 「벽혈화」에서도 묘사된 바 있는데, 「해국영웅」에서는 군신과 부자지간의 복잡한 심리적 갈등을 세밀하게 묘사하고 있다.

1941년 발표한 4막극 「양아전」은 아잉 '남명사극'의 세 번째 작품으로 역시 명나라 말기, 명나라와 가문의 복수를 위해 싸우는 여성 양아楊娥의 애국적 기개를 다루고 있다. 그러나 「양아전」은 앞의 두 작품에 비해서 '사史'와 '극劇' 사이에서 방황하는 듯하여 작품성이 떨어진다는 평을 받고 있다.

그러나 중화인민공화국이 수립되고 1966년 문화대혁명이 시작되자, 아잉의 사극은 '창과 방패를 들고 황실을 보전執干戈以衛社稷'하려는 '남명사극'은 봉건통치계급의 황실을 보전하려는 이야기를 영웅적으로 묘사하는 계급적 한계를 드러내었다는 비판을 받았다. 중일전쟁 시기 아잉의 애국적 창작의도가 엉뚱한 화를 자초한 경우가 된 것이었다.

3. 양한성

양한성陽翰笙(1902~1993)은 쓰촨성四川省 가오현高縣 출신으로 본명은 어우양지슈歐陽繼修이다. 상하이대학을 졸업한 그는 1925년 공산당에 가입하였고 1926년 황포군관학교에서 근무하기도 하였다. 난창봉기南昌蜂起가 발생하자 봉기군 정치부 비서장을 맡기도 하였다. 1928년 상하이에서 태양사를 창립하였고 1930년 좌익작가연맹에 참여하였다. 그는 한때 단편소설 창작에 관심을 보였으나, 1932년부터 극본창작에 전념하여 「이수성의 죽음李秀成之死」, 「천국춘추天國春秋」, 「초망영웅草莽英雄」 등을 창작하였다.

1941년 발표한 「천국춘추」는 태평천국太平天國의 난을 소재로 쓴 작품이다. 그는 중일전쟁이 진행되는 동안에도 권력에 눈이 어두워 완난사변皖南事變을 일으킨 국민당의 행위를 태평천국을 패망으로 몰고 간 양위지변楊韋之變에 비유하고 있는 것이다. 태평천국의 지도자 양수칭楊秀清은 개인적인 야심보다는 태평천국의 봉기를 성공적으로 지도하기 위하여 노심초사하는 인물이다. 그러나 태평천국의 북왕北王 위창휘韋昌輝는 이와는 반대로 부정부패를 일삼는 인물이다. 그는 태평천국의 수도를 난징에 정한 후 청나라의 귀족들이 일삼던 부패와 전횡을 저지르며 적과 내통하기도 한다. 그는 양수청과 2만의 태평천국 병사를 살해하는 참극을 저지른다. 작가는 태평천국이 실패한 원인을 내부분열에 있다고 보고, 작품을 통해 완난사변과 같은 내부분열을 일으킨 국민당의 본질을 폭로하고 있다.

「초망영웅草莽英雄」은 쓰촨성 보로동지회保路同志會의 괴멸과정을 묘사하고 있다. 쓰촨성 보로동지회는 철도주권을 외국에 팔아넘긴 청조에 맞서 투쟁을 전개하며 초기에는 승리하는 듯 하였다. 그러나 후에 내부에 침투한 적으로 인해 차츰 괴멸되고 만다. 작가는 보로동지회가 내부의 적을 발견하지 못한 원인으로 일시적 승리에 도취되어 아랫사람의 의견을 무시하는 지도부의 안일함을 비판하고 있다. 작가는 이러한 역사극을 통해 항일통일전선 내부의 적을 경계해야 함을 일깨우고 있는 것이다.

제2절 샤옌 위링

1. 샤옌

샤옌夏衍(1900~1994)의 본명은 선돤셴沈端先으로 저장성浙江省 항저우杭州 출신이다. 일본에 유학하며 본래는 공학을 공부하였으나, 사회주의 사상을 접하면서 일본의 노동운동에 참여하였다. 1927년 귀국 후 상하이에서 공산당에 가입하였다. 1930년 이후 좌익작가연맹과 문예계항적협회에 참여하였다. 그는 「새금화賽金花」, 「츄친전秋瑾傳」, 「상하이의 처마 밑上海屋檐下」, 「이리초離離草」, 「방초천애芳草天涯」 등을 창작하였다.

1936년 창작한 「새금화」는 청나라 말기의 이홍장과 관료들의 무능함과 전횡을 기녀 새금화의 시각에서 폭로하고 있다. 「츄친전」은 신해혁명 시기 혁명을 주도하였다가 형장의 이슬로 사라진 여성혁명가 츄친의 삶을 묘사하고 있다.

1937년 창작한 3막극 「상하이의 처마 밑」는 상하이 뒷골목의 단층집에

사는 다섯 가구의 삶을 묘사하고 있는데, 작가는 작품에서 1930년대 상하이 소시민들의 비참하고 우울한 삶의 모습과 운명을 반영하고 있다. 하연은 「상하이의 처마 밑」 후기에서 다음과 같이 말하고 있다.

> 이것은 나의 네 번째 극본이다. 그러나 이것은 나의 첫 번째 극본이라고도 할 수 있다. 왜냐하면 이로부터 나는 리얼리즘 창작방법을 모색하기 시작했기 때문이다.

「새금화」와 「츄친전」이 역사적 사실에 근거하여 창작한 작품이라면, 상술한 저자의 말처럼 「상하이의 처마 밑」은 작가가 현실생활의 관찰을 통해 소재를 얻고 창작한 것이다. 시안사변西安事變 이후, 국민당은 항일활동으로 장기간 투옥되었던 공산당원과 정치범을 석방하였다. 석방된 이들은 귀가 후, 변화된 가정의 모습에서 많은 갈등을 겪게 된다. 이들을 기다리고 있는 것은 혁명가의 가족이라는 멍에를 쓰고 경제적, 정치적 탄압에 시달리며 살아온 비참한 가족의 현실이었다. 샤옌은 주위에서 석방된 혁명가들의 실제 이야기를 바탕으로 「상하이 처마 밑」을 창작한 것이다.

작품은 린즈청林志成, 양차이위楊彩玉, 쾅푸匡復 세 사람 사이의 감정의 기복과 갈등을 중심으로 이야기가 전개된다. 동정심과 정의감이 강한 린즈청은 국민당의 억압적인 통치 하에서 감옥에 간 동료 쾅푸의 가족을 돌봐준다. 그는 쾅푸의 가족을 도와주는 과정에서 쾅푸의 아내 양차이위에게 애정을 느끼게 되고, 죄책감에 빠지게 된다. 양차이위는 혁명에 헌신하기 위해 부모의 반대를 무릅쓰고 집을 나와 쾅푸와 결혼하였다. 그러나 쾅푸가 감옥에 가고 린즈청에게 경제적으로 의지하며 동거하게 되자, 이 현실을 떨쳐버릴 용기가 없는 가정주부로 변해간다. 린즈청과 양차이위의 회색 빛 생활은 쾅푸의 갑작스러운 출옥으로 깨어지게 되고, 린즈청은 결국 참회하며 물러나게 된다. 그는 "한편으로는 괴롭힘을 당하는 입장이고, 한편으로는 남을 괴롭히는 입장이었으나, 이 모든 상황에서 해방되었다."라고 말하며 집을 나서고, 쾅푸와 양차이위은 다시 결합하게 된다. 쾅푸는 아내 양차이위를 증오하기보다는 그녀로 하여금 결혼 전 혁명과 사랑에 대한 순수했던 열정의 기억을 되찾게 함으로써 '다시 새로 시작할 결심重新開頭'을 한다.

1942년 창작한 「파시즘세균法西斯細菌」은 세균학자 위스푸兪實夫의 삶을 통해 사상과 과학의 관계를 심도 있게 다루고 있다. 작품 속에서 주인공 위스푸의 사상적 변화는 마치 학의구국學醫救國(의학을 배워 나라를 구한다)의 꿈을 안고 일본으로 유학 갔던 루쉰이 환등사건으로 사상적 변화를 가져오는 것을 연상시킨다.

위스푸는 학문에만 몰두하는 세균학자로 사회현실이나 정치에는 관심이 없다. 그는 일본에 유학하면서 신문도 읽지 않고 일체 외부와의 접촉도 끊은 채 연구에만 몰두하였다. 그는 1931년 9.18 사변이 발생하여 중일관계가 악화되던 해에 일본에서 박사학위를 받고 귀국한다. 그는 상하이에서 일본인이 운영하는 연구소에서 일하며 과학이야말로 인류를 구원할 희망이라는 신념을 버리지 않는다. 그러나 중일전쟁이 발발하면서 항일의 열기는 점점 고조되고 이러한 사회적 분위기는 그의 삶에 영향을 주게 된다. 그의 집에서 일하던 가정부는 위스푸의 아내가 일본인이라는 이유로 일하기를 거부한다. 그의 딸은 학교에서 어머니가 일본인이라는 이유로 따돌림을 당한다. 그는 이러한 환경 속에서 연구를 계속해 나갈 수 없음을 느끼고 홍콩으로 옮겨간다. 홍콩으로 온 그는 이전과 다름없이 사회현실에는 무관심한 채 연구에만 몰두한다. 그러나 1941년 태평양전쟁이 발발하면서 중일전쟁도 대륙전역으로 확산되고, 일본군은 홍콩에 있는 그의 집까지 쳐들어와 그가 심혈을 기울여 만들어 놓은 연구설비와 성과를 파괴하고 그가 보는 앞에서 항일운동을 하던 중국인 쳰위錢裕를 살해한다. 눈앞의 잔혹한 현실을 경험한 그는 충격에 휩싸이게 되고 그는 비로소 인류를 위협하는 가장 위험한 세균은 파시즘이라는 것을 깨닫게 된다.

2. 위링

위링于伶(1907~1998)은 장쑤성江蘇省 이싱현宜興縣 출신으로 본명은 런위청任禹成이나 그는 주로 위징于兢이라는 필명을 사용하였다. 쑤저우蘇州에서 사범학교를 졸업하고 1931년에 베이징대학에 입학하였다. 위링은 좌익작가연맹과 좌익극작가연맹左翼劇作家聯盟에 참가하는 한편, 상하이에서 희극운동을 지도하였다. 상하이가 일본군에게 함락된 후, 그는 고도孤島처럼 고립된 조계지에 남아 항일운동을 전개하였다. 당시 중국 희극계에서 '빨리 쓰고 많이 쓰는' 작가로 알려진 위링은 1932년부터 1937년까지 30여 편의 작품을 발표하였다. 그의 초기작품으로 「여자들이 사는 아파트女子公寓」, 「밤의 상하이夜上海」, 「행화춘우강남杏花春雨江南」, 「장야행長夜行」, 「대명영열전大明英烈傳」 등이 있다.

1936년 발표한 단막극 「매국노의 자손漢奸的子孫」은 일본상품 불매운동을 소재로 친일매국노 세력의 몰락은 역사적 필연임을 관객에게 이야기하고 있다. 작품의 주인공 우밍스吳明時는 일본상품을 밀수 판매하는 상인으로 그의 아버지는 8개국 제국주의 연합군이 베이징을 침탈할 때 앞잡이 노릇을 했었다. 그는 아버지의 매국행위를 통해, 제국주의세력에 빌붙어 사는 것을 처세수단으로 배운 매국노의 전형이다. 그러나 우밍스의 아들 우지吳繼祖는 아버지나 할아버지와 같은 매국노가 되기를 거부하고 시민들의 일본상품 불매운동과 밀수거부운동에 참가한다.

1937년 4월 발표한 5막극 「야광배夜光杯」는 위링의 대표적인 국방희극國防戲劇으로 사실기록紀實과 사실보도報導의 보고문학적 성격이 강한 작품이다. 작품은 당시 한 무희舞姬가 매국노 인루겅殷汝耕을 찔러 죽인 이야기를 다룬 「신자호新刺虎」를 소재로 삼아 각색한 작품이다. 작품의 여주인공 위리리郁麗麗는 낭만적이고 전기傳奇적 색채가 강한 인물이다. 그녀는 당시 유명한 무희로 항일운동가 탕야오화湯耀華의 지시로 매국노를 자살刺殺하고 죽게 된다.

1939년 발표한 「밤의 상하이」는 고도孤島문학 가운데 희극을 대표하는 작품으로 8.13 상하이사변을 전후하여 메이링춘梅岭春 일가의 삶을 묘사하고 있다. 일찍이 신문화에 눈 뜬 주인공 메이링춘은 상하이에서 가족들과 함께 행복한 생활을 영위하고자 하나 중일전쟁의 소용돌이 속에서 가족들을 잃고 만다. 그는 파란만장한 가족사를 겪는 가운데 고향으로 돌아가 유격대에 입대하여 항일투쟁에 나설 결심을 하게 된다. 「행화춘우강남」은 「밤의 상하이」의 속편으로 메이링춘 일가가 고향으로 돌아온 후 항일유격대에 참가하여 항일투쟁을 벌이는 과정을 묘사하고 있다.

제3절 신가극

옌안문예강화延安文藝講話 이후 공산당 통치지역 해방구解放區의 희극운동은 큰 변화를 가져왔다. 이러한 변화는 중국 전통극의 형식에 새로운 내용을 담는 시도로 이어졌고, 신가극新歌劇의 탄생을 가져오게 되었다. 과거 왕후장상王侯將相이나 재자가인才子佳人, 영웅과 미녀를 소재로 삼던 전통극의 형식에 노동자와 농민의 생활과 투쟁 등 시대에 맞는 새로운 소재로 담아 신가극을 실험하였다. 또한 옌안에서는 대중적인 예술인 앙가극秧歌劇 운동이 일어났다. 앙가秧歌는 본래 북방농촌에서 유행하던 가무와 결합된 생동감 있는 전통극이 대중화된 민간예술이었다. 옌안문예강화 이후 옌안에는 노동자와 농민, 지식인 및 공연전문가로 구성된 수십 개의 앙가대秧歌隊가 성립되었다. 이러한 앙가 공연은 왕다화王大化, 리보李波, 루유路由 등이 공동창작하고 루쉰예술학교의 앙가대가 공연한 「남매의 황무지개간兄妹開

荒」이 대표적이다. 이 작품은 전통 앙가의 단골소재인 남녀의 연애이야기 대신 남매가 생산에 주력하고 황무지를 개간하여 노동영웅이 되고자 하는 줄거리를 소재로 삼았다. 「남매의 황무지개간」의 성공으로 앙가는 해방구를 중심으로 전국적으로 퍼져나갔다. 앙가운동의 전파는 신가극에 대한 대중적인 관심을 불러일으켰고 이러한 열풍은 성공적인 신가극의 창작으로 이어졌다.

1. 「백모녀」

허징즈賀敬之와 딩이丁毅가 극본을 쓰고 마커馬可, 장루張魯, 취웨이瞿維 등이 작곡하여 루쉰예술학원의 공연으로 이루어진 신가극 「백모녀白毛女」는 중국 신가극 창작에 있어서 기념비적 의의를 지닌 첫 번째 작품이자 가장 우수한 작품으로 평가받고 있다. 이 작품은 허베이성 일대 진차지晉察冀에서 전해 내려오는 민간전설 '백모선고白毛仙姑'의 이야기를 소재로 하여 창작된 것이다. 이 작품은 1945년 5월 옌안당교延安黨校 강당에서 공산당 제7차 대표대회를 기념으로 공연되었다. 허징즈와 딩이는 민간전설 '백모선고'의 지괴志怪적 요소를 제거하고 계급투쟁적 내용을 보충하여 과거 중국사회는 사람을 귀신으로 만들지만 새로운 중국사회는 귀신도 사람으로 만든다는 혁명적인 메시지의 전달에 중점을 두고 있다.

「백모녀」는 모두 5막 16장으로 구성되어 있다. 작품은 농민과 지주간의 계급적 모순과 투쟁을 중심으로 반평생에 걸친 喜兒의 처참한 생활과 그녀가 다시 희망을 가지고 새로운 삶을 되찾게 된다는 줄거리를 묘사하고 있다. 농촌의 소작농 양바이라오楊白勞와 딸 시얼喜兒 부녀는 어머니 없이 가난하지만 단란하게 살아가고 있었다. 양바이라오는 근면하고 순박하지만 지주의 모진 착취에 시달리면서도 반항할 줄 모르는 농민이다. 그의 딸 시얼도 아름다운 생활을 천진난만하게 바라며 살고 있다. 그러나 지주 황스런黃世仁의 횡포는 부녀의 작은 희망을 그냥 두지 않는다. 아버지 양바이라오는 소작료를 물지 못해 딸을 빼앗기게 되고, 결국 자살하고 만다. 시얼은 황스런의 집에서 온갖 능욕과 박해를 당한다. 황스런은 시얼을 다른 곳으로 팔아 넘기려고 하지만, 팔려가기 직전 그녀는 혼자서 깊은 산중에 도망쳐 왔다. 그녀는 황스런의 집에서 "가난한 사람은 왜 이리도 고통스러우며 부자는 왜 이리도 악착같은 것인가?" 스스로 묻는 가운데, 순박하던 처녀는 점차 복수의 화신으로 변해간다. 시얼은 산 속의 동굴에서 몇 년간 생활하면서 햇빛도 보지 못하고 소금을 먹지 못하여 머리가 하얗게 희어졌으며, 밤이면 산굴에서 나와 산신묘의 제물을 훔쳐 먹기도 하였다. 그녀는 어려움 속에서도 아버지와 같은 운명의 길을 걷지 않을 것과 황스런에 대한 복수를 다짐한다. 이러한 그녀의 복수심은 극심한 계급적 착취를 당하는 과정에서 형성된 것이다. 시얼이 황스런의 집에서 도망쳐 나올 때 부른 노래는 그녀의 의지를 반영하고 있다.

> 나를 죽이려 한다면, 네 놈의 눈을 멀게 하겠다.
> 나는 퍼내도 마르지 않는 샘물,
> 불어도 꺼지지 않는 불길처럼,
> 나는 죽지 않고 살아갈 것이다.
> 난 복수를 해야 해, 살아야 해!

시얼은 팔로군에 투신한 같은 마을의 청년 왕다춘王大春에 의해 구출되고 황스런에게 복수를 한 후, 행복하게 살아간다는 것이 줄거리이다.

「백모녀」는 인물형상의 묘사에 있어서 성공을 거두었다. 시얼의 아버지 양바이라오는 순박하고 부지런한 성격의 농민이다. 지주의 억압과 착취에 대하여 반발하지 못하고 외동딸 시얼과 함께 4백 평을 소작하면서 최저 생활이나마 유지하면 된다고 생각하는 인물이다. 그러나 지주의 착취와 억압은 그의 소박한 이상을 내버려두지 않는다. 그는 소작료를 내지 못해 시얼을 황스런에게 팔아넘긴다는 서류에 지장을 찍으면서도 반항할 줄 모르고, 결국 울분을 견디지 못하고 자살하고 만다. 양바이라오의 형상은 긴 세월 억압받는 생활을 하면서도 반항할 줄 모르고 현실에 순응하며 살아온 중국농민의 전형이라고 할 수 있다. 황스런은 악질적인 지주로 그의 형상은 봉건사회가 양산해낸 지주의 음험하고 교활한 면모를 전형적으로 반영하고 있다. 喜兒의 형상에는 순박한 농촌처녀가 어떻게 복수의 화신으로 변모해 가는지, 그리고 그 근본적인 원인은 무엇인지가 매우 심도있게 반영되어 있다. 시얼의 형상은 전형성을 띄면서도 사회사상적 의미가 매우 깊다고 할 수 있다.

작품은 또한 자오라오한趙老漢, 왕다춘 등의 형상도 생동감 있게 묘사하였다. 자오라오한은 양바이라오와 같이 지주의 압박과 착취를 받으며 살아온 농민들이다. 그러나 그들의 성격은 다르다. 양바이라오는 지주의 억압과 착취에 반항할 줄 모르고 시얼과 힘들게 살아간다. 그러나 결국 현실의 압박을 이기지 못하고 자살로써 생을 마감한다. 자오라오한은 그와 달리 농촌에서 일찍 각성한 농민의 전형이다. 그는 의협심이 많아 홍군에 대한 믿음과 혁명에 대한 낙관으로 미래에 대하여 희망을 가지고 살아가는 농민이다. 그는 지주의 압박에 시달리면서도 홍군이 마을을 해방시키리라고 믿고 있다. 왕다춘은 젊은 신세대 농민이다. 그는 시얼이 황스런에게 끌려갔을 때 복수를 결심하지만 자오라오한의 설득으로 홍군에 참가하여 혁명의 길에 들어선다. 그의 입대는 계급적인 증오를 개인적인 반항이 아닌 조직적인 혁명으로 승화시킬 때에 비로소 근본적인 변혁을 기대할 수 있음을 의미한다. 작품은 지주 황스런의 인물묘사 또한 성공적이라고 할 수 있다. 그는 농민을 수탈하는 전형적인 지주의 형상으로 음험하고 위선적인 면모를 사실적으로 나타내고 있다.

「백모녀」는 예술적인 면에서 민족적인 특징을 생동감 있게 표현하고 있다. 작품의 내용 전반에 민족성격, 심리, 풍속, 습관뿐만 아니라 언어와 음악 등도 풍부하고 선명한 민족적 색채를 띄고 있다. 작품의 언어는 통속적이면서도 세련되었고, 민족적 특색을 잘 반영하고 있다. 이러한 성과는 「백모녀」의 예술적 구성이 민간에서 유행되던 앙가극과 전통극의 특성을 성공적으로 결합시킨 결과로 평가받고 있다.

「백모녀」는 중화인민공화국 수립 이후 연극, 영화, 발레 등으로 개편되어 전국 각지에 널리 상연되었으며, 여러 나라의 외국어로 번역되어 소개되기도 하였다. 1952년 스탈린 문학상 3등상을 받기도 하였다.

「백모녀」의 창작과 공연이 성공을 거두자 해방구에서는 신가극의 창작과 공연이 성황을 이루었다. 이 시기에 「츠예허赤葉河」, 「왕슈롼王秀鸞」, 「류후란劉胡蘭」 등 가극이 창작 공연되었다. 이러한 작품들은 모두 해방구의 생활을 반영하는 동시에 혁명의 길에 들어서는 각성한 대중의 형상을 묘사하고 있다. 또한 이 시기에 쟁점이 된 민족화와 대중화라는 예술형식의 요구를 비교적 충실하게 반영하고 있다.

2. 롼장징의 「츠예허」

롼장징阮章競의 「츠예허赤葉河」는 1947년에 완성되었다. 작품은 가난한 농민 왕다푸王大傅 일가의 파산을 통하여 타이항산太行山 지역에서 전개되던 계급투쟁을 반영하고 있다. 작품의 1막부터 3막가지는 1930년대 초기 중국 농촌의 생활상을 배경으로 왕다푸 일가의 비참한 가족사를 묘사하고 있다. 그들은 자신의 손으로 개간한 땅을 지주 뤼청수呂承書에게 빼앗긴다. 그들의 비극은 여기서 그치지 않고 새로 시집 온 며느리 옌옌燕燕마저 뤼청수에게 강간당하고 강에 투신하여 자살한다. 옌옌의 남편이 지주의 핍박을 견디지 못하고 집을 나가자 홀로 남게 된 왕다푸는 걸식으로 연명하며 유랑민이 된다. 작품에서 묘사하고 있는 왕다푸 일가의 운명은 당시 중국 농민들에게서 흔히 볼 수 있는 비극임을 전달하고 있다. 14년 후에 츠예허의 산촌 마을은 해방되어 토지개혁이 단행된다. 왕다푸 부자는 츠예허의 가난한 농민들과 함께 옌옌의 원수를 갚고 새로운 삶을 시작한다. 작품은 토지개혁의 과정에서 나타난 문제점들을 지적하고 그 해결방향을 제시하고 있다. 또한 작품의 서술과 삽입된 노래는 모두 시적인 언어를 채택함으로써 예술적인 성과를 나타내었다.

3. 푸퉈의 「왕슈롼」

「왕슈롼王秀鸞」의 작가 푸퉈傅鐸(1917~2005)은 극작가로 허베이성河北省 보예博野에서 출생하였다. 1937년에 희극 창작을 시작하였으며. 1938년 허베이성 리현蠡縣의 신세기극사新世紀劇社에서 활동하다가, 1939년에 중국 공산당에 가입하였다. 그는 화베이연합대학華北聯合大學 희극과를 졸업하고, 1945년에 그의 대표작 신가극 「왕슈롼」을 발표하였다 1947년에 화선극사火線劇社 사장을 역임하고, 중화인민공화국 수립 이후, 1949년에는 중국 극작가협회 이사를 맡기도 하였다. 1950년 중국인민해방군 총정치부 창작원, 1951년에 총정문공단總政文公團 부단장 겸 화극단話劇團 단장, 1966년에 총정문화부總政文化部 문예처장, 1981년 팔일전영제편창八一電影製片廠 정치위원 등을 역임하였다.

1945년에 창작된 신가극 「왕슈롼」은 푸퉈의 대표작으로, 작품은 중일전쟁 시기 한 평범한 여성이 마을의 모범적인 인물로 변모해 가는 과정을 묘사하고 있다. 작품에서 주인공 왕슈롼은 농촌가정의 며느리로서 열심히 일하고 어른을 잘 모시는 자기 희생정신이 강한 현모양처의 전형이다. 갈등은 사납고 나태한 시어머니와 온순하고 부지런한 며느리 사이에서 전개된다. 시어머니는 게으르고 전횡을 일삼는 인물이다. 주인공 왕슈롼은 시

부모와 남편이 모두 외지로 나가고 홀로 남은 어려운 상황에서도 부지런히 일하여 풍작을 이룬다. 그녀는 이후 마을의 모범적 인물이 되었다. 후에 외지로 나갔던 시어머니와 남편이 집으로 돌아와 집안 식구들이 한데 모이게 된다. 작품에서는 푸퉈는 왕슈롼의 인물형상을 통하여 현모양처賢母良妻형 농촌여성의 미덕을 부각시켰다. 이로 인해 「왕슈롼」은 당시 해방구의 다른 신가극에 비해 전통적 윤리관과 여성관을 부각시킬 뿐 새로운 사상과 여성관을 표현하기에는 부족하다는 비판을 받기도 했다.

4. 「류후란」

신가극 「류후란劉胡蘭」은 1948년 웨이펑魏風, 류롄츠劉蓮池가 공동 집필한 작품으로 시베이전투극사西北戰鬪劇社가 실제인물과 사실적 근거에 의하여 1948년 봄에 창작 공연한 것이다. 작품은 모두 3막 12장으로 구성되어있다. 1946년 겨울 쟝제스와 옌시산閻錫山이 산시성山西省 원수이현文水縣 윈저우시춘雲周西村의 해방구를 습격하였을 때 17살의 여성 공산당원 류후란劉胡蘭은 이들과 싸우다가 체포되었으나 공산당의 기밀을 끝까지 지키다 희생되었다. 이 소식이 해방구에 전해지자 그녀에 대한 자료를 수집하고 이를 소재로 4막의 가극으로 완성하였다. 극작가들은 초기에는 류후란의 혁명의지를 부각시켜, 초고는 4막극으로 그녀의 영웅적 희생을 묘사하였다. 1948년 봄에 3막 12장의 가극으로 개작하여 류후란의 일생과 혁명활동을 전면적으로 묘사하였다.

류후란의 인물형상은 숭고한 희생정신을 지닌 농촌공산당원을 전형으로 묘사되고 있다. 류후란은 살아있을 때 마을에서 공산당 여성비서라는 직책을 맡고 있었다. 특히 제1막 5장에서 그녀는 대중을 지도하여 지주와 투쟁하고 홍군을 지원하였으며 부상병과 마을사람들을 잘 보살펴 주었다. 그녀는 평범한 사업을 진행하는 가운데 대중에게 봉사하려는 태도로 일관하였다. 그녀는 적들과의 싸움에서 포로가 된 후에도 태연하게 죽음을 맞이하였다. 그녀는 작두에 희생되는 순간에도 다음과 같이 외친다.

> 죽여라, 죽여! 너희들은 공산당과 가난한 사람들을 모두 죽일 수는 없을 것이다. 너희들이 나 하나를 죽이는 것은 상관없다. 그러나 천백만의 인민들이 나의 뒤를 이을 것이다!

작품은 그녀가 해방구 농촌의 농민들을 위해 희생적으로 봉사하는 모습과 체포되어 죽음에 눈앞에 두고도 혁명의 승리에 대한 확신을 잃지 않는 영웅적 삶을 묘사하고 있는 것이다. 그러나 「류후란」을 비롯한 당시의 신가극은 1930년대 좌익작가들의 작품에서 나타났던 혁명낭만주의의 폐단이 재현되는 양상을 보이고 있었다. 등장인물은 선과 악의 이분법적 전형성으로 묘사되고 있었고 줄거리는 매우 평면적이고 도식적이었기에 예술성이 결여되어 있었다. 해방구의 신가극은 1949년 중화인민공화국이 수립된 이후에도 중국문단에 영향을 주었다.

CHAPTER 16

1940년대 문단의 동향

1937년 7월 7일 루거우챠오蘆溝橋사건에서 시작된 중일전쟁 시기부터 중국현대문학사는 새로운 시기를 맞이한다. 이 시기의 문학은 1949년 중화인민공화국이 수립되기까지 중일전쟁과 국공내전이라는 두 개의 역사적 사건을 배경으로 전개되는 문단의 활동을 의미하기도 한다. 중일전쟁이 시작되면서 중국대륙은 일본군에게 함락된 지역 윤함구淪陷區, 국민당이 통치하는 지역 국통구國統區, 공산당이 통치하는 지역 해방구解放區로 나뉘게 된다. 윤함구, 국통구, 해방구라는 명칭은 대륙의 중국현대문학 저술에서 통용되는 용어이다.

이 시기 문단의 동향 또한 이 세 가지 지역별로 각각 다른 특색을 나타내게 된다. 그 중 일본군에게 함락된 상하이의 유럽 조계지, 즉 상하이 고도孤島에 남아있던 작가들의 활동이 두드러졌다. 역사 속 이야기를 작가의 주관대로 각색하여 현실을 비판하고 풍자하는 역사극이 유행하게 되는데, 궈모뤄郭沫若의 역사극과 아잉阿英의 '남명사극南明史劇'이 대표적이었다. 또한 『루쉰전집魯迅全集』이 출판되는 등 출판사업도 활발히 진행되었다.

또한 난징이 함락되자 충칭重慶으로 옮겨간 국민당이 통치하는 쓰촨성 일대의 국통구를 중심으로 항일의식을 고취시키는 항전문학과 국민당의 매국행위와 부패를 풍자하는 문학 창작이 활발하게 전개되었다. 또한 중일전쟁 초기의 문학은 민족의 항전이라는 명제 하에 대체로 통일된 어조로 애국을 나타내었다. 이 시기의 문학은 대체로 대중성과 소형화라는 특성이 발전하였다. 중일전쟁의 시작은 문단의 방향을 바꾸었는데, 민족운명이라는 명제는 사회와 시대의식의 첫 번째 위치를 차지하게 되었다. 개인과 사회의 문제는 모두 뒤로 밀려났다. 민족의 공생이라는 문제 앞에 문예계는 통일되었다. 1938년 3월 27일, 중화전국문예계항적협회中華全國文藝界抗敵協會가 우한武漢에서 설립되고 1930년대 중반에 나타났던 각종 문예단체와 주장-무산계급문예, 민주주의문예, 자유주의문예 등은 하나로 통합되었다. 전국적으로 많은 작가들이 '문장하향 문인입오文章下鄉 文人入伍(작가와 창작은 향촌과 군대로)'라는 현실참여적인 구호아래 항일구망운동抗日救亡運動에 투신하게 되고 문예를 적극적으로 항일애국운동의 수단으로 이용하게 된다.

이 시기의 문학은 각 통치구별로 독립적으로 발전하는 가운데 하나의 큰 목표를 향해 결집되는 현상을 나타내는데, 그 목표를 향한 흐름은 5.4 신문화운동 이후 신문학의 정신을 역사적 상황에 맞게 계승해 나가는 것이라고 볼 수 있다. 이러한 흐름은 이 시기에 문학활동에 민족해방이라는 과제를 반영하는 문제로 구체화되었다. 그러나 중일전쟁과 국공내전을 겪으면서 문단의 논쟁은 사상과 정치이념에 바탕을 둔 편협한 논리로 흐르는 경향을 나타내고 있었다.

1940년대의 중국문단은 1945년 중일전쟁에서 일본이 패망한 이후, 또 다른 전환점을 맞이하게 된다. 일본군이 점령하고 있던 윤함구淪陷區는 사라지고 중국의 문단은 크게 국민당이 통치하는 국통구國統區 문학과 공산당이 통치하는 해방구解放區 문학으로 나누어진다. 공산당이 통치하는 해방구 문예는 1942년 마오쩌둥毛澤東의 옌안문예강화延安文藝講話 이후 다양한 실험적 변화를 모색하였다. 해방구의 문학은 맑스·레닌주의 문예이론에 근거하여 마오쩌둥이 옌안문예강화에서 제시한 '문예는 노·농·병勞·農·兵을 위해 봉사한다'는 원칙하에 창작활동이 이루어진다. 옌안 공산당에서는 이에 대해, 5.4 이후 계속되어 온 문예이론과 실천의 문제를 전면적으로 해결한 방침으로 무산계급 혁명문학의 새로운 시작을 의미한다고 자평하였다. 그러나 1942년의 옌안문예강화는 이후 1976년 문화대혁명이 종결될 때까지 중국문단의 정체기를 가져오는 시발점이 되기도 하였다.

해방구의 문학 창작에서 새로운 주제와 형식이 나타나기도 하였는데, 자오수리趙樹理, 쑨리孫犁, 딩링丁玲, 저우리보周立波 등과 같은 작가들은 민중적이고 민족적 색채가 강한 양식을 시도하고 창작하였다. 그러나 해방구의 문학은 지나치게 선전과 구호에 치중하여 문예를 정치의 선전도구로 전락시키는 폐단을 낳기도 하였다.

국통구의 문학은 국민당의 부정부패와 정치적 탄압에 맞서는 한편, 이와 같은 시대상황이 빚어낸 인간군상들과 비극을 묘사하는 작가들을 중심으로 창작 활동이 진행되었다. 대표작가와 작품으로 첸중수錢鍾書의 『위성圍城』, 장아이링張愛玲의 『경성지련傾城之戀』, 마오둔茅盾의 『부식腐蝕』, 바진巴金의 『한야寒夜』, 위안수이파이袁水拍의 『마판퉈의 산가馬凡陀的山歌』, 천바이천陳白塵의 『세한도歲寒圖』 등을 들 수 있다. 이러한 작품들은 해방구 작가들과는 또 다른 각도에서 다른 제재를 가지고 당시 중국의 사회현실을 폭로하고 풍자하였다.

전반적으로 1940년대 중국문단은 중국이 당면한 시대적 요구를 반영한 창작이 주류를 이루었고, 이에 따른 항전구호와 이념논쟁이 만연한 가운데 1920~30년대와 같은 창작의 다양성과 예술성은 퇴색하였다.

제1절 상하이 고도문학

항전초기 일본군 점령하의 상하이는 일본군이 침범할 수 없는 외국조계지라는 특수한 환경 속에서 문예활동을 진전시켜나갔다. 1937년 11월에서 태평양전쟁이 본격적으로 시작된 1941년 12월 8일까지 상하이의 영국과 프랑스 조계지는 일본군에게 함락된 상하이에서 마치 섬과 같은 지역으로 남게 되었다. 이 지역에서 진행되던 문학 활동을 '고도孤島' 문학이라고 부른다. 상하이 고도에서는 조계지라는 환경을 이용하여 일본군의 침략행위를 폭로하는 문예활동을 전개하게 된다. 이 시기 상하이 고도에서 활동한 작가로 정전둬鄭振鐸, 왕런수王任叔, 위링于伶, 스퉈師陀, 리졘우李健吾, 천왕다오陳望道, 쉬광핑許廣平, 저우졘런周建人 등을 들 수 있다. 고도문학은 당시 일본이 일본군 점령지역인 윤함구淪陷區에서 내세웠던 '대동아문학大東亞文學', '화평문학和平文學' 정책에 맞서며 상하이 시민들에게 항일의지를 심어주는 역할을 하게 되었다. 1941년 12월 태평양전쟁이 시작되면서 일본군은 서구열강의 조계지를 무시하고 침략함에 따라 고도의 문예활동은 막을 내리게 되었다.

고도문학은 희극분야에서 가장 큰 성과를 나타내었으며, 또한 작품출판에 있어서도 성과를 거두었다. 항일의식을 고취시키는 공연예술이 성행하였고, 루쉰 사후 최초로 20권의 『루쉰전집魯迅全集』이 출판되었고, 마오쩌둥의 대장정을 다룬 에드가 스노우의 『서행만기西行漫記』가 출판되었다. 이 책의 다른 제목은 『중국의 붉은 별紅星照耀中國』로 이미 마오쩌둥을 우상화하는 움직임이 나타나기 시작하였다. 이 밖에도 태평양전쟁이 시작된 1941년까지 4년간 100여종의 문예간행물이 출판되었다.

고도문학의 희극은 상하이극예사上海劇藝社를 중심으로 공연활동이 전개되었다. 위링于伶의 「밤의 상하이夜上海」, 「화천루花濺淚」, 「대명영렬전大明英

烈傳」, 아잉阿英의 「벽혈화碧血花」, 「해국영웅海國英雄」, 「양아전楊娥傳」 등 세 편의 「南明史劇」, 외국의 희극을 개작한 리젠우李建吾의 「왕더밍王德明」, 「사랑과 죽음의 결투愛與死之搏斗」 등이 상연되었다.

잡문창작에서도 많은 성과를 나타내었는데, 『잡문총간雜文叢刊』, 『루쉰풍魯迅風』 등의 잡문 문예지가 발행되었고, 바런巴人과 아잉은 '루쉰풍'잡문의 계승문제에 대해 논쟁을 벌이기도 하였다. 바런, 커링柯靈, 탕타오唐弢 등은 합동 산문집 『변고집邊鼓集』을 출판하였고, 보고산문으로 상하이시민의 항일투쟁을 기록한 주쭤퉁朱作同과 메이이梅益의 『상하이의 하루上海一日』가 있다.

제2절 옌안문예강화

1942년 5월 마오쩌둥은 '문예공작자 좌담회'를 열어, 혁명문학이 나아가야 할 지침인 옌안문예강화延安文藝講話를 발표하였다.

옌안문예강화는 해방구 문예계의 정풍운동整風運動을 추진하는 계기가 되었고 중국의 혁명문예를 노농병과 결합시키는 문제에 대하여 천명하고 있다. 옌안문예강화는 당시 중국문단에서 문예와 맑스주의 미학을 결합시켜 새로운 혁명문예이론을 정립하는 계기가 되었다.

마오쩌둥은 문예운동에 나타난 제반문제들을 전면적으로 해결함에 있어서 우선 문예가 누구를 위하여 봉사할 것인가 하는 문제를 '전반문제의 중심'에 두었다. 옌안문예강화는 중국의 혁명문예의 상황과 역사에 대한 분석을 통하여 중국문예운동에 존재하는 문제는 기본적으로 대중을 위해야 한다는 문제와 어떻게 대중을 위할 것인가 하는 문제라고 지적하였다. 문예가 누구를 위한 것인가 하는 문제는 이미 5.4 시기 많은 지식인들이 고민하던 문제였다. 5.4 시기 '평민문학', '국민문학'등이 제기되었고 1930년대에 이르러 문예는 노동자와 농민을 위하여 창작되어야 한다는 주장이 제기되었다. 이러한 인식은 중국문단에 점차 확대, 발전되어가고 있었다. 그러나 많은 작가들은 여전히 문예의 대중화를 언어와 표현방식의 통속화로 이해하고 있었고 비록 노동자 농민의 생활과 저항을 반영한 작품을 창작하였으나 이들을 문예와 결합하는 문제에 대해서는 문제로 남아 있었다. 이로 인해 많은 혁명문학작가들조차 작품 속에서 부르주아적 사상과 감정을 나타내고 그러한 한계를 극복하지 못하고 있었다. 1941년을 전후하여 옌안의 문단에 나타난 많은 문제들에 대해 마오쩌둥은 명확한 해결방안을 얻지 못하고 있다고 인정하고 이 문제가 해결되지 못한 주요 원인은 많은 작가들이 무산계급과 소자산계급간의 구별을 아직 분명히 알지 못하기 때문이라고 지적하였다. 마오쩌둥은 '대중화'란 무엇인가라는 문제에 대해 그것은 작가들의 사상 · 감정이 노동자, 농민, 병사와 같은 대중의 사상 · 감정과 일치되는 것을 의미한다고 지적하였다. 또한 마오쩌둥은 '누구를 위한 문예인가'라는 문제를 해결하지 못하는 것에 대하여 "우리의 많은 동지들은 혁명근거지와 국민당지배지역을 잘 구분하지 못하며", "다락방에서 혁명근거지에 왔다는 것은 상이한 두 지역뿐만 아니라 두 개의 역사시대를 거친 것"임을 잘 알지 못하는 데에 있다고 지적하였다. 당시 옌안문예계에는 또 '전국적 의의'를 지닌 작품을 쓰며 '대후방大後方'의 독자를 위하여 봉사하여야 한다고 주장하는 작가들이 있었다. 마오쩌둥은 이에 대하여 사실 대후방의 독자들은 "혁명근거지의 작가들이 자기들에게 새로운 인물, 새로운 세계를 알려줄 것을 희망한다. 그러므로 혁명근거지의 대중을 위하여 쓴 작품일수록 더욱 전국적 의의가 있게 된다."고 하였다. 이처럼 당시 옌안문예계의 상황에 비추어 마오쩌둥은 "누구를 위할 것인가 하는 문제는 근본적인 문제이며 원칙적인 문제이다. 과거 일부 동지들 사이의 논쟁, 의견차이, 대립 및 분열은 이 근본적이며 원칙적인 문제에서 생긴 것이다. 오히려 이 원칙적 문제에 대해서는 논쟁하는 쌍방 간에 별로 이견 차이도 없었고 거의 일치하였으며 노동자, 농민, 병사를 경시하며 대중과 유리되는 경향은 어느 정도 다 가지고 있었다"고 지적하였다. 마오쩌둥은 혁명문학이 발전해 온 역사적 배경과 경험을 바탕으로 중국혁명의 현실과 중국민족의 대다수가 노동대중이라는 사실에 근거하여 다음과 같이 천명하였다.

> 우리의 문학예술은
> 첫째, 노동자를 위하는 것이다. 그들은 혁명을 지도하는 계급이다.
> 둘째, 농민을 위하는 것이다. 그들은 혁명에 있어서 가장 광범하고도 가장 굳센 동맹군이다.
> 셋째, 무장한 노동자, 농민 즉 팔로군, 신사군 및 기타의 인민 무장대열을 위하는 것이다. 그들은 혁명전쟁의 주력이다.
> 넷째, 도시 소자산계급 노동대중과 지식인을 위하는 것이다. 그들 역시 혁명의 동맹자로서 장기적으로 우리와 합작할 수 있다.
> 이 네 종류의 사람들이 중화민족의 최대의 부분이며 가장 광범한 인민대중이다.

마오쩌둥은 동시에 문예는 모두가 노동자, 농민, 병사들을 우선으로 하는 인민대중을 위한 것이며 그들을 위하여 창작되고 그들을 위하여 이용되는 것이라고 지적하였다. 이는 무산계급 문학예술이 기타 계급의 문학예술과 구별되는 근본적인 조건이라고 하였다. 그는 무산계급의 문예가 노동자, 농민, 병사를 위하여 봉사한다고 해서 모든 문예작품이 그들만 묘사하고 다른 사람들은 쓰지 못하는 것은 아닌가하는 문제에 대해, 혁명발전의 각 역사시기의 임무와 혁명역량이 다름에 따라 문예가 봉사해야 할 대상의 범위에도 변화가 있게 되는 것으로 보고, 노동자, 농민, 병사를 주체로 하는 가장 광범한 인민대중을 위하여 봉사해야만 시대가 무산계급 문예에 부여한 역사적 과업을 완수할 수 있다고 주장하였다. 이와 같이 마오쩌둥은 문예는 '광범위한 인민대중'을 위하여야 한다는 근본문제에서 출발하여 5.4

이래로 중국 문예운동의 역사적 경험을 총체적으로 고찰하여 문예가 노동자, 농민, 병사를 위하여 봉사하여야 한다는 방향을 명확하게 제시하였다.

마오쩌둥은 문예가 누구를 위하여 봉사할 것인가 하는 문제를 명확하게 천명한 후 '어떻게 봉사할 것인가'하는 문제에 대하여 언급하였다. 마오쩌둥은 이 문제에서 문예의 법칙과 특징을 긴밀히 결부시켜 작가의 사상감정과 사회생활의 원천으로부터 무산계급의 문학예술을 발전시키는 데에 있어서의 기본적인 관계를 천명하였다. 이 문제는 옌안문예강화 이전에도 좌익문인들 사이에서 언급되어왔던 것이다. 마오쩌둥은 이에 대해 다음과 같이 말하고 있다.

> 인민의 생활 속에는 본래 문학예술의 소재가 되는 자원이 있다. 그것은 자연형태의 것으로 조잡한 것이기는 하나 가장 생동적이고 가장 풍부하고 가장 기본적인 것이다. 이 점에서 말하건대 모든 문학예술도 그것들에 비하면 손색이 있다. 그것들이야말로 모든 문학예술의 무궁무진한 원천이 있을 뿐 그 밖에 다른 원천이 있을 수 없기 때문이다.

마오쩌둥의 문예의 원천에 대한 관점은 매우 리얼리즘적인 것으로 이는 문학예술은 생활을 떠나서는 독립적으로 존재할 수 없는 것이라고 보고, 그러므로 문학예술은 사회를 반영한 사회생활의 산물이라는 것이다.

사회생활을 문예의 유일한 원천이라고 보는 옌안문예강화의 사상에서 볼 때, 노농대중의 투쟁생활에 익숙하지 못한 소자산계급 작가들은 노농대중의 투쟁생활 속으로 들어가 직접 체험하는 것은 매우 중요하다고 보고 있는 것이다. 이에 대해 마오쩌둥은 다음과 같이 지적하였다. "중국의 혁명적 문학가와 예술가, 유망한 문학가와 예술가들은 대중 속으로 들어가야 하는데, 장기적, 무조건적, 전심전력으로 노 · 농 · 병 속으로 치열한 투쟁 속으로 가장 광범위하고 가장 풍부한 이 유일한 원천 속으로 파고 들어가 모든 계급, 모든 대중, 모든 생동한 생활방식과 투쟁형태, 모든 문학과 예술의 소재를 관찰, 체험, 연구, 분석하여야 한다. 이렇게 한 후에야 창작과정에 들어갈 수 있다." 마오쩌둥은 소자산계급 출신의 작가들의 사상·감정을 전변시키는 문제를 매우 중시하였다. 그는 작가들이 반드시 자기의 계급적 입장과 세계관을 개조하여야 한다고 주장하였다.

옌안문예강화는 문학예술이 어떻게 노·농·병 대중을 위하여 봉사할 것인가 하는 문제에서 근본적인 문제의 하나인 보급과 향상의 문제에 대하여 논술하였다. 이 문제는 일찍이 중국문단 전체에서 논의되던 문제였다. 여기에서 주된 문제는 보급과 향상을 병행할 수 없는 대립적인 것으로 보는 것이다. 이에 대해 마오쩌둥은 우선 보급과 향상의 문제를 분석하고 문예의 보급은 경시하고 향상의 문제에 집착하던 문단의 폐단을 지적하였다. 그는 "우리의 향상은 보급의 기초 위에서의 향상이며 우리의 보급은 향상의 지도하의 보급이다."라고 제기하였다.

마오쩌둥은 또한 중국공산당의 문예사업과 다른 사업과의 전반적인 관계에 대하여 천명하였다. 그는 목전의 실제적 조건으로부터 "무산계급문학예술은 무산계급의 전반 혁명사업의 일부분이며 레닌이 말한 바와 같이 혁명이라는 전반 기계의 톱니바퀴와 나사못이다."라고 지적하였다. 마오쩌둥은 중국현대문학사에 있어서 신월파, 제3종인, 자유인, 항전무관론抗戰無關論 등 문예논쟁의 주요 제창자들은 그들의 계급성과 정치적 성향은 자산계급을 위하여 봉사하고 있다고 보고 있다. 그러므로 각 계급의 문예가 정치를 위하여 봉사한 문학사적 사실을 매우 중요한 것으로 보고 있는 것이다. 마오쩌둥은 당시 중국 정치의 첫 번째 주요 과제는 항일투쟁이므로 문예를 항일전선을 위하여 봉사해야 한다고 지적하였다.

상술한 옌안문예강화의 주요 내용은 다음과 같이 요약할 수 있다.

첫째: 문예는 정치에 종사한다.

둘째: 구체적 인성만 존재하고 추상적 인성은 없다.
셋째: 문예의 기본적 출발점은 인류애이다.
넷째: 인류의 사회생활은 문학의 유일한 원천이다.

옌안문예강화는 당시 중국의 문예운동과 맑스 문예이론에 입각하여 모든 문제의 중심을 작가와 절대 다수 인민의 결합에 두었으며 그 가운데서 많은 기본적 이론문제들에 대해 천명하였다. 또한 20여 년에 걸친 혁명문학의 실천적 문제들에 근거하여 문예와 노 · 농 · 병의 관계와 발전에 대하여 그 방향을 명확하게 제시하였다. 그러나 1942년 옌안에서 비롯된 문예방침은 이후 1976년 문화대혁명이 종식될 때까지 중국문단을 침체기로 몰고 가는 이론적 근거가 되는 폐단을 야기하였다.

제3절 문학논쟁

1. 항전무관론

항전무관론抗戰無關論은 중일전쟁 초기 문예와 항전의 관계 및 항전문예의 공식화와 개념화 문제를 둘러싼 논쟁이었다. 항전초기 량스츄梁實秋는 『중앙일보中央日報』 부간에 「편집자의 말編者的話」을 발표하여 문예를 항전과 연관시킬 필요가 없다는 '항전팔고抗戰八股'론을 제시한다.

> 현재 항전이 모든 것에 우선하기에 누구나 글을 쓰면 항전을 고려하지 않을 수 없다. 그러나 나의 의견은 좀 다르다. 항전과 관련된 소재라면 우리가 환영한다. 그러나 항전과 무관하다 하더라도 진실하고 유창하다면 그것도 좋은 것이며, 억지로 항전과 연관시킬 필요는 없다. 공허한 '항전팔고'는 아무에게도 유익하지 않은 것이다.現在抗戰高于一切，所以有人一下筆就忘不了抗戰。我的意見稍爲不同。于抗戰有關的材料，我們最爲歡迎，但是與抗戰無關的材料，只要眞實流暢，也是好的，不必勉强把抗戰截搭上去。至于空洞的'抗戰八苦'，那是對誰都沒有益處的。

그는 1920년대 중반 신월사 시기의 문학적 주장을 견지하며 문예는 계급을 초월하며 보편적인 인성에 기초한다고 주장하였다. 그는 또한 문예는 항전이나 정치선전과 거리를 두어야 한다고 주장하였다. 이에 대해 좌익문인을 중심으로 많은 작가들과 비평가들은 반박하는 의견을 발표하였다. 뤄쑨羅蓀은 「'항전무관론'을 다시 논함再論'抗戰無關論'」이라는 문장을 통해 "오늘날 전국 문예계의 공통된 목표인 '항전의 문예'를 말살하려는 것"이라고 반박하였다. 중일전쟁의 시작으로 항전의 열기가 고조되던 시기였던 만큼 량스츄는 사면초가四面楚歌에 처하게 되어 결국 『중앙일보』 부간 주필을 사직하였다. 그러나 량스츄가 사직한 이후에도 '항전무관론'은 정치문제나 현실비판과 거리를 유지하던 선총원沈從文을 중심으로 한 경파京派작가들의 호응을 얻었다. 1942년 선총원은 『문학운동을 다시 건설함文學運動的重造』에서 문학을 "문학을 '상장商場'과 '관장官場'으로부터 해방시켜야 한다"라고 주장하였다. 그는 작가가 정치에 종사하는 것을 반대하고 작가는 항전이나 정치선전과 거리를 두어야 한다고 건의하였다. 장톈이張天翼, 왕런수王任叔, 궈모뤄郭沫若 등도 선총원의 주장에 반박하였다. '항전무관론'논쟁의 본질은 문예와 정치의 관계를 둘러싼 논쟁으로 양측 모두 특수한 역사적 시기가 문예에 대해 요구하는 것이 무엇인가를 강조하고 있지만 문학의 본질에 대한 심도있는 토론으로 발전하지는 못하였다.

2. 전국책파 논쟁

전국책파戰國策派는 1940년 쿤밍昆明에서 형성된 정치, 철학, 문학의 학파로 천취안陳銓, 린퉁지林同濟, 허용지何永佶, 레이하이쭝雷海宗 등이 주요 구성원이었다. 이들이 처음부터 '전국책파'라는 명칭을 내걸지는 않았지만 1940년 4월 『전국책戰國策』이라는 잡지를 창간하면서 붙여진 이름이다. 또한 1942년 12월 충칭重慶의 『대공보大公報』에 『전국戰國』 부간을 발행하였다. 이들은 니체의 유의지론唯意志論과 초인철학超人哲學을 사상적 기반으로 삼고 당시 세계의 상황을 '힘爭于力의 논리', 즉 약육강식의 논리가 지배하는 전국시대戰國時代로 파악하였다. 그들은 상력정치尙力政治와 파시즘의 출현을 진화론과 약육강식의 논리에서 볼 때 역사적인 필연으로 인식하고 이를 옹호하였다. 또한 문학창작의 동기를 공포恐怖와 광열狂熱, 경건敬虔으로 보고 '삼도모제론三道母題論'과 초계급적인 민족문학운동을 주장하였다. 린퉁지는 「중국예술인에게 보내는 글寄語中國藝術人」이라는 글에서 '삼도모제三道母題'를 예술창작의 동기로 삼을 것을 주장하였다. 그가 주장하는 '삼도모제'의 공포는 '인간이 피할 수 없는 죽음과 멸망의 상황에서 비롯되는 영혼의 떨림'을 의미하며 광열은 '인간의 원초적인 두려움을 정복할 수 있는 에너지'이며 경건은 '국가 · 영웅 · 지도자 같은 절대적인 권력과 카리스마를 지닌 대상에 대한 숭배'를 의미한다. 전국책파의 이러한 문학적 주장은 그 당시 제국주의 국가의 파시즘과 일치하는 것이었다. 천취안의 「들장미野玫瑰」, 「금반지金指環」 등이 전국책파의 문학이론을 반영한 전형적인 작품이라고 할 수 있다. 그는 이미 1935년 독일 유학생을 주인공으로 한 장편소설 「사멸死滅」을 발표하였는데 이는 나치독일의 통치를 찬양하고 파시즘을 선전하는 내용이나 다름없었다. 천취안은 당시 국민당의 비밀경찰特務을 주인공으로 한 작품을 많이 썼는데 그의 작품 속에서 매국노나 잔인한 비밀경찰을 영웅으로 묘사된다. 이러한 전국책파의 문학작품은 당시 국민당의 정책적인 비호를 받으며 연극으로 무대에 오르기도 하였는데, 이러한 비밀경찰의 활동과 애정행각을 소재로 한 작품은 당시 '특무문학特務文學'이라고 하였다. 「금반지」는 1942년 국민당의 문학상을 수상하기도 하였다. 전국책파의 이론은 당시 국민당의 매국적인 행각과 지구상의 파시즘을 정당화시키는 이론을 제시하여 중국문단과 학계의 비판을 받았다.

3. 민족형식 논쟁

항일전쟁은 신문학을 대중적으로 확대시키는 동시에 문학의 시대적 임무에 대한 대중적 인식을 높이는 계기가 되었다. 작가들은 '문장하향 문인입오文章下鄕 文人入伍(작가와 창작은 향촌과 군대로)'의 구호 가운데 문예대중화의 문제에 관심을 집중하게 되었다. 라오샹老向이 주편한 『끝까지 항전하자抗到底』와 무무톈穆木天이 주편한 시 문예지 『시조時調』 등의 간행물은 통속화를 통하여 문예의 대중화를 추구하는 잡지들이었다. 이 시기에 통속적 문예작품들이 다량으로 창작되었다. 1938년부터 문예의 통속화와 구형식의 운용에 관한 문제를 놓고 문단에서는 활발한 토론이 전개되었다. 이 시기 작가들은 문예의 대중화와 민족화가 항전문예의 가장 큰 임무라고 주장하였다.

중일전쟁 발발 후 민족의식이 고양되고 제국주의의 사상적 노예화 정책에 반대하게 되면서 문화의 민족성 문제가 사회적으로 관심을 받게 되었고, 신문학의 민족화는 이 시기의 주된 관심사가 되었다. 당시 공산당은 수차례에 걸친 좌경노선과 교조주의의 과오를 인정하고 맑스·레닌주의와 중국 혁명을 실천적으로 결합하는 문제를 놓고 고민하게 되었다. 마오쩌둥은 1938년 10월 중국 공산당 6차 중앙당 전체회의에서 「민족전쟁에서 중국공산당의 지위中國共産黨在民族戰爭中的地位」를 발표하였다. 그는 여기서 "맑스주의는 반드시 중국의 구체적인 특성과 서로 결합하고 일정한 민족형식을 통해서 실현될 수 있는 것이다."라고 말하고, 민족형식과 민족문화유산의 계승에 관하여 천명하였다. 그의 발표 이후, 옌안의 『문예전선文藝戰線』과 『중국문화中國文化』 등의 간행물에 천보다陳伯達, 저우양周揚, 아이쓰치艾思奇 등은 문장을 발표하여 구형식의 운용을 통하여 어떻게 새로운 민족형식을 창조할 것인가 하는 문제를 제기하고 토론하였다. 이러한 토론은 중일전쟁이 시작된 이후 문학실천과 민족형식의 문제에 대한 마오쩌둥의 명제를 진보적 차원에서 학습한 것을 반영한 것이다. 이후 시가나 희극 등의 창작 분야에서 민족형식의 문제에 대한 토론이 진행되었다. 마오쩌둥은 1940년 「신민주주의론新民主主義論」에서 "중국문화는 당연히 자신의 형식을 가져야 하며 이것이 바로 민족형식이다. 민족적인 형식과 신민주주의적인 내용, 이것이 오늘날 우리의 신문화이다."라고 주장하였다.

민족형식에 대한 토론은 곧 윤함구淪陷區와 국통구國統區까지 번지며, 광범위한 논쟁으로 이어졌다. 1940년 3월 샹린빙向林冰은 「민족형식의 중심원천을 논함論民族形式的中心源泉」이라는 문장에서 민족형식의 창조는 당연히 '민간형식'을 중심 원천으로 삼아야 한다고 주장하였다.

> 민간형식의 비판적 운용은 민족형식을 창조하는 출발점이며 민족형식의 완성이다. 그러므로 민간형식의 운용은 민간형식의 운용으로 귀납되는 것이다. 다시 말하자면 현실주의자라면 당연히 민간형식 가운데서 민족형식의 중심원천을 발견해야 하는 것이다.民間形式的批判的運用，是創造民族形式的起点，而民族形式的完成，則是運用民間形式的歸宿．換言之，現實主義者應該在民間形式中發現民族形式的中心源泉．

그는 또 「민간형식의 운용과 민족형식의 창조民間形式的運用與民族形式的創造」와 「민족형식의 중심원천을 다시 논함再論民族形式的中心源泉」이라는 글을 통하여 민간형식을 민족형식을 창조하는 주류로 삼아야 한다는 자신의 주장을 더욱 강조하였다.

거이훙葛一虹은 「민족유산과 인류유산民族遺産與人類遺産」, 「민족형식의 중심원천은 소위 민간형식인가?民族形式的中心源泉是所謂民間形式嗎?」 등의 문장을 통해 샹린빙의 관점을 비판하였다. 그는 다음과 같이 말한다.

> 이 새로운 형식은 그 자체가 결정되어진 것이며 발전되어 온 것이다. 이는 구사물의 구형식과 전혀 다른 것이다.這个新形式是它本身所決定出來的，發展出來的，與'舊事物'的舊形式是絶然不相等的.

결국 거이홍은 신문학의 발전단계에서 민간형식을 이용한다는 것은 불가능할 뿐만 아니라, 봉건적인 요소를 가지고 있는 민간형식을 문예대중화에 이용한다는 것은 대중을 현혹하는 것에 지나지 않는다고 주장하고 있는 것이다.

후펑은 『민족형식문제를 논함論民族形式問題』이라는 저서에서 신문학의 전통문제를 논하면서, 문학사적 법칙문제를 통해 샹린빙의 주장을 비판하였다. 그는 사회적 토대가 비슷한 다른 민족으로부터 사상이나 방법, 형식 등을 받아들여 이식해야 한다고 주장하였다.

마오둔茅盾 또한 「구형식, 민간형식과 민족형식舊形式、民間形式與民族形式」을 통해 세계적인 문학예술은 각 민족문예의 성과를 포기하는 것이 아니라 각 민족형식의 문예가 고도로 발전한 이후에 서로 영향을 주고받으면서 융화된 결과임을 강조하였다.

이와 같이 민족형식의 문제를 놓고 전개된 논쟁은 폭넓게 진행되었다. 이 과정에서 많은 문인들은 자신들의 문학실천과 결부시켜 새로운 견해와 발전적인 의견을 발표하였다. 우선 신문학의 성과를 긍정한 기초 위에서 부족한 점과 현안문제점들을 언급하였다.

민족형식논쟁에 참여했던 작가들은 결국 신문학에 대해 성과를 인정하면서도 중국의 전통형식을 발전적으로 반영하지 못하였다는 인식에 일치하였다. 또한 민간형식의 운용에 대한 논쟁을 통해 신문학이 발전과정에서 광범위한 대중 속에 뿌리내리지 못하고 여전히 지식인들 사이에서 머물러 있었다는 문제점을 인식하게 된 계기가 되었다.

그러나 민족형식논쟁은 자오수리趙樹理의 소설이나 신가극新歌劇운동, 앙가秧歌운동과 같은 민간형식을 새롭게 운용한 실천적 성과를 가져오게 되었다는 점에서 발전적인 의미를 찾을 수 있는 것이다.

인물

아

자

차

카

타

파

하

작품·출판물

가

나

다

바

◈ 사

아

자

차

● 하

|문학유파 · 논쟁|

차

타

하

• **김경석**
경희대학교 교수
kskim612@khu.ac.kr

중국현대문학사

초판 인쇄 2016년 8월 24일
초판 발행 2016년 8월 31일

지　　음 | 김경석
펴 낸 이 | 하운근
펴 낸 곳 | 學古房

주　　소 | 경기도 고양시 덕양구 통일로 140 삼송테크노밸리 A동 B224
전　　화 | (02)353-9908 편집부(02)356-9903
팩　　스 | (02)6959-8234
홈페이지 | http://hakgobang.co.kr
전자우편 | hakgobang@naver.com, hakgobang@chol.com
등록번호 | 제311-1994-000001호

ISBN 978-89-6071-611-7 93820

값 : 18,000원

이 도서의 국립중앙도서관 출판예정도서목록(CIP)은 서지정보유통지원시스템 홈페이지(http://seoji.nl.go.kr)와 국가자료공동목록시스템(http://www.nl.go.kr/kolisnet)에서 이용하실 수 있습니다. (CIP제어번호 : CIP2016020545)